Sternenseele

Von C.S. Mahn

Buchbeschreibung:

Lana stammt nicht von dieser Welt. Niemand ahnt, wer sie wirklich ist, nicht einmal sie selbst. Unerkannt lebt sie ein normales Leben in einer idyllischen Kleinstadt. Während ihr Vater Walter mit allen Mitteln versucht, die Wahrheit über ihre Herkunft zu verbergen, sieht der Einzelgänger Curtis etwas ganz Besonderes in Lana und verliebt sich unsterblich in sie. Es scheint der Beginn einer einzigartigen Freundschaft, doch schon bald ist Curtis gezwungen für die Liebe über die Grenzen seiner tiefsten Ängste hinauszugehen, denn in der Dunkelheit lauert etwas Böses.

Etwas das der schwarze Schatten genannt wird.

Etwas das die Wahrheit über Lana kennt.

Etwas das sich an ihr laben will.

Etwas das sie will ...

... ihre Sternenseele.

Über den Autor:

C.S. Mahn hatte schon immer eine Leidenschaft für fantastische Geschichten und Erzählungen. Nun vertreibt er sich seine Zeit damit, eigene Welten zu schaffen und ist froh sie mit Anderen teilen zu können.

Sternenseele

Der schwarze Schatten

Von C.S. Mahn

Fachwerkmedia
Bahnhofstraße 15
57258 Freudenberg

info@fachwerkmedia.de
www.fachwerkmedia.de

1. Auflage, 2018
© Christian Mahn – alle Rechte vorbehalten.
Fachwerkmedia
Bahnhofstraße 15
57258 Freudenberg

info@fachwerkmedia.de
www.fachwerkmedia.de
9781720046578

1. Es gibt ihn wirklich

»Er lauert irgendwo im Verborgenen. Eine Angst, geformt zu einer todbringenden Gestalt. Keine Illusion, keine düstere Phantasie, sondern eine schreckliche Wirklichkeit. Ein Mensch aus Fleisch und Blut, der in unserer Welt nistet und die Grenze von Alptraum und Realität überwunden hat. Ich kann ihn zunächst nicht sehen, aber seine Stimme kann ich deutlich hören. Sie flüstert zu mir; heiser und erregt. Ich kann ihn fühlen, tief in mir – tief in meinem Herzen. Als würde er nach meiner Seele greifen und sie mit einem eisigen Schauer überziehen. Es ist kalt, so bitterkalt. So sehr ich es versuche, ich kann mich nicht gegen ihn wehren und bin erstarrt, als ich in seine schwarzen Augen blicke. Tiefe Dunkelheit umgibt ihn. Er ist die Dunkelheit selber. Ein Schatten liegt auf seiner Seele. Ein Schatten, der Besitz von ihm ergriffen hat. Seine Silhouette löst sich aus der undurchdringlichen Schwärze und ich weiß, es wird kein Entkommen für mich geben. Die Finsternis fällt in jener Nacht über mich her, dringt in mich ein und zerbricht etwas in mir, das nie wieder heilen wird. Die Augen sind der Spiegel zur Seele und der Körper ist der Schlüssel, flüstert er. Und als der Morgen graut, da weiß ich, dass es das Böse gibt. Es hat mich verschlungen und als es mich wieder ausspuckt, bin ich nicht mehr dieselbe. Es hat meine Seele geraubt. Ich sage dir, er existiert wirklich ... es gibt ihn wirklich ... den schwarzen Schatten.«

2. Dämmerung

Ein kurzes Flackern, und der Bildschirm wurde schwarz. Mit leerem Blick schaltete Curtis den alten Fernseher ab. Eine schaurige Geschichte. Die Frau, die sie im Silent Observer, einer investigativen Talk Show für übernatürliche Begegnungen im regionalen Spartensender Springs TV unter Hypnose erzählt hatte, war auf erschreckende Weise glaubwürdig gewesen. Es kamen eine Menge Spinner in diese Sendung. Sie erzählten von Begegnungen mit fliegenden Untertassen, Gnomen oder Reisen in unterirdische Welten, aber die Geschichte jener Frau; sie war echt gewesen. Und furchteinflößend. Ihre Schilderung war so anders, so erschütternd real gewesen. Sie hatte eindringlicher gewirkt, als alles, was er jemals gesehen hatte. Es war später Nachmittag. Er saß in seinem kleinen Zimmer, das direkt unter dem Dach lag. Die Hitze des Sommers lag drückend in der Luft. Er warf die Fernbedienung achtlos auf sein Bett und ließ sich kraftlos in die zerwühlten Bettlaken fallen. Seine Rippen schmerzten leicht und die Haut unter seinem linken Auge spannte unangenehm. Diese verdammten Bastarde hatten ihn wieder mal übel zugerichtet. Er wusste nicht, wie lange er diesen Zustand noch aushalten würde. Diese ständige Angst, das Gefühl immer auf der Hut sein zu müssen. Jeder Morgen war von Übelkeit begleitet, von Furcht vor dem Unbekannten; vor dem, was ihn erwarten würde. Vor der Schule, vor der neunten Klasse, vor allem. Warum taten diese Mistkerle ihm das an? Warum taten Menschen sich überhaupt solche Dinge an? Er vergrub sich unter seiner Decke und starrte in die schummrigen Schatten an den Wänden. Er wollte alleine sein. Nur alleine sein. Dumpfes hohles

Klackern riss ihn schlagartig aus seiner Lethargie. Kleine Steine und Dreckklumpen prallten an die Fensterscheibe seines Dachstuhlzimmers und hinterließen Abdrücke, als sie wieder herabrieselten. Curtis sprang aus dem Bett. Seine Schmerzen und dunklen Gedanken waren schlagartig verschwunden, als er Lana Mathews dort unten vor seinem Fenster stehen sah. Er war ihr verfallen, vom ersten Moment an, als er in ihre Augen geblickt hatte. Er hatte gefühlt, dass sie etwas Besonderes ist. Wenn es stimmte, dass die Augen der Spiegel zur Seele sind, dann musste in Lana eine Seele schlummern, die nicht von dieser Welt war. Curtis konnte nicht benennen, was ihn zu dieser Überzeugung verleitet hatte, es war ein Gefühl und dieses Gefühl war stärker, als alles, was er kannte. Er hatte nicht viele Freunde, eigentlich hatte er gar keine. Die anderen Menschen hielten ihn für wunderlich, oder schlimmer: Sie sahen ihn erst gar nicht. Lana war anders gewesen. *Sie* hatte ihn *gesehen*. Sie hatte sich für ihn interessiert. Und dieses Interesse war ehrlich gewesen. »Hey Schlafmütze«, rief sie, während er das Fenster öffnete und hinaus lugte. »Hab ich dich etwa aus deinem Mittagsschlaf geweckt?« Sie grinste verschmitzt und stemmte ihre Hände in die Hüften. Ihr kastanienbraunes Haar schien im Zwielicht der untergehenden Sonne einen Bronzestich zu haben. Ein erfreutes Lächeln huschte über Curtis´ Gesicht. *Sie* war die EINE. *Sie* war seine Hoffnung. *Sie* war seine Zuflucht. *Sie* war Geborgenheit. *Sie* war Heimat. »Ich hab nicht geschlafen, nur ein bisschen Fern geschaut.«

»Hoffentlich nicht wieder irgendwelche unanständigen Sachen«, rief sie ihm entgegen, während sie ihre Augen vor dem einfallenden Licht der untergehenden

Sonne schützte. Curtis schüttelte den Kopf und lachte in sich hinein. »Komm doch rein, ich mach dir die Tür unten auf.«
»Falsche Antwort. Komm du runter. Ich muss dir unbedingt etwas zeigen.«
»Was gibt es denn?«, wollte er wissen.
»Ich will es dir doch *zeigen*. Wenn ich es dir jetzt schon sagen würde, bräuchte ich es dir ja nicht mehr zu zeigen, du Dummerchen.«
»Ja ist gut. Warte kurz.« Curtis schnappte sich seine Cap von den Oregon Ducks, seinem Lieblingsbaseballteam, kletterte aus dem Fenster, einen angrenzenden Baum hinab und sprang vom untersten Ast hinunter in den lichten Schatten der verwobenen Zweige.

»Fast so gut wie Tarzan, vielleicht bin ich ja irgendwann mal deine Jane«, sagte Lana verschmitzt und umarmte ihn zur Begrüßung. Jedes Mal wenn sie ihn berührte, und war es auch noch so beiläufig, begann sein Herz schneller zu schlagen. Curtis verharrte einen Augenblick, als er in ihre sanften grünen Augen blickte. Lanas verwegenes und stolzes Lächeln verschmolz mit dem goldgelben Licht der untergehenden Sonne. Ihr Charakter war offen und zugleich wusste er, dass ihr tiefe Geheimnisse innewohnten. Er konnte es in ihren Augen sehen. Augen, die so voller Leben waren. Tief und unergründlich. Sie kicherte vergnügt. Ein Lachen voller Unbeschwertheit. Leichtherzig und ohne jede Geringschätzung. Ihr Anblick löste in ihm das Gefühl aus, die Zeit schleiche und verfliege gleichermaßen.

»Komm schon, du Schlafmütze«, sagte sie und schwang einen Arm um seine Schultern. »Was ich entdeckt habe, wird dir den Atem rauben. Versprochen.« Curtis wäre ihr blind bis ans Ende der Welt gefolgt.

Lana fand Zauber in Dingen, die die meisten als gewöhnlich, sonderbar oder gar belanglos betrachten würden. Ihre Freundschaft war echt und aufrichtig. Dennoch wusste er nicht, ob sie auch dasselbe für ihn empfand. Er hoffte, sie würde seine Liebe eines Tages erkennen. Ein Teil von ihm wollte ihr offenbaren, was er wirklich empfand, doch der andere Teil hatte Angst vor ihrer Antwort. Vor Zurückweisung und der endgültigen Gewissheit, dass sie in ihm nicht sah, was er in ihr erkannte. So lebte er lieber mit der Illusion, als einer möglichen Wahrheit ins Auge zu sehen. Nachts im Bett hatte er sich vorgestellt, was er zu ihr sagen wollte, doch er kannte sich gut genug, um zu wissen, dass Pläne dazu da waren, um verworfen zu werden. Während sie durch die Welt einer grünen Oase im Herzen Amerikas schlenderten, malte die untergehende Sonne rote Lichter und dunkle Schatten auf ihre Umgebung. Nach Sommerluft duftende Wiesen säumten ihren Weg. Winzige Fliegen und Mücken tanzten am Horizont hypnotisch auf und nieder. Die Kleinstadtidylle von Summersprings versank hinter ihnen allmählich in der Dämmerung. Der Abend hüllte die Stadt in ein friedvolles blau-violettes Licht. Schatten wurden länger und länger, ehe sie sich letztlich in inniger Zuneigung vereinigten. Summersprings war eine typisch mittelgroße Stadt und lag im Staat Oregon im Westen der USA, nicht unweit der Metropole Portland. Jener Flecken Erde war wie eine Oase des Lebens. Vielseitige Flora und Fauna teilte sich die Welt mit weißen Sanddünen, schroffen Felslandschaften und einsamen Buchten mit klarem Wasser. Sie erreichten den Rand eines tiefen grünen Waldes. Ein seichter Wind raschelte in den Baumkronen und der kräftige Flügelschlag eines Raubvogels verhallte über ihnen. In unbestimmter Entfernung rauschten fahrende Motoren über einen Highway. Schwere dunkle Bäume ragten in den Himmel im Westen, dort wo die Sonne nun wie ein feuriger Stern langsam versank und über den Horizont ein rubinrotes Tuch warf, fast so, als würde sich der Himmel dort leer bluten.

»Was wollen wir denn im Wald?«, fragte Curtis fast ein wenig ängstlich.

»Gleiche Antwort wie vorhin«, entgegnete Lana, »ich kann es dir nicht verraten, dann wäre es doch keine Überraschung mehr. Aber es wird dich umhauen.«

Curtis blickte sich ein letztes Mal um. In nicht allzu großer Entfernung entdeckte er ein pechschwarzes Auto. Der Wagen rollte im Leerlauf geräuschlos dahin. Curtis wusste nicht warum, aber ihn beschlich sogleich ein ungutes Gefühl. Es war wie eine Eingebung, die er nicht benennen und auch nicht zuordnen konnte. Aber er fühlte es. Und was er fühlte, war nichts Gutes. Es war kalt. So bitterkalt.

(Er existiert wirklich ... es gibt ihn wirklich ... den schwarzen Schatten)

Dann fühlte er Wärme. Die Berührung von Haut. Lana hatte seine Hand gegriffen, riss ihn aus seinen Gedanken und zog ihn in den Wald. Hohe uralte Bäume standen sich gegenüber und hatten ihre Äste über ihnen so ineinander verzweigt, dass sie einen imposanten Baldachin aus leuchtendem Grün bildeten. Letztes Sonnenlicht zwängte sich in schräg einfallenden Streifen durch das nahezu undurchdringliche Blätterdach und hüllte den Wald vor ihnen in diffuses Zwielicht.

»Ist es denn noch weit?«, fragte Curtis.

»Brauchst du schon wieder deinen Schönheitsschlaf?«

Curtis schwieg und folgte ihr über einen kaum erkennbaren Pfad durch den immer dunkler werdenden Wald. Das Motorenrauschen des entfernten Highways verebbte, als hätte jemand ein schalldichtes Tor geschlossen. Seichter Wind wisperte durch die Kronen der Bäume, so als ob sie das Rauschen des Meeres umgeben würde. In der Luft lag ein weicher Geruch von Eichenrinde, Kiefernnadeln und torfiger Erde. »Wir sind da«, flüstere Lana in ehrfürchtiger Vorfreude. Ihre Augen blinzelten im schummrigen Halbdunkel. Gebannt schlüpften sie zwischen Bäumen und unter überhängenden Zweigen hindurch und traten auf eine Lichtung. Es war, als überschritten sie eine Grenze, hinüber in eine unwirkliche Märchenwelt.

3. Ein Traum wird wahr

Dies musste der schönste Flecken Erde sein, an dem er jemals gewesen war, dessen war sich Curtis sicher. Die Reste des Tages waren vom Himmel verschwunden und die Nacht hatte sich beruhigend über der Welt ausgebreitet, wie eine Mutter, die ihr Kind zudeckte. Über ihnen leuchtete ein schwarz-violetter Himmel voller Sterne, tief und unergründlich. Eine anziehende Macht, die jeder Beschreibung spottete. So allwissend, so fern, so fremd und doch so nah. Grillen zirpten in der duftenden Nachtluft. Der Mond war im Osten aufgegangen und hatte die Landschaft mit einem Hauch von Silber überzogen. Geisterhaft, unheimlich und doch so wunderschön. Er stand so tief, dass er drohte hinabzustürzen und die Welt unter sich zu begraben. In seinem von Kratern und Löchern gezeichneten Gesicht lag Traurigkeit, verborgen im Glanz der Sterne. Curtis glaubte, sich an der Grenze zwischen Himmel und Erde zu befinden. Ein Wanderer zwischen den Welten. Eine dichte Baumreihe bildete ein Bollwerk gegen die Dunkelheit des Waldes. Wilde Feldblumen ragten in bunten Farben aus der Erde. Sie waren kniehoch gewachsen und wogten im sanften Wind einer nächtlichen Brise hin und her. Ihre Blüten verströmten den Duft von Leben und ihre Nuancen waren selbst in den langen Mondschatten so intensiv, dass man sie förmlich spüren konnte. Inmitten der Lichtung befand sich ein von Schilf umgebener kleiner See. Von der Stille und Atmosphäre dieses Ortes ergriffen gingen Lana und Curtis ehrfürchtig durch das Gras und setzten sich ans Ufer. Ein Ort urtümlicher Schönheit. Unberührt und echt. Eine friedliche Stille hatte sich über diese Oase gelegt. Nur die Geräuschkulisse der Natur lag in der

Luft. Nachtvögel sangen hier und da und Frösche gingen unermüdlich ihrem monotonen Gequake nach. Als sie dort schweigend am Ufer des Sees saßen und jene wunderschöne Szenerie in sich aufsogen, stellte Curtis sich vor, wie er Lanas Hand greifen, ihr tief in die Augen blicken, wie sich ihre Köpfe neigen und sich ihre Lippen sanft berühren würden. In jenem Phantomgemälde hörte die Welt auf sich zu drehen und er nahm nur noch Geräusche inneren Ursprungs wahr, wie das Schlagen seines entfesselten Herzens.

»Mein Gott, haben *sie* dir das angetan?«, fragte Lana erschrocken, als sie die geschwollene und gerötete Haut unter seinem Auge entdeckte.

»Ach, das ist nichts.«

»Es sieht aber *nicht* aus wie *Nichts*«, entgegnete sie mit mütterlicher Besorgnis. Curtis schüttelte abwiegelnd den Kopf. »Schon in Ordnung.«

»Nichts ist in Ordnung. Du musst aufhören dir von diesen Idioten alles gefallen zu lassen. Wie oft haben sie dir schon wehgetan? Wie oft bist du schon vor ihnen davongelaufen? Sie werden immer weiter machen. Eines Tages hast du mehr, als nur ein paar Kratzer.«

»Lass das bitte meine Sorge sein, ja?«, erwiderte Curtis genervt und zeitgleich ertappt, weil er wusste, dass sie recht hatte. Lana sah ihm an, wie sehr ihn diese Unterhaltung quälte, wie unangenehm es ihm war, wenn sie sich wie seine Mutter aufführte.

»Versprich mir bitte nur, dass du dich das nächste Mal wehrst, ja? Lass diese Idioten nicht noch einmal damit durchkommen.« Curtis nickte und schwieg und blickte auf zum Nachthimmel. Die Zweige der hochgewachsenen Bäume zeichneten ein dunkles

Muster ins Firmament jener atemberaubenden Nacht. Er wollte nicht mehr schwach sein. Manchmal wünschte er sich, jemand Anderes zu sein. Gerade wenn Lana ihm zeigte, was er unter einer dicken Schicht aus Verdrängen vergraben hatte. Lautlos verrannen die Minuten. Dann blickte er sie wieder an. Durch das Geäst der Bäume sickerte Licht des Mondes und verlieh ihrem Gesicht einen bleichen fast farblosen Teint. Ihre Anziehungskraft war nicht sexueller Natur. Sie war schön und attraktiv, aber das war es nicht, was ihn berührte. Es war so viel mehr und ging so viel tiefer als bloße Biochemie. Und auch wenn er dieselben Bedürfnisse hatte, wie jeder andere Junge, der auf dem Weg war ein Mann zu werden, so ging sein Interesse an diesem Mädchen weitaus tiefer als reines sinnliches Verlangen. Was immer sie verband, es war etwas Besonderes. Einzigartig und von Bedeutung.

»Glaubst du, es gibt mehr, als das hier?«, fragte Lana beiläufig.

»Kann sein. Ich halte alles für möglich, oder auch nicht. Ehrlich gesagt, habe ich mir noch nie wirklich Gedanken darüber gemacht.«

Sie seufzte. »Das ist schade. Ich finde, es gibt unserem Leben so viel mehr Sinn, wenn es dort draußen noch etwas Anderes gibt. Etwas Größeres, etwas das unseren Horizont überschreitet.« Curtis zuckte mit den Schultern. »Ich finde, unsere Welt ist groß genug. Zumindest für mich. Manchmal kommt sie mir gar ein paar Nummern *zu* groß vor. Was denkst *du*?«

»Ich weiß nicht, ich glaube, es muss einfach mehr geben, als nur unseren täglichen Kampf ums Überleben und all unsere Streitereien, die nie wirklich einen Sinn ergeben oder irgend ein Ziel erreichen. Ich will, dass das Leben Bedeutung hat. Das es da draußen noch mehr gibt.«

»Dann glaubst du an so etwas wie Gott?«

»Nein, ich bin nicht religiös und ich glaube auch an keinen Gott. Gott ist etwas, das man nicht greifen kann, man kann sich nicht vorstellen, wer oder was das sein soll. Warum hat er diese Welt geschaffen, warum hat er den Menschen geschaffen? Was soll sich hinter all dem verbergen?«

Curtis zuckte erneut mit den Schultern. »Wenn man darüber nachdenkt, explodiert einem noch der Kopf. Deshalb fang ich lieber erst gar nicht an.«

Lana lachte belustigt, was dazu führte, dass Curtis seinen Kommentar zugleich zutiefst bereute. Mochte sie ihn jetzt etwa für einfältig oder dumm halten? Er musste schnell einen Spruch raushauen, der dies wieder geradebiegen würde. So etwas wie: *Wer nur lange genug sucht, findet das Licht im Dunkel.* Aber er befürchtete, es damit nur noch schlimmer zu machen.

»Ja, da rauscht einem der Kopf«, pflichtete Lana ihm bei und lächelte zu seiner Beruhigung warmherzig. »Ich hoffe, es gibt da oben noch etwas, das unser Bemühen hier unten nicht so kläglich erscheinen lässt. ... Eines weiß ich aber sicher, die Sterne sind wie eine Landkarte, in der wir uns wiederfinden können, sollten wir uns je aus den Augen verlieren.«

»Ein schöner Gedanke, irgendwie tröstlich.« Curtis suchte den Himmel nach Sternenbildern ab. Er schien bemüht, ein Zeichen für die Ankunft außerirdischen Lebens zu erkennen – ein glühender Punkt, ein Geschwader von Sternen, die sich unnatürlich bewegten, miteinander verschmolzen und irgendwo im

Nichts verschwanden. Lana lächelte ihn verträumt an und legte sich rücklings ins kniehohe Gras. Das Muster der Wildblumen spielte ihr im Licht der leuchtenden Sterne übers Gesicht. »Wie stellst du dir eine Welt da oben vor?«, fragte Curtis. »Schließe deine Augen, dann kannst du sie sehen. Lass unsere Welt hinter dir. Nichts zu sehen ist etwas Mächtiges. Mit geschlossenen Augen kannst du die Welt nach deinen Vorstellungen schaffen. Du bist der Künstler in deiner eigenen Dunkelheit.«
»Ich weiß nicht, ich seh gar nichts«, sagte Curtis skeptisch, während er mit geschlossenen Augen im Gras lag. Lana begann herzhaft zu lachen. Ihr Lachen war wie wunderschöne Musik in seinen Ohren. »Du musst mit mehr sehen, als mit deinen Augen.« Sie rollte sich zu ihm hinüber und legte ihre Hand auf seine Brust. Curtis blickte sie fragend an. In ihren Augen lag die Tiefe des Ozeans und die Weite der Galaxie. »Du hast keine Ahnung, was ich meine, stimmt's?«, sagte sie grinsend. Er nickte verstohlen. »Wer soll bei deinen kryptischen Aussagen auch durchblicken?« Sie schlug ihm sanft vor die Brust. »Du Blödmann, ich mein es ernst.« Dann schmunzelte sie amüsiert und zugleich so liebevoll wie es sonst nur eine Mutter tat, die ihrem Kind bei seinen ersten tollpatschigen Gehversuchen zusah. »Weißt du, ich frage mich einfach nur, was wirklich wichtig ist im Leben. Was wirklich von Bedeutung ist. Hast du nicht manchmal auch das Gefühl, diese Welt sei dir fremd?«
»Weniger die Welt. Eher die Menschen«, sagte Curtis nachdenklich.

»Ja das auch«, pflichtete ihm Lana bei. »Ich beobachte die Menschen und das Leben und fühle mich manchmal wie ein Fremdkörper, wie jemand der nicht hierher gehört.« Lanas Blick fiel erneut zu den Sternen.
»Das hört sich traurig an«, sagte Curtis, »aber wenn du nicht hierher gehörst, wo glaubst du, dann hinzugehören?«
»Ich habe manchmal diese Träume.«
»Was für Träume?«
»Träume von fremden Wesen.«
»Fremde Wesen?«, wiederholte Curtis skeptisch.
»Diese Wesen begegnen mir an einem unwirklichen Ort. Es ist immer derselbe Ort; wir befinden uns in einem Meer voller Sterne. Sie sind hell und überall. Über uns, unter uns. Es scheint dort weder Zeit noch Raum zu geben. Die Wesen schweigen, sie sagen kein einziges Wort, aber dennoch ist da ein unbändiges Gefühl.«
»Was für ein Gefühl?«, fragte Curtis besorgt.
»Es ist ein Gefühl von Zugehörigkeit, tief und verborgen, aber stark wie ein wilder Strom.«
Curtis schwieg bedächtig. Wer immer diese Typen auch waren, er konnte sie jetzt schon nicht leiden. »Was sind das für Wesen?«, fragte er, ohne seinen Unmut auch nur ansatzweise zu verstecken. Für einen Moment sah ihn Lana an, so, als erkenne sie die Anzeichen seiner Eifersucht. Curtis fühlte sich sogleich ertappt und versuchte eine Maske der Gleichgültigkeit überzustülpen, doch sein Vorhang war längst gefallen.
»Ich glaube, sie sind uns sehr ähnlich. Sie sind Suchende, wie wir. Ich hoffe wir können ihnen eines Tages begegnen und sie können uns erzählen, was sie

in den Weiten des Universums gefunden haben«, sagte Lana. Curtis sah sie kritisch an, so als würde er sie nicht ganz für voll nehmen. »Aber keine Ahnung, wer oder was sie sind«, sagte Lana dann, im Versuch ihren Erzählungen nicht zuviel Gewicht zu verleihen. »Wahrscheinlich sind sie eh nur ein Trugbild meiner Fantasie, mehr nicht.«
Als ob es das besser macht, dachte Curtis. »Wie sehen sie denn aus?«

»Unwirklich eben«, entgegnete Lana und merkte, noch während sie die Worte aussprach, dass ihr Versuch möglichst unaufgeregt zu erscheinen, so aufgesetzt wirkte, dass er das genaue Gegenteil verursachte. Curtis spürte, wie Aufregung in ihr wuchs, während sie von den fremden Wesen aus ihren Träumen sprach. Seine Augen verengten sich zu argwöhnischen Schlitzen. Sein Mund formte eine strenge Linie. »*Unwirklich?*«, sagte er. »Was *genau* soll ich mir darunter vorstellen? Haben sie drei Augen oder vier Arme?«

»Nein«, sagte Lana lachend und schlug ihm sanft und verspielt vor die Brust. »Sie sehen fast aus wie Menschen.«

»*Fast?*« Dieses *fast* gefiel ihm ganz und gar nicht.

»Sie haben ganz bleiche weiße Haut, aber nicht krank, sondern eher ... rein.«

Na super, jetzt auch noch rein, dachte Curtis. *Spielten diese Typen etwa auch noch in der Liga der Unbefleckten?* »Sind sie etwa nackt?« Lana lachte halb belustigt und halb verlegen, ehe sie antwortete: »Ich weiß es nicht, ich kann nur ihre Gesichter erkennen, falls dich das beruhigt. Ihre Körper sind irgendwo im

Licht verborgen.« Nichts, was Curtis wirklich beruhigt hätte.

»In ihrer Haut verlaufen seltsame Linien.«

»Tätowierungen?« *Halb nackt, unbefleckt und jetzt auch noch rebellische Tätowierungen?* Dieser Kampf schien für Curtis schon verloren, ehe er begonnen hatte. »Keine Tätowierungen. Diese Linien scheinen aus ihnen selbst zu kommen. Ich glaube, es sind Adern, aber sie leuchten so hell, als ob flüssiges Gold durch sie hindurch fließen würde.« Ihre Stimme klang gebannt, fast verzaubert. »Ihre Haare sind ...«, für einen Augenblick schien sie ein unbekannter Gedanke versteinern zu lassen, »schneeweiß, genau wie ihre Haut«, führte sie dann fort und in ihre Stimme schlich sich wieder jene träumerische Leichtigkeit. Die Wesen mochten Erscheinungen einer Fantasie sein, aber sie waren auch das visualisierte Abbild einer Sehnsucht. Einer Sehnsucht, die Curtis nie erfüllen konnte. »Was glaubst du, haben diese Träume zu bedeuten?«, fragte er und befürchtete damit in ein Wespennest zu stechen. Lana zögerte einen Moment, ehe sie sich zu einer Antwort durchrang. »Eine Zeit lang dachte ich, es läge daran, dass ich mich manchmal so fremd in dieser Welt fühle und mein Unterbewusstsein deshalb einen Ort geschaffen hat, der nur mir gehört. Aber jetzt glaube ich, da ist noch mehr. Ich glaube, diese Wesen, was, oder wer sie auch sind, wollen mich vor irgendetwas warnen. Vor etwas Gefährlichem. Vor etwas Dunklem.«

»Wie kommst du darauf?«

»Zu diesem Gefühl von Vertrautheit hat sich ein Hauch von Bedrohung geschlichen. Eine unbestimmte Angst, die ich nicht richtig deuten kann. Unmerklich, aber dennoch klar. Und jedes Mal, wenn ich wieder träume, wird es stärker. Ich glaube, es ist eine Warnung. Eine Warnung vor Etwas, das noch kommen wird.« Curtis sah sie entsetzt und zugleich bemitleidend an. »Oh man, wenn man solche Träume hat, braucht man keine Alpträume mehr.« Lana drehte sich zu ihm herüber. »Vergiss einfach, was ich sagte, das sind nur die verrückten Träume eines Mädchens, das zuviel Science Fiction Filme gesehen hat. Apropos! Wann gehen wir wieder ins Kino?« Curtis zuckte mit den Schultern und sie starrten eine Weile wortlos in den Himmel. Er hätte diese Geschichte gern vergessen, aber Beunruhigung hatte sich unlängst in ihm breitgemacht. Unheimliche, weißhaarige Beunruhigung mit Adern aus flüssigem Gold. Einige Fledermäuse jagten gierig hinter einem Schwarm Mücken zum Mond hinauf und so rasant wie eine hinabstürzende Achterbahn wieder hinab. Dann ergriff Lana seine Hand. Aufgeregte Röte schlich sich in Curtis´ Gesicht. Ihre Berührung verlieh dem Augenblick einen Zauber. Stiller Mut, das Gute im Leben zu sehen, schien sie in jenem Moment einzuhüllen. »Zu deiner Frage von vorhin«, ergriff Curtis das Wort. »Ich glaube, es geht im Leben nicht darum der Schnellste und Beste zu sein, sondern darum, es auf *deine* Weise zu tun und es so zu machen, wie du es für richtig hältst.«

Lana blickte ihn überrascht an und schien erstaunt aber erfreut über seine Sichtweise. »Genau«, pflichtete sie ihm bei, »egal, was du darstellst oder was du erreichst, es geht nur darum, wer du bist. Ganz tief hier drin«, sagte sie und tippte mit ihrem Finger auf ihre Brust. Und so verharrten sie dort im Gras und hofften, jener Moment würde niemals enden. Doch er endete.

So wie alles im Leben endete. Sie verließen den See und machten sich auf den Heimweg, nachdem sie eine gefühlte Ewigkeit dort im Gras gelegen und ihren Träumen hinterhergehangen hatten. Summersprings lag schlafend vor ihnen, umgeben von unendlichem Grün. Eine verträumte Ansammlung von Häusern. Curtis ließ seinen Blick durch die menschenleeren Straßen schwelgen und hatte für einen kurzen, aber eindringlichen Augenblick das beängstigende Gefühl, dass irgendwo da draußen jemand war und sie beobachtete. Unterschwellige und schwelende Angst kroch wie Nebel auf ihn zu, Nebel der in jede noch so kleine Ritze seines Körpers drang. Doch so schnell sie gekommen war, so schnell verging jene unwirkliche Angst. Curtis begleitete Lana zurück zu ihrem Haus, das praktischerweise auf der anderen Straßenseite lag. »Ich muss dringend noch aufräumen, mein Vater kommt heute Nacht von seiner Tagung zurück«, sagte sie mit gespielter Panik. »Ich danke dir, es war ein wunderschöner Abend.« Sie umarmte ihn zum Abschied. Er blickte ihr tief in ihre grünen Augen, die von kleinen braunen Sprenkeln durchzogen waren. Dann küsste sie ihn und die Zeit schien stehen zu bleiben. Ihre Lippen berührten sich sanft. Er fühlte sich, als würde ihn die Walze einer betörenden Flutwelle hinab in ein tosendes Meer reißen. Ein Meer voller Endorphine. Ein Augenblick war wie ein ganzes Leben und das Leben schien wie ein Augenblick. »Wir sehen uns morgen«, sagte sie, als sie sich von seinen Lippen löste. Sie lächelte ihm ein letztes Mal zu, lief die Verandastufen empor und verschwand im Haus, als das Fliegengitter hinter ihr zuschlug. Curtis verharrte noch einen Moment und blickte ihr nach, ehe er sich von Leichtigkeit beschwingt in sein Zimmer unter dem Dach begab. Er konnte nicht fassen, dass sie ihn tatsächlich geküsst hatte. Ein Traum war wahr geworden. Er versuchte einzuschlafen, doch der fliegende Gedanke von ihren Lippen, wie sie sich in inniger Verbundenheit berührten, hielt ihn noch lange wach.

4. Ein Leben zerbricht

Als Curtis mitten in der Nacht erwachte, fühlte er sich auf unbestimmte Weise unwohl. Irgendetwas ... *stimmte nicht.* Er kroch schlaftrunken aus der schützenden Wärme seiner Bettdecke und schlüpfte gedankenverloren in seine Hausschuhe. Während er die Treppe hinunter ging, kehrten die Bilder des heutigen Abends zurück. *Ihre Lippen berührten seinen Mund ganz langsam und zaghaft.* Es war wie in einem unwirklichen Traum gewesen. Mit Blick auf die schlafende Stadt öffnete er in der Küche den Wasserhahn und füllte ein Glas mit Wasser. Er nippte daran und sah, dass der Mond zu den höheren Sternen emporgestiegen war, seine gelben Schleier offenbarten ein prachtvolles Antlitz. Er lugte hinüber zur anderen Straßenseite, hinüber zu Lanas Haus. Ihn durchfuhr ein elektrischer Blitz, als er ein schwarzes Auto vor dem Haus parken sah. Hatte ihr Vater einen neuen Wagen? War er bereits von der Tagung zurückgekehrt? Dann fiel es ihm wie Schuppen von den Augen. Er hatte das Auto heute schon einmal gesehen. Es war über den Feldweg gerollt und hatte ihm einen unwohlen Schauer über den Rücken gejagt. Curtis stellte das Glas hastig in die Spüle, Wasser schwappte über den Rand und er ging im Schlafanzug hinaus in die Nacht. Er überquerte die Straße und verharrte kurz vor dem Nachbargebäude. Er war schon oft in dem Haus gewesen, aber heute kam es ihm gespenstisch vor. Die Haustür stand einen Spalt offen. Sein Unbehagen wuchs ins Unermessliche. Er trat vorsichtig hinein. Im Haus war es still. Zu still. Die Härchen in seinem Nacken stellten sich auf. Er stand im düsteren Flur und lauschte. Die einzigen Geräusche waren der knarzende Dielenboden und der tropfende Wasserhahn in der Küche, den Lanas Dad noch immer nicht repariert hatte. Langsam stieg Curtis die Treppe hinauf, seine Hand auf dem Geländerlauf hinterließ einen glitschigen Schweißfilm. Verräterische Laute drangen auf den Flur. In der oberen Etage angelangt erblickte er sofort, dass eine der Türen einen Spalt offen stand. Es war Lanas Zimmer. Undefinierbare Töne hallten dumpf nach außen, und mattes, kaum wahrnehmbares Licht fiel auf den Flur. Curtis stieß die Tür ein wenig weiter auf und spähte in Lanas Zimmer. An der Decke befanden sich angeklebte leuchtende Sterne. An der Wand hing ein Poster von E.T.. Im Halbdunkel bewegte sich Etwas. Er konnte die Konturen von Lanas Bett erkennen. Mit seinem rechten Auge starrte er zwischen Rahmen und Tür hindurch. Er sah einen Schatten an der Wand, wie er sich zuckend bewegte. Der Schatten gehörte zu einem Mann, einem Mann, der auf Lana lag und ihr unsagbare Schrecken antat. Langsam kroch Curtis Entsetzen in die Adern. Er war in der wärmenden Geborgenheit eines wunderschönen Erlebnisses eingeschlafen und in der kalten Gegenwart des Bösen wieder aufgewacht. Er fühlte, wie fantasieverstärktes Grauen an seinem Verstand zu rütteln begann.

(Er existiert wirklich ... es gibt ihn wirklich ... den schwarzen Schatten)

Curtis brachte keinen klaren Gedanken zustande, konnte nicht mehr fühlen, nicht mehr atmen. Seine Angst löschte jegliches Reflektionsvermögen aus und machte rationales Handeln unmöglich. Sein gebannter Blick fiel wieder auf den Schatten an der Wand. Es war kein gewöhnlicher Schatten. Vielmehr war er ein schemenhaftes Abbild der wahren Gestalt jenes Mannes, der dort in Lanas Bett kauerte. Eine Gestalt, die er versuchte vor den Augen der Welt zu verbergen. Curtis glaubte, der Schatten nähme die Form eines unmenschlichen Wesens an, das ihn mit seinen teuflischen Klauen zu sich winken würde. Eine fließende Bewegung, in der Verderben und Verlangen lag. Er führte ein unheilvolles Eigenleben, wie etwas, das nicht an seinen Gebieter gebunden war. Was Curtis mit seinen Augen sah, war schon schlimm, doch was er in seinem Inneren fühlte, war so unendlich schlimmer. Kälte hatte seine Seele umschlungen, wie eine Hand aus purem Eis. Er wollte diesen Ort verlassen und rennen, solange bis er die Welt hinter sich zurückgelassen hatte. Doch aus Angst, selbst eine kleine Bewegung könne die Aufmerksamkeit des Mannes erregen, blieb er einfach wie angewurzelt stehen. Sein Gehirn unternahm einen letzten verzweifelten Versuch, alles zu leugnen. Doch die Bilder verschwanden nicht. Dort lag immer noch eine düstere Gestalt in Lanas Bett, bebend und kauernd. Er hörte ein raues Atmen und ein vor Erregung bebendes Grunzen, das tierischer nicht hätte sein können. Er sah, wie der Mann seinen Mund öffnete, so als ob er Lana verschlingen wolle. Seine Adern traten ungewöhnlich stark hervor und verliefen in gezackten Bahnen unter seiner fast durchsichtigen Haut. In ihnen schien dunkles schwarzbraunes Blut zu pulsieren. Seine Gliedmaßen waren ungewöhnlich lang und hager, die Rippen waren deutlich zu erkennen, seine gesamte Gestalt wirkte ausgedörrt. Fettige von Schweiß verklebte Haare hingen ihm wild ins Gesicht und reichten hinab bis zu seinem vor Erregung bebenden Kinn. Er öffnete seinen Mund und es sah fast so aus, als ob er seinen Unterkiefer wie eine Schlange ausrenken würde, um sein tiefschwarzes Maul zu offenbaren. Dann geschah etwas Unfassbares, denn auch unter Lanas Haut regte sich etwas. Strahlend helle Linien liefen in gezackten Bahnen ihr Gesicht empor, so als ob flüssiges Gold in ihren Venen zirkulieren würde. Der Mann begann zu röcheln und zu keuchen. Sein Mund stand weit offen. Speichel tropfte von seinen geröteten Lippen, die in der Dunkelheit glänzten. Es schien, als wolle er etwas in sich aufsaugen, etwas das Lana gehörte. Er griff ihre Kehle und zwang sie nach Luft zu schnappen. Dann senkte er seinen Kopf hinab, bis er fast ihr Gesicht berührte. Seine strähnigen Haare baumelten hinab und verdeckten Curtis die Sicht. Doch er sah dennoch, wie strahlendes Licht aus Lanas Mund herauszubrechen schien und wie der Mann es begierig in sich aufsog. Sein ganzer Körper begann zu zittern, als das goldene Licht seine Adern erfasste und wie ein heller Strom durch ihn hindurch schoss. Die Helligkeit verdrängte die Schwärze für einen kurzen Moment. Als das Licht in ihm erlosch und wieder die Dunkelheit durch ihn sickerte, stöhnte der Mann wie ein Junkie, der sich einen Schuss Heroin verpasst hatte. Er krümmte sich und machte einen Katzenbuckel, während er schwer und röchelnd atmete. Sein Gerippe schimmerte und die Wirbel verliefen sichtbar wie eine Bergkette unter der fahlen Haut.

»*So hell, so kraftvoll, so voller Leben*«, sagte er. Scharf, zischend und mit bebenden Lippen sog er die Luft ein. Sein Körper zitterte, als er sich erhob. »*Wie lange habe ich das nicht mehr gefühlt*«, er strich Lana durchs Gesicht. »*Ich habe gleich gewusst, dass du eine von ihnen bist. Sag mir, gibt es noch mehr da draußen? Gibt es noch mehr Sternenseelen?*« Dann ließ der Mann von Lana ab. Er schien aus seiner Gier zu erwachen und Curtis´ Gegenwart wahrzunehmen. Er stoppte seine Bewegungen und spähte ruckartig mit bedrohlicher Intensität in seine Richtung. Ein irres und beständig zuckendes Gesicht stierte ihn an. Curtis erschauderte und sein ganzer Körper erstarrte zu einer Salzsäule, wie ein Kaninchen, das in das todbringende Maul einer Schlange blickte, die ihre Giftzähne fletschte. Fiebrige Augen und ein schadenfrohes Grinsen prägten das Gesicht des Mannes, wie dunkle Vorboten einer Reise in die Hölle. Seine gesamte Statur war schmal und groß gewachsen, jedoch alles andere als elegant. Irgendwie deformiert und bizarr. Er leckte sich über die geröteten Lippen, die in seinem weißen Gesicht wie rote Blutspuren in frischem Schnee aussahen. »*So rein, so voller Kraft, so voller Träume.*« Für einen kurzen Moment schien er innezuhalten, ehe er dann mit scheinbar veränderter Stimme sagte: »Ich musste es tun. ... Sie hat mich dazu gezwungen. Es ist die Stimme. Es ist der Schatten. Er *will* es so.« Jedes Wort brannte sich in Curtis´ Bewusstsein. Er wurde von dem Bedürfnis überwältigt, zu laufen, laufen, laufen. Einfach hinfort, und niemals zu stoppen. Als der Mann sich erhob, machte er die Sicht auf Lana frei. Sie lag dort, so zerbrechlich, als sei sie aus Porzellan modelliert. Die Sterne an der Zimmerdecke zeichneten Schatten auf ihr Gesicht. Sie konnte nicht schreien, nicht einmal atmen. Mit aufgerissenen und schreckgeweiteten Augen starrte sie ihn an. Schlimmer, sie starrte durch ihn hindurch. Es herrschte kein Leben mehr in ihren wunderschönen Augen. Ein Anblick, der Curtis bis ins Mark traf und ihn in seinen Grundfesten erschütterte. Einen Moment lang sah er sie vor sich, wie sie ihn angelächelt und seine Hand ergriffen hatte, im Glanz der Sterne. Dieser Moment war erst wenige Stunden vergangen und dennoch lag dort nun ein anderer Mensch. Ein leerer Mensch, dem etwas fehlte, dem das fehlte, was ihn einst ausgemacht hatte. Die Unschuld in ihren Augen war gestorben. Er sah die Scherben einer zerstörten Seele, sah die Sehnsucht nach Erlösung in ihnen schimmern. Ein Leben war zerbrochen; ausgelöscht durch das Handeln einer Abscheulichkeit. Nichts würde mehr so sein, wie es einmal war.

5. Dunkelheit

Die Erbarmungslosigkeit der Angst kannte keine Kompromisse. Sie hatte ihn ergriffen und jagte ihn in ein abstraktes Reich, in dem ein namenloser Schatten die Herrschaft über sein Leben anstrebte. Curtis war fluchtartig aus dem Haus gestürmt und rannte, tief hinein in die Wälder, ohne auch nur ansatzweise ein Ziel zu besitzen. Er wollte fort, fort von dem, was er gesehen hatte. Umgeben von Dunkelheit und blätterlosen knorrigen Bäumen verlor er schnell die Orientierung. »*So rein, so voller Kraft, so voller Träume. ... Ich musste es tun. ... Sie hat mich dazu gezwungen. Es ist die Stimme. Es ist der Schatten. Er will es so*«, dröhnte die Stimme in seinem Kopf. Je tiefer er in den Wald eindrang, desto dichter standen die Bäume nebeneinander. Curtis hechtete durch das Dickicht, hörte seinen eigenen hechelnden Atem und fühlte sein schlagendes Herz. Die Schatten des Waldes boten Zuflucht und verhießen Grauen gleichermaßen. Er stürmte über Steinbrocken und dornige Äste. Dann stürzte er über die zersplitterten und morschen Überreste eines umgestürzten Baumes. Er kroch durch den lehmigen Boden in dichtes Unterholz und verharrte dort in tiefster Dunkelheit. Das Geräusch knisternden und knackenden Laubs umgab ihn von allen Seiten. Vor Angst war er halb betrunken. Sein Körper war erstarrt. Er befürchtete, auch nur die kleinste Bewegung könne ihn verraten und seine imaginäre Schutzhülle zerbrechen lassen, von der er hoffte, dass sie ihn umgeben würde.

(Er existiert wirklich ... es gibt ihn wirklich ... den schwarzen Schatten)

Das Echo der Worte jener Frau aus der Fernsehsendung wallte über ihn hinweg und verschluckte ihn wie ein Strudel aus Fassungslosigkeit. Erstickend drängte sich ihre Stimme in seinen Kopf. Dieser Mann ... *er* musste der schwarze Schatten sein. Er hatte Lana gefunden und war über sie hergefallen. Curtis sah ihre leeren Augen vor sich. Sie brannten sich in sein Gedächtnis und brüteten in seinem Verstand. Das kratzige Rascheln von Unterholz umgab ihn von allen Seiten. Er glaubte, der schwarze Schatten sei jetzt ganz nah. Curtis presste eine Hand auf seinen Mund, um auch das kleinste Geräusch zu unterdrücken. Mit friedlosen Augen sah er in den Himmel, dort wo sich die Bäume irgendwo in der Dunkelheit verloren. Die Sterne waren verschwunden und es herrschte nichts als Düsternis. Er wusste nicht, wie lange er dort noch lag. Eine Minute, eine Stunde, ein ganzes Leben? Als er sich aus dem Dickicht erhob, lag der Wald schweigend und schwarz vor ihm. Seine Knie taten fürchterlich weh. Doch dieser Schmerz war bedeutungslos. Als er sich seinen Weg zurück bahnte, taumelnd, betäubt von unsagbarem Entsetzen, herrschte in seinem Kopf nur noch eine ausgestorbene Geisterstadt. Sein rasendes Herz flatterte von Angst durchdrungen in seiner Brust. Das einzige Geräusch in der Dunkelheit war eine entfernte Polizeisirene, die irgendwo bei der Siedlung heulte. Curtis erreichte die erste Häuserzeile der Stadt und die Sirenen ebbten abrupt ab. Aus ihrem schrillen Jaulen wurde ein ächzendes Stöhnen, das zwischen den Häusern dahinsank.

Bitte, bitte nicht!, flehten seine Gedanken.

Ein Streifenwagen war hektisch vor dem Haus der Mathews geparkt worden und stand schräg zum Bordstein. Das Blinklicht auf dem Dachträger drehte sich immer noch und jagte rhythmischrotierend rote und blaue Schatten abwechselnd über die Häuserfassade hinweg. Der Streifenwagen war ein böses Omen, das ihm aus einem Alptraum in die reale Welt gefolgt war. Im kalten Licht der Scheinwerfer sah er Lanas Vater Walter, wie er mit unbeschreiblichem Blick gen Boden starrte. Curtis hatte noch nie einen Menschen gesehen, der verlorener ausgesehen hatte. Zwei Polizisten standen neben ihm. Der eine schien Worte an ihn zu richten, der andere notierte sich etwas auf einem kleinen Notizblock. Curtis blieb stehen. Er rührte sich nicht und versuchte möglichst gleichmäßig zu atmen, aber seine Finger zitterten so sehr, dass er sie kaum unter Kontrolle halten konnte. Er weigerte sich, den Gedanken zuzulassen, dass Lana nicht mehr am Leben war. Er hatte Angst davor, eine Wahrheit heraufzubeschwören, die einfach nicht wahr sein konnte. *Du hast sie dort alleine zurückgelassen und der Schatten hat sie hinab in seine Dunkelheit gerissen*, rief sein Gewissen schonungslos. Curtis wünschte sich kläglich, dass alles nur ein Alptraum gewesen war, doch das war es nicht. Er ging zum Haus hinüber, an Lanas Vater und an den Polizisten vorüber, so als würde er sie gar nicht wahrnehmen. In der offen stehenden Haustür blieb er stehen, so als würde er in den Schlund einer vergangenen Hölle blicken. »Lana?«, flüsterte er. Keine Antwort. Nur der Wind sang sein weinendes Lied. Es hatte ein einzelner Moment genügt, um ein Leben aus den Ankern dieser Welt zu reißen. Das Schnipsen eines Fingers hätte kaum mehr Aufwand kosten können. Sie war nicht mehr hier. Lana war fort. Nicht einmal ein Hauch in der Luft war von ihr zurückgeblieben. Als hätte sie nie gelebt, als hätte es sie nie gegeben. Plötzlich packte ihn eine Hand von hinten an der Schulter und für den Bruchteil einer Sekunde glaubte, nein, wünschte Curtis sich, es sei Lana. Doch sie war es nicht. Walter Mathews drehte ihn zu sich herum, sodass sie sich von Angesicht zu Angesicht gegenüberstanden. »Wo ist sie? Wo ist Lana?«, seine Worte klangen wie zersplitterndes Glas. Er schrie wütend und vor Verzweiflung bebend. Doch Curtis antwortete nicht, sein Verstand war in eine andere Welt abgedriftet, eine Welt in der *sie* noch bei ihm war und aus der er niemals zurückkehren wollte. Er hatte seine Seele verschlossen, sie war zu Stein geworden. Ohne Lana würde er nie wieder derselbe sein.

(Er existiert wirklich. ... es gibt ihn wirklich ... den schwarzen Schatten.)

6. Tief unter dem Meer

Stille rauschte in seinen Ohren, als befände er sich tief auf dem Meeresgrund. Er wollte dortbleiben und nie wieder auftauchen. Reglos lag er im Bett und starrte in die Schatten, die sturmgepeitschte Äste von draußen an die Decke warfen. Ein bizarres Durcheinander aus Formen und Mustern. Er zog sich die Bettdecke bis ans Kinn und beobachtete gebannt, wie sich ein weit offen stehender monströser Mund formte und ihn verschlingen wollte. Verschlingen in einen dunklen Abgrund. Einen Abgrund, in dem Etwas lauerte. In dem *ER* lauerte. In seinen dunklen Vorstellungen verfolgte der Schatten jeden seiner Schritte. Er würde warten, warten bis die Zeit reif war, und dann würde er über ihn herfallen. So wie er über *sie* hergefallen war. Lana war nun seit einigen Tagen spurlos verschwunden. Curtis fühlte die Bürde dieser Nacht mit jedem Atemzug. Sie lag schwer auf seinen Schultern und lastete wie ein Damoklesschwert über seiner Seele. Die Erinnerung daran, wie er mit ihr am Seeufer sitzt, war noch ganz lebendig. Liebe, Leichtigkeit, Freundschaft, Hoffnung, – all das lag in ihr verborgen. Eine farbenfrohe Illustration des Lebens. Doch dann war das grobkörnige Abbild eines Alptraums zum Leben erwacht, und hatte ihre Welt verdunkelt. *»So rein, so voller Kraft, so voller Träume. ... Ich wollte das nicht. ... Sie hat mich dazu gezwungen. Es ist die Stimme. Es ist der schwarze Schatten. Er will es so.«* Die Worte des Mannes waren immer noch da und gruben sich in sein Bewusstsein. Es tat so weh. Jeden Tag und jede Minute. Er war müde, so unfassbar müde. Doch er wollte nicht schlafen, denn dann kamen die Bilder und er konnte sie nicht mehr als solche identifizieren. Manchmal glaubte er, verrückt zu werden, dann, wenn er sein lustvolles Röcheln zwischen den Wänden hörte. An manchen Tagen hatte er sich sogar gewünscht, er hätte den Verstand verloren. Dann würde all das hier vielleicht einen Sinn ergeben. Doch sein Leben war nicht das eines Verrückten, es war ein wahr gewordener Alptraum.

7. Ein Teil von ihm

Die Suche dauerte nun schon seit Wochen an. Die ganze Stadt war in hellem Aufruhr. Männer und Frauen in leuchtenden Warnwesten durchkämmten mit Megafonen den Wald. Unablässig riefen sie ihren Namen. Lichtkegel von Taschenlampen durchkreuzten die Dunkelheit. Sie suchten unter jedem Stein und hinter jedem Strauch. Doch sie fanden nie Etwas. Suchhunde nahmen nie eine Witterung auf. Als habe sie nie gelebt. Man sagte, niemand ginge so ganz, doch Lana war verschwunden. Wirklich verschwunden. Und sie hatte keine Spuren zurückgelassen. Einfach fort. Ihr Leben war nur noch ein Schatten. Ein Schatten, der mit der Zeit mehr und mehr verblasste. Überall in der Stadt war es das beherrschende Gesprächsthema. Doch mit jedem Morgen, der graute, reifte unter den Menschen die Überzeugung, sie sei nicht mehr am Leben. Mit jeder Woche, die verging, wurden die Artikel in den Zeitungen kleiner und die Beiträge im Regionalfernsehen kürzer. Menschen gingen spazieren, tranken erfrischende Getränke und aßen Eis in den Straßencafés. Autos fuhren gemächlich durch die Straßen. Zwanglose Unterhaltungen über Sport, das Wetter oder örtliche Politik waren überall zu hören. Das Leben ging seinen normalen Gang. *Wie konnte es das nur? Sie sollten alle verdammt sein! Wie konnten die Menschen weitermachen, obwohl Lana noch irgendwo da draußen war?* Allein. Verloren. Misshandelt. Curtis wollte nicht zulassen, dass man sie einfach vergas. Jedes Mal, wenn er einen dunklen Haarschopf sah, schlug sein Herz höher, aber es war immer jemand anderes. Und jedes Mal, wenn das Telefon klingelte, hielt er den Atem an und hoffte, ihre Stimme zu hören. Doch dann verknotete sich sein Magen aufs Neue und ein kurzer Hoffnungsschimmer wurde im Keim erstickt. Aber er wollte nicht aufgeben. Er hoffte, dass es eine Chance geben würde, sein eigenes Scheitern wiedergutzumachen und seine Schuld zu begleichen. Tage, Wochen und Monate vergingen und der Alltag kehrte zurück. Er bemühte sich, die Bilder ihrer leeren Augen zu verdrängen, doch es war ein aussichtsloser Kampf. Junge Mädchen, die verschwanden, kehrten nur selten zurück und wenn sie es taten, dann waren sie niemals mehr dieselben. Manchmal spürte er ein dumpfes farbloses Glimmen, das sich wünschte, man würde Lanas toten Körper endlich irgendwo finden. Er erlaubte es jenem Glimmen nicht, zu einem Feuer zu werden, aber es hätte so vieles einfacher gemacht. Er konnte diesen Gedanken, dieses Gefühl, nicht zulassen. Er konnte es einfach NICHT. Ein anderer Teil von ihm, der weitaus Größere, hatte ihn dazu gezwungen zu glauben, dass sie noch irgendwo da draußen war. Und jeder der daran zweifelte, sollte zur Hölle fahren. Und weil er dies so empfand, merkte er jeden Tag, wie die Menschen ihn auf seltsam verunsicherte Weise ansahen, so als ob sie ihn mustern und versuchen würden seine Gedanken zu lesen. Die Gedanken eines hoffnungslosen Idealisten. Es konnte schlimmer sein mit der Hoffnung weiterzuleben, als den Tod zu betrauern. Manchesmal kehrte er an den See im Wald zurück. Dort saß er dann stundenlang, starrte in den Himmel und wartete darauf, dass sie zu ihm zurückkehren würde. Und sollte sie wirklich nie heimkehren, so wünschte er sich, er wäre damals mit ihr gestorben.

8. Seht ihr es denn nicht

Ein Reigen trauriger Melodien hallte über Summersprings hinweg. Die Glocken der Kirche läuteten und riefen die Bewohner herbei. Der Tag war gekommen. Die Suche hatte enden sollen. Lanas Vater hatte sie nach zwei Jahren verzweifelter Hoffnung für tot erklären lassen. Ein leerer Sarg sollte zu Grabe getragen werden. Walter Mathews wollte mit allem abschließen. Er hatte das Leid und den Schmerz in sich hinein gefressen und seine Trauer und Wut unter einem Berg Arbeit begraben. Die Hoffnung hatte zuletzt sterben sollen, doch Lana war nie heimgekehrt. Er wollte einen Schlussstrich ziehen und mit dem Begräbnis eines leeren Sarges auch den Wunsch an ein gutes Ende zu Grabe tragen. Ein Wunsch, der zu einer quälenden Belastung geworden war, weil er nie in Erfüllung gehen sollte. Doch vor den Schatten jener Bürde konnte man nicht fliehen, das wusste Curtis Logan besser als jeder andere.

Als Curtis die Kirche betrat, hatte er all seine Gefühle ausgeblendet und versucht in einem Verlies aus Gleichgültigkeit zu verbergen. Sein Vater war an seiner Seite, doch er hätte genausogut alleine sein können. Beim Eintreten in die Kirche miet Curtis es, den aufgebahrten leeren Sarg anzusehen. Er sah an die Gewölbedecke und ließ seine Augen über den gotischen Bogen schweifen, der zum Querschiff führte, in der die Sakristei untergebracht war. Koloriertes Licht schimmerte in Regenbogenfarben durch die Buntglasfenster hinein in die Kirche. Die Trauergemeinde hatte sich ihre schwärzesten Kleider angezogen und ihre mitleidigsten Gesichter aufgesetzt. Wie er sie hasste, diese scheinheiligen Visagen.

(Was wollt ihr eigentlich alle hier; sie ist nicht tot!)
Ihr Schluchzen, ihre verweinten Augen, das Rascheln ihrer Taschentücher; es war kaum zu ertragen. Sie alle waren doch ohnehin nur hier, um einer gesellschaftlichen Verpflichtung nachzukommen und ihre Namen vor ihrer eigenen Scheinheiligkeit reinzuwaschen. Der Pfarrer trat auf die Kanzel. Er wollte Hoffnung vermitteln und sah dabei genauso verloren aus wie all die anderen. Hinter ihm waren bunte Blumengestecke aufgestellt. Ihr sommerlicher Duft hatte sich in der ganzen Kirche verteilt und erinnerte an blühendes Leben. Welch Hohn. An diesem Ort wurde der Tod gefeiert. Nicht das Leben. Nicht *ihr* Leben. Ein großes Kruzifix, an dem ein gekreuzigter Bronzejesus hing, stand hinter dem Altar und überschattete den Pfarrer. »Wir haben uns hier versammelt um das tragische und ungerechte Ende eines noch so jungen Lebens zu betrauern«, begann er andachtsvoll. »Und wenn wir ihr irdisches Gefäß auch nicht der heiligen Erde Gottes übergeben konnten, so wollen wir doch ihren Geist verabschieden und von unserer Welt in die Hände unseres gütigen Vaters übergeben.«

Curtis wippte angespannt mit seinem Fuß im Rhythmus seines wütenden Herzens.

(Alles Lüge. Sie lebt gottverdammt, sie lebt!)

Er richtete seinen zornigen Blick auf den Pfarrer. Die Menschen um ihn herum falteten die Hände und murmelten heilige Worte. Nichts was ihm im Entferntesten über seine Dunkelheit, hinweggeholfen hätte. Die Gebete, die Lieder, es waren alles nur leere Worte. Ohne jegliche Bedeutung. Es folgten Bibelverse, Sprüche und fromme Zitate, doch keines von alledem drang zu Curtis hindurch. Die Trauergemeinde erhob sich zu einem letzten Gebet. Der Pfarrer hielt die Bibel aufgeschlagen in der Hand, die andere Hand erhob er, als ob er einen Schwur leisten wolle. Die Menschen senkten ihre Köpfe, falteten ihre Hände und schlossen ihre Augen. Ein Wind fuhr durch ein geöffnetes Fenster herein. Die Seiten in der aufgeschlagenen Bibel des Predigers wirbelten kratzig umher und die Blumen hinter dem Sarg raschelten gespenstisch. »Der Herr empfange dich in seiner Ewigkeit, er segne und behüte dich und er lasse sein Angesicht über dir leuchten und gebe dir ewigen Frieden. Amen.« Die Menschen hoben die Köpfe. Curtis nicht. *Alles Lügen*, ging es durch seine Gedanken. Sie waren alles Heuchler. Sie taten so, als habe sie die Vergewaltigung und Entführung eines Mädchens erschüttert, aber in Wahrheit waren sie nur froh, dass es nicht ihrer eigenen Tochter geschehen war. Es war einfach nicht fair.

»Wir würden uns freuen, wenn Sie mit uns im Anschluss an diese Zeremonie noch weiter dem Leben von Lana gedenken würden. Für alle, die sich dafür entscheiden, stehen in Flennigan´s Diner zahlreiche Erfrischungen bereit.« Ein paar (schein)heilige Sprüche, Zitate aus der Bibel, Gebete und anschließende Erfrischungen im Diner am Stadtrand? *Das* sollte alles sein? Mehr sollte nicht von ihrem Leben geblieben sein? Curtis hatte es die ganze Zeit ignoriert, aber jetzt fiel sein Blick auf den aufgebahrten Sarg. Daneben stand ein eingerahmtes Bild von Lana. Ein schwarzer Trauerflor war über die linke obere Kante gezogen.

(Ihre Augen. Ihre weitaufgerissenen Augen, die durch ihn hindurch starrten. Der Schatten. Er nahm Form an, wurde zu einem unmenschlichen Wesen, das ihn mit seinen teuflischen Fingern zu sich winkte.)

Curtis senkte seinen Blick. Seine nervösen Hände suchten Halt. Erinnerungen umgaben ihn von allen Seiten.

(Die grunzenden Laute des Mannes)
(Er floh und lies sie im Stich)
(Schuld)

Seine Hände begannen zu zittern. Ein Gefühl von unsagbarer Panik entsprang seiner Körpermitte und wallte empor zu seinem Herzen. Angst bohrte ihre Krallen in seinen Nacken und schnürte ihm die Luft zum Atmen ab.

(»So rein, so voller Kraft, so voller Träume. ... Ich musste es tun. ... Sie hat mich dazu gezwungen. Es ist die Stimme. Es ist der Schatten. Er will es so«), hallte die Stimme des Mannes in seinem Kopf.

»Verschwinde, verschwinde aus meinem Kopf!«, brüllte er, während er von der Kirchenbank aufsprang und seine Hände krampfhaft und mit verzerrtem Gesicht in seinen Haaren vergrub. Die Trauergemeinde sah ihn entsetzt und erschrocken an. »Was ist los mit dir, Curtis?«, fragte sein Vater, griff ihn am Arm und wollte ihn wieder zurück auf die Kirchenbank ziehen. Doch Curtis schlug seine Hand weg und sah ihn aus entrückten Augen an. »Ich kann einfach nicht mehr. Ihr versteht es alle nicht, oder?« Er machte eine ausschweifende Geste, so als ob er jeden Einzelnen in der Kirche ansprechen wolle. »Ihr begrabt diesen verdammten Sarg und lebt eure Leben einfach weiter. Für euch endet diese Geschichte vielleicht mit dieser beschissenen Zeremonie. Aber für mich nicht, für mich wird sie nie enden. Jedes Mal wenn ich die Augen schließe, sehe ich ihr Gesicht vor mir. Ihr Blick, ... ich werde nie ihren Blick vergessen. Als sei sie lebendig begraben. Dieses Bild taucht auf, wann immer es will. Ich kann es nicht kontrollieren.« Jetzt sah er es wieder in ihren Gesichtern. Er verabscheute es, ihr geheucheltes Mitleid zu fühlen, obwohl er doch den Argwohn in ihren Augen sah. Er wusste, was sie dachten, doch sie ahnten nicht, dass *er* es wusste. Die Menschen sahen ihn entgeistert an. Reue begann sauer und beißend in seinem Magen zu brennen. Er tat den Menschen unrecht und er wusste es. Doch er konnte nicht aus seiner Haut. Es war ein bleibender Schmerz. Eine Endlosschleife, die er nicht durchbrechen konnte, solange er nicht wusste, ob Lanas Herz noch schlug. Dieser Alptraum stand zwischen ihm und dem Rest seines Lebens. Curtis Blick fiel auf den bronzenen Jesus hinter der Kanzel. Plötzlich und unerwartet schien sich im Gesicht des Erlösers etwas zu regen, so als ob sich seine Augen geöffnet hätten und ihn nun anstarren würden. Es war dieselbe gebrochene Hoffnungslosigkeit, die auch aus Lanas Augen gesprochen hatte. Er konnte sie fühlen, er konnte fühlen, wie ihn erneut jene Kälte überzog und nach seiner Seele griff. Die Bilder waren unerträglich klar und er konnte sie nicht von der Realität unterscheiden. Eine Diashow des Grauens. Curtis konnte seinen Blick von Jesus nicht abwenden. Dann schien sein hoffnungsloses Gesicht die Form des schwarzen Schattens anzunehmen. Die kalten leeren Augen, die weiße leblose Haut, all das blickte ihn nun aus seinem Gesicht an. Jesus´ Adern traten unter der

Haut hervor, sie färbten sich schwarz, so als ob der Tod selber in ihnen pulsieren würde. Langsam, aber beständig kroch die Schwärze in gezackten Linien an seinem Hals empor und versickerte schließlich in seinen Augen. Dann begann er sich mit verzerrtem Gesicht von dem Kreuz zu lösen. Ruckartig riss er seine Hände von den Nägeln los. Erst die eine, dann die andere. Blut begann zu fließen und tropfte in Strömen auf den Pfarrer nieder. Curtis begann zu schreien: »Er ist es, er ist hier! Seht ihr es denn nicht?« Er richtete seinen Finger auf Jesus, der zu dem schwarzen Schatten mutiert war und von dem Kreuz herabstieg, als ob er aus der Hölle emporsteigen würde. »Seht ihr es denn nicht?«, brüllte er erneut, doch die Trauergemeinde starrte ihn nur mit ungläubigen und entsetzten Blicken an. Niemand reagierte. Wieder war er allein. »Niemand kann nachempfinden, was du durchmachst«, sagte der von Blut getränkte Pfarrer, so als sei nichts geschehen. Curtis konnte es nicht fassen, keiner der Menschen realisierte, was hier geschah. Jesus war mittlerweile von dem Kreuz herabgestiegen und erhob sich wie in Zeitlupe. Sein Gesicht war zu einer bösartigen Fratze entstellt. Curtis schüttelte verzweifelt den Kopf, schloss die Augen und öffnete sie wieder, doch die Bilder verschwanden nicht. Er rannte, stieß die Kirchentüren auf und floh. Hinter ihm in der Kirche schwollen empörte und ungläubige Stimmen an. Curtis lief einen holprigen Waldweg entlang. Sein Herz hämmerte gnadenlos, sein Atem war schwer und angestrengt. Die Bäume waren nichts weiter als zackige Schatten und der freudige Ruf einer Nachtigall klang wie Spott in seinen Ohren. Curtis rannte. Hinter ihm kam der wahre

Charakter von Jesus zum Vorschein. In all seinem Schrecken brach das Gesicht des schwarzen Schattens durch die Scharade einer aufgesetzten Maske hindurch und offenbarte seine Boshaftigkeit. Er hechtete durch dichtes Geäst. Zweige peitschten ihm ins Gesicht. Curtis hatte jegliche Orientierung verloren. Er befand sich plötzlich wieder in jener kargen toten Landschaft, die er vor zwei Jahren auf seiner Flucht vor dem Schatten betreten hatte. Die Dunkelheit selbst schien jenem Ort entsprungen zu sein. Eine verdrehte Welt, wie das Negativ eines Fotos. Der Boden war schwarz wie Asche. Hier und da stachen kahle Sträucher empor wie die Überreste verrottender Skelette. Am Himmel gab es kein Licht. Keinen Mond und keine Sterne. Es lag absolute Stille an diesem Ort, unnatürlich und beängstigend. Ein Vakuum der Furcht hatte sich über das Leben gestülpt.

9. Alptraum

Er rannte und stolperte durch den schwarzen Wald. Knorrige alte Kiefern umgaben ihn. Angst saß ihm im Nacken. Seine Lunge brannte und sein keuchender Atem wurde von dem hektischen Auftreten seiner Füße begleitet. Irgendwo tief hinter sich hörte er eine schrille Stimme und verzerrte Schreie. Adrenalin pumpte mächtig durch seine Adern und entflammte letzte Energiereserven. Äste zerkratzten seine Haut. Blut sickerte aus seinen Armen und Beinen. Steiniges knorriges Unterholz raschelte, während er darüber hinweg hastete. Er stolperte und verlor das Gleichgewicht. Um seinen Sturz abzufangen, streckte er die Arme aus, doch seine Hände bohrten sich in unnachgiebiges Gestrüpp, als er auf versengter und rissiger Erde niederging. Er mühte sich hoch. Seine Hände rutschten halt suchend an einer scharfkantigen Kiefer hinab und seine Haut wurde unter den schneidenden Kanten der Rinde aufgeschürft. Der intensive Geruch des klebrigen und teerigen Harzes vermischte sich mit dem eisernen Duft von frischem Blut. Ein verzehrender Schrei verhallte im bewaldeten Nichts. *Er* war nicht mehr weit. Curtis glaubte, die Schatten des Waldes würden jeden Moment lebendig werden und sich auf ihn stürzen. Erde und Blätter klebten an seinem erschöpften Gesicht. Vor Angst und Anstrengung erbrach er sich. Flüssigkeit und beißende Magensäure schossen aus seinem Mund und spritzten ins Gestrüpp. Er musste weiter, weiter durch die Dunkelheit. Dann entdeckte er eine Lichtung vor sich. Mächtige Eichen umgaben eine Wellblechhütte. Ihre Baumkronen ragten majestätisch in die Höhe und ihre Äste griffen ineinander wie zwei Wesen, die sich Halt gaben. Er hechtete vorwärts und erreichte die Hütte. Sie war von Waldarbeitern als ein Depot für Werkzeug errichtet worden. Curtis atmete auf, als sich die Tür problemlos öffnen ließ. Er stolperte hinein und schloss sie hinter sich. Mit zittrigen von Blut und Schweiß benässten Händen schob er ein kleines, aber schwer von Arbeitsutensilien und Werkzeugen beladenes Regal vor die Tür. Dann kauerte er sich in die dunkelste Ecke und hoffte, der schwarze Schatten würde ihn hier nicht finden. Doch seine Hoffnung war vergebens. Als er zitternd auf dem Boden saß, den Rücken an das kalte Wellblech gepresst, die Beine so eng wie möglich an sich gezogen, die Augen angsterfüllt und weit aufgerissen, lauschte er der bedrohlichen Stille. Dann hörte er das lechzende Keuchen eines Mannes. *Er* war gekommen ihn zu holen. Curtis lauschte seinen Schritten. Wie ein Hai umkreiste er langsam die Hütte. Ein kreischendes Geräusch durchschnitt die unerträgliche Stille. Finger fuhren über das Blech, Nägel glitten kratzend darüber, wie Kreide auf einer Tafel. Das Geräusch schnitt Curtis wie die Kannten scharfen Papiers in seinen Gehörgängen. Er hielt sich mit verkrampften Händen die Ohren zu. Er wollte schreien, doch seine Furcht schnürte ihm die Kehle zu und ließ jeden Laut in seinem Rachen ersterben. Es raschelte in der Hütte. Ein Eichhörnchen kam unter einem der Regale hervorgehuscht. Es blieb schlagartig stehen, so als ob es eingefroren sei, und starrte Curtis an. Seine Nase und die Schnurrbarthaare zitterten nervös. Curtis glaubte, das Tier habe sich vor ihm erschrocken, doch der Nager hatte Angst vor dem, was draußen in der Dunkelheit lauerte. Das Tier spürte die Präsenz des

Bösen. Sein Instinkt hatte es aufgeschreckt und hervorgetrieben. Das Eichhörnchen sauste blitzschnell zur hinteren Ecke der Hütte und verschwand irgendwo in der Wellblechwand. Dann durchbrach ein infernales Poltern die bedrückende Ohnmacht. Das Regal, das er zur Blockade gegen die Tür geschoben hatte, kippte nach hinten. Hämmer, Sägen und gelbe Schutzhelme fielen scheppernd zu Boden. Eine langgliedrige Hand schob sich an der Tür vorbei und an der Wand entlang in die Hütte. Die Haut war bleich, die Finger dünn und unwirklich schmal. Die Nägel waren lang und an einigen Stellen gesplittert und eingerissen. Sie blitzten bedrohlich in der Dunkelheit. »So rein, so voller Kraft, so voller Träume. ... Ich muss es tun. ... Es ist die Stimme. Es ist der Schatten. Er will es so. Er will dich«, zischte die Stimme. Curtis zuckte zusammen und presste sich noch enger an die Wand. Er war verloren. Der schwarze Schatten war gekommen ihn zu verschlingen. Dann erfasste ihn ein Luftzug. Er blickte zur Wand, wo das Eichhörnchen verschwunden war. Wieder krachte es laut. Sein Verfolger gab der Tür einen weiteren Ruck und das Regal federte unter wildem Getöse zurück. Er lachte und kicherte lüstern, während er sich unter wilden und unkontrollierten Bewegungen in die Hütte zu zwängen begann. Wut, Wollust und Wahnsinn lagen gleichermaßen in seiner schrillen Stimme. Curtis sah, wie sich seine lang gewachsene dürre Gestalt immer weiter hineinquetschte, wie eine Schlange, die sich in den Bau eines Hasen windet. Seine langen bindfadenartigen Haare wippten hektisch hin und her. Seine Augen trafen ihn – sie waren so schwarz wie die Nacht. Beide erstarrten. Ein tödlicher Showdown. Der

Schatten legte seinen Kopf schräg zur Seite, so, als ob er Curtis mit seinem bösartigen Blick fixieren würde. *Das Eichhörnchen*, schoss es Curtis wie das Leuchten eines Signalfeuers durch den Kopf. Er robbte zur hinteren Wellblechwand und suchte den Bereich nach etwas Auffälligem ab. Das Blech war beschädigt. Hier musste das Eichhörnchen nach draußen gelangt sein. Der Wand fehlte am unteren Ende ein etwa dreißig Zentimeter großes Stück. Curtis warf sich in den erdigen Boden und begann zu kriechen. Die scharfen Kanten des abgebrochenen Wellblechs bohrten sich in seine Haut. Dann griff ihn eine kalte Hand an seinem Unterschenkel. »*Hab ich dich*«, zischte die Stimme. Er ergötzte sich und begann lustvoll zu röcheln, als ob er kurz vor einem Orgasmus stünde. Curtis erschauderte, Tränen rannen aus seinen flehenden Augen. »Lana«, flüsterte er. Dann sah er sie vor seinem geistigen Auge. Sie lag neben ihm im Gras, hielt seine Hand, streichelte seine Haut. Sternenbedeckter Nachthimmel. Eine Berührung, sanft und voller Liebe. Hoffnung. Hoffnung auf ein gutes Leben. Er hatte geglaubt, sie könnten den Schrecken der Welt trotzen, doch er hatte sich getäuscht. Die Welt war so voll von Grausamkeiten; niemand konnte ihnen entrinnen. Er wollte sie wiedersehen. Wenigstens ein einziges Mal. Es herrschte Stille. Dann brach ein animalisches Geschrei über Curtis herein. Es fühlte sich an, als würde er mit seinen Beinen in einem Haifischmaul stecken. Mit brachialer Kraft zog ihn sein Verfolger in die Hütte, hinab in ein Reich ohne Wiederkehr. Ein letzter Schrei entfuhr Curtis´ Lippen und verhallte irgendwo zwischen den Bäumen. Dann war er verschwunden. Die Finsternis hatte ihn verschluckt.

10. Nachtgedanken

Der Traum zerbrach in tausend Teile. Dunkelheit umgab ihn. Für wenige Sekunden befürchtete er, erblindet zu sein. Das schwache Glühen einer LED-Anzeige überzeugte ihn vom Gegenteil. Er schreckte hoch und saß aufrecht im Bett. Sein Shirt war durchnässt. Schweiß rann über sein Gesicht wie Tränen. Schweiß, der sich auf seinen Wangen heiß anfühlte und auf seinem Rücken kalt wie Eis. Sein Mund war staubtrocken, seine Lippen klebten aufeinander. Sein Blick war getrübt, von grauem Schleier überzogen. Sein Atem ging stoßweise. Das Herz raste so schnell, das es beinahe seine Venen zum Zerbersten brachte. Es ratterte erbarmungslos gegen die Rippen. Furcht durchströmte seine Adern. Er schloss die Augen und versuchte sich zu sammeln.

BumbumBumbumBumbumBumbumBumbumBumbum.

Er musste sich beruhigen. Aus Nervosität strich er seine Hände immer wieder über seine Oberschenkel. Die feuchte Kälte durchdrang den Stoff seiner Hose und überzog seine Haut mit kaltem Schauer. Das Dröhnen der heißeren Stimme hallte noch immer in seinen Ohren, wild und hungrig:

»Hab ich dich!«

Curtis ging auf und ab, wie ein Tiger im Käfig, den eigenen Herzschlag pochend im Gehör. Seine Hände zitterten. Immer wieder spielten seine nervösen Finger am Stoff seiner Hose. Erneut blieb er stehen und atmete tief ein und aus.

Buum Buum Buum Buum.

Selbst die bizarrsten Träume schienen im Schlaf Wirklichkeit zu sein. Dort besaßen sie ihre eigenen Gesetze. Manchmal glaubte er die Grenzen zwischen Traum und Realität würden zu einem unwirklichen Gebilde verschmelzen. Am Tage konnte er die Bilder verdrängen, doch in der Nacht, dann, wenn das Unterbewusstsein zum Leben erwachte und sein eigenes verhohlenes Dasein führte, war er ihnen schutzlos ausgeliefert. Der schwarze Schatten folgte ihm in die dunkelsten Ecken seines Verstandes. Er war ihm aus den tiefsten Abgründen seiner Vergangenheit in die Gegenwart gefolgt. Die Erinnerung an jene Nacht in der Lana verschwunden war, lag so schwer auf ihm, dass er glaubte, von ihr lebendig begraben zu sein. Sie hatte ihn zum Gefangenen seiner eigenen dunklen Welt gemacht. Curtis lebte noch immer in seinem Dachgeschosszimmer. In seinem Kinderzimmer. Kaum etwas hatte sich verändert. Eigentlich gar nichts. Lana war nun seit vier Jahren verschwunden. Er hatte die Geschehnisse nicht überwinden können. Sein Zusammenbruch in der Kirche war ein Tiefpunkt gewesen. Sie hatten ihn zwei Tage später verdreckt und zusammengekauert am Ufer des Sees gefunden. Sein mentaler Zustand war Gesprächsthema der ganzen Stadt gewesen. Überall hatten sie getuschelt und hinter seinem Rücken die wüstesten Geschichten über ihn gesponnen. Curtis hatte keinem mehr von ihnen getraut. Niemandem.

Der Fernseher lief. Hatte er ihn nicht ausgeschaltet? In den Nachrichten kam ein Beitrag über ein vierzehnjähriges Mädchen, das seit gut zwei Wochen verschwunden war. Der ernsthafte und seriös wirkende Moderator fasste zusammen, was bisher bekannt war. Der Beitrag begann mit der Eröffnung einer Pressekonferenz, die von der Polizei gehalten wurde.

Im Bild erschien zuerst Sheriff Sanders und dann die Eltern des Mädchens.
Es erinnerte ihn an Lana.
Es erinnerte ihn an alles.
Die Blicke.
Die Fragen.
Das Mitleid, das er niemals hatte hören wollen. Die Eltern des Mädchens richteten flehende Worte an die möglichen Entführer und an ihre Tochter. Beide sahen erschöpft aus. Die Haare der Mutter hingen strähnig herab, als ob sie länger nicht geduscht hätte. Die müden dunkelgeränderten Augen des Vaters waren kraftlos und dennoch sprach flehende Hoffnung aus ihnen. Hinter ihnen konnte man einen Übertragungswagen erkennen, auf dem eine Satellitenschüssel montiert war. Curtis schaltete den Fernseher aus. Die Schrecken der Welt ließen seine geistige Einsamkeit lohnenswert erscheinen. Menschen taten sich schlimme Dinge an, Dinge die unaussprechlich waren und das Schlimmste war, dass sie damit den Kern des Menschseins offenbarten. Er blickte aus dem Fenster. In der Nacht hatte es begonnen zu regnen. Er lauschte, wie Millionen von Regentropfen hinab fielen und leise auf die Blätter der Bäume prasselten. So oft hatte dieses Geräusch ihn in den Schlaf gewiegt. Doch heute nicht, nicht nach diesem Alptraum. Er setzte sich an die Bettkante und vergrub das Gesicht in seinen Händen. Er hatte in den vergangenen Jahren gelernt, die Wirklichkeit seiner Gefühle unter einer dicken Schicht zu begraben, doch der Schlaf offenbarte allzu oft die Wahrheit. Die Träume wurden wieder schlimmer. Irgendetwas geschah hier, er fühlte es ganz genau. Und es war nichts Gutes.

(Er existiert wirklich ... es gibt ihn wirklich ... den schwarzen Schatten).

Curtis mühte sich hoch, schaltete das Licht ein und blickte in den staubbedeckten Spiegel an der gegenüberliegenden Wandseite. Er fuhr mit dem Hemdärmel darüber. Seine Mutter hätte dies gar nicht gern gesehen. Der Spiegel offenbarte den Blick eines müden jungen Mannes. Wuschelige dunkelbraune Haare, Augen, unter die sich dunkle Ringe gelegt hatten, und Bartstoppeln, die schattig an seinem Kinn wuchsen. Für einen kurzen Augenblick sah er tief in der silbrigen Welt des Spiegels die Augen seines Ichs vor vier Jahren aufblitzen. Eine Zeit, die auch nicht immer leicht gewesen war, aber sie hatte Hoffnung in sich getragen. Ihm kam dieser unbeschwerte Curtis vor, wie ein anderer Mensch. Er ging ins Badezimmer, schälte sich aus seinen Schlafsachen und stieg in die Duschkabine. Er hoffte, das Wasser würde die Bilder des Traumes einfach wegspülen. Wenn es doch so einfach gewesen wäre. Eine Dusche und all die dunklen Gedanken würden für immer im Abguss verschwinden. Er drehte an den Knöpfen der Wasserbrause und ließ das warme Nass auf sich niederprasseln. Als er aus der dampfigen Dusche stieg, fühlte sich zumindest sein Körper erfrischt. Er zog frisch gewaschene und gebügelte Kleidung an. Sie roch nach Geborgenheit. Nach Heimat. Über knarrenden Dielenboden, an beigen Raufasertapeten und verstaubten Spitzengardinen vorbei ging er hinab in die Küche. Aus dem Wohnzimmer dröhnte leise der Fernseher, sein flackerndes Bild warf diffuse Schatten an die Wände im Flur. Sein Vater hatte wieder mal die Nacht vor dem TV-Gerät verbracht, vermutlich durch ein paar Bier zuviel und vor irgend einer alten aufgezeichneten Sportübertragung. Er schlief in seinem Fernsehsessel, auf dem Tisch lagen die Reste eines halben Hähnchens. Sein Kopf war zur Seite gefallen und ruhte auf einem Kissen. Ein Kissen, das Curtis' Mutter selbst bestickt hatte. Sein Vater sah in jenem Moment so verletzlich und einsam aus, dass Curtis für einen kurzen Augenblick Mitleid mit ihm hatte. Seine Frau hatte ihn verlassen, die Firma lief nicht mehr und sein Sohn war ein Psycho. Das Leben meinte es nicht gut mit ihm. Curtis hatte keine gute Beziehung zu seinem Vater. Aus seiner Sicht beruhte dies auf Gegenseitigkeit. In allem was sie taten, lag verletzte Eitelkeit und vorwurfsvolle Enttäuschung. An jedem Tag und an manchen Tagen ein bisschen mehr. Richard Logan war der Inhaber und Geschäftsführer eines Familienunternehmens in dritter Generation. Die Firma Logan Lumberjacks war ein Überbleibsel aus den goldenen Jahren der Holzwirtschaft, die einst die Triebfeder dieser baumreichen Region gewesen war. Heute gab es zwar immer noch Firmen, die mit Holz Geld verdienten, aber Oregon war mittlerweile weitaus mehr als nur das Eldorado für verschrobene Holzfäller in bunten Flanellhemden. Es war die Heimat zahlreicher Technologieunternehmen, die für frischen Schwung im Wirtschaftsleben sorgten und innovative Ideen unter die Menschen brachten. Als Curtis' Mutter und sein Vater geheiratet hatten, waren sie beide gerade mal neunzehn und zwanzig Jahre alt gewesen. Sie kannten sich seit der Highschool und waren die Jugendliebe des jeweils anderen gewesen. Doch ihre Liebe hatte nicht gereicht die Wirren des Alltags zu bestehen. Die Gefühle, die sie einst verbunden hatten, waren zu den Ketten ihrer Ehe geworden. Curtis hatte mitbekommen, wie seine Mutter versucht hatte seinen Vater zu küssen. Doch dieser hatte lieber fernsehen und ein Bier trinken wollen. Da hatte er gelernt, dass Mütter ebenso anfällig für Scham und Verbitterung sind, wie andere Menschen auch. Curtis schaltete gedankenversunken die Kaffeemaschine ein. Als der Automat seine Arbeit begann, gab er ein angestrengtes Blubbern von sich, so als sei er ganz und gar nicht einverstanden, so früh in Aktion treten zu müssen. Curtis ging zum Kühlschrank, fischte zwei Eier heraus und zerschlug sie über einer alten gusseisernen Pfanne. Während die Eier zu stocken begannen und der Kaffee seinen aromatischen Duft in der Küche verteilte, stand er einfach nur da und starrte aus blicklosen Augen auf den marmorierten Boden. Der schwarze Schatten hatte sich zurück in seinen Kopf geschlichen. Schon lange nicht mehr hatte er sich in so reiner Form offenbart, wie in der heutigen Nacht. Ein Piepen signalisierte, dass der aufgebrühte Kaffee bereitstand. Er nahm sich die Tasse und schlurfte an den Küchentisch. Er fühlte sich, als wären seine Glieder mit schweren Bleigewichten versehen. Während er kleine Wellen auf den Kaffee pustete, beobachtete er seinen Kater. Jinx hatte ein rötlich-braunes Fell und hockte auf dem breiten Fensterbrett, genau über der Heizung. Er ließ seinen Schwanz baumeln und blickte hinaus in die verregnete Welt. Er liebte es, den perlenartigen Regentropfen dabei zuzusehen, wie sie an der Scheibe zerplatzten und sich dabei seine Pfoten über der Heizung zu wärmen.

»Hey Jinxi«, rief Curtis. Der Kater blickte sich augenblicklich um und Curtis sah seine großen gelben

Knopfaugen im dämmrigen Licht funkeln. Jinx genoss die Stille. Und Curtis genoss die Gegenwart seines tierischen Freundes. Er blickte auf die Uhr. Es war Viertel nach sechs in der Früh. Schlafen würde er jetzt eh nicht mehr können. Seine Schicht in Flannigan´s Diner begann erst am Mittag. In einigen Stunden wollte er sich mit einem Mann Namens Jeremiah Saxton treffen. Dann würde er erfahren, ob sie noch am Leben war. Endlich würde er Gewissheit haben, ob Lanas Herz noch schlug.

11. Ein neuer Freund

Wenige Wochen zuvor

Curtis hatte begonnen sich im Schutz der Dunkelheit in eine Bar zu schleichen. Er war immer aus dem Fenster gestiegen und an dem Baum heruntergeklettert. So wie damals, an jenem Tag. Jedes Mal hatte er Lana dort unten im Licht der untergehenden Sonne stehen sehen. Jedes Mal hatte es die immergleiche Wunde aufgerissen.

Als er eines Abends erneut Lumberjack´s Corner betrat, empfing ihn der Geruch von kaltem abgestandenem Zigarettenrauch, der diesig in der Luft lag und so undurchdringlich war, dass man ihn hätte schneiden können. Der Schuppen war eine Hinterlassenschaft aus der glorreichen Holzfällerzeit. Früher war es ein beliebter Treff für bärtige Liebhaber bunter Flanellhemden gewesen. Heute wirkte es wie ein letztes verzweifeltes Andenken, das an eine vergangene Ära zu erinnern versuchte.

Während Curtis durch die Rauchschwaden schritt, ragten am Tresen die Köpfe einiger Stammgäste wie Bojen aus einer Nebelwand empor. Es waren drei alte Männer, die hier ihre Tage fristeten. Die immergleichen bierseligen Gestalten, die sich in denselben alten Geschichten verloren und einen letzten Funken Glückseligkeit auf dem Grund eines leeren Bierglases suchten. Heute herrschte Schweigen. Die Männer schienen von seinem Erscheinen gar keine Kenntnis zu nehmen. Sie starrten gedankenverloren vor sich und harrten der Dinge. Hier und da ein Räuspern, ein Hüsteln oder ein verzweifeltes Stöhnen, in dem alle Hoffnungslosigkeit ihres Lebens verborgen zu sein schien. Mehr gaben sie nicht von sich. Curtis gesellte sich dazu und bestellte ein Bier. Im Verlauf der kommenden Stunden lauschte er den ausgeschmückten Ausführungen eines auffälligen Fremden. Der Mann war laut und schrill, man kam also gar nicht umhin seine Anekdoten nicht mitzubekommen.

»Was ist das für ein Typ?«, fragte Curtis den Barkeeper.

»Sein Name ist Jeremiah Saxton. Behauptet er jedenfalls. Aber bei solchen Typen weiß man ja nie. Er schaut hier mehrfach in der Woche auf ein paar Bier oder Whiskey vorbei. Ohne hinzusehen, kann man ihn an seiner schrillen Lache erkennen. Ich sag dir was, diese Lache. Oh man, sowas hast du noch nie gehört.« Der Barkeeper schmunzelte, während er einen Bierkrug polierte. »Er ist einer von diesen Verschwörungstheoretikern, du weißt schon, grüne Männchen und so weiter.« Er machte mit dem Finger eine kreisende Bewegung auf der Höhe seiner Stirn, die wohl suggerieren sollte, dass Saxton einen Vogel, oder gleich einen ganzen Vogelschwarm hatte. Nach unzähligen dreckigen Herrenwitzen und Geschichten über Sichtungen von Bigfoot und anderen Wesen aus den Niederungen überbordeter Fantasien, kam Jeremiah Saxton zu einem durchaus dramatischen Teil seines Lebens. Nach einem schweren Autounfall habe er mehrere Wochen um sein Überleben gekämpft. Während dieser Zeit soll sein Geist eine spirituelle Reise unternommen haben, an dessen Ende er der Seele seiner Frau begegnete. Seiner verschwundenen totgeglaubten Frau. Da er daraufhin davon überzeugt gewesen war, sie sei noch am Leben, fand er sie schließlich tief in den Wäldern Oregons. Ein nicht unerhebliches Detail, das Curtis schlagartig aufhorchen ließ. »Technisch habe ich im Koma gelegen«, führte Saxton fort, »aber die Ärzte haben keine Begriffe für meinen wahren Zustand gehabt. Sie stießen an die Grenzen ihres medizinischen Schulwissens und ihres menschlichen Verstandes. Meine Hirnströme waren nicht die eines komatösen Patienten, sondern die eines wachen Geistes im Tiefschlaf, in der Traumphase. Mir war es egal, wie sie es nannten, es war auf jeden Fall etwas, das sie noch nie zuvor gesehen hatten. In Wahrheit lag ich weder im Koma, noch in einem Tiefschlaf, sondern war an einem ganz anderen Ort – einem Ort, der vor unseren Augen verborgen ist und den wir nur mit unseren Seelen bereisen können«, erzählte er den alten Männern, nicht ohne einen gewissen Stolz zu versprühen.

»Keine Ahnung, ob es eine Seele überhaupt gibt«, sagte der Barmann beiläufig und zapfte Curtis ein weiteres Bier. »Ich denke nicht, die Menschen haben sie nur erfunden, um an Etwas glauben zu können. An eine bessere Zukunft, damit sie den ganzen Mist überhaupt ertragen können.« Anscheinend konnte man doch Erleuchtung auf dem Grund eines Bierglases erlangen, sinnierte Curtis über den Barkeeper mit der philosophischen Ader. Curtis hatte mittlerweile gerade so viel Alkohol getrunken, um Mut zu fassen, Jeremiah Saxton anzusprechen, aber nicht in lallende Auswüchse zu verfallen. Die beiden kamen schnell ins Gespräch und Curtis war erstaunt über sich selber. Selten hatte er einen Menschen getroffen, zu dem er in so kurzer Zeit vorbehaltloser Vertrauen gefasst hatte. Jeremiah Saxton klang interessiert und teilnahmsvoll. Seine Anteilnahme war derart groß, dass sie fast schon wieder unheimlich wirkte, doch über diesen Zweifel half Curtis das nächste Bier hinweg.

»Wie viel Durst hast du mitgebracht, mein Junge? Du bist heute Abend mein Gast. Erzähl mir deine Geschichte«, sagte Saxton schwungvoll. Curtis begann zu reden. In seiner lückenhaften Beschreibung hatte seine Erzählung von dem Schrecken verloren, der ihn nun schon so lange verfolgte. Als Curtis von Lana und den Ereignissen jener verhängnisvollen Nacht berichtete, wich Saxtons zwanglose Leichtigkeit einer messerscharfen Aufmerksamkeit, die sich in seinen weit aufgerissenen Augen abzeichnete. Curtis sah ein starkes Glimmen ehrlichen Mitgefühls. Die Menschen, denen er bisher vom schwarzen Schatten erzählt hatte, (es waren nicht viele gewesen) hatten ihm zwar aus Respekt nie widersprochen, doch sie allesamt hatten diesen Blick gehabt. Diesen Blick, der mehr sagte, als tausend Worte. Saxton hatte diesen Blick nicht. Nicht diesen, aber einen anderen. Elektrisierte Augen folgten Curtis´ Ausführungen mit angewiderter Begeisterung. Keine Begeisterung über eine irrsinnige Geschichte, sondern über eine schreckliche Wahrheit. Saxton wusste, dass die Realität grausamer sein konnte, als jede Fantasie. Curtis tat es gut, jemandem gegenüber zu sitzen, der ihm zuhörte und seine Erzählungen frei von allen Vorurteilen in sich aufsaugte. Er fühlte sich gelöst, er hatte seine Vergangenheit für einen Moment über Bord geworfen und war um so viel Last leichter, als der von Schuld und Ängsten schwer beladene Mensch, der die Bar betreten hatte. Und er hatte einen Freund gefunden. Einen Freund, von dem er glaubte, er könne ihn zu Lana führen.

12. Ein Ort zwischen den Welten

Jeremiah Saxton wohnte in der noblen Rockefeller-Avenue. Jenes Viertel von Summersprings war voll von Boutiquen, Straßencafés und Blumenläden. Auf dem mit braunen Ziegeln gedeckten Dach seines Hauses glänzten feuchte Mooskolonien im Licht der trüben Morgensonne. Darunter entfaltete sich eine nüchterne und schlichte Bauweise. Curtis war mit dem Fahrrad gekommen und hatte es in den Büschen neben dem Haus versteckt. Wenige Sekunden nachdem er an die Tür geklopft hatte, öffnete sie sich und Jeremiah Saxton ragte dahinter hervor. Während Saxton ihn empfing wie einen verloren geglaubten Sohn, begrüßte ihn Curtis mit reservierter Freundlichkeit. »Schön dich zu sehen, mein Junge«, sagte Saxton beinahe überschwänglich. Er war zwar eine imposante Erscheinung, aber durch seine gewichtsbedingte Schwerfälligkeit wirkte er alles andere als bedrohlich. Unter seinem großen Kopf entrollte sich ein mehrfach gefaltetes Kinn. Seine kleinen bussardartigen Augen waren von Fältchen und Runzeln umspielt und wirkten im Rest des wuchtigen Gesichts deplatziert. Die Schwerkraft hatte seinem Körper im Laufe der Jahre stark zugesetzt. Hängebacken hingen genauso schlaf hinab, wie seine wuchtigen Herrenbrüste. Sein graues Haar stand in Wirbeln und Spitzen vom Kopf ab. Über dem Bund seiner viel zu engen Hose wölbte sich der Ansatz eines Bierbauches. Während Curtis ihm ins Haus folgte, fiel sein Blick auf die geröteten Ellbogen, die mit weißem Schorf bedeckt waren und aussahen wie geriebener Parmesan auf rohem Carpaccio. Trotz aller offensichtlicher Makel, glaubte Saxton, immer noch ein gut aussehender Mann zu sein. Irgendwie schaffte er es, diese Fehleinschätzung auch deutlich jüngeren Frauen so eindringlich zu vermitteln, dass diese irgendwann von jener mangelhaften Selbstwahrnehmung erfasst wurden. Saxton trank für sein Leben gern Alkohol, fluchte und konnte seine Liebe für das weibliche Geschlecht, die zumeist körperlicher Natur war, nicht verhehlen. Sein Humor besaß frivole Tiefen und er hatte einen ausgeprägten Sinn für das Theatralische, den er nur zu gern zur Schau stellte. Aber ansonsten war Jeremiah Saxton für Curtis der Vater, den er gern gehabt hätte. Er war für ihn da, wenn er ihn brauchte. Und jetzt brauchte er ihn dringender denn je. Seit Curtis das letzte Mal im Haus gewesen war, hatte sich einiges getan. Die konstante Weiblichkeit, die Saxtons brandneue Freundin in sein Leben brachte, tat ihm gut. Die Folterinstrumenten gleichkommenden Sitzgarnituren waren Möbeln aus dunklem Holz in verschlungenen Formen gewichen. Das sparsame Dekor hatte einem verspielten Stil Platz gemacht. Ein abgenutzter Teppich mit verstaubten Fransen, die Täfelung in dunklen gedeckten Farben und überbordende Bücherregale verliehen Saxtons Heim zudem eine gemütliche Atmosphäre. Es war chaotisch, aber alles strotzte vor Persönlichkeit. Die offene Architektur des Hauses ließ die Küche direkt ins Wohnzimmer übergehen. Eine Theke zum Mixen von Cocktails, zumindest nutzte sie Saxton hierfür die meiste Zeit, bildete eine natürliche Barriere. Saxton trug noch seinen Morgenmantel und schlurfte in seinen Pantoffeln zurück in die Wohnung, einen dampfenden Becher Kaffee in der Hand und eine ebenso dampfende Kippe im Mundwinkel. Saxton hatte sich zu

einem Kettenraucher entwickelt. Er sagte immer, ein Laster müsse der Mensch eben haben, doch Curtis glaubte, es läge an seiner Willensschwäche, hervorgerufen durch den emotionalen Tiefschlag, den der Verlust seiner geliebten Ehefrau verursacht hatte.
»Du solltest weniger rauchen, das ist nicht gut für deine Gesundheit«, sagte Curtis zu Saxton.
»Ich behaupte das Gegenteil.«
»Ich wäre echt ein wenig traurig, wenn du eines Morgens tot aufwachen würdest.«
»Da hätte ich auch was gegen«, stimmte Saxton schmunzelnd zu. Der wabernde Qualm im ganzen Haus veranlasste Curtis, zu glauben, versehentlich in eine Opiumhöhle geraten zu sein. Saxtons neue Errungenschaft, Missy, lugte um die Ecke und zwinkerte Curtis zu. Sie war eine Wucht von einer Frau. Raffiniert und gleichzeitig einladend trug sie ihre weiblichen Reize zur Schau. Unter ihrer luftigen und durchsichtigen Hose konnte Curtis ihren neongrünen Stringtanga schimmern sehen. Auch in der Küche hatte Missy ihren Einfluss walten lassen. Allerhand professionelle Küchengerätschaften waren hinzugekommen und kulinarische Ingredienzien unbekannten Ursprungs tummelten sich auf der blitzblank polierten Arbeitsfläche. Dennoch teilte auch sie die Vorliebe für schamlos ausufernden Tabakkonsum. Curtis grüßte in die Küche und sah Missy, wie sie eine Gurke kleinschnitt und gleichzeitig genüsslich an ihrer Zigarette zog. Er wusste nicht, wie alt Missy war, schätzte sie aber auf Mitte bis Ende Dreißig, was immer noch unverschämt jung war, wenn man bedachte, dass Jeremiah Saxton mit enormen Tempo auf die Sechzig zuraste. Zudem hatte der

asbestartige Zigarettenkonsum Saxton altern lassen. Er zog Qualm in sich hinein, wie ein Industrieschlot Abgase ausstieß. Auch die Nutzung seiner Sonnenbank, die er jedes Mal auf die Stärke einer atomaren Katastrophe einstellte, tat seiner Haut alles andere als gut. Kurzum: Er sah älter aus, als er war. Trotzdem folgte Saxton einem Leitfaden: *Frauen durften zwar älter als dreißig sein, aber nie älter aussehen.* Curtis folgte ihm in das gemütliche Wohnzimmer mit dem Kamin und dem Lesesessel mit den abgenutzten Armlehnen und den herunterhängenden Fransen. Eine Standuhr mit graviertem bronzenem Pendel stand wie ein stummer Beobachter in der Ecke. Über dem Kamin hingen ein paar eingerahmte Magazine. Die Titelillustrationen zeigten Bigfoot, eine fliegende Untertasse und eine Art echsenartiges Mutantenwesen, das nachts um die Häuser schlich. Curtis ließ seinen Blick über hunderte vergilbte Bücher und verstaubte farbenfrohe Nachbildungen weiterer Fabelwesen schweifen. In den Schränken tummelten sich wüst übereinandergestapelte Akten, gefüllt mit Zeitungsartikeln über Ufo-Sichtungen, Begegnungen mit Werwölfen oder Geistererscheinungen. Saxton war der Herausgeber des Oregon Observer. Auf den ersten Blick ein seriöser Eigenverlag. Auf den zweiten Blick ein wüstes Blatt voller abenteuerlicher Revolvergeschichten. Früher war er sogar Moderator und Redakteur einer investigativen TV-Show namens *Silent Observer* im Regionalfernsehen gewesen. Jedoch wurde die Sendung aufgrund gravierenden Desinteresses nach nur einem Jahr abgesetzt. In jener Sendung hatte Curtis einst vom schwarzen Schatten erfahren. Saxton hatte zudem zwei Fachbücher verfasst. *Der verschwundene Yeti*, gefolgt von *Die Rückkehr des verschwundenen Yetis*. Seit geraumer Zeit hatte er Pläne für das große Finale: *Das Verschwinden des zurückgekehrten Yetis*, oder so ähnlich. Manchmal glaubte Curtis, Geschichten von Fabelwesen hätten in Saxtons Leben eine so immense Rolle, weil er die Realität nicht ertrug. Auf dem Sims über dem offenen Kamin, indem ein kleines Feuer loderte, stand im Silberrahmen das verschwommene Bild einer pelzigen Figur, die das Abbild eines Bären hätte sein können. Curtis nahm das Bild in die Hand und sah es sich näher an.

»Der bisher beste und aktuellste Schnappschuss von Bigfoot«, erklärte Saxton stolz, während er ein Tablett mit verschiedenen Köstlichkeiten rappelnd auf dem Tisch abstellte. Saxton sah in der Entdeckung des Übernatürlichen den Sinn seines Lebens. Und zwischen den Schenkeln einer schönen Frau, wie er nicht müde wurde zu betonen. »Es ist schön etwas zu haben, für das man sich begeistern kann«, sagte Curtis. Er stellte das Bild, das letztlich auch einen Affen oder sehr behaarten Mann hätte zeigen können, wieder auf den Sims und setzte sich zu Saxton in den offenen Wohnraum.

»Wir wollten gerade frühstücken«, sagte Saxton, während er seine Hose richtete, »willst du auch was?«

»Ich hatte zwar schon ein paar Eier, aber ich nehme gerne noch etwas.«

»*Missy!!*«, brüllte Saxton in Richtung der offenen Küche. »Der Junge ist hier, mach doch bitte noch eine Portion – ja Baby? Tee, Kaffee, Cola, Wein oder

Bier?«, fragte er, während er Curtis gewinnend angrinste.
»Kaffee bitte«, entgegnete Curtis.
»Milch?«, fragte Saxton und hielt den Karton bereits über die Tasse, während er auf eine Antwort wartete.
»Einen kleinen Schluck«, erwiderte Curtis rasch.
»Zucker?«
»Nein.« Dankend nahm Curtis die Tasse und ließ sich in einen der abgenutzten Sessel sinken. Doktor Schiwago schwänzelte zu ihm hinüber und blickte mit hechelnder Zunge zu ihm auf. Er war ein in die Jahre gekommener Golden Retriever und Saxtons ältester Weggefährte. Er betrachte Curtis, als ob er sehnsüchtig auf eine freundliche Geste warten würde. Sein Schwanz pochte vergnüglich auf dem Boden. Seine Augen verrieten die Güte, die nur einem Tier innewohnen konnte. Tief in ihnen leuchtete dieses Verständnis, das auch Curtis´ Kater Jinx ihm so oft entgegengebracht hatte. Ein Verständnis, das keine Worte brauchte. So als wollten sie sagen: *Egal was auch passiert, ich werde nicht von deiner Seite weichen.* Ein großer Nachtfalter stieß gegen die Fensterscheibe. Das Geräusch riss Curtis aus seinen Gedanken. Irgendetwas alarmierte Doktor Schiwago und veranlasste ihn zu einem Knurren, das tief aus seiner Kehle zu stammen schien. Aufgeregt bellte er eines der Fenster im Wohnzimmer an. Curtis erhob sich aus dem Sessel und blickte beunruhigt zum Fenster hinaus. Mit zusammengekniffenen Augen versuchte er, irgendetwas im diffusen Licht der verschleierten Morgensonne zu erkennen. Er glaubte, den dunklen langgewachsenen Schatten eines Mannes unter den Bäumen zu sehen, aber es mochte eine

optische Täuschung sein. Doktor Schiwago bellte und knurrte, so als habe er eine Witterung aufgenommen, die ihm so gar nicht behagte. Curtis blinzelte, sah kurz zu dem Hund hinab und wieder auf. Der Schatten war verschwunden, ... sollte er überhaupt jemals dort gewesen sein. Doch da waren nur Bäume. Kein Mann. Keine Gestalt. Kein schwarzer Schatten. So sehr es ihn beruhigte, dass dort unten am Waldesrand niemand stand, so sehr war er zugleich beunruhigt, dass dort jemand lauern und jederzeit wieder in der Dunkelheit verschwinden konnte.

»Furcht braucht dir nicht ins Ohr zu schreien, es reicht, wenn sie leise und behaglich flüstert«, sagte Saxton.

Noch immer in Gedanken bei dem schwarzen Schatten, sagte Curtis: »Entschuldige, ich habe gerade nicht zugehört. Ich war abgelenkt.« Saxton deutete auf das Fenster und sagte zu Curtis´ Erstaunen: »Was hast du dort draußen gesehen?«

»Entschuldigung, aber ich kann ... ich kann dir nicht folgen«, versuchte er, sich herauszureden.

»Mein Junge, du kannst mir nichts vormachen. Irgendetwas da draußen hat dir sämtliche Gesichtsfarbe aus deinem Antlitz rutschen lassen. Wenn du mich fragst, muss entweder dein ehemaliger Mathelehrer oder der Teufel persönlich dort draußen gestanden haben.«

»Das kommt in etwa hin«, murmelte Curtis abwesend.

Saxton verharrte einen Moment und sah ihn verunsichert an. »Du hast *ihn* gesehen, nicht wahr, den schwarzen Schatten? Er spukt immer noch in deinem Kopf herum.« Saxton knipste eine bronzene Stehlampe an, die neben seinem Lesesessel stand. Gestickte Muster warfen verschlungene Schatten auf sein Gesicht. Curtis blickte Saxton an und konnte beinahe hören, wie sein Verstand zu arbeiten begann. »Ich sehe doch, dass die Bürde jener grausamen Nacht heute besonders schwer auf deinen Schultern lastet«, sagte Saxton mit väterlicher Sanftmut. »Vergiss niemals, dass du die Geschichte deines restlichen Lebens selber schreiben kannst. Du hast den Stift und das Papier. Nutze deinen freien Willen. Lass dich nicht von deinen Erinnerungen in Ketten legen. Die Vergangenheit ist vielleicht in Stein gemeißelt, aber du gibst deiner Zukunft Form und Gestalt.« Curtis fand für Saxtons bedeutungsschwangere Ausführungen kein Gehör. Ein gespenstisches Lächeln huschte über seine Lippen, so als sei er aus einer dunklen Gedankenwelt zurückgekehrt. Tiefe Sorge hatte sich in sein Gesicht gelegt. »Du weißt, warum ich heute zu dir gekommen bin. Ich will es tun, ich MUSS es tun. Verstehst du? Ich muss wissen, ob sie noch lebt. Ohne sie scheine ich nicht mehr in diese Welt zu passen. Du bist der Einzige, der mir dabei helfen kann,« sagte Curtis flehentlich. Bisher war Saxtons Miene leicht zu lesen gewesen, aber nun war das Buch zugeschlagen und Curtis blickte auf einen unbeschrifteten Einband. Saxton sah ihn an, mit seinem durchdringenden Blick und der stolzen Nase, auf der die Brille ruhte, über deren Gläser er hinwegblickte. Zunächst hüllte er sich in sorgengeplagtes Schweigen, ehe er sagte: »Ein berühmter Denker und Dichter sagte mal: Wer nicht in diese Welt zu passen scheint, der ist immer nahe dran sich selber zu finden.«

»Bitte, ich hab keinen Nerv für solche Glückskeks-Weisheiten«, erwiderte Curtis. Für einen Moment herrschte betretene Stille, ehe Curtis mit verachtendem Draufgängertum sagte: »Ich will es machen, ich will eine Seelenreise unternehmen!«
Saxtons Gedanken schienen wie Farbe zu zerfließen. Missy gesellte sich aus der Küche zu ihnen. In Saxtons Augen flackerte Unbehagen und sein sonst so schelmisches Gesicht verlor stark an Ausdruck. Missy und er tauschten Blicke aus. Jeder schien zu wissen, was der andere dachte. Und es waren keine guten Gedanken. Es waren Gedanken voller Argwohn und ... dunklen Vorahnungen. Curtis hatte das aufdringliche Gefühl, dass zwischen den beiden etwas vorgegangen war, dem er nicht hatte folgen können. Etwas, das sie vor ihm verbergen wollten. Nicht, weil sie ihn nicht teilhaben lassen wollten, sondern viel mehr, weil sie Angst um ihn hatten. Das erste Mal sah er auch in Saxtons Augen diesen Blick, den er seit Lanas Verschwinden in all den Augen derjeniger gesehen, denen er vom schwarzen Schatten erzählt hatte. Missy kaute gelangweilt auf ihrem Kaugummi herum und warf Curtis ein müdes, aber aufmunterndes Lächeln zu. Saxton seufzte und nahm angestrengt eine andere Sitzposition in seinem Lesesessel ein. Doktor Schiwago jaulte zaghaft und verzog sich in sein Körbchen. »Um eine Seelenreise begehen zu können, müssen wir unseren Geist in einen Zustand der Trance versetzen. Wir müssen unseren Körper an den Rand des Todes führen um auf der schmalen Grenze zwischen dem Hier und der Anderswelt wandeln zu können«, führte Saxton aus, nur um anschließend zu schweigen und einer Erinnerung hinterherzujagen.

»Was ist denn nun?«, riss ihn Curtis aus seinen Gedanken, »hilfst du mir, oder nicht?« Saxton räusperte sich und änderte erneut seine Sitzposition. »Die Idee einer Seelenreise ist fast so alt wie die Menschheit selber. Sie hat viele Namen und Bezeichnungen im Laufe der Geschichte durchlaufen«, setzte Saxton mit gewichtigem Tonfall fort. »Es gibt sie in fast jeder Religion auf irgend eine Art und Weise. Vor allem aber im spirituellen Glauben hat sie hohen Stellenwert. Wir kennen sie auch als Reinkarnation oder Samsara im Hinduismus und Buddhismus.«

»Warum erzählst du mir das alles?«, fragte Curtis abschätzig.

»Weil ich will, dass du weißt, auf welch gefährliches Spiel du dich einlässt.« Curtis schluckte seinen Unmut herunter und folgte wieder Saxtons Erzählungen. »Bei einer solchen Reise wird oft von einem Astralleib berichtet, der für das Auge unsichtbar ist und buchstäblich unseren Körper verlässt. Sozusagen eine außerkörperliche Erfahrung. Das ist aber, meiner bescheidenen Meinung nach, falsch.« Saxton erhob sich schwerfällig aus seinem Sessel und trottete zu einem der überbordenden Bücherregale hinüber. Er zog einen großen Folianten aus dem Regal und pustete eine dicke Schicht Staub herunter. Das Buch war in edles rotes Leder eingebunden und besaß geschnörkelte goldene Verzierungen. Er ließ es krachend auf den Tisch fallen und begann zu lesen: »In der Ethnographie und der Anthropologie gibt es Kulturen die prägnante schamanistische Merkmale besitzen. Seelenreisen hatten dort einen großen Anteil an Glauben und spirituellem Leben. Geistheiler oder Medizinmänner besaßen in all diesen Völkern

Fähigkeiten, die es ihnen erlaubten, in Geisterwelten zu reisen und dort Dinge zu erleben, die allen anderen Menschen verborgen blieben. Die Reisen an den Rand des Todes brachten ihnen Erkenntnisse über bevorstehende elementare Ereignisse oder führten sie zu verloren geglaubten Seelen.«
»Sie waren Ratgeber, so wie dieses Typen im Astro-TV«, warf Missy kaugummikauend ein. »So ungefähr. Wie immer: Bestechend geistreich«, gab Saxton zu und verpasste seiner Flamme einen Klaps auf den Hintern. »Diese Reisen in die Anderswelt zeigten ihnen Ursachen für Krankheiten, Unwetter, oder Kriege. All diese Dinge hatten im Leben der Menschen immer einen spirituellen oder göttlichen Bezug. Aus meiner Sicht betreten wir auf einer Seelenreise aber keine Geisterwelt und verlassen im buchstäblichen Sinne auch nicht unseren Körper. Ganz im Gegenteil: Wir tauchen tief in den Kern unserer Seele ein und gelangen zum Ursprungspunkt unserer ureigenen Sehnsüchte und Ängste. Wir verlagern unsere Aufmerksamkeit vom gegenwärtigen Sinneseindruck zu einer optischen Manifestation unseres seelischen Lebens. Wir konzentrieren uns nur auf unsere tiefsten Emotionen und bringen selbst die noch so verborgensten Blickwinkel zum Vorschein.« Saxton stoppte seinen Monolog und sah Curtis eindringlich in die Augen. »Sag mir Curtis, was bedeutet dir Lana?«

»Sie ist, ... sie ist alles für mich.«

»Du liebst sie also wirklich? Ich meine damit nicht nur eine Schwärmerei, sondern wirkliche und tiefe Verbundenheit.«

»Ja, sie hat etwas in mir ausgelöst, das ich niemals zuvor gefühlt habe. Ich habe es gespürt, als ich sie das erste Mal gesehen habe. Sie ist etwas Besonderes. Ich kann sie nicht vergessen.«

»Dann hat sie deine Seele berührt.«

»Was meinst du damit?«

»Die Seele ist unsere Lebensenergie. Eine Kraft, die uns Menschen leben lässt. Ohne sie währen wir nur Fleisch und Blut, ohne jeglichen Geist und unfähig zu fühlen. Alte Hochkulturen wie die Ägypter oder die Chinesen waren sich bewusst über diese Form der Lebenskraft, wenn sie auch unterschiedliche Namen und Erklärungen dafür hatten. Es ist Energie in ihrer reinsten Form und in ihrem Kern steckt die Kraft der Natur und der Ursprung unseren Seins. Sie durchströmt uns und erfüllt uns mit Mut, Neugier, Kraft und der Fähigkeit zu lieben. Wenn wir jemanden treffen, der unsere Seele in ihrem Kern berührt, dann ist dieser auf ewig ein Teil davon.«

»Und wenn derjenige noch am Leben ist, dann ist er dort zu finden. Das hast du einst selbst erlebt, nicht wahr?«, sagte Curtis, während er gebannt zu Saxton hinüber sah.

»Ja, das habe ich«, entgegnete Saxton mit starrem Blick. »Ich habe meine Frau auf einer solchen Reise in meiner Seele gefunden. Sie war verschwunden, genau wie Lana. Ich dachte, ich würde sie nie wieder sehen, doch dann, als ich mit dem Sensenmann gerungen habe, wie Hulk Hogan auf Steroiden, da sah ich sie plötzlich im Licht vor mir stehen. Sie war umgeben von Dunkelheit und so allein. Sie hat mich am Leben gehalten und mir den Weg aus der Anderswelt gewiesen, damit ich sie in dieser Welt finden kann. Und da wusste ich, dass sie noch am Leben und da draußen ist. Ich wusste, dass sie meine Hilfe braucht und dass ich alles tun würde, um sie zu finden. Doch als ich das tat und sie dort nackt, zusammengekauert und zitternd vor mir sah, da war sie nicht mehr dieselbe. Ich glaubte, wenn nur Zeit genug vergehen würde, würde sie schon wieder werden, aber ich habe mich getäuscht. Sie wurde nie wieder der Mensch, der sie einst gewesen war. Ich wäre fast daran zerbrochen.« Es herrschte betretenes Schweigen. Saxtons Miene verfinsterte sich und seine Gesichtszüge wurden hart und ernst, ehe er wieder ein Lächeln aufsetze und Missy zu sich hinabzog und ihr einen Kuss gab. »Doch dann habe ich diese Lady hier kennengelernt und sie hat meinen alten Hintern vor der Dunkelheit gerettet.« Curtis lächelte erzwungen. »Das freut mich für dich, Jerry. Ich würde Lana auch gern vor der Dunkelheit retten.«

»Ich weiß, worauf du hinaus willst«, sagte Saxton, während sich Missy wieder von seinem Schoß erhob und die Haare richtete, bemüht, ihre verschämte Röte aus dem Gesicht zu vertreiben. »Doch ich muss dich warnen«, führte Saxton fort. »Eine Seelenreise ist keine Kaffeefahrt. Sie offenbart uns den Kern unserer tiefsten Gefühle und hält uns den Spiegel vor, ob wir nun mögen was wir dort sehen, oder nicht. Es ist eine Reise in die geistige Welt, eine Reise zu dem, *was* wir wirklich sind.«

»Wenn ich Lana dort wiederfinden und endlich erfahren kann ob sie noch ... da draußen ist, dann gehe ich bis ans Ende der Welt.«

»Das ehrt dich sehr, mein Junge«, entgegnete Saxton, doch sein sorgenvolles Gesicht verschwand nicht. »Dieser Ort ist jedoch mit nichts zu vergleichen.«

»Versuch es. Beschreibe ihn mir«, entgegnete Curtis ungeduldig.

»Es ist ein Ort zwischen den Welten, zwischen der Ebene, die wir sehen und zwischen der Ebene, die wir fühlen. An diesem Ort lebt die Seele, von dort überblickt sie unser Leben und versteckt unsere tiefsten Ängste.«

»Wie kann ich mir das bildlich vorstellen?«

»Das hängt ganz von dir selber ab. Sozusagen von dem Zustand, in dem sich deine Seele befindet. Ist sie rein und voller Glück, dann wird es wahrscheinlich ein schöner Ort sein. Ist sie voller Angst und Gram, dann ...«

»Wird es ein Ort voller Dunkelheit sein«, vervollständigte Curtis den Satz wie selbstverständlich. »Damit ist nicht zu Spaßen, mein Junge. An diesem Ort werden sich Zukunft und Vergangenes kreuzen. Du wirst in den Schlund deiner Geschichte blicken und sehen, was dich zu dem geformt hat, der du bist und es wird dir gleichzeitig ein Blick auf deine Zukunft offenbart. Eine Zukunft die deine Seele anstrebt oder zu verhindern versucht. Eine solche Reise ist nicht ungefährlich. Sie kann zu einem Heilungsprozess führen und so bereinigend wie ein Gewitter sein, sie kann aber auch tief verborgene Schrecken von der Welt deines Geistes in das Wachbewusstsein herüberführen. Das sollte dir bewusst sein.«

»Es ist mir egal, was mir dort offenbart wird, oder nicht, solange ich Lana wiedersehen kann. Wenn du sagst, dass sie dort, in meiner Seele, auf mich wartet, dann ist es der einzige Weg, der mir bleibt.«

»Wenn Lana deine Seele berührt hat und noch am Leben ist, dann wird dort ein Teil von ihr auf dich warten.«

»Worauf warten wir dann noch? Lass uns anfangen«, sagte Curtis, der alle Warnungen in den Wind zu schlagen schien.

»Ich will dich nicht beunruhigen, aber es soll Menschen geben, die sich von solch einer Reise in ihr tiefstes Inneres nicht erholt haben. Sie haben den Weg nie mehr nach Hause gefunden.«

»Was soll das heißen? Sind sie etwa gestorben?«, fragte Curtis echauffiert.

»Kommt darauf an, wie man es sieht. An diesem Ort bist du der reinsten und stärksten Form deiner Bewusstseinsinhalte ausgesetzt, quasi live und in Farbe. Es strömen all deine unterdrückten Gedanken und Gefühle ungefiltert auf dich ein. Für manchen Geist ist dies zuviel und er zerbricht. Wenn dies geschieht, dann reißt die unsichtbare Schnur in die reale Welt und man ist gefangen in jener Dunkelheit, die man selbst geschaffen hat. Weggesperrt in den eigenen vier Wänden deines Unterbewusstseins. Die Menschen von denen ich spreche, haben nie mehr das Bewusstsein erlangt und sind dazu verdammt auf immer in ihrer Seelenwelt zu leben.«

»Es ist nett von dir, mich auf solch großartige Aussichten vorzubereiten, aber ich habe langsam verstanden, dass diese Sache gefährlich ist. Ich tue dies in voller Klarheit und auf eigene Gefahr.« In Curtis´ Stimme regte sich drängende Ungeduld. »Warum willst du mir das verwehren, was dir vergönnt war? Du hast die Seele deiner Frau gefunden und wusstest, dass es sich lohnt, um sie zu kämpfen.«

»Ja, ich habe sie wiedergefunden, doch nach all der Zeit wünschte ich manchmal, ich hätte es nicht getan.«

»Was?«, fuhr es überrascht aus Curtis heraus.

»Meine Frau lebt, doch ist dieses Leben noch lebenswert? Sie ist für immer an ihr Bett gefesselt. Versteh doch, sie ist so jemand, der von dem Grund seiner Seele nie zurückgekehrt ist. Sie ist für immer weggesperrt an jenem Ort.«

»Und was ist das für ein Ort? Wie sah es dort aus, als du einen Teil von ihr in deiner Seele gefunden hast?«, fragte Curtis gebannt.

»Es war der Ort unseres ersten gemeinsamen Urlaubs. Wir hatten kaum Geld und konnten uns nicht viel leisten. Also blieben wir hier in Summersprings und verbrachten unsere Ferien draußen in dem alten Waldhotel. Es war einer dieser seltenen kalten Winter. Ein Schneesturm überraschte uns und wir waren dazu gezwungen die ganze Zeit auf unserem Zimmer zu bleiben. Dort habe ich sie gefragt, ob sie meine Frau werden will.« Saxton starrte vor sich und Missy spielte sich nervös an ihren Fingernägeln.

»Dann ist es doch eine gute Erinnerung und gar nicht so schlimm«, sagte Curtis. Er stellte sich vor, mit Lana an dem See im kniehohen Gras zu liegen. Über ihnen der sternenbedeckte Himmel. Wenn dies die Ewigkeit war, dann war er bereit sie dort mit ihr zu verbringen.

»Du weißt nicht, was du da redest«, fuhr Saxton ihn schroff an. »An einem Ort gebunden zu sein und immer wieder die gleichen Momente zu erleben ist etwas Schreckliches! Niemand hat so etwas verdient.«

»Tut mir leid, war nicht so gemeint«, sagte Curtis. »Aber ich weiß ganz genau, was es bedeutet, immer wieder das Gleiche zu erleben. Jede Nacht sehe ich, wie der Schatten über Lana herfällt, wie er sie ... und wie ihre leeren Augen mich dann anblicken, so als ob ich ihr das angetan hätte, weil ich ihr nicht geholfen habe.« Curtis Stimme versagte beinahe und es kostete ihn große Kraft, nicht zu weinen. Saxton sah wie verletzt und aufgewühlt er war. Er nickte und schluckte seinen eigenen Unmut hinunter. »Willst du das wirklich tun, Curtis?«, fragte er dann eindringlich. »Ich mache mir keine Illusion darüber, wie es in deiner Seele aussehen wird. Du hast Dinge gesehen, die dich bis ins Mark getroffen haben. Alles dreht sich um diesen einen Moment, in dem du ihr nicht helfen konntest. Wenn du diesen Weg beschreitest, gibt es kein Zurück mehr. Unser Verstand hat einen Jahrtausende alten Schutzmechanismus. Wenn wir etwas erleben, das unsere Seele an den Rand der Zerstörung treibt, schützt unser Unterbewusstsein uns, indem es die Erinnerung daran einfach wegsperrt. Wenn wir diese Barriere durchbrechen, müssen wir der Wahrheit ins Auge sehen.«

Curtis überlegte lange. Er starrte Saxton einen Herzschlag lang an, ehe er sich zu einer Antwort durchrang ...

13. Seelenreise

»*Er ist hier*«, flüsterte eine Stimme und Curtis erwachte mit aufgerissenen Augen. Er befand sich wieder in dem düsteren Wald, in den er in jener unheilvollen Nacht vor vier Jahren geflohen war. Überall dicke kahle Bäume, deren Stämme sich im nachtschwarzen Himmel verloren. Eine verzerrte Welt mit fremden Formen und Mustern und dennoch so unwirklich vertraut. Schwarzes Licht und schwarze Träume, dies waren die Zutaten seiner schwarzen Seele. Er befand sich irgendwo zwischen den Welten. In einem Reich das existierte und gleichzeitig auch nicht. Es war ein Ort der nicht echt, nicht wirklich war und zugleich auch keine Einbildung. Es war mehr. Diese unwirkliche Welt lag in den Schatten seines eigenen Verstandes. Sie hatte etwas von einem verzerrten Trugbild. Einem Abbild seiner dunkelsten Gefühle. Dort, wo er seine Furcht und noch etwas weitaus Schlimmeres verborgen hielt. Zwischen Leben und Tod beging er eine Reise zu sich selbst und begegnete seinem größten Feind; der Schuld. Es war nicht der schwarze Schatten, den er all die Jahre gefürchtet hatte. Es war seine Überzeugung, daran schuld zu sein, was Lana widerfahren war. Vielleicht hatte Saxton recht gehabt. Vielleicht gab es Welten, die man besser nicht betrat. Curtis blickte sich um, doch egal zu welcher Seite, überall lag der Horizont in tiefster Schwärze. Doch da war Licht. Licht in Gestalt einer Stimme. *Ihrer* Stimme. Von irgendwo her hallten Lanas Worte. Zwischen den Bäumen hindurch rief sie nach ihm.

»*Ich bin bei dir ...*«
»*Ich werde immer bei dir sein ...*«
»*Es ist nicht deine Schuld ...*«

Bedrohlich schrille Schreie huschten um ihn herum, brachen hervor und verschwanden wieder in der Dunkelheit. Sie verbanden sich mit dem Klang von Lanas Stimme und kamen immer näher. Er wusste nicht, ob in den Schreien Worte lagen, aber er kannte ihren Ursprung. Es waren Schreie der Wut und Schreie der Angst. Lana rief nach ihm und der schwarze Schatten suchte nach ihr. Sie war in großer Gefahr. Und so wankte Curtis hinab in die dunkelsten Ecken seines Verstandes, in die dunkelsten Ecken seiner Seele. Matte Helligkeit glomm plötzlich in der Dunkelheit. Die Umrisse einer Häuserfront zeichneten sich zwischen all den knorrigen Baumriesen ab. Eine Tür stand einen Spalt offen, Licht brandete hinaus, wie ein Leuchtfeuer in der Dunkelheit. Es wartete auf ihn, es rief nach ihm. Curtis trat ein. Wieder empfing ihn der Klang ihrer Stimme.

»Es ist nicht deine Schuld«.

Es war seine feste Überzeugung, dass er verantwortlich war, für die schrecklichen Dinge, die Lana widerfahren waren. Er hatte ihr nicht geholfen, er hatte sie einfach im Stich gelassen und war davon gelaufen. Er hatte sich nie von ihr verabschieden können, ihr nie sagen können, wie sehr er sie liebte, wie sehr er sie brauchte. Und er hatte sie nie um Vergebung bitten können. Die Schuld hatte ihn all die Jahre verfolgt, wach und in seinen Träumen.

»Es ist nicht deine Schuld«.

Curtis folgte der Stimme. Sie umgab ihn von allen Seiten. Er wollte in sie eintauchen, in ihr untergehen, selbst wenn dies bedeutete ertrinken zu müssen. Er wollte, dass es nie endete, dass die Stimme nie wieder verhallen würde, und wenn er für immer an diesem Ort bleiben musste. Es war ihm egal, Hautsache er war bei ihr. Für immer.

»Es tut mir so leid«, flüsterte er.

»Das muss es nicht«, sagte die Stimme. »Du kannst nichts dafür, das diese Welt ein so grausamer Ort ist. Es war nicht unsere Entscheidung, nicht unser Wille, diesem Monster in jener Nacht zu begegnen. Du hattest Angst und bist geflohen. Ich kann es dir nicht übel nehmen. Wenn ich ehrlich zu mir bin, hätte ich dasselbe getan.« Sollte er sich jetzt besser oder schlechter fühlen? »Lana?!«, rief er, »wo bist du?«, doch die Stimme antwortete nicht. Dunkelheit hatte sie verschluckt. Er ging weiter ins Haus hinein. Er konnte es fühlen. Seinen Atem hören und sein bebendes Zittern spüren. Dicke dunkle Wurzeln schlängelten sich pulsierend an den Wänden empor. Dunkle zähe Flüssigkeit schien in ihnen zu fließen, wie schwarzes Blut in den Adern des Todes. Curtis ging eine Treppe hinauf. Eine Tür öffnete sich knarzend und blieb einen Spalt offen stehen. Curtis hielt die Luft an und trat ein. Ein Bett, ein wuchtiger Kleiderschrank, eine Kommode, ein Poster von E.T.; er war in ihrem Zimmer. Aber es war nicht nur das Zimmer, er war in der Zeit zurückgereist und befand sich in jener Nacht, in der sich der schwarze Schatten über ihr Leben gehüllt hatte. Eine heisere Stimme erklang. Die Stimme eines Wahnsinnigen, verstörend und doch bekannt: »So rein, so voller Kraft, so voller Träume. ... Ich musste es tun. ... Sie hat mich dazu gezwungen. Es ist die Stimme. Es ist der Schatten. Er *will* es so«.

Angst, Wut, Schock, Panik. Ein keuchendes Stöhnen der Befriedigung. Helles Licht das von tiefer Dunkelheit verschlungen wurde und für immer verschwand. Leere seelenlose Augen, die ihn anstarrten. Die durch ihn *hindurch* starrten. Dann Kälte. Kälte die ihn durchdrang und nach seiner Seele griff. *Er* kam näher. Der schwarze Schatten wirbelte durch den Raum und hinter ihm her. Dann, für einen kurzen und zugleich ewig langen Moment fror die Zeit ein und alles um ihn herum erstarrte. Klarheit. Es wurde alles so klar, wie niemals zuvor. Curtis blickte zu dem Bett und sah Lana darin. Er sah, wie sich seine Augen schwarz in ihren spiegelten. Für den lähmenden Bruchteil eines Augenblicks sah er *ihn* in sich selber. »Nein«, murmelte er von Entsetzen ergriffen. Er hatte den schwarzen Schatten in den Augen seines eigenen Spiegelbildes erkannt. Fassungslos wich er zurück und fasste sich mit einer Hand ins Gesicht. Er wollte sich fühlen, wollte spüren, ob er sich noch erkannte. Der Schatten formte sich zu einem Menschen und er erkannte, dass er in ihm selber war. Dunkelheit begann sich über ihn zu wölben und jede noch so zaghafte Hoffnung zu verschlingen. Curtis wehrte sich mit aller Macht dagegen, doch die Welt verkehrte sich ins Gegenteil. Konturen verschwammen, Wände begannen zu schwanken und der Boden unter seinen Füßen zu zittern. Dann kehrte er zurück. Wurde von der einen in die andere Welt geschleudert. Doch für einen Augenblick wusste er nicht mehr, welche die Reale war und welche die, die nur in ihm lebte. Er stieß aus einer mit Wasser gefüllten Badewanne empor, brach wie ein Ertrinkender durch die Oberfläche eines tosenden Meeres. In seinen Ohren lag noch Lanas Flüstern. Schwarze Augen – seine Augen, flackerten wie pulsierendes Stroboskoplicht vor ihm auf. »Tu das nicht«, rief er. »Lass mich nicht allein.« Doch es waren nur Jeremiah Saxton und Missy, die ihn besorgt in der Wirklichkeit empfingen. Curtis hechelte nach Luft und rang nach Fassung. Es mochte ein verzerrter Blick auf die Vergangenheit gewesen sein, oder nur die schreckliche Wahrheit seiner Schuldgefühle, aber er war sich nun sicher: Lana war noch am Leben. Sie war irgendwo da draußen und er musste sie finden. Sie war das einzige Licht, das seiner Seele noch geblieben war. Um sich zu retten, durfte er sie kein weiteres Mal im Stich lassen.

14. Das Relikt einer vergangenen Zeit

Der Morgen hatte sich grau über die Welt gelegt und der Regen hatte aufgehört. Die Wolken hingen dicht am Himmel und waberten zwischen den Wipfeln unzähliger Baumkronen hindurch. Lana war am Leben. Curtis war sich ganz sicher. Er war ihr auf seiner Seelenreise begegnet. Ein Teil von ihr lebte in ihm. Und weil ihr Herz noch schlug, hatte er sie finden können. Sie hatte zu ihm gesprochen, hatte seine Schuldgefühle von ihm nehmen wollen, doch solange er sie nicht wiederfand, würden diese Gefühle nicht von ihm weichen. Curtis fuhr mit dem Rad über die nassen Bordsteine der erwachenden Stadt. Er trug keine Schuhe und schaukelte hin und her, weil er noch halb benommen war. Jeremiah Saxton hatte ihm irgend eine undefinierbare und stinkende Tinktur verabreicht, durch die er in einen tranceartigen Zustand verfallen war. Manche mochten es für einen Fieberwahn, oder die Bilder eines Drogentrips halten, aber Curtis war überzeugt, dass er zum Kern seiner Seele gelangt war. Er erreichte das ehemalige Haus der Mathews. Es hatte nicht mehr jene beruhigende Wirkung auf ihn, die ihn immer an seine Kindheit erinnert hatte, an dieses Gefühl von Geborgenheit und immerwährender Konstanz. Nun hasste er das Haus. Er hasste es für alles, was es verkörperte. Für den Schmerz, für die Jahre der Ungewissheit. Und für die Erinnerungen, die Guten wie die Schlechten. Die Schlechten, weil sie schlecht waren und die Guten, weil sie ihn daran erinnerten, wie es einmal war und nie mehr werden würde. Er fischte einen Schlüssel hervor, der noch immer unter einem losen Stein versteckt war und schloss die Tür auf. Im Flur knarrte der Dielenboden unter seinen Schritten. Es erinnerte ihn an jene Nacht, die alles verändert hatte. Heute stand das Haus leer. Die wenigen Möbel, die geblieben waren, waren von weißen Planen bedeckt. Nur Lanas Zimmer war so, wie sie es das letzte Mal verlassen hatte. Als ob sie doch eines Tages heimkehren würde und dann ein Zuhause vorfinden sollte. Nachdem Walter Mathews Lana für tot hatte erklären lassen, hatte ihn nichts mehr an diesem Ort gehalten. Er hatte sich an den Rand der Stadt zurückgezogen und mied, abseits seiner beruflichen Karriere als Leiter des William James Sanatoriums, die Öffentlichkeit. Das ehemalige Haus zu verkaufen hatte er aber dennoch nicht übers Herz gebracht. Es war zu einem Anker geworden, der eine vergangene Welt nicht loslassen konnte. Curtis stolperte die Treppe hinauf und torkelte in Lanas Zimmer. Ihr Bett, der Schreibtisch, der alte Computer, das Poster von E.T. und der vollgestopfte Schrank, es war alles noch so, wie sie es verlassen hatte. Es war alles, was von ihr geblieben war. Es war eine Oase der Erinnerung. Das unberührte Relikt einer Welt, die noch in Takt gewesen war. Als habe sich seit dem Tag ihres Verschwindens nichts verändert. Als sei die Welt stehen geblieben und eingefroren worden. Ein Verbindungsstück in eine bessere Zeit. Sie hätte jetzt gleich um die Ecke kommen und ihr Leben dort fortführen können, wo es einst an jenem Sommertag 1996 geendet hatte. Curtis hatte sich gewünscht, sie sei vielleicht hier. Er hatte es gehofft, nachdem er ihr auf seiner Seelenreise an diesem Ort begegnet war. Doch sie war nicht hier. Er setzte sich auf den Boden und lehnte sich an ihr Bett. Die Zehen seiner dreckigen und nassen Füße trieb er tief in den weichen Teppich. Er schloss die Augen und stellte sich vor, sie wäre hier. Und auch wenn er wusste, dass sie nicht echt war, nicht echt sein konnte, so glitt er doch in ihre Arme. Zu Hause. Endlich war er zu Hause. Ihre Wärme empfing ihn an diesem kalten Ort dunkler Erinnerungen. Es war, als sei sie nie fort gewesen. Als sei das alles nie geschehen. Wie ein Gefühl aus einer längst vergangenen Zeit. Doch je länger dieser Moment währte, umso stärker fühlte er, dass sie nicht echt war. Stattdessen begannen die Erinnerungen an etwas Schreckliches an ihm zu nagen. An etwas, das sich wie ein schwarzer Schatten über sein Leben gestülpt hatte. In seiner Vorstellung begann Lana ein Eigenleben zu führen. Sie löste sich aus seiner Umarmung. Es schien, als wolle sie ihm etwas sagen, konnte es aber nicht und als er einen Schritt auf sie zumachte, wich sie schreckhaft vor ihm zurück. Lana vergrub ihr Gesicht in ihren Händen. Zwischen den Lücken ihrer Finger hindurch sah er Furcht in ihren Augen funkeln. Den Rücken an die Wand gepresst rutschte sie zu Boden und blieb mit gespreizten Beinen sitzen, während sich ihre Zehen im Teppich verkrampften. Als er sie weinend und zerbrechlich vor sich sah, kam große Scham über ihn. Was hatte er getan? Mit beschämender Verachtung blickte er auf seine Taten. Sie war nur eine Illusion, aber dennoch erinnerte es ihn an seine Schuld. Er hatte gehofft, sie hier zu finden und nicht gemerkt, wie seine Selbstsucht Lana zurück an diesen Ort ihrer ganz persönlichen Hölle getrieben hatte. Es war so viel mehr, als er ertragen konnte. Curtis wollte sie berühren, wollte ihr sagen, wie leid es ihm tat, doch langsam begann sie aus jener obskuren Traumwelt zu entschwinden. Ihr Körper wurde unwirklich und undeutlich. Mit einem letzten Blick in ihre Augen sah er, wovor Lana sich so sehr geängstigt hatte. Genau wie auf seiner Seelenreise spiegelten sich seine Augen in ihren Pupillen. Und sie waren ... schwarz. Lana löste sich in Luft auf. Nichts blieb von ihr zurück. Sie war nur ein Tagtraum gewesen und dennoch schmerzte es, sie erneut gehen zu sehen. Doch was ihn noch mehr als das beunruhigte, waren die schwarzen Augen, die er erneut gesehen hatte. Es waren die Augen des Mannes, der in jener Nacht über Lana hergefallen war. Jenes Mannes, den sie den schwarzen Schatten nannten ...

15. Eine Nonne im Bordell

Durch das dichte Geäst ineinander verwobener Bäume tröpfelte beständig hauchdünner Regen aus einem durchgehend grauen Himmel. In Summersprings wurde es nie richtig kalt. Die Natur war lebhaft und voll von ursprünglicher und unberührter Kraft. Das Klima war mild, aber dafür regnete es viel – sehr viel. Curtis brauste mit seinem Fahrrad über die regenfeuchten Straßen. Schlichte Reihenhäuser flankierten seinen Weg, wie aus dem Boden geschossene Pilze. Die Stadt besaß nicht mehr als fünfzigtausend Einwohner. Mitte des 19. Jahrhunderts hatte die Legende sagenhafter Goldfunde hunderte von Siedlern aus Europa über den Oregon Trail in diese Region gelockt. Sie waren gekommen, um zu bleiben, auch wenn sie nicht das gefunden, was sie sich erhofft hatten. Denn anstelle von reichen Goldadern entdeckten sie ein fruchtbares Land, das die vielen Europäer mit seinen immergrünen Wiesen, den endlosen Wäldern, den glasklaren Flüssen und den tiefen Seen mitten ins Herz getroffen und den vertrauten Geruch von Heimat verströmt hatte, auch wenn es eine vollkommen neue Welt gewesen war. Curtis wehte der Fahrtwind um die Nase und er blickte in die Natur. Er sah die Schönheit jener Landschaft, doch ohne Lana würde sie immer unvollendet sein. Böige Winde fegten zwischen den Bäumen hindurch und brachten ihre Äste und Stämme zum Ächzen. Er erreichte einen Teil der Stadt, den er früher gemieden hatte, wie der Teufel das Weihwasser. Der Friedhof lag im Osten, etwas abseits der Siedlungen und war ein Fossil aus alter Zeit. Es gab keine in den Boden eingelassene Bronzeplatten, sondern die alten ehrwürdig emporragenden

Grabsteine und Statuen von Engeln und anderen Heiligen, die Hoffnung schenken sollten. Über einen ausgetretenen Pfad erreichte er einen verrosteten eisernen Zaun mit lanzenförmigen Spitzen, der ein großes Areal am Rande eines dichten Kiefernwaldes umgab. Rostiges Eisen quietschte, als Curtis die Tore zum Friedhof aufstieß. Die Grabsteine und Statuen lagen wie ein betrübtes Destillat aus gebrochenen Träumen vor ihm. Lautlose Schatten und schleichendes Unbehagen begleiteten ihn, während er zu Lanas Grab ging. Stille hatte sich an diesem Ort über die Welt gesenkt. Die mit bunten Blumen geschmückten Grabreihen türmten sich unheilvoll vor ihm auf. Curtis mochte diesen Ort der Toten nicht. Diesen Ort der Vergänglichkeit und verlorenen Leben. Die Endgültigkeit des Daseins war hier zum Greifen nah. Man blickte in den Schlund der eigenen Sterblichkeit. In einer der Grabreihen mit all den alten von Moos und Flechten bewachsenen Grabsteinen lag das leere Grab von Lana. Ihr eingravierter Name in dem Stein wirkte so fehl am Platze wie eine Nonne im Bordell. So endgültig. Als sei der letzte Funken Hoffnung erstickt worden. Erstickt von ihrem eigenen Vater der diese leere Holzkiste zu Grabe hatte tragen lassen. Curtis hatte sich nicht damit abfinden wollen. Er hatte glauben wollen. Glauben daran, dass er ihr Gesicht noch einmal sehen und ihre Hand noch einmal halten würde. Es hatte eine Zeit gegeben, da hatte er diesen Ort gehasst, doch mittlerweile hatte er ihn als eine Möglichkeit akzeptiert, seine Gefühle ordnen zu können. Er wollte seine Vision nicht aufgeben, - seine Vision davon, dass Lana noch irgendwo da draußen war. Irgendwo. »Wo bist du nur?«, flüsterte er leise, während er seinen Finger andachtsvoll über den kalten Granit fahren ließ. »Ich vermisse dich so sehr. Ich weiß, dass du noch am Leben bist.« Sein Blick wurde so steinern wie ihr Grabstein. »Ich habe versucht, das alles zu vergessen. Habe einen Schutzfilm über alles gelegt, um nicht verrückt zu werden, aber heute Nacht, ... heute Nacht habe ich dich wiedergefunden. Du warst so nah, so real. Jetzt weiß ich, dass ich dich nicht aufgeben darf.« Curtis erschauderte einen Moment.

(»So rein, so voller Kraft, so voller Träume. ... Ich musste es tun. ... Sie hat mich dazu gezwungen. Es ist die Stimme. Es ist der Schatten. Er will es so.«)

Die irre keifende Stimme des Schattens schwoll in seinem Gehör an. Das Bild seiner kalten schwarzen Augen kam ihm in den Sinn, ohne dass er seinen Blick hätte abwenden können. Es kam aus ihm selbst, es war ein Teil von ihm geworden. »Ich werde dich finden«, sagte Curtis, strich über den Grabstein und machte sich auf den Rückweg. Er verließ den Friedhof und schwang sich auf sein Fahrrad. Am Horizont türmten sich schwarze Gewitterwolken auf. Curtis brauste durch den Regen. Er beschleunigte sein Tempo und fuhr seinen Gedanken davon. Sie stiegen immer wieder empor, wie Luftblasen, die an die Oberfläche eines Meeres drängten, doch im peitschenden Fahrtwind ließ er sie einfach hinter sich. Er ließ alles hinter sich und gab sich dem Rausch der Geschwindigkeit hin. Es tat gut all die Gefühle einfach über Bord zu werfen und das Leben fließen zu lassen. Ein Lächeln umspielte seine Lippen, während orkanartige Winde durch die Zweige der Bäume rauschten und sie bedrohlich knacken und rascheln ließen. Er raste geradewegs in einen aufziehenden Sturm.

16. Der Moment, in dem er starb

Ein Blitz zerriss den trüben Himmel. Weiße und violette Zickzackstreifen flammten auf, begleitet von einem markdurchdringenden Donnergrollen. Das Gewitter lag jetzt unmittelbar über ihm. Die kalte regendurchsetzte Luft fegte ihm unnachgiebig entgegen. Seine Sicht war schlecht. Regen peitschte ihm hart ins Gesicht. Die nasse Kälte kroch durch seine Kleidung und zog bis auf seine Knochen. Wieder zuckte ein Blitz durch die schwarzen Wolken. Für einen Moment blendete ihn das gleißend helle Licht. Die Welt schien in sintflutartigem Regen zu ertrinken. Er sah die Hand vor Augen nicht. Orkanartiger Wind pfiff zwischen den Bäumen hindurch und ließ sie beschwerlich ächzen. Curtis raste die selten befahrene alte Holzfällerstraße im Wald hinab. Er fuhr allem davon und fühlte sich frei. Er würde *sie* wiedersehen. Er würde Lana wiederfinden. Er erinnerte sich an die Geräusche der alten Holzfällerstraße: das knirschende Krachen fallender Baumstämme, das knatternde Dröhnen benzinbetriebener Transportfahrzeuge, das wespenhafte Summen unzähliger Motorsägen. Curtis hatte Mitleid empfunden. Mit jedem gefällten Baum endete ein Leben, uralte Erinnerungen wurden in den Walzen der Häcksler zu Staub zermahlen. Mitleid und Wut. Wut über die Ignoranz und Selbstherrlichkeit der Menschen. Seine Gedanken drifteten davon, während der Regen ihn einhüllte und ein Orkan durch die Wälder fegte.

Und dann geschah es.

Ein schmerzhaftes surreales Geräusch hallte durch die Nacht und wurde schnell abscheulich laut. Es zerbarst ihm fast das Trommelfell. Dumpfes Poltern. Zersplitterndes Glas. Schrilles Kreischen. Er wurde von hinten erfasst und geschossartig über ein fahrendes Auto katapultiert. Eine Windschutzscheibe riss unter dem Aufprall seines Gewichts. Er krachte mit dem Kopf auf den harten Asphalt und rollte noch gute zehn Meter weiter über die Straße. Hautfetzen rissen aus seinen Armen und kleine Steine rieben sich in seine Augen. Eine endlose Sekunde lang herrschte absolute Stille. Dann kamen Schmerz und Erkenntnis. Er lag regungslos inmitten eines tobenden Sturms auf der Straße. Sein ganzer Körper fühlte sich an, als sei er in tausend Teile zerbrochen. Donnergrollen verhalte über ihm. Sein linkes Bein war unterhalb des Knies unnatürlich verdreht. Blut floss von seiner Stirn hinab in seinen Mund. Er schmeckte Eisen. Regentropfen so dick wie Murmeln prasselten auf ihn nieder. Seine Augen füllten sich mit Wasser. Die Welt wurde doppelt und dann dreifach, während die Konturen der Baumwipfel über ihm in der Dunkelheit verschwammen. Seine Kleidung war bis auf die Haut durchnässt. Klamme Kälte hatte Besitz von ihm ergriffen. Das Schlagen einer Tür ertönte, als jemand aus dem Auto stieg, das ihn überrollt hatte. Er sah Beine im Regen. Die Person haderte, machte kehrt und stieg wieder ein. Curtis blickte den verschwommenen Rücklichtern nach, die sich vor seinen Augen vervielfacht hatten. Der Wagen fuhr davon und hinterließ eine Geräuschspur, die abklang, bis es wieder ganz still war.

Ihm war kalt, so kalt.

(Es ist kalt ... so bitterkalt)

Regen trommelte unaufhörlich auf ihn nieder, seine Lippen waren lavendelblau und zitterten. Sein Herz stoppte; es schlug nicht mehr. Seine Lunge versagte, kein Sauerstoff durchströmte mehr seine Adern. Ebbe und Flut des Lebens hörten auf zu existieren. Dies war der Moment, in dem er starb.

17. Nexus

Er drohte in Finsternis zu ertrinken. Sein Bewusstsein umwölkte sich, und er hatte das Gefühl langsam auf einen großen Abgrund zuzugleiten. Er trieb hinab, einer Klippe entgegen, hinter der sich das große Unbekannte befand. Und als er hinabstürzte und in ein kaltes Meer eintauchte, da begann er zu träumen.

Jemand griff seine Hand, sanft und beruhigend. Er fühlte eine Berührung. Nicht im körperlichen Sinne, vielmehr spirituell. Etwas zog an ihm und führte ihn aus der Dunkelheit. Es ließ nicht zu, dass er starb. Er sah auf und blickte in ihre grünen Augen. Konnte es sein? Konnte *sie* zu ihm zurückgekehrt sein? Und so eigenartig dieser Gedanke war – so fremd, als wäre es nicht einmal er selbst, der ihn dachte-, so war er zugleich auch erlösend, dass Curtis sich ihm hingab und in ihm verlor. Lana schälte sich aus der Dunkelheit und trat an ihn heran. Sie kniete sich zu ihm nieder und fasste seine zitternden Hände. Sie strich ihm voller Güte über den Handrücken. Eine Berührung, so hauchzart wie Seide. Er wollte in jenem Moment an keinem anderen Ort sein, wie in jener kalten Einöde. »Lana?«, sagte er zögerlich und kaum hörbar. Er erwartete, dass sie sich von ihm entfernen würde, wie in seinen Träumen. Doch sie blieb und lächelte ihn an. Er konnte es nicht glauben. Sie war so echt und so nah. »Bist du es wirklich?«, fragte er mit gebrechlicher Stimme. Sie glich einem glitzernden Traumwesen, halb Realität, halb verzerrte Illusion. »Es wird alles gut werden. Ich bin jetzt bei dir. *Sie* werden dich heilen, so wie sie einst mich heilten. Du brauchst jetzt keine Angst mehr zu haben.« Ihre Stimme klang fremd und doch vertraut. Ein weiterer Blitz, begleitet von einem ohrenbetäubenden Donnerschlag, fuhr durch den schwarzen Himmel. In Lanas Augen funkelten tausende kleine Punkte, als ob eine Legion aus Sternen in ihnen lodern würde. »*Was bist du?*«, fragte Curtis gebannt. Der orkanartige Sturm ebbte ab (oder er nahm ihn nicht mehr wahr). Nur noch ein sanfter Wind bewegte das dichte Blätterwerk über ihm. Sie umschloss seine Hände und blickte ihm tief in die Augen. Todesangst wich von ihm, als würde Lana sie mit ihrer Berührung von ihm nehmen. Goldenes Licht begann pulsierend aus ihren Händen zu brechen. Druckwellen voll belebender Energie durchströmten seinen Körper. Er hatte das groteske Gefühl rücklings aus diesem Leben zu gleiten und hinauf in ein grelles Licht zu steigen. Seine Sinne versagten im Anblick dieses Ortes. Grazile anmutige Wesen schälten sich aus dem Licht. Zunächst waren ihre Konturen substanzlos, wie die Körper von Geistern, doch dann wurden sie immer greifbarer. Eindrucksvolle Gestallten, lange Gliedmaßen, Haut, als sei sie mit makellosem Porzellan überzogen und Adern, in denen gleißendes Aurum zu fließen schien. Sie traten mit geheimnisvoller Intention an ihn heran und starrten aus besorgten schwarzen Augen auf ihn hinab. Sie tuschelten und sprachen in einer Sprache, die er nicht verstand. Aber er hatte die Intuition, dass Worte an diesem Ort ohnehin keine Bedeutung hatten. Er war von Ehrfurcht ergriffen, und auch wenn er zunächst Angst vor ihnen gehabt hatte, so konnte er nun spüren, wie ihn tiefe Fürsorge umgab. In ihrem Auftreten lag etwas Imposantes. Ihre Gesichter wiesen keinerlei charakteristische Stellen auf. Er konnte keine Unterschiede ausmachen und so sahen sie alle gleich für ihn aus. Sie hatten keine Münder und keine Nasen, nur zwei Augen, in denen die Geheimnisse unserer Galaxie zu lodern schienen, wie tausende Diamanten in dunklen Samt gehüllt. Sein Bewusstsein verschmolz mit der Essenz jener Kreaturen und sein geistiges Ich bildete einen Nexus mit ihren Erinnerungen. Er berührte eine uralte Macht, als er begriff, dass er mit etwas unsagbar Fremden und Unmenschlichem in Kontakt stand. Er wurde eins mit ihnen und sie drangen tief in seine Seele ein. Es war erhebend, majestätisch, furchteinflößend und unerklärlich. Uraltes Licht, das den Ursprung der Zeit zu beherbergen schien, erfüllte ihn mit neuem Leben. Es war ein Moment der Vollkommenheit. Die Last der Schmerzen ließ allmählich ab von ihm. Gebrochene Rippen fügten sich wieder zusammen, Organe heilten und Blut schien zurück in seinen Körper zu fließen. Dann schwanden die Konturen der Wesen, sie verschmolzen mit dem Licht, aus dem sie gekommen waren. Ihre Erscheinungen verblassten mehr und mehr, bis sie ganz verschwunden waren. Es war vorüber. Curtis lag immer noch auf der dunklen einsamen Straße. Regen fiel und der Wind heulte. Die Wesen waren fort. Lana war fort. Er war wieder allein.

18. Schutzengel

Die Lichter der Stadt schienen zwischen gefächerten Jalousien hindurch. Der gesamte Raum war weiß und wirkte steril. Das Bett war weich, aber dennoch irgendwie unbequem. Links und rechts neben ihm befanden sich hochgeklappte Geländer, die verhinderten, dass er versehentlich hinunterfiel. Ein monotones Piepen erfüllte den Raum in regelmäßigen Abständen. Angestrengt versuchte er, seine verklebten Augen zu öffnen. Sie fielen ihm immer wieder zu und brannten vor Erschöpfung. Seine Gedanken versuchten, Halt zu finden und zu lokalisieren, wo er sich befand. Zumindest war er am Leben. In seinem rechten Handgelenk steckte eine Nadel und an seinem Arm lief ein Schlauch empor und mündete in einem durchsichtigen Beutel, der an einer Stange hing. Verwirrung umnebelte seinen Verstand, ehe sie sich in eine dämmernde Wirklichkeit verwandelte.

Die Straße ... Regen ... Ein Blitz ... Donnergrollen ... Der Zusammenprall ... Die Schmerzen ... Angst ... das Wissen zu sterben. Und dann ... sie. Er erinnerte sich an jede grauenvolle und wunderschöne Einzelheit. An den Unfall, an den Regen, an das Blut, an die Angst und an das Wissen, zu sterben. Und dann war sie gekommen. Sie war aus der Dunkelheit aufgetaucht, als ob sie ihr entsprungen sei. Lana war zu ihm zurückgekehrt. Sie hatte ihm einen Platz in den Sternen gezeigt. An diesem Ort waren ihm unsagbar fremde Wesen begegnet. Es hatte dort keine Grenzen gegeben. Und keine Schmerzen. Sie hatten irgendwie seine Seele berührt und ihn mit neuem Leben erfüllt. War dies alles nur ein Traum gewesen? Die fiebrige Wahnvorstellung eines Sterbenden?

»Schön Sie wach zu sehen. Wie fühlen wir uns denn?«, erklang eine kräftige und freundliche Stimme. Er blickte in das rundliche Gesicht einer Krankenschwester. *Shaniqua Jackson* stand in schwarzen Lettern auf einem bronzenen Namensschild, das an ihrer blauen Schwesternrobe befestigt war. Shaniqua war eine rundliche kleine Frau mit gelockten Haaren und einem resistenten Ausdruck in den Augen. Sie legte ihm eine Manschette um den Oberarm und maß seinen Blutdruck. »Hundertvierzig zu achtzig, damit kann man doch arbeiten«, sagte sie mehr zu sich selber, als zu Curtis.

»Wie lange war ich weg?«, fragte Curtis mit belegter Stimme.

»Nicht lange, der Rettungsdienst hat Sie vor wenigen Stunden eingeliefert. Die Jungs haben Sie auf der alten Holzfällerstraße östlich vom Friedhof aufgelesen und hierher gebracht. Ein Spaziergänger hatte Sie dort liegen sehen und uns informiert. Er hat erzählt, er habe Scherben von Frontlichtern eines Autos gefunden, so als ob Sie angefahren wurden.« In ihrer Stimme schwang Unglaube. »Außerdem war überall Blut. Was ist da draußen passiert?«

»Es stimmt«, flüsterte Curtis angestrengt und hustete. Shaniqua tätschelte seine Schulter. »Ganz ruhig, Sie sind noch ein wenig schwach auf der Brust.«

»Es stimmt wirklich. Ich bin angefahren worden.«

Shaniqua warf ihre Stirn in Falten und riss ihre Augen auf, sodass der Ausdruck darin noch eindringlicher wurde. »Dann müssen Sie aber einen Schutzengel gehabt haben.«

(*»Es wird alles gut werden. Ich bin jetzt bei dir. Sie werden dich heilen, so wie sie es einst mit mir taten.*

Du brauchst jetzt keine Angst mehr zu haben.«) Lanas Stimme verhallte in seinem Kopf, während er sah, wie sich Shaniquas Mund öffnete und schloss. Er sah erneut das goldene Licht, wie es aus Lanas Händen gebrochen war, wie es ihn erfasst und irgendwie ergriffen hatte. Dieses Licht, es hatte ihn an jenen Ort geführt. War Lana nur ein Trugbild seines Verstandes gewesen? *Aber wie, wenn es sich doch so echt angefühlt hatte?*

»Wenn sie wirklich von einem Auto angefahren wurden, dann sind Sie ein verdammter Glückspilz«, sagte Shaniqua, während sie einen neuen Infusionsbeutel an der Aufhängung neben seinem Bett befestigte. »Sie haben nur ein paar Schürfwunden, Prellungen und eine leichte Gehirnerschütterung. Ich lasse jetzt noch diese Infusion durchlaufen, dann werden Sie sich schon besser fühlen. Der Arzt wird gleich noch vorbeischauen und kurz mit Ihnen reden und dann können Sie unser schönes Etablissement auch schon wieder verlassen«, sie war schon fast verschwunden, sagte aber dann noch: »Wenn wir die Furcht an unsere Hand nehmen, dann kann sie uns nicht mehr ängstigen«, und verließ mit einem Lächeln auf den Lippen das Zimmer. Während die Infusion langsam hinab tröpfelte, legte sich Müdigkeit wie ein bleiernes Tuch über Curtis und als er fast wieder eingeschlafen wäre, trat ein Mann an ihn heran. »Da haben wir ja unseren Glückspilz«, sagte er. Curtis sah auf und blickte in ein blasses Gesicht. Der Mann trug einen weißen Kittel, er sah übernächtigt aus und hatte tiefe Augenringe. Er notierte sich etwas auf einem Klemmbrett und widmete dann Curtis seine volle Aufmerksamkeit. »Wie geht es Ihnen denn?«, fragte er mit einem erzwungenen Lächeln und gehetzter Stimme.

»Es geht mir, ... es geht mir schon ziemlich gut.« Der Arzt blätterte ein paar Seiten auf seinem Klemmbrett um und flog prüfend mit seinen Augen darüber. »Das sieht auch alles sehr gut aus«, bestätigte er mit einem zustimmenden Nicken. »Sie müssen unfassbares Glück gehabt haben. Nach der Einschätzung unserer Rettungskräfte sah es so aus, als ob Sie übel von einem Auto erwischt wurden. Auch ihr Fahrrad ist leider ein Fall für den Schrottplatz. Wenn all unserer Gäste hier solche Gummiknochen hätten, wäre ich wohl bald arbeitslos.« Der Arzt lächelte schelmisch.

»Das kann ich natürlich nicht verantworten«, entgegnete Curtis.

»Gut, wir lassen die Infusion noch durchlaufen, dann können Sie nach Hause. Gibt es jemanden, den wir verständigen sollen, damit er Sie abholen kann?«

»Ich wohne hier ganz in der Nähe. Das wird nicht nötig sein.«

»In Ordnung.« Der Arzt klopfte ihm zaghaft aufmunternd auf die Beine. »Wenn Sie Übelkeit oder Schwindel empfinden, oder sonst Probleme irgendwelcher Art bekommen, dann kommen Sie bitte sofort wieder her.« Curtis nickte, der Arzt setzte seine schwungvolle Unterschrift unter einen Wisch auf seinem Klemmbrett, entfernte sich schnellen Schrittes zu einem nächsten Patienten und ließ ihn allein. Allein mit seinen Gedanken und allein mit den Bildern der Nacht. Curtis lauschte dem seichten Regen. Das Gewitter war vorüber gezogen und es tröpfelte nur noch leise. Er mochte vielleicht nur von Lana geträumt haben, mochte sich die Wesen im Licht vielleicht nur eingebildet haben, aber wie war es dann zu erklären, dass er den Unfall nahezu unbeschadet überstanden hatte?

19. Wunder

Curtis verließ das Krankenhaus durch den Vordereingang. Der Gebäudekomplex war in den 60´er Jahren erbaut worden. Er beanspruchte ein weitläufiges Gelände in der Stadtmitte. Im geräumigen Eingangsbereich stand eine große eingerahmte Informationstafel, die den Weg in die verschiedensten Abteilungen wies. Grelle Leuchtstoffröhren ließen das Krankenhaus in einem betrüblichen Licht erstrahlen. Der Boden war mit Travertinfliesen ausgelegt, damit man das Blut besser wegwischen konnte. Ein beleuchteter Merkurstab prangte wie ein Omen im Zentrum. Um ihn herum herrschte hektisches Treiben. Eine Traube Krankenhauspersonal empfing eine Frau, die in einem Rollstuhl hereingefahren wurde. Ihr Kopf war in blutverschmierte Mullbinden eingehüllt. So hätte Curtis eigentlich auch aussehen müssen, aber er tat es nicht. Ganz im Gegenteil. Er fühlte sich frisch und gut, fast wie neugeboren. Was auch immer dort draußen auf der dunklen Straße geschehen war, es hatte etwas in ihm bewirkt. Und nicht nur im körperlichen Sinne. Er spürte, dass die Bilder der vergangenen Nacht mehr waren, als nur eine Wahnvorstellung.

(*Sie* hatte ihm das Leben gerettet. *Sie* war zu ihm zurückgekehrt)

Er lief durch die langsam zum Leben erwachenden Straßen der Stadt. Sein Weg führte ihn an einer Kirche vorbei. Das Gebäude war ein weiß getünchter Kalksteinbau. Die Klänge eines Chores drangen durch ihre Mauern und zogen ihn auf wundersame Weise an. Zwei wuchtige goldene Glocken zierten den Turm, unter einem Rundziegeldach, das bei dem letzten verheerenden Orkan komplett abgedeckt worden war.

Mehrere eingelassene Bodenleuchter strahlten ein großes eingefasstes Kreuz in der Wand an. Als er die zweiflüglige Eingangstür aufstieß, brandeten Gesänge wie eine Meereswoge über ihn hinweg. Der Summersprings-Chor hatte sich im Altarraum versammelt und war gerade in Proben vertieft. Männer und Frauen standen hinter der Kanzel und sangen, als sei der Teufel hinter ihrer Seele her. Sie klatschten in die Hände und schwangen ihre Körper im Rhythmus der Melodie. Ein großer kräftiger Schwarzer bediente die Orgel mit solch einer Inbrunst, als sei er Stevie Wonder auf Drogen. Ein deutlich kleinerer Mann mit wenig verbliebenen Haaren, die er aber versucht hatte über seinen kahlen Kopf zu kämmen, stand mit dem Rücken zu Curtis und dirigierte die Gruppe mit enthusiastischen und aufsehenerregenden Bewegungen. Bis auf den Chor war kein Mensch zu sehen. Die Kirche war in dezentes Licht gehüllt. Angezündete rote Kerzen auf bronzenen Ständern markierten den Mittelgang im Kirchenschiff. Die Kirchenbänke bestanden aus hellbraunem Holz und in ihre Seiten waren ockerfarbene Kunsteinschlüsse in handgefertigte Öffnungen eingelassen. In der Luft lag der würzige Geruch von Weihrauch. Curtis setzte sich in die hinterste Kirchenbank. An den Wänden und in den bunten Gläsern der Fenster tanzten die Flammen der brennenden Kerzen und entfesselten ihr anmutiges Spiel. Als Curtis Blick auf ein großes Kreuz fiel, das über dem singenden Chor hing, schlich sich eine verdrängte Erinnerung in sein Herz. Dies war die Kirche, in der Lanas Trauerfeier stattgefunden hatte. Er blickte in das Gesicht des bronzenen Jesus, der sich in einer Wahnvorstellung von dem Kreuz gelöst und in den schwarzen Schatten verwandelt hatte. Es war ein Tiefpunkt seines Leidens gewesen. Er war geflohen und man hatte ihn Tage später in Embryonalstellung an den Ufern des Sees gefunden.

»Darf ich mich setzen?«, ertönte eine freundliche Stimme. Curtis schaute auf und blickte in das lächelnde Gesicht des Pfarrers. Tiefe Fältchen hatten sich um seine braunen Augen gelegt. »Sie haben wohl das Hausrecht hier«, erwiderte Curtis und zuckte mit den Schultern.

»Sie haben Humor, gefällt mir«, entgegnete der Pfarrer und setzte sich auf die knarzende Kirchenbank neben ihn. Unwillkürlich rutschte Curtis ein Stück weg von ihm. »Mein Name ist Reverend Perkins, aber meine Freunde nennen mich Karl«, sagte der Prediger und hielt ihm seine Hand hin. Curtis schlug ein und drückte zu, so fest er konnte.

»Hab ich Sie hier schon mal gesehen?«, fragte Perkins.

»Schon möglich.«

Ein Moment des Schweigens umhüllte sie. Curtis spürte, wie Reverend Perkins ihn von der Seite musterte und er konnte den Groschen in seinem Kopf förmlich fallen hören.

»Das Schöne im Leben ist verwirrend, wenn man schlimme Dinge erlebt hat, nicht wahr?«, sagte Perkins und wies mit seinem Kopf in Richtung des Chores.

»Kann sein«, entgegnete Curtis, bemüht nicht allzu beeindruckt zu wirken.

»Darf ich Ihnen eine persönliche Frage stellen?«

»Nur zu«, antwortete Curtis kühl. Er wusste, was jetzt kommen würde.

»Sind Sie der Freund von Lana Mathews, jenes Mädchen, was vor mehr als vier Jahren verschwand?«

»Und Sie sind derjenige, der ihren leeren Sarg beerdigt hat.«

»Ja, das stimmt. Und es hat mich Überwindung gekostet dies zu tun. Aber es war das Richtige.«

»Für mich nicht.«

»Warum? War es falsch all den Menschen, denen Lana am Herzen lag, einen Abschluss bieten zu wollen. Etwas indem sie ihr ein letztes Mal nahe sein konnten.«

»Dafür muss ich keinen leeren Sarg begraben. Für mich war sie immer in meinem Herzen, für mich ist sie noch immer am Leben. Und ich hatte recht.«

»Was meinen Sie damit?«, fragte der Reverend irritiert.

»Ach, ist nicht so wichtig. Ich will Ihnen, Lanas Vater, oder wem auch immer, auch gar keinen Vorwurf machen, aber für mich war es einfach verdammt schwer dieser Zeremonie beizuwohnen. Ich möchte mich auch nochmal für meinen Fauxpas von damals entschuldigen. Ich hatte eine Panikattacke, es war keine Absicht Sie zu beleidigen.«

»Bei mir brauchen Sie sich nicht zu entschuldigen. Ich hatte und habe Verständnis dafür. Wenn nicht, hätte ich wohl den falschen Beruf gewählt. Sie waren genauso Opfer wie Lana Mathews auch. Es muss Folter für Ihre Seele gewesen sein, mitansehen zu müssen, was ihr angetan wurde.«

»Ja, das war es. Für eine verdammt lange Zeit konnte ich kaum in Worte fassen, was ich dort gesehen habe. Es gab keine Sprache, die dieses Grauen hätte beschreiben können. Es lief immer wieder in Zeitlupe vor meinem geistigen Auge ab. Manchmal hörte ich nur die Stimmen und manchmal sah ich nur ihr Gesicht und .... Aber das Schlimmste war, dass ich es hätte verhindern können. Ich hätte sie retten können, wenn ich damals nicht so feige gewesen wäre.«

»Sie müssen versuchen sich zu verzeihen. Vielleicht tröstet es Sie zu wissen, dass Gott es längst getan hat.«

»Ach ja, glauben Sie?«, in Curtis Stimme lag ein Hauch von Verachtung. Er vermochte nicht zu sagen, wem sie galt. Vielleicht nur sich selber.

»Sie glauben, Sie hätten etwas ändern können, wenn Sie sich anders verhalten hätten. Wenn Sie mutiger oder stärker gewesen wären. Aber ich glaube, Sie haben dem Bösen in die Augen geblickt, und wer wäre nicht im Angesicht dessen, erstarrt?«

»Es ist schwer zu begreifen, dass etwas, das dir zufällig begegnet, dein Leben von einem auf den anderen Moment zerstört«, murmelte Curtis mit Blick auf den Chor.

»Menschliche Abarten können in ihrer Grausamkeit grenzenlos sein, dessen bin ich mir bewusst, auch wenn ich Pfarrer bin, oder vielleicht gerade deshalb.« Curtis lachte müde in sich hinein. »Ja, das stimmt wohl.« Er drehte sich zu Perkins um und blickte ihm direkt in die Augen. Bisher war ihre Unterhaltung ohne jeglichen Augenkontakt ausgekommen. »Glauben Sie an Wunder?«, fragte er dann eindringlich.

»Nun, kommt darauf an, was Sie unter Wundern verstehen. Ich jage keiner Illusion hinterher. Ich glaube nicht, dass Jesus einst Wasser in Wein verwandelte, aber ich glaube, jeder Mensch braucht eine Quelle der Inspiration, einen Grund hoffen zu können. Und wenn buchstäbliche Wunder dies für Sie sind, dann liegt für mich darin das Werk Gottes verborgen, denn es macht Ihr Leben besser und gibt Ihnen einen Sinn und den Mut allem Schrecklichen zu begegnen.« Curtis nickte verstehend. Er war nie ein religiöser Mensch gewesen und Lanas Verschwinden hatte ihn mehr denn je an einem göttlichen Konzept zweifeln lassen, aber die Sichtweise von Reverend Perkins hatte tatsächlich etwas Hoffnungsvolles. »Es kommt wohl nicht darauf an, ob man mit Hoffnungslosigkeit umgeht, sondern wie«, schlussfolgerte Curtis.

»Sehr treffend formuliert«, gestand Perkins und lächelte warmherzig. Curtis blickte auf seine Uhr. Der Chor war mittlerweile verstummt und damit beschäftigt Notenblätter und Ständer zu verstauen. »Es wird Zeit für mich zu gehen«, sagte Curtis und erhob sich von der Kirchenbank, die auch dies mit einem Ächzen quittierte. »Hat mich gefreut«, sagte Curtis und verabschiedete sich mit einem Händedruck.

»Gottes Segen sei mit Ihnen auf all Ihren Wegen«, entgegnete Perkins mit einem breiten Lächeln. Als Curtis gerade auf der Schwelle der Kirchentür stand, rief ihm Perkins nach: »Irgendwann müssen Sie mir mal verraten, welche Wunder Ihnen begegnet sind.«

»Das werde ich«, antwortete Curtis, nicht ohne »vielleicht« anzufügen, jedoch viel leiser und für Perkins nicht mehr hörbar. »Doch zunächst muss ich erstmal selber wissen, was dies für ein Wunder heute Nacht war«, murmelte er und machte sich auf den Heimweg.

20. Brathähnchen

Als er das Haus betrat, war die Luft von Gewürzen erfüllt. Curtis schnupperte misstrauisch. Es roch nach Öl, knusprigem Fleisch und Zitronensaft. Mochte sein Vater gekocht haben?

»Da bist du ja endlich.« Richard Logan lugte aus der Küche. Er trug die rot-weiß karierte Kochschürze und funkelte ihn aus freundlichen Augen an. Curtis wusste nicht recht, was er davon halten sollte. Woher stammte diese plötzliche Aufmerksamkeit? Für gewöhnlich lebten sie zwar unter einem Dach, aber in zwei völlig verschiednen Welten. Und wenn diese Welten mal kollidierten, dann krachte es meistens kräftig. »Ich hab Brathähnchen gemacht, ist das Rezept von deiner Mutter, ich hoffe, du hast Hunger mitgebracht.« Sein Vater konnte eigentlich überhaupt nicht kochen, in der Regel stammten seine Hähnchen fertig zubereitet aus dem Supermarkt und Richard wärmte sie maximal in der Mikrowelle auf. Andererseits duftete es wirklich ausgezeichnet. Curtis wollte zumindest ein paar Happen wagen. Auch wenn er riskierte, dann erneut in der Notaufnahme zu landen. »Setz dich doch schonmal, Essen ist gleich fertig«, rief Richard, während er gebückt im Ofenrohr fuhrwerkte. Curtis ging ins offene Wohnzimmer. Der Tisch war bereits gedeckt, zwar nicht mit Kerzen, Servietten und sonstigem Schnickschnack, aber es gab Teller, Besteck und zwei Gläser. Alles was es brauchte. Achtlos schmiss er seine schmutzige, vom Unfall verschlissene Jacke über die Lehne und ließ sich auf den Stuhl fallen. Er blickte hinaus auf den kiesbedeckten Vorplatz vor dem Haus. Es war mittlerweile Mittag, aber die grauen Wolken hüllten die Stadt immer noch mit einem trüben

Schleier ein. Es hatte erneut begonnen leise und seicht zu regnen. Von Feuchtigkeit benetzt stand Richards alter Pick-up-Truck in der Einfahrt. Sein blauer Lack war ausgeblichen, der vordere Kotflügel verbeult und das linke hintere Licht ging schon sein Monaten nicht mehr. »Da ist das gute Stück«, sagte Richard stolz und stellte zwei goldbraun gebratene Hähnchen in einer dampfenden Glasschale so auf den Tisch, als ob er sie einer ausgewählten Kochjury präsentieren und nur auf staunenden Applaus warten würde. Das Fett in der Schale warf Bläschen und zischte. Richard schnitt die toten Hühner auseinander und verteilte sie auf zwei große Portionen. Dann rieb er sich mit großen Augen vorfreudig die Hände und setzte sich an den Tisch. »Hau rein«, sagte er zu Curtis und gab damit das Startsignal über das duftende Geflügel herzufallen. Und sie schmeckten tatsächlich ... gut. Sogar sehr gut. »Hast wirklich du gekocht?«, fragte Curtis ungläubig. Richard nickte ausdrucksstark, er hatte den Mund voller Huhn. Curtis zuckte verwundert und mit einem Hauch von Anerkennung die Schultern und aß seinen Teller bis auf den letzten Krümel leer. Er erzählte von seinem Unfall, verschwieg aber wesentliche Teile; Teile die von hellem Licht, übernatürlichen Wesen und Lana handelten. Er wusste, was sein Vater von solchen Dingen hielt. Richard lebte in einer Welt, in der es für Fantasie keinen Platz gab und das Unvorstellbare auch wirklich *unvorstellbar* war. In seiner Welt existierten keine Pfade abseits des vorgegebenen Weges. Richard hatte sich zunächst besorgt gegeben, aber eher unbeeindruckt gewirkt, nachdem er gesehen hatte, dass Curtis den Unfall nahezu unbeschadet überstanden hatte. Um nicht in Erklärungsnot zu geraten, hatte Curtis die Heftigkeit des Aufpralls in ein leichtes *Gestreiftwerden* verwandelt. Der Unfall hatte ihnen genügend Stoff geliefert um wenigstens über das Essen hinwegzuhelfen. Nachdem die Teller leer waren, saßen sie schweigend beieinander. »Bobby Flennigan hat heute angerufen«, sagte Richard dann beiläufig. »Er hat sich nach dir erkundigt und gefragt warum du nicht zur Arbeit im Diner erschienen bist.« Curtis schlug sich mit der flachen Hand gegen die Stirn. »Verdammt, der Diner!«, fiel es ihm siedendheiß ein. »Ich wollte ihm Bescheid geben, dass ich es heute nicht mehr schaffe, habe es aber vollkommen vergessen.«

Richard sah ihn bemüht eindringlich an. »Es ist Lana, hab ich recht? Sie geistert dir mal wieder in deinem Kopf umher. Ich merke doch, dass du in letzter Zeit wieder so komisch geworden bist. Kannst du sie nicht einfach vergessen?« Die Frage traf Curtis wie ein niederschmetternder Schwerthieb. Wie hätte er sie je vergessen können? Alles in seiner Welt hatte mit ihr zutun. Mit spöttischer Verachtung sah er seinen Vater aus funkelnden Augen an. Er suchte nach Worten, fand aber keines, das vernichtend genug gewesen wäre, um seinem Vater in jenem Moment zu sagen, was er von ihm hielt.

»Hör zu«, setzte Richard erneut an und machte mit seinen Händen eine beschwichtigende Bewegung. »Ich will dir nichts und ich meine das auch nicht böse, aber du musst langsam mal dein Leben in den Griff bekommen. Eine vernünftige Arbeit finden, du willst doch nicht ewig als Mädchen für alles im Diner arbeiten. Du willst doch vielleicht auch mal eine Familie gründen und ihnen was bieten können.«

(*»Egal, was du darstellst oder was du erreichst, es geht nur darum, wer du bist. Ganz tief hier drin«*), hallte es in seinem Kopf. Lana hatte als Vierzehnjährige schon mehr vom Leben verstanden, als sein Vater jemals verstehen würde. Menschen wie er änderten sich nie. Curtis hatte zumindest versucht, die Schatten seiner Vergangenheit hinter sich zu lassen. Sein Vater hingegen, glaubte, er sei die Rechtschaffenheit in Person. »Weil das, mit dem Familie gründen und versorgen, bei dir ja auch so wunderbar geklappt hat«, giftete Curtis zurück. Treffer versenkt! Richard schoss die Zornesröte ins Gesicht. Seine Gesichtszüge verdüsterten sich. Seine Augen verengten sich zu wütenden Schlitzen und seine Lippen gerieten aus dem Gleichgewicht. »Deine Mutter hat uns verlassen, vergiss das nie«, raunzte er, während er sich erbost ein weiteres Glas Wein einschenkte und es dieses Mal randvoll werden ließ. »Sie war mit diesem Leben nicht mehr zufrieden und sie hat mich für einen Anderen verlassen.«

»Ja, weil du ständig gearbeitet hast, wenn du dir nicht gerade ein Footballspiel angesehen, oder sinnlos Bier in dich reingekippt hast.«

»Ich arbeite hart, da werde ich mir wohl am Abend ein Bier genehmigen dürfen. Ich war für diese Familie verantwortlich, deine Mutter hat das Geld, was ich mir hart erarbeitet habe, mit beiden Händen aus dem Fenster geworfen und du ... du warst eben noch ein Kind.«

»Du hast deine verdammte Firma doch auch nur von deinem Vater geerbt. Du hast nichts für deinen Erfolg getan, den du immer predigst. Unter dir ist Logan Lumberjacks den Bach runtergegangen, nichts weiter!« In Curtis Augen war sein Vater ein schwacher Mensch, der sein ganzes Dasein auf die Arbeit ausgerichtet hatte. Er lebte nur für sie und brauchte den Erfolg um die Leere in sich füllen zu können. Sein ganzes Denken war auf beruflichen Erfolg ausgerichtet und machte ihn völlig unfähig die Vielseitigkeit des Lebens zu erkennen und wertzuschätzen.

»Pass auf, was du sagst, hab etwas mehr Respekt, ich bin immer noch dein Vater«, fuhr es aus Richard heraus. Curtis hatte längst die Ehrfurcht vor seinem Vater verloren. Selbst der letzte Funken von Respekt schien nun zu verglimmen, wie ein Lagerfeuer in strömendem Regen. Vielleicht hatte ihn die verhängnisvolle Nacht, in der Lana verschwunden war, für immer verändert, sie hatte ihn auf jeden Fall empfindsam für die Heimtücke der menschlichen Welt gemacht. Sein Vater war ein Mensch, der bestens in jene Welt passte. Er zweifelte sie nicht an, geschweige denn hinterfragte er das, was in ihr geschah. Die Welt war so, wie sie war und so hatte sie auch zu sein. Richard wusste, dass er von seinem Sohn niemals erwarten konnte, dass dieser die Firma übernehmen würde. In allem was Richard zu Curtis sagte, beinahe in fast jedem Blick, lag ein gewisser Vorwurf, dass er anderes für sein Leben geplant hatte, wenn er auch noch nicht wusste, was es war. »Bist du wieder nur gekommen, um mir den Tag zu verderben?«, fragte Richard missmutig.

»Das lag eigentlich nicht in meiner Absicht, du hast damit angefangen.« Es herrschte kurz Schweigen. Eine Feuerpause, die niemand der beiden beabsichtigte lange einzuhalten. »Gib es zu, für dich war ich doch immer nur der wunderliche Junge, der gesehen hat, was man eigentlich nicht sehen durfte«, sagte Curtis verbittert. »Ich hab mir dieses Leben auch nicht ausgesucht. Es ist nun mal passiert. Wenn ich könnte, würde ich es rückgängig machen, vielleicht wäre dann alles anders geworden.«

»So ist das Leben. Wir treffen Entscheidungen und müssen damit leben.« Richards Worte klangen in Curtis´ Ohren so bedeutungslos wie die inhaltsleeren Phrasen schwadronierender Politiker. Er verschränkte ablehnend seine Arme vor der Brust.

»Du glaubst immer noch, sie sei am Leben, stimmt´s? Und du glaubst immer noch, wir hätten damals nicht genug getan sie zu finden. Ich kann diesen vorwurfsvollen Blick doch in deinen Augen sehen.« Richard machte eine bedeutungsschwangere Pause, um seinen folgenden Worten mehr Nachdruck zu verleihen. »Wir sind nicht einfach durch den Wald spaziert, wir haben sie gesucht. Die ganze *verdammte* Stadt hat sie gesucht!« Curtis Handflächen kribbelten so stark, er hatte das Bedürfnis auf irgendetwas einzuschlagen. Er konnte mit der Wahrheit (oder etwas, das er für die Wahrheit hielt), nicht mehr hinter dem Berg hallten. »Ich weiß, dass sie noch am Leben ist«, brach es wütend aus ihm heraus. Richard sah ihn irritiert an. »Hast du irgendwelche Beweise dafür?« Curtis zögerte einen Moment, doch seine Wut über die Unverschämtheiten seines Vaters war zu groß. »Ich hab sie gesehen, sie ist mir draußen im Wald begegnet, auf der alten Holzfällerzufahrtsstraße im Osten. Dort, wo ich den Unfall heute Morgen hatte.« Richard stellte verächtliches Amüsement zur Schau und rümpfte die Nase. In seinen Augen funkelte unverschämtes Misstrauen. »Jetzt fang nicht wieder mit diesen Geschichten an, das macht Lana auch nicht lebendig.«

»Glaub doch, was du willst.« Curtis stand derart schwungvoll auf, dass der Stuhl beinahe umgekippt wäre, und griff sich mit ausschweifender Gestik seine Jacke. Er musste diesen Ort verlassen, er ertrug die Gegenwart seines Erzeugers nicht mehr. Er wollte seine lädierte Seele nicht noch mehr entblößen. Nicht vor einem Mann, der mittlerweile so unbedeutend war, wie jeder Andere. »Ich weiß, was dort draußen geschehen ist. Ich werde sie nicht aufgeben. Nicht so, wie du Mum aufgegeben hast.«

Richard schüttelte den Kopf und sah ihn herablassend an. »Das kannst du nicht miteinander vergleichen und das weißt du auch«, rief er Curtis nach, während dieser wütend die Treppe hinaufstapfte. Er schloss die Tür hinter sich und war wieder allein. Nicht ganz allein ...

21. Fata Morgana

... denn Jinx kam miauend auf ihn zugelaufen und strich zwischen seinen Beinen hindurch, während er sich mit seinem flauschigen Fell an ihm rieb. Curtis setzte sich auf die Kante seines Bettes und vergrub sein Gesicht in den Händen. Heißer Atem stieß zwischen seinen Fingern hindurch.

(Dumpfes hohles Klackern. Kleine Steine und Dreckklumpen prallten an die Fensterscheibe seines Dachstuhlzimmers und hinterließen Abdrücke, als sie wieder herabrieselten.)

(»Hey Schlafmütze«)

(»Hab ich dich etwa aus deinem Mittagsschlaf geweckt?«)

Er sah *sie* in goldenem Sonnenlicht dort unter seinem Fenster stehen.

Jinx miaute und sah ihn auf seinen Hinterbeinen sitzend aus großen Augen an. Er hielt den Kopf schräg, so als fordere er ihn zu etwas auf. Curtis klopfte sich auf die Oberschenkel. »Na komm schon.« Jinx ließ sich diese Aufforderung nicht zweimal sagen und hüpfte mit bemerkenswerter Leichtigkeit auf seinen Schoß. Curtis blickte mit mürrischer Abwesenheit aus dem Fenster, während er den Kater streichelte. Der Regen war wieder stärker geworden. Jinx rollte sich auf seinem Schoß zusammen und sah ihn mit diesen eulenartigen erwartungsvollen Augen an, in die Curtis sich sogleich verliebt hatte, als der Kater vor vielen Jahren auf der Schwelle zur Terrassentür gelegen hatte, dem Tode näher als dem Leben. Jinx rieb seinen Kopf an Curtis, so als wolle er unbedingt seine Aufmerksamkeit erregen. Das Tier hing mit inniger Treue an ihm und so war es umgekehrt, vielleicht noch ein bisschen mehr. Curtis legte sich rücklings in die zerwühlten Bettlaken. Jinx sprang mit einem grantigen Mauzen von ihm runter und verzog sich in die Schatten des Zimmers. Curtis blickte auf das Poster von Joseph Manning, seinem liebsten Baseball-Spieler. Es hing immer noch an der linken Wandseite oberhalb seines Bettes. Und Manning hatte auch immer noch den schwarzen krakeligen Schnurrbart, den ihm damals Lana mit einem Filzstift verpasst hatte. Wie die Zeit doch verging, dachte Curtis. Joseph Manning war damals sein absolutes Idol gewesen. Als die Oregon Ducks in einem an Dramatik nicht zu überbietenden Finale die Landesmeisterschaften gewonnen hatten, war Manning zu seinem unumstrittenen Helden geworden. Er war der beste Batter der Ducks gewesen und mit angebrochener Rippe und geprelltem Arm ins Spiel gegangen. Infolge eines mit letzter Kraft ausgeführten Schlages, war es ihm gelungen alle vier Bases abzulaufen und die Home Plate mit einem halsbrecherischen Hechtsprung zu erreichen. Home Run! Das Spiel war aus gewesen. Die Oregon Ducks hatten gewonnen. Curtis hörte noch heute die Jubelschreie, die durch das Haus gehallt waren. Joseph Manning hatte seine Karriere längst beendet und war aus der Öffentlichkeit verschwunden. Curtis wälzte sich hin und her und fand nicht in den Schlaf. Durch sein offenes Fenster drang der Duft frisch gemähten Grases. Über ihm glänzte das Chrom überzogene Klappfeuerzeug einer limitierten Fan-Edition der Oregon Ducks. Das Konterfei von Manning war darin eingraviert und er hatte es von seiner Mutter einst zu Weihnachten geschenkt bekommen. Curtis stand auf, nahm das Feuerzeug in die Hand und fuhr mit dem Finger über das Zündrad. Nichts geschah. Das Feuerzeug war verdammt teuer gewesen und es hatte schon immer geklemmt. Träumerisch ließ er es in seine Hosentasche gleiten. Er dachte an seine Mutter, wie sie ihm hatte helfen wollen den Schmerz zu vergessen.

(»Du musst endlich loslassen, Curtis. Du hast dein eigenes Leben noch vor dir; opfere Lana nicht zuviel davon.«)

Wäre es doch so einfach gewesen. Die Erinnerungen hielten ihn wach und trieben seine Gedanken ruhelos umher. Bilder schlichen sich in seinen Verstand und er jagte den immergleichen Überlegungen hinterher, ohne jemals wirklich ans Ziel zu gelangen. Doch diesmal war es anders. Auch wenn eine innere Unruhe ihn quälte, so war es keine Traurigkeit, die ihn gefangen hielt. Vielmehr war es eine Art unterschwellige Spannung, die ihn elektrisierte. *Sie* war zu ihm zurückgekehrt. Er hatte sie gesehen, dort im Licht. Sie hatte ihn an einen Platz in den Sternen geführt. Einen Platz an dem all das Leid keine Rolle mehr gespielt hatte.

Er mühte sich hoch, griff zum Telefon und wählte eine Nummer.

...

Amber Holland war emsig damit beschäftigt Bestellungen von Rühreiern, Speck, Würstchen und hier und da auch einem Salat entgegenzunehmen. Sie griff sich einen wuchtigen Bierkrug und hielt ihn unter einen der Zapfhähne. Im geschäftigen Lärm von Flanigan´s Diner wäre das klingelnde Telefon beinahe untergegangen. »Hey Curtis!«, rief sie freudig, wenn auch gestresst, als dieser sich am Telefon meldete. »Ist alles in Ordnung bei dir? Wir haben dich bei deiner Schicht vermisst. Bobby war ganz schön angesäuert, er musste den Mittagstisch ganz alleine stemmen.« In ihrer Stimme schwang ein bisschen Sorge.

»Alles in Ordnung, kein Grund zur Panik. Ich musste etwas Privates erledigen und hab leider vergessen mich abzumelden«, sagte Curtis. Das nahm ihm Amber nicht ab. Sie runzelte die Stirn, und machte ihre Augen ganz groß, während sie ein Meer aus leeren Gläsern von ihrem Tablett abräumte und den Hörer umständlich zwischen Schulter und Kinn klemmte. »Hab schon bessere Geschichten gehört«, sagte sie, während sie über den Tresen hinweg eine weitere Bestellung eines schon ziemlich betrunkenen Mannes entgegennahm. »Eier mit Speck für Tisch sechs«, rief sie dann lauthals durch den Diner in Richtung Küche, während sie hektisch ein paar Geldscheine in ihrer Kellnerbörse verstaute. Sie fixierte den neuen Bon mit einem Magneten an eine silberne Schiene. Amber war eine schöne Frau und eine verdammt gute Bedienung. Anfangs hatte sie noch Schuhe mit Absätzen getragen, doch nach unzähligen Stunden auf den Beinen zahlte man (bzw. frau) einen hohen Preis für das bisschen Trinkgeld mehr. Außerdem gab es ja noch kurze Röcke und tiefe Ausschnitte, die aber niemals *zu* kurz oder *zu* tief sein durften, um ein paar Dollar mehr rauszuholen. Amber und Curtis waren nie mehr als gute Freunde gewesen. »Also, wie war das? Du hattest etwas *Privates* zu erledigen?« Ihre Betonung lag ganz klar auf dem Wort *Privates*. »Mir musst du doch nichts vormachen. Ich kenn dich zugut, um nicht zu merken, dass das nicht stimmt. Was ist los, mein Schatz?« Sie hatte ihn schon immer Schatz genannt, oder zumindest eine verdammt lange Zeit. Er konnte sich gar nicht mehr erinnern, wann sie damit angefangen hatte.

»Ich muss nur in letzter Zeit oft an Lana denken«, sagte Curtis mit Bedacht.

»Ich muss auch oft an sie denken«, entgegnete Amber mit einem Seufzer. Die beiden hatten sich gut gekannt, waren selber miteinander befreundet gewesen. »Wie könnte ich sie nur vergessen«, sagte Amber, während sie sich wieder das Tablett schnappte und es mit Gläsern voller Bier und Wein belud.

»Glaubst du, aus uns hätte etwas werden können, aus Lana und mir?«, fragte Curtis vorsichtig.

»Natürlich, mein Schatz. Ihr wärt ein Traumpaar gewesen. Ich kann mir eure Kinder vorstellen, wie sie im Garten herumgetollt wären. Lana wäre eine tolle Mum gewesen.«

»Ja, das wäre sie«, murmelte Curtis.

»Und du natürlich ein toller Dad«, sagte Amber und lächelte, ohne dass er es sehen konnte. Aber spüren konnte er es.

»Glaubst du, es könnte auch jetzt noch etwas aus uns werden?«, fragte Curtis und wartete gebannt auf ihre Antwort.

»Ja, das glaube ich«, sagte sie, während sie tief Luft holte. Doch obwohl sie versuchte, möglichst locker zu wirken, konnte er Betroffenheit in ihrer Stimme ausmachen. »Natürlich glaube ich das, aber ich glaube nicht, dass es gut ist, sich länger Gedanken darüber zu machen.« Curtis haderte kurz. Er überlegte, Amber alles zu erzählen, was in den letzten Stunden geschehen war, behielt es dann aber doch für sich, weil er befürchtete, damit nur neues Unheil anzurichten. Immerhin konnte er nicht beweisen, dass seine Geschichte stimmte, solange er Lana nicht wiedergefunden hatte. »Bitte versteh mich nicht falsch«, versuchte er zu erklären, »ich will hier keine alten Geschichten aufwärmen, nur frage ich mich manchmal, ob mein Leben eine völlig andere Richtung eingeschlagen hätte, wenn Lana nicht aus unserer Welt gerissen worden wäre.« Amber nickte nachdenklich, während sie das Tablett einer Aushilfe reichte, einen leeren Bierkrug polierte und das Telefon unter ihr anderes Ohr klemmte. »Diese Frage kann dir wohl niemand beantworten. Aber ich glaube, nichts auf der Welt hätte euch trennen können.«

»Nichts außer dem schwarzen Schatten«, murmelte Curtis, ohne dass er gewollt hätte, dass Amber ihn verstand.

»Du kannst nichts dafür, was damals geschehen ist.«, sagte Amber, während sie die Spülmaschine öffnete und ihr dampfender Dunst entgegen schwoll.

»Das ist es nicht. Ich habe lange genug gebraucht, zu verstehen, dass ich nicht mehr ändern kann, was geschehen ist. Aber ich frage mich, wie es hätte sein *können*«.

»Das glaube ich dir«, sie schnappte sich ihren Bestellblock, als sie ein weiterer Gast wild gestikulierend zu sich rief, als ob er kurz vor dem Verdursten stehen würde.

»Wir sprechen später weiter, ja? Komm doch nachher noch im Diner vorbei«, sagte sie mit bemüht aufmunterndem Ton, ehe sie sich verabschiedete und unter die Gäste mischte.

Es hatte gut getan mit Amber zu reden. Dennoch konnte er nicht aufhören darüber nachzudenken, wie es mit Lana hätte sein können, und vor allem, wie es wieder mit ihr werden würde, sobald er sie gefunden hatte. Sie war irgendwo da draußen ...

Jinx huschte plötzlich aufgeschreckt durch das Zwielicht des Zimmers und versteckte sich unter einem Schrank. Die tiefgelben Augen des Katers stachen in der Dunkelheit hervor. Curtis sah nur seine Umrisse im Schatten verborgen. Der Kater begann zu knurren und verzog sich, so tief er nur konnte unter den Schrank. Curtis Blick fiel unwillkürlich auf das offene Fenster. Ein Luftzug fuhr herein und die Gardinen wogen geisterhaft hin und her. Plötzlich fühlte er sich beobachtet und verwundbar. Gänsehaut bildete sich in seinem Nacken und wallte seinen Rücken hinab. Jinx entfuhr ein wütendes Fauchen. Sein Fell sträubte sich und sein Schwanz wurde ein dicker bauschiger Pelzball. Curtis erhob sich langsam von seinem Bett und langte nach dem signierten Baseballschläger von Joseph Manning, den er griffbereit neben seinem Bett stehen hatte. Er ging an das Fenster und spähte vorsichtig hinaus. Ein kalter Luftzug fuhr über seine Haut. Dann sah er ihn dort unten über die einsame Straße gleiten. Es war der schwarze Mustang. Das Auto, das vor vier Jahren über die Straßen gerollt war und vor Lanas Haus gestanden hatte. Erschrocken zuckte Curtis zusammen und wich vom Fenster zurück hinein in die schützenden Schatten. Sein Herz raste, sein Atem ging stoßweise. Sein Gesicht war weiß wie Papier, seine Nackenhaare sträubten sich. Dann wagte er einen erneuten Blick aus dem Fenster. Das schwarze Auto war verschwunden. Curtis rannte mit dem Baseballschläger die Treppe hinunter, riss die Tür auf und stürmte auf die Straße. Der Regen prasselte auf ihn nieder. Die Straße zog sich wie ein endloses Band dahin und endete irgendwo in der Ferne.

Kein Auto, kein Mensch. War es nur eine Sinnestäuschung gewesen? Eine Fata Morgana seines gestörten Geistes? Doch was wenn nicht? Was wenn er nicht mehr erkennen konnte, was real und was nur Einbildung war? Was wenn er allmählich den Verstand verlor und verrückt wurde? Und was, wenn er es schon längst war? Doch auch wenn seine Sinne ihn täuschen mochten, sein Gefühl tat es nicht. Er wusste es; der Mann, den sie den schwarzen Schatten nannten, war irgendwo da draußen. Er sah dieselben Sterne und atmete dieselbe Luft. Und er war zurück, weil er Lana suchte.

22. Die Macht der Gedanken

Das Hauptgebäude des William James Sanatoriums war ein altes Backsteingemäuer im viktorianischen Stil, flankiert von mehreren angrenzenden Neubauten, die Jahrzehnte später hinzugekommen waren und nun wie aussätzige Störenfriede wirkten. Die schmiedeeiserne Eingangspforte des Sanatoriums stand offen. Eine gepflegte Rasenfläche war auf drei Seiten von hohen Gebäuden eingefasst, die aus weinrotem Stein errichtet und mit grotesken Wasserspeiern verziert worden waren. Pfleger und Ärzte in weißen Kitteln und Hemden huschten von einem Gebäude zum anderen. Curtis hatte sich den Pick-up seines Vaters geborgt, ohne dass dieser etwas davon wusste und ging nun bedächtig über das Gelände. Jeder seiner Besuche hier machte ihn ein klein wenig nervös, aber dieser ganz besonders. Er hatte im Sanatorium eine Therapie wegen seiner Angstzustände gemacht und war nun länger nicht hier gewesen. Doch dies alleine war nicht der Grund, der ihm Unbehagen bereitete. Er würde gleich Doktor Walter Mathews erneut gegenübersitzen – Lanas Vater. Ein Mann, den er dafür gehasst hatte, dass er die Hoffnung auf Lanas Leben zu Grabe getragen hatte. Doch nun hegte er die leise Zuversicht, dass er ihm helfen könne sie zu finden. Der Vorplatz führte eine sanfte Steigung empor. An ihrem Ende erhob sich das imposante Haupthaus. Der Rasen zu seinen Seiten war feinsäuberlich getrimmt. Weißer Kies knirschte unter seinen angespannten Schritten. Das Hauptgebäude war eines der letzten Überbleibsel der altehrwürdigen viktorianischen Häuser, die während der Goldgräberzeit Mitte des 19. Jahrhunderts erbaut worden waren. Das William James Sanatorium besaß seit etwa drei Dekaden eine eigene kleine Akademie in der Allgemeinpsychiatrie, Suchttherapie und forensische Psychiatrie gelehrt wurden. Zunächst oft belächelt, hatte sich die Akademie zu einer anerkannten Institution gemausert. Curtis lief durch triste Gänge und erreichte das Vorzimmer von Doktor Walter Mathews. Er klopfte zögerlich an und wartete. Einen Moment später bat ihn die zierliche aber bestimmende Stimme einer Frau herein.

»Mister Logan, Doktor Mathews empfängt Sie gleich, setzen Sie sich doch noch einen Moment ins Wartezimmer.« Die Sekretärin lächelte aufgesetzt und nickte Curtis flüchtig zu. »Danke«, sagte er. Curtis ging ins Wartezimmer und setzte sich in einen der gemütlichen knirschenden Ledersessel. Die Wände waren in beruhigenden Pastellfarben gestrichen. Sein Fuß wippte nervös im Takt seines aufgewühlten Herzens. Mrs. Cooper, die Empfangsdame von Doktor Mathews, beobachtete ihn neugierig über ihre Brille hinweg. Er fühlte ihre Blicke. Ein Bild an der Wand zeigte eine Gruppe von Kindern vor einem Krater, dessen Wasser wie ein flüssiger Regenbogen aussah. Es war der 600 Meter tiefe Crater Lake im einzigen Nationalpark Oregons. Vor etwa 7700 Jahren war die gewaltige Spitze des Mount Mazama bei einem Vulkanausbruch abgerissen worden und hatte jenen gewaltigen Krater in die Erde gefurcht. Im Laufe der Jahrhunderte hatte sich der Krater mit Wasser gefüllt, das auf diesem Foto in blau-grünem Spektrum leuchtete und eine einzigartige Magie versprühte. Curtis blätterte willkürlich in einem Magazin umher, dass als Leselektüre im Wartezimmer auslag, stoppte auf einer Seite und begann zu lesen:

DIE MACHT DER GEDANKEN, von Dr. Walter Mathews

Je intensiver die an das Erlebnis gekoppelte Emotion ist, umso leichter fällt es dem Menschen, die Erinnerung daran zu verfälschen. Deshalb kommt es gerade im Kindesalter vermehrt zu dem Phänomen der falschen Erinnerung, weil wir als Kinder unsere Welt weitaus intensiver wahrnehmen und so unsere Erinnerungen aus dieser Zeit an deutlich stärkere Emotionen gebunden sind, weshalb wir uns im Normalfall auch sehr gerne daran zurückerinnern. Widerfährt uns aber in jungen Jahren etwas Schreckliches, etwas das unsere Psyche so sehr belastet, dass wir kaum damit weiterleben können, so kann es vorkommen, dass unser Gehirn einfach einen Filter über die Erinnerungen legt und etwas Neues erschafft. Etwas Besseres, etwas Schöneres. Gleichzeitig kann eine Handlung aber auch derart imaginiert werden, dass wir glauben, etwas viel Schlimmeres oder Verrückteres gesehen zu haben, als es wirklich der Fall war. So werden ausgeschmückte Vorstellungen aus der Kindheit hinüber ins Erwachsenenalter getragen und verfestigen sich über die Zeit immer mehr zu dem Irrglauben einer Erinnerung, statt mit der Vorstellungskraft unserer unbewussten Gedanken in Verbindung gebracht zu werden. Irgendwann kann Fiktion dann nicht mehr von Wahrheit unterschieden werden. So wie bei einer guten Geschichte, die sich im Laufe der Jahre immer mehr verändert. Ob in der Geschichtsschreibung, oder der Psyche, es ist eine Quellenverwechslung, bei der sich der Betroffene nicht mehr an die Herkunft der Bilder vor seinem geistigen Auge erinnert, was bei entlegenen

Ereignissen aus der Kindheit logischerweise deutlich häufiger vorkommt, als bei Dingen, die sich erst vor wenigen Tagen oder Wochen ereignet haben.

23. Die Maske des Menschlichen

Die Tür ging auf und ein großer und achtbarer Mann erschien an der Anmeldung. Seine Kleidung war bequem, bewahrte aber die Ausstrahlung einer gewissen Autorität. Er trug eine dunkle Anzughose, ein dunkles Hemd, den dazu passenden ärmellosen Pullover und als farbigen Akzent eine dunkelgrüne Krawatte. »Hallo Curtis, bitte kommen Sie doch herein«, sagte Doktor Mathews. Mit einer fließenden offenherzigen Bewegung wies er ihm den Weg in sein Büro, das eher wie ein gemütliches Herrenzimmer zum Zigarren rauchen und Whiskey trinken aussah, als das Direktorenzimmer einer psychischen Heilanstalt. Es hatte eine hohe Decke, mit großen Fenstern, die nach Westen hinausgingen und die Wände waren mit dunklem Holz vertäfelt. Wuchtige Regale, vollgestellt mit Büchern, ragten hinter Doktor Mathews´ Schreibtisch empor. Darüber prangte ein abstraktes Gemälde in wilden lebhaften Farben. Walter Mathews schloss hinter ihnen die Tür. Er setzte sich in seinen Ledersessel hinter dem glänzenden Tisch aus edlem Holz, auf dem mehrere geöffnete Aktenordner auf einer schwarzen Schreibunterlage lagen. Er legte ein Lesezeichen zwischen die Seiten eines Buches, während er mit strengem, aber freundlichem Blick über die Bügel seiner Brille hinweg zu Curtis sah. »Freut mich Sie zu sehen, was kann ich für Sie tun?«, sagte er, während er zu einer Tasse Kaffee griff und sich einen Schluck gönnte. Dann stellte er die Tasse so schnell ab, als ob er sich den Mund verbrannt habe. »Oh, entschuldigen Sie bitte meine Unachtsamkeit, darf ich Ihnen auch eine Erfrischung anbieten? Misses Cooper macht einen wirklich ausgezeichneten Kaffee.«

»Nur keine Umstände, ich nehme ein Wasser«, sagte Curtis.

»Ein Wasser bitte«, forderte Mathews, während er den Knopf an einer Apparatur drückte. »Natürlich Doktor Mathews«, sagte Misses Cooper durch das kratzige Rauschen einer Gegensprechanlage. Wenige Augenblicke später klopfte es bereits an der Tür und sie brachte ein Tablett mit einem Glas Wasser und einiger Gebäckstücke herein. Während Doktor Mathews die Köstlichkeiten entgegennahm, sah sich Curtis genauer um. Zu seiner Linken hingen unzählige gerahmte Auszeichnungen, Zeitungsartikel und Fotografien, die Walter Mathews und andere herausragende Persönlichkeiten zeigten. Die Galerie eines außergewöhnlichen Lebenswerkes, das diesen Raum mit Stolz und Würde erfüllte. Dennoch gab es hier etwas, das Curtis Unbehagen bereitete, er konnte es nur noch nicht benennen. Misses Cooper warf Curtis einen prüfenden Blick zu, ehe sie durch die mit Leder beschlagene Tür verschwand. Als Doktor Mathews sich auf dem Tisch Platz schaffen wollte, um das Tablett abstellen zu können, rutschten einige der geöffneten Akten herunter. Blätter und Karteikarten regneten hinab. »Oh, Verzeihung«, sagte er entschuldigend, während Curtis sich bückte und ihm helfen wollte, das Chaos zu beseitigen. Er sah Fotos und Aufnahmeprotokolle von Patienten und als sein Blick über die Gesichter flog, erfasste ihn ein kalter Hauch, so als ob eine Hand aus purem Eis nach seiner Seele greifen würde. Auf einem der Zettel sah er ein angeheftetes Foto, das einen Mann zeigte, der ihm auf beunruhigende Weise vertraut vorkam. Er wusste nicht warum, aber bei seinem Anblick durchfuhr ihn ein unsagbarer

Schrecken. Mathews kam um den Tisch geeilt und nahm mit leicht mürrischem Blick den zusammengerafften Haufen voller Papiere entgegen. »Danke«, sagte er und griff sich schnell und kräftig die Zettelwirtschaft, um sie in einem braunen Aktenordner verschwinden zu lassen. »Was machen die Alpträume und Angstzustände?«, fragte Doktor Mathews nahezu lapidar, nachdem er sich wieder gesetzt hatte, so als würde er sich nach einem Schnupfen erkundigen. Curtis musste sich einen Moment sammeln. Jenes Gefühl von Kälte hatte er nur ein einziges Mal derart intensiv gefühlt. Damals, als er in die schwarzen Augen des Mannes geblickt hatte.

(Er existiert wirklich. ... es gibt ihn wirklich. ... den schwarzen Schatten.)

»Ich hatte sie eine Zeit lang wirklich im Griff. Aber kürzlich hatte ich einen Traum, der auf erschreckende Weise so viel realer war, als all die anderen. Wie eine Botschaft meines Unterbewusstseins. Eine Botschaft dessen, was noch kommen wird«, fügte er flüsternd hinzu.

»Was war das für ein Traum?«, fragte Mathews interessiert.

»Er hat mich verfolgt. Der schwarze Schatten, war hinter mir her. Er hat mich durch einen dunklen Wald gejagt. Doch das Schlimmste war, dass ich die ganze Zeit über, tief in mir, gespürt habe, dass ich keine Chance hatte ihm zu entkommen. Es hat sich so echt angefühlt, wie lange nicht mehr«, sagte Curtis angespannt.

»Was du gesehen hast, war ein verfälschtes Bild deiner Ängste und Fantasien. Wahrnehmungen und Erinnerungen sind neuronalen Verarbeitungsprozessen unterlegen, wie ein Computer von seinem Prozessor abhängig ist, da können manchmal Fehler unterlaufen. Dieser Mann, dieser schwarze Schatten, wie du ihn nennst, ist so ein Verarbeitungsfehler. Lana ...« Auch Walter Mathews verschlug es kurz die Stimme, »ist etwas Schlimmes widerfahren, aber es war kein Monster, das ihr diese schrecklichen Dinge angetan hat. Es war ein Mensch.«

»Manchmal frage ich mich, ob es da überhaupt einen Unterschied gibt«, murmelte Curtis mehr zu sich selber, als zu seinem Gegenüber. Doktor Mathews ass ein Stück Gebäck und spülte es mit einem weiteren kräftigen Schluck Kaffee herunter, während er sich der Wand voller Bilder zuwandte. Curtis folgte seinem Blick zu einem Stillleben in trüben herbstlichen Farben, es zeigte eine schattige Wiese, umgeben von einem Wald und im Zentrum ein wunderschönes altes Landhaus. »Unterdrückte Ängste brechen sich in Träumen Bahn. Wir mögen sie für die Essenz einer Wahrheit halten, aber am Ende sind es nichts weiter als Träume. Sozusagen das Aussortieren seelischen Ballasts, das unser Gehirn dankenswerterweise für uns übernimmt«, sinnierte Doktor Mathews, während er seine Blicke über die Bildergalerie schweifen ließ. Curtis lächelte müde, so als habe er mit einer derartigen Aussage gerechnet. »Aber es war dieses Mal so viel intensiver als sonst. Wie eine andere Realität, die durch die Barriere meines Traumes gebrochen ist und mich nun in dieser Welt verfolgt.« Er fühlte, wie seine Hände zu schwitzen begannen. »Der schwarze Schatten, er war mir in diesem Traum so nah, wie lange nicht mehr. Als sei er mir aus den dunkelsten Orten meiner Erinnerung hierher gefolgt.«

»Curtis«, Mathews atmete tief durch, nahm seine Brille von der Nase, legte sie behutsam auf die Schreibunterlage und blickte ihm intensiv in die Augen, während er sich auf dem Tisch abstützte. »Du musst dich endlich von dieser alptraumhaften Vorstellung dieses schwarzen Schattens lösen. Du hast schlimme Dinge gesehen. Mache Sie bitte nicht noch schlimmer, indem du sie zu monströsen übernatürlichen Schauergestalten erhöhst und ihnen so jeglichen Bezug zur Realität entziehst. So wirst du nie damit abschließen können.«

»Aber ich *habe* ihn gesehen und er verfolgt mich bis heute, bis in meine Träume.«

»Deine Träume haben Emotionen und Wahrnehmungen, viel intensiver als in der Realität. Sie sind die deformierte Replikation dieser emotionalen Extremsituation, die du vor vier Jahren erleben musstest. Mit jedem Traum und jeder Vision, verstärkt sich die falsche Realität, die dein von Furcht und Hilflosigkeit durchtränktes Unterbewusstsein geschaffen hat. Deine Wahnvorstellungen werden so zu erlebten Erinnerungen und einem glaubwürdigen Teil deiner Vergangenheit. Akzeptiere, dass es ein Mensch war, der meiner Tochter dieses Grauen angetan hat, so schlimm es auch sein mag.«

Manchesmal kam es Curtis vor, als rede Walter Mathews gar nicht von seiner Tochter, wenn er von Lana sprach, sondern von irgendeinem seiner Patienten. Er wirkte so distanziert, so teilnahmslos ...

»Ich habe gesehen, wer Lana all das angetan hat, versuchen Sie nicht, mir etwas von ihren falschen Erinnerungen einzureden«, entgegnete Curtis. »Was wenn dieser Mann sich hinter der Maske des

Menschlichen verbirgt, und nur ich den schwarzen Schatten in ihm sehen kann? Was, wenn nur ich sein wahres hässliches Gesicht erkennen kann, ein Gesicht, das er versucht, vor der Welt zu verbergen? Was, wenn mein Verstand sein wirkliches Ich erfasst hat und mir in meinen Träumen mitzuteilen versucht, wer oder was der schwarze Schatten wirklich ist?«

24. Wirklichkeit und Wahn

»Tut mir leid Curtis«, sagte Doktor Mathews mit bemüht ruhiger und sonorer Stimme. »Wir kommen an dieser Stelle nicht weiter. Ich kann dir leider nicht weiterhelfen, wenn du nicht gewillt bist an dir zu arbeiten.«

»Ich arbeite an mir, aber ich weiß auch, *was* ich gesehen habe und *was* mich verfolgt. Der Schatten ist hinter *ihr* her verdammt! Sie ist wieder hier!«, fuhr es wütend aus ihm heraus, mit einem Anflug von Ehrlichkeit, der ihn selber überraschte, wenn nicht gar erschreckte. Mathews Gesichtszüge waren plötzlich wie versteinert. Verblüfftes Schweigen hatte sich über ihn gelegt. Er starrte ihn so angestrengt an, als wolle er das Kleingedruckte einer Bedienungsanleitung lesen und habe seine Brille verlegt. Sein autoritäres Gesicht prägte ein missbilligendes Stirnrunzeln. »Was meinst du damit? *Wen* hast du *gesehen*?«

»Nun«, begann Curtis zögerlich.

»Sei frei und offen«, gab ihm Walter Mathews verbale Schützenhilfe. »Du weißt doch, dies hier ist ein Bunker, ein Schutzraum, du kannst hier über alles mit mir reden.«

»Es ist etwas passiert. Etwas, das ich kaum in Worte fassen kann.«

»Und was ist das?«, fragte Doktor Mathews verhalten aber dennoch neugierig. In seinen Augen leuchtete Argwohn. Sein Blick war hohläugig, wie der eines Gejagten.

»Ich hatte einen Unfall. Ich bin heute Nacht in dem Unwetter von einem Auto angefahren worden.«

»Ich hoffe, es geht dir gut«, sagte Doktor Mathews nahezu ungerührt und ungeduldig, so, als ob er schnell zu einem bestimmten Punkt in Curtis' Geschichte kommen wolle. »Das ist es ja gerade.« Curtis zögerte, dann fuhr er fort: »Das Auto hat mich wirklich übel erwischt, normalerweise hätte ich mir sämtliche Knochen brechen müssen, oder Schlimmeres. Aber sehen Sie mich an. Ich habe nur ein paar Kratzer.«

»Aber wie kann das sein?«, fragte Mathews skeptisch.

»Damit kommen wir zu dem außergewöhnlichen Teil dieser Geschichte.« Curtis hielt inne, nur um den Faden seiner Erzählung dann wieder aufzunehmen. »Sie war dort«, flüsterte er mit kaum hörbarer Stimme.

»Ich verstehe nicht recht.« In Mathews Augen formten sich zwei große Fragezeichen und da war noch etwas anderes. Etwas das Curtis nicht benennen konnte, aber er glaubte Furcht ganz tief in ihnen aufsteigen zu sehen. Aber *wovor* fürchtete er sich?

»Lana war dort. Verstehen Sie? Sie lebt! Sie ist *hier*. SIE hat mich gerettet.«

Bedrückendes Schweigen erfüllte den Raum. Doktor Mathews begann zu schwitzen. Seine von roten Äderchen durchzogenen Wangen leuchteten im Halbdunkel. Curtis sah, wie sich Schweißperlen unter seinem Haaransatz bildeten und eines seiner Augenlider zu zucken begann, kaum erkennbar, aber dennoch deutlich. Eindeutig – er hatte Furcht vor etwas. »Ähm, ... ich weiß nicht, was ich dazu sagen soll, Curtis.« Doktor Mathews lächelte, doch es war ein eisiges Lächeln. Die versteinerte Mine verschwand langsam und die aufmerksame Freundlichkeit kehrte zurück. Doch jetzt war sie nicht mehr echt, sondern wie eine Maske, die er aufgesetzt hatte. »Du hast mich wahrscheinlich noch nie sprachlos erlebt.«

»Sie glauben mir nicht, oder?«, unterbrach ihn Curtis.

Einige Momente lang war Walter Mathews ganz in seine Gedanken versunken und er starrte sinnierend vor sich ins Leere. Dann schien ihm plötzlich wieder einzufallen, dass er einen Patienten vor sich sitzen hatte. »Nun, du musst verstehen, dass diese Geschichte doch recht überraschend kommt.« Er zögerte, wägte seinen nächsten Gedanken scheinbar einen Moment ab, ehe er ihn aussprach. »Wie hat sie es getan, wie hat Lana dich geheilt?« Wirkliche Neugierde schien aus seinen Worten zu sprechen. Doch diese Neugierde schien mehr dem Hergang zu gelten, als der Tatsache, dass Lana darin vorkam. Obwohl ER sie doch für tot hatte erklären lassen. Curtis sah Mathews direkt und tief in die Augen. Er hatte die meiste Zeit über zu Boden geblickt oder irgendwelche Fixpunkte im Raum gesucht, doch er hatte niemals Dr. Mathews wirklich *angesehen.* Nun gab ihm Mathews vielsagender Blick die Antwort auf eine Frage, die er nicht hatte stellen wollen: Doktor Mathews wusste etwas, dass er versuchte zu verbergen. Etwas das Lana betraf. »Ich weiß es nicht. Ich kann es nicht sagen; sie hat es einfach *getan*«, führte Curtis fort.

»Was ist dann geschehen?«, fragte Walter Mathews nach einer Weile und blickte Curtis unnachgiebig in die Augen. Ein Blick, der unangenehm und durchdringend war, als wolle er in seinen Geist eindringen und seine Gedanken lesen. Curtis spürte, dass sich etwas verändert hatte in Doktor Mathews. Irgendetwas hatte ihn aufgewühlt, beunruhigt und auch irgendwie wütend gemacht.

»Ich lag dort in der Dunkelheit auf der kalten nassen Straße und dachte, ich würde sterben. Dann ist sie zu mir gekommen, hat meine Hand ergriffen und ich wurde von hellem Licht eingehüllt.« Walter Mathews lauschte gebannt. »Und was hast du gefühlt?«, fragte er schließlich nüchtern und teilnahmslos, doch es war eine gespielte Teilnahmslosigkeit, die etwas anderes verbergen sollte. Etwas, das in ihm rumorte.

»Ich weiß es nicht, es war ... irgendwie ... fremd. So als habe sie mich mit ihrer Berührung an einen Ort geführt. Einen Ort, der auf einer anderen Frequenz unserer Wahrnehmung existiert. An diesem Ort bin ich Wesen begegnet. Sie waren ein Teil dieses Ortes und genauso fremdartig wie er selber. Ich weiß nicht, was sie waren, aber ich glaube, sie sind der Grund, warum ich jetzt gesund vor Ihnen sitze.« Mathews schien mit sich zu hadern - seine Gedanken schienen mit sich zu ringen, ob sie Curtis glauben sollten, oder nicht. Es schien von großer Bedeutung für ihn zu sein, ob die Geschichte wahr sein konnte. So, als ob sein Leben davon abhinge. »Curtis, ich weiß nicht, was ich sagen soll. Bist du sicher, dass wir hier nicht wieder von deinem größten Problem reden?«

»Was meinen Sie?«, fragte Curtis argwöhnisch.

»Dass du Wirklichkeit und Wahn nicht voneinander unterscheiden kannst.«

»Es ist mir egal, was Sie von mir denken, ich werde Lana nicht aufgeben«, sagte Curtis zornig. Doktor Mathews wirkte mehr und mehr nervös, als ob seine innere Unruhe sich minütlich verstärken würde. Er starrte aus blicklosen Augen auf seine Schreibtischplatte. »Und - was willst du jetzt tun?«, fragte er dann nach einer halben Ewigkeit.

»Ich werde Lana suchen und werde sie finden; und wenn es das Letzte ist, was ich tue«, tiefe Entschlossenheit sprach aus Curtis´ Worten. Mathews nickte grimmig, ehe er sich dabei ertappte. Schlagartig versuchte er, seinen Unmut vor Curtis zu verbergen, doch dann konnte er seine Gefühle nicht mehr verbergen: »Es nützt nichts, einer Illusion hinterherzujagen, am Ende wird es nur umso schmerzhafter, wenn die Hoffnung zerbricht.«

»Sie wollen Lana also einfach aufgeben? Sie haben damals diesen verdammten leeren Sarg begraben und damit auch jede Hoffnung. Und jetzt wollen Sie mir wieder nicht glauben. Manchmal denke ich, Sie wollen Ihre Tochter gar nicht wiederfinden«, sagte Curtis wütend und enttäuscht.

»Wie kannst du es wagen?«, brach es schockiert aus Mathews heraus. »Ich gebe meine Tochter nicht auf, aber ich werde meine Seele nicht mit einer Suche und Hoffnung zermürben, die im Nichts enden wird. Also zweifele niemals an meinen Motiven. Ich habe meine Tochter mehr als alles andere auf dieser Welt geliebt, aber ich weiß auch, dass man der Wahrheit ins Auge blicken muss, auch wenn sie noch so schmerzhaft ist.« Curtis sah noch, wie sich Doktor Mathews Lippen bewegten, aber er hörte nicht mehr, was er sagte. Seine Gedanken waren abgedriftet. Er hatte leise keimende Hoffnung gehabt, Walter Mathews würde ihm glauben und ihm auf der Suche nach Lana helfen, doch dieser Glaube war erstickt worden. Er war wieder auf sich allein gestellt. Doch so lange er daran glaubte sie endlich zu finden, solange würde es einen Weg geben.

25. Eugene

Erbaut worden war das Gebäude des William James Sanatorium von Nathaniel Jefferson, dem Oberhaupt einer angesehenen Gutsherren Familie. Über Jahrzehnte hinweg hatte die Familie in dieser prachtvollen Villa gelebt, die zu den pompösesten und größten Gebäuden der ganzen Stadt gezählt hatte. Nathaniel Jefferson war ein wichtiger Diplomat im Dienst der Stadt gewesen und hatte eine Menge Gäste empfangen, die sich stets beeindruckt vom mediterranen Flair und der andächtigen Eleganz dieses Hauses gezeigt hatten. Doch nicht nur Freude und Bewunderung hatte sich in die Herzen all derer geschlichen, die dieses Haus betreten hatten. Oft hatte auch Neid in den Gefühlen der Menschen genistet. Und so war es gekommen, dass sich in einer gewittrigen Nacht eine unsagbare Tragödie ereignet hatte. Niemand wusste genau, was geschehen war. Ein Dienstmädchen, das am nächsten Morgen wie immer das Frühstück der Familie bereiten wollte, hatte ein Bild des Grauens vorgefunden. Im großen Schlafgemach hatten die blutüberströmten Leiber des Diplomatenehepaars in deren Bett gelegen. Die samtigen Decken hatten sich voller Blut gesogen. Sie mussten im Schlaf erstochen worden sein. Entsetzt und schreiend war das Dienstmädchen zusammengebrochen. Stunden später hatte man sie kauernd neben dem Bett der Tochter gefunden. Das Kind hatte mit Blut verschmiertem Gesicht eine Puppe umklammert gehalten und sich nicht geregt. Auch sie war nicht verschont worden.

Viele Jahre nach dieser Tragödie hatte die Villa leer gestanden. Die Bewohner von Summersprings hatten getuschelt und gegenseitig Ängste geschürt. Von einem Fluch, oder einem bösen Unheil, war die Rede gewesen. Andere hatten dies für absurden Blödsinn gehalten und das Gerede als Geschwätz ungebildeter Hinterwäldler abgetan. Doch der Hauch des Unheimlichen schien für immer in den verwinkelten Gängen dieses Gebäudes verankert zu sein und immer noch in den Köpfen der Menschen zu sitzen.

Unbehagen herrschte auch in Curtis, als er hinaus auf den Flur trat. In Gedanken verloren und von nagenden Zweifeln geplagt schlenderte er über den Flur. Was hatte Walter Mathews zu verbergen? Warum hatte er so verdächtig reagiert, als er ihm von Lana erzählt hatte? Warum hatte er sich nicht gefreut, dass sie zu leben scheint und Curtis sie gesehen hatte? Im Zwielicht tanzten kleine Staubpartikel auf und ab und geleiteten Curtis den Weg. Links und rechts lagen Zimmertüren in verwaschenem Halblicht, vom Schatten der Wände umspielt. Es gab eine Menge bedauernswerte Geschöpfe im William James Sanatorium. Hilflose, geistig Kranke, notorisch Aggressive oder mehrfach gespaltene Persönlichkeiten lebten hier unter Verschluss und hatten jegliche Aussicht auf ein freies und gesundes Leben verloren. Dann, bei einem der Namensschilder, die neben den Türen angebracht waren, blieb Curtis abrupt stehen. Bernarda Saxton stand auf dem Schild. Jeremiahs Frau. Seine Bernie, wie er sie immer genannt hatte. Seit wann befand sie sich im Westflügel? War sie verlegt worden? Bernarda litt seit vielen Jahren unter starken Depressionen und Apathie. Niemand wusste, woher die Erkrankungen ihrer Seele rührten. Irgendetwas musste damals draußen in dem Hotel im

Wald geschehen sein. Jeremiah hatte ihr einen Heiratsantrag gemacht. Es hatte ein Urlaub voller Magie werden sollen, doch es war eine Reise voller Schrecken geworden. Aus irgendeinem Grund hatte Bernarda den Verstand verloren, sie war eines Nachts aus dem Hotel gelaufen und im Wald verschwunden. Jeremiah hatte sich die Schuld dafür gegeben und in betrunkenem Zustand einen schweren Autounfall verursacht. Im Koma liegend hatte er ihre Seele wiedergefunden und den Glauben daran aufleben lassen, sie sei noch irgendwo da draußen. Doch als er sie dann gefunden hatte, da war sie nicht mehr dieselbe gewesen. Und sie war es nie wieder geworden. Im Gegenteil. Im Laufe der vergangenen Monate hatte sich ihre Befindlichkeit drastisch verschlechtert. Sie war in einen stumpfsinnigen Zustand verfallen, hatte kein Wort mehr gesprochen und niemanden mehr an sich herangelassen. Irgendetwas hatte sie derart aufgewühlt, dass sie ihr Leben vor der Welt für immer verschlossen hatte. Die Tür zu ihrem Zimmer stand einen Spalt offen. Vorsichtig warf Curtis einen Blick hinein. Bernarda fristete ihr Dasein in einem geräumigen, aber karg eingerichteten Zimmer. Er empfand großes Mitleid. Womöglich musste sie den Rest ihres Lebens als geistig zerrüttetes Wrack verbringen, gefangen in den grausamen Bildern irgendeiner Erinnerung. Ein einsames und unvergängliches Leiden, das sie in ein Gefängnis in ihr selbst verdammt hatte. Ein von Traurigkeit geprägtes Seufzen trat über ihre Lippen, als Curtis in das Zimmer eintrat. Sofort fielen ihm unzählige mit Bleistift angefertigte Zeichnungen auf, die überall an den Wänden hingen. Hatte *sie* die

Zeichnungen angefertigt? Sie zeigten alle dasselbe Motiv: Einen langen düsteren Flur, der sich irgendwo in Dunkelheit verlor. Wie all die anderen Räume musste Bernardas Zimmer früher mal den edlen und barocken Glanz des viktorianischen Stils versprüht haben. Das Zimmer hatte eine hohe Decke und war lang gestreckt. Doch außer dieser Bauweise erinnerte nur noch wenig an den Glamour aus vergangen Tagen. Die kunstvollen Muster an den Wänden waren einem dunklen Blauton gewichen und die goldenen Kerzenhalter simplen Wandlampen, deren Glühbirnen von einem matten Plastikgehäuse umhüllt waren. Wenigstens die großen Fensterbögen, die einen Ausblick in die immergrüne Natur erlaubten, waren geblieben. Curtis´ Blick fixierte Bernarda, die regungslos im Bett lag. Ein Fernseher lief. Er war an der Wand angebracht und stumm geschaltet. Sein flackerndes Licht zuckte an den Wänden.

»Hallo Misses Saxton«, flüsterte Curtis leise. Plötzlich griff ihre Hand nach ihm. Sie war kalt und zittrig. Ihre Augen starrten ihn schreckgeweitet an und sie schien krampfhaft etwas sagen zu wollen. Sie bewegte ihren Kopf keinen Millimeter, lediglich ihre Pupillen wanderten aufgeregt hin und her. Curtis realisierte, dass sie seine Aufmerksamkeit auf den Fernseher zu lenken versuchte. Die Nachrichten liefen. Die Suche nach dem verschwundenen Mädchen war noch immer das Top-Thema. Sie war noch nicht heimgekehrt. Vielleicht würde sie es nie. Bernarda begann Curtis mit erstaunlicher Kraft zu sich hinabzuziehen. Sie wollte ihm etwas ins Ohr flüstern. Etwas das er nicht verstand. Er fühlte ihren heißen feuchten Atem. Dann hörte er ein einzelnes Wort, das sie immer und immer wiederholte: »Eugene ... Eugene ... Eugene.« Curtis ereilte ein undefinierbares bedrückendes Gefühl. Etwas umgab ihn unheilvoll von allen Seiten. Es kroch in seinen Körper und verschaffte ihm eine Gänsehaut. Plötzlich flog die Tür des Raumes auf und Doktor Mathews betrat unter hektischen Schritten den Raum. Während er an Curtis vorbeischritt, warf er ihm einen strafenden Blick zu und schob ihn mit einem kräftigen Stoß beiseite. »Was tun Sie da? Die Frau braucht absolute Ruhe.«

»Entschuldigung, aber ich wollte sie nicht belästigen. Sie hat mir versucht etwas zu sagen.«

»Reden Sie keinen Blödsinn, Misses Saxton hat seit Wochen kein einziges Wort gesprochen.« Dr. Mathews leuchtete ihr mit einer kleinen hellen Lampe in die Augen. Bernarda Saxton war wieder still und stumm. Sie lag einfach nur da und starrte aus blicklosen Augen an die Decke. Während Mathews ihr den Puls maß und weitere ärztliche Handgriffe zur Kontrolle ihres Zustandes vollführte, sah Curtis ein gefaltetes Foto, was Mathews scheinbar aus seiner Tasche gerutscht war und nun auf dem Boden lag. Zunächst wollte Curtis ihn darauf aufmerksam machen, doch weil er ihn so rüde angegangen war, tat er es nicht und steckte das Foto in einer unüberlegten Handlung ein. Dann verließ er ohne ein weiteres Wort das Zimmer.

26. Verbrannte Asche

Curtis trat durch eine dicke eisenbeschlagene Holztür hinaus in eine diesige Nässe. Aus den aufgetürmten Nebelschwaden nieselte leichter Sprühregen. Hinter ihm ragte das Sanatorium hoch empor und die beleuchteten Fenster warfen lange Schatten auf den Vorplatz. Nach einem sorgsamen Rundblick setzte er sich auf eine Parkbank, die sich in einer Einbuchtung befand und durch dicht wuchernde Sträucher vor allzu neugierigen Blicken geschützt war. Auch um die Baumwipfel hatte sich Nebel gelegt und waberte nun über die verlassene Zufahrtsstraße, zu deren Seiten leicht gestufte Kaskaden hinab strömten. Curtis fingerte das Foto aus seiner Hosentasche und faltete es auseinander. Er betrachtete es in der vagen Hoffnungen, irgend ein Anzeichen zu finden, das seine böse Ahnung, seinen Instinkt, in Bezug auf Doktor Mathews zerstreuen würde. Die Fotografie zeigte Walter Mathews. Und eine Frau. Eine Frau, die einst wunderschön gewesen sein musste, aber in jener Momentaufnahme nur noch ein Schatten ihrer selbst zu sein schien. Sie sah ausgemergelt und krank aus. Dunkle Ringe lagen unter ihren milchigen müden Augen. Ihr Blick war trostlos. Alles an diesem Foto war bemitleidenswert. Curtis erschauderte es auf unwillkürliche Weise.

»Fürchterlich, nicht wahr?«, erklang die tiefe Stimme eines Mannes. Curtis zuckte erschrocken zusammen, beinahe wäre ihm das Foto aus der Hand geglitten. Mit einem auffällig verzweifelten Versuch bemühte er sich, das Foto unauffällig verschwinden zu lassen und erreichte nur das Gegenteil. Curtis blickte auf und sah in das Gesicht eines großgewachsenen Schwarzen. Während der Schwarze ihn anlächelte, lag ein

Ausdruck der Verwirrung in seinen Augen. Jetzt erkannte Curtis, dass er den Mann schon einmal gesehen hatte. Es war der begnadete und euphorische Keyboarder, der den Summersprings-Chor in der Kirche begleitet hatte. Derjenige, der in die Tasten gehauen hatte, als ob es kein Morgen gäbe.

»Mein Name ist Tyrone Jackson, darf ich mich setzen?«

»Natürlich«, antwortete Curtis immer noch irritiert. »Schon der Zweite, der mich das heute fragt«, murmelte er kaum hörbar. »Ich heiße Curtis, Curtis Logan.«

»Freut mich, Curtis«. Tyrone Jackson war ein Riese. Er war zwei Meter groß. Sein monumentaler Rumpf führte über einen langen Hals zu einem beinahe zu klein wirkenden Kopf, in dem wissbegierige und wache Augen leuchteten. Ein breites Lächeln, das scheinbar so permanent war, wie eine Narbe, offenbarte perlenweiße Zähne. Er trug ein T-Shirt, dessen Ärmel so kurz waren, dass es seine massiven Oberarme zur Schau stellte. »Ich glaube Doktor Mathews wird gar nicht erfreut sein, wenn ihm auffällt, dass du sein Foto entwendet hast.« Tyrone wies auf das geknickte Bild in Curtis Händen. »Ich habe es nicht wirklich entwendet«, versuchte Curtis, sich zu erklären, »es ist ihm runtergefallen und ich habe es nur noch nicht zurückgegeben.«

Tyrone nickte, so als ob er verstehen würde und sein Lächeln wurde nur noch breiter. »Gewöhnliche Gegenstände erhalten Bedeutung in finsteren Zeiten«, sagte er dann, während er begann sich eine Pfeife zu stopfen. »Dies ist so ein Gegenstand für den Doktor.« Abermals zeigte er auf das Foto, nur diesmal, ohne hinzusehen, denn er war eifrig damit beschäftigt wohlriechenden Tabak in die runde Öffnung der Pfeife zu befördern. »Es ist das letzte Foto, das ihn mit seiner Frau zeigt.« Curtis war vollkommen überfordert mit der Situation. Er wusste nicht, wie er reagieren sollte, geschweige denn, was er sagen sollte. Also nickte er einfach zustimmend und schwieg. »Die Symptome ihrer Krankheit sind nicht schwach oder schleichend gekommen, sondern plötzlich und wie aus heiterem Himmel. Wie der Teufel ist der Krebs über sie hergefallen. Es war eine besonders hartnäckige Abart von Leukämie. Eine Ausgeburt der Hölle, wenn du mich fragst.« Tyrone zündete die Pfeife an und zog in kurzen abgehakten Zügen solange daran, bis der Tabak zu glimmen begann und der Rauch in seine Lungen strömte. »Sie haben alles versucht«, führte er fort, während er seine Beine übereinanderschlug und seinen Körper in Erzählposition brachte. »Schulmedizin, Ernährungsweisen, Gottesglaube und sogar die Hilfe eines Wunderheilers. Doch am schlimmsten war die Strahlungstherapie. Sie hat mehr Zerstörung angerichtet, als dass sie irgendetwas hätte retten können. Wie Napalm hat sie sich durch ihren Körper gewalzt und nichts als verbrannte Asche hinterlassen. Am Ende hat Walter Mathews Frau den Kampf verloren. Es gab noch so viel, was er ihr hätte sagen wollen, doch es gelang ihm nie seine Gefühle in Worte zu verpacken. Nun hadert er oft mit dem, was er gesagt und nicht gewollt und was er gedacht und nie gesagt hat.« Tyrone zog an seiner Pfeife und blies den Qualm genüsslich aus, während er durch seine selbsterzeugte Nebelschwade auf Curtis herabblickte. »Das ist wirklich sehr bedauerlich«, führte Curtis aus,

»aber warum erzählen Sie mir das alles?«, fragte er Tyrone mit skeptischem Blick.

»Deswegen«, sagte Tyrone und wies erneut auf das zerknitterte Foto in Curtis Händen. »Und nicht nur weil der Doktor wohl ziemlich sauer sein wird, wenn er erfährt, dass du es ihm noch nicht *zurückgegeben* hast, sondern auch, weil ich dich etwas fragen will.«

»Und was?«, fragte Curtis mit aufkeimendem Unbehagen. »Du hast seine Tochter gekannt, nicht wahr?«

»Ja, wir waren ... Freunde. Aber wenn ich mich recht entsinne, dann haben wir nie über ihre Mutter gesprochen. Ich wusste, dass sie früh an einer Krankheit gestorben ist, aber nicht unter welch fürchterlichen Umständen. Wahrscheinlich wollte Lana genau deshalb nie darüber sprechen. Ich weiß, wie schmerzhaft Erinnerungen sein können.«

»Dass kann sein«, gab Tyrone zu, »aber ich glaube eher, Lana Mathews hat nie darüber gesprochen, weil sie ihre Mutter nie gekannt hat. In den letzten zwei Jahren ihrer Krankheit hat der Doktor seine Frau nur noch hier im Sanatorium pflegen lassen. Er hat die besten Ärzte aus allen Teilen der Welt kommen lassen, doch es war ein aussichtsloser Kampf. Mary Mathews soll in dieser Zeit mit Lana schwanger gewesen sein und wenige Wochen vor ihrem Tod das Mädchen zur Welt gebracht haben. Ich bin nur ein einfacher Hausmeister und ein, zugegebener Maßen sehr talentierter Keyboarder eines Gospel-Chores, aber ich bin kein Arzt. Wenn du mich fragst, klingt das schon recht merkwürdig, wenn eine im Sterben liegende Frau in den letzten Wochen ihres Lebens noch die Kraft hat ein Baby zur Welt zu bringen. Vielleicht nicht unmöglich, aber schon zweifelhaft.«

Curtis nickte in sich gekehrt. »Ja, sehr zweifelhaft«, wiederholte er in Gedanken versunken. »Glauben Sie Doktor Mathews hat etwas zu verbergen?«, fragte er dann.

Tyrone sah ihn eindringlich an. Er spannte seinen ganzen Körper an, während er sagte: »Ja, das glaube ich.« Tyrone fiel diese Aussage sichtlich schwer, doch sie schein aus tiefster Überzeugung zu stammen. »Ich will dem Doktor nicht unrecht tun«, setzte er mit ernster Mine fort, »er war immer gut zu mir, hat mir diesen Job hier als Hausmeister vermacht, aber der schlimme und langsame Tod seiner Frau hat ihn für immer verändert. Er hat einmal zu mir gesagt, dass sie zu ihm zurückkehren werde. Sie müsse es einfach, sonst würde sein Leben keinen Sinn mehr machen. Deshalb glaube ich, dass was immer in ihm vorgeht, alles mit seiner Frau zutun hat. Mit dem Schmerz, den er versucht, seither zu verdrängen.«

»Und was ist mit Lana, mit seiner Tochter, zählt sie denn gar nicht?«, fragte Curtis.

»Doch. Doktor Mathews hat sehr gelitten unter dem Tod seiner Frau. Sie war sein Leben und ich denke, ohne seine Tochter wäre er daran zerbrochen. Das spurlose Verschwinden von Lana war der letzte Nagel in den Sarg seiner Seele.«

»Dann glauben Sie auch, dass Lana noch am Leben ist, dass sie irgendwo da draußen ist«, fuhr es aus Curtis heraus.

»Ich bin nur ein einfacher Mann«, entgegnete Tyrone spitzbübisch, »aber ich glaube, es gibt in unserer Welt mehr, als wir mit unseren Augen sehen können, Dinge die wir nur mit unserer Seele erfassen können. Aber was weiß ich schon.«

(»Du musst mit mehr sehen, als mit deinen Augen.«)

Für einen kurzen Augenblick wallten die Bilder des Sees unter sternenbedecktem Nachthimmel vor Curtis auf. Eine Berührung, sanft und voller Liebe. Hoffnung, Hoffnung auf ein gutes Leben. Tyrone erhob sich mit einem angestrengten Stöhnen, während die Pfeife in seinem Mundwinkel steckte. Dann streckte er seine Hand aus. Curtis wusste, was er wollte und legte das zerknitterte Foto in die riesige Pranke. »Ich werde sagen, ich hätte es irgendwo auf den Fluren gefunden und es ihm wiedergeben«, sagte Tyrone und zwinkerte Curtis zu.

»Danke Sir«, entgegnete dieser mit aufrichtiger Dankbarkeit.

»Pass auf dich auf, denn wenn du es nicht tust, wer sonst? Und denk immer daran: Das Böse kann in jedem Wort und jedem noch so unbedeutenden Blick liegen. Die Welt wird von ihm heimgesucht, seit es Menschen gibt. Vorher gab es Fleisch und Zähne und nur der Stärkere überlebte, gnadenlos, aber ehrlich. Das wahrhaft Böse, nur um des Bösen willen, brachte erst der Geist der Menschheit in diese Welt.« Während Tyrone das Lied summte, das der Chor bei der Probe am Vormittag geübt hatte, schlenderte er davon und verschwand im Nebel. Curtis dachte noch lange über die Begegnung nach. Tyrone Jackson hatte bestätigt, was er vermutet hatte: Mit Doktor Mathews stimmte etwas nicht. Die Geschichte vom Krebstod seiner Frau war bitter und tragisch und Curtis empfand Mitleid. Aber dieses Gefühl durfte nicht darüber hinwegtäuschen, dass hier etwas Beunruhigendes vor sich ging. Während Curtis seinen düsteren Gedanken hinterher hing, sah er Walter Mathews über den kiesbedeckten Vorplatz zum Parkplatz laufen. Er stieg in sein Auto und fuhr davon. Nichtsahnend, dass Curtis ihm mit dem alten Pick-up dicht auf den Fersen war.

27. Eine leere Hülle

Curtis musterte die stille Straße. Zikaden zirpten in den Gräsern, der Ruf eines Uhus verhallte irgendwo über den Baumkronen. Eine Fledermaus zog ihre unermüdlichen Kreise um einen Laternenpfahl. In der Ferne bellte träge ein Hund. Der Regen hatte aufgehört und die Wolkendecke war brüchig geworden. Die Sonne schickte ihre letzten altersschwachen Strahlen über den Horizont hinweg und nur noch ein entferntes Abendrot leuchtete matt über den Wipfeln der Bäume. Im dunklen Glühen jenes Zwielichts schillerte das Gras so grün, als sei der Boden mit Plutonium getränkt worden. Curtis spähte in die aufkeimende Düsternis, um auch nur die kleinste verräterische Bewegung wahrzunehmen. Der einzige Schatten, der sich auf der stillen Straße im trüben Schein der Laternen bewegte, war sein eigener. Die Straßen waren verweist und dennoch fühlte er sich beobachtet. Mathews Wagen parkte am Straßenrand. Er war in einem unscheinbaren Haus mit hölzernen Fensterläden verschwunden. Im gelblichen Schein der Straßenlaternen wirkte das Gebäude auf unterschwellige Weise bedrohlich. Was mochte der Doktor dort wollen? Curtis wollte warten und sehen was passieren würde. Die Minuten verrannen und die Sonne bettete sich in ihr wolkenverhangenes Schlafgemach tief hinterm Horizont. Der Abend warf sein Nachtgewand über die Welt und hüllte die Häuser in schützende Dunkelheit. Gelegentlich fuhr ein Auto durch die Straßen und hier und da halten die lauthalsen Unterhaltungen der Anwohner durch die klare Abendluft. Kindergeschrei schwoll in der Ferne an und erstarb dann irgendwo in den Vorgärten. Eine fauchende Katze jagte einem Waschbären nach und riss dabei einige Mülltonnen um, deren Inhalt polternd über den Weg rollten. Es roch unangenehm. Leere Trinkdosen, zerknüllte Werbeprospekte und unkenntlicher Müll lagen verstreut umher. Als Curtis seine Observierung bereits abbrechen und unverrichteter Dinge von dannen fahren wollte, trat Doktor Mathews aus der Eingangstür und zündete sich im Schutz eines bemoosten Vordachs eine Zigarette an. Er wirkte sichtlich nervös und angespannt. In Windeseile rauchte er den Glimmstängel auf. Curtis beobachtete ihn im schützenden Schatten einer riesigen alten Lorbeerfeige, deren Wurzeln tief in die Erde ragten und sah wie Mathews einen Moment in seinem Wagen verharrte und wütend auf sein Lenkrad schlug. Dann fuhr er davon. Irgendetwas hatte ihn zutiefst beschäftigt, wenn nicht gar schockiert. Und Curtis wollte wissen, was es war. Als er über die Straße ging, vermutete er hinter den verdunkelten Scheiben mindestens ein beobachtendes Augenpaar. Es war nicht so, dass er einen Anhaltspunkt hierfür gehabt hätte, aber seine bevorstehende Straftat ließ ihn sich fühlen, als sitze er nackt auf einem Präsentierteller. Eine kräftige Windböe erfasste ihn, während er über die Straße lief und presste sich gegen sein Gesicht. Wie eine letzte Warnung, die ihm sagen wollte: Von hier an gibt es kein Zurück mehr. Das Haus lag unheilvoll vor ihm. Es war in schlechtem Zustand, spröde Farbe löste sich von den Fensterläden und der Eingangstür in gewellten und hervorstehenden Fetzen wie abgestorbene Haut nach einem Sonnenbrand. Die Klingel war abmontiert und aus der offenen Fassung stachen rote und blaue Drähte. Die Gardinen waren schmutzig, vergilbt und stellenweise durchlöchert. Curtis versuchte, etwas durch die sich zusammenballenden Schatten zu erkennen. Alles in ihm sträubte sich hinein zu gehen. Doch er wollte wissen, was sich in diesem Haus befand. Statt zu dem vom matten Licht einer mottenumschwirrten Straßenlaterne beleuchteten Eingang zu gehen und sich dadurch unnötig verdächtig zu machen, verschwand er im Schatten eines tiefer gelegenen Kellerabgangs, der um die Ecke lag. Unter Zuhilfenahme seiner kaum belasteten Kreditkarte (weil er eh nicht kreditwürdig war) stemmte er das schlecht gesicherte und veraltete Schnappschloss mühelos auf. Er hielt den Atem an, als die Tür aufschwang und die Scharniere ächzend quietschten. Die Wände des Hausflures hatten Risse. Das Geländer war marode und das Holz hatte begonnen sich abzusplittern. Es roch nach Verfall und zerplatzten Träumen. Sein Instinkt sagte ihm, dass er nicht alleine war. An diesem Ort befand sich etwas Böses, etwas dem er schon einmal begegnet war. Die Wohnung war auf den ersten Blick ein unscheinbares Zweizimmer-Apartment. Im Wohnraum standen ein abgenutztes Sofa und ein Tisch mit einem überfüllten Aschenbecher, einem halbaufgegessenen Baguette, dessen Käse bereits zu schwitzen begonnen hatte und eine Tasse mit schwarzem Kaffe, indem ebenfalls eine Kippe schwamm. Hier und da lagen zerknüllte Kleidungsstücke herum. Ein aufgeschlagenes Buch über Ägyptologie und Mythen alter Götter lag auf dem von Krümeln übersäten Sofa und die Fernbedienung war von einer milchigen Substanz überzogen, die anstößige Bilder vor Curtis´ geistigem Auge wachrief.

Hoffentlich war es nur Milch! Der Ventilator flatterte. Die angrenzende Küche sah schmutzig und verwahrlost aus. In der Spüle türmten sich Geschirr und Töpfe mit verkrusteten Speiseresten. Eine Schranktür hing lose in den Angeln, im Inneren stapelten sich Dosen und aufgerissene Tüten aus denen Essensreste gerollt waren. In der Ecke summte ein Kühlschrank vor sich hin. Die Küchenzeile wies ein Sammelsurium verschimmelnder Spuren menschlichen Lebens auf. Nachdem Curtis Schubladen aufgerissen, durchsucht und letztlich doch nur Klamotten gefunden hatte, die einer Altkleidersammlung entstammen konnten, näherte er sich über den Flur dem Badezimmer. Ein unangenehmer, fast penetranter Geruch lag in der Luft. Curtis konnte ihn nicht bestimmen, aber es roch nach Fäulnis, durchdrungen von einer süßlichen Note. Es war kalt. Die Klimaanlage musste sich am Anschlag ihrer Leistungsfähigkeit befinden. Ungewöhnlich, da die Temperaturen nicht dementsprechend waren. Im Gegenteil, es war eine laue, sehr angenehme Sommernacht. Je näher er dem vermeintlichen Bad kam, desto stärker wurde der faulige Geruch. Sein Instinkt trommelte mit aller ihm zu Verfügung stehender Kraft Alarm, doch Curtis zog ihm den Stecker. *Warum mach ich mich hier eigentlich immer wieder zum Affen?*, dachte sich seine innere Stimme. *Der hört ja eh nicht auf mich.* Um keine Fingerabdrücke zu hinterlassen, fischte Curtis ein Taschentuch aus seiner Hose. Er griff an den Knauf und drehte ihn. Leise quietschend schwang die Tür auf und ein organischer Geruch brandete ihm entgegen. Ein beißender Verwesungsgestank, der seine Sinne taumeln ließ. Sein Gesicht verzerrte sich zu einem Ausdruck von

Ekel. Die Temperatur in dem Bad war so niedrig, dass er glaubte, eine Kühlkammer betreten zu haben. Seinem Mund entwichen kleine Wolken und kräuselten sich empor. Direkt unterhalb des geschlossenen Fensters ragte ein Schlauch herein. Draußen ratterte eine Generator betriebene Klimaanlage. Um die Badewanne herum waren mehrere kleinere Ventilatoren aufgestellt. Sie alle zeigten in Richtung der Wanne. Ein fleckiger Duschvorhang war zugezogen worden. Mit langsam einsickerndem Grauen realisierte Curtis, dass über dem Rand der weißen Wanne eine Hand herausragte. Gebannt schritt er auf sie zu. Er spannte all seine Sehnen an, um sich gegen den schrecklichen Anblick zu wappnen. Dann zog er den Duschvorhang ruckartig beiseite und sah einen toten Menschen in der Wanne liegen. Es war eine junge Frau. Curtis schreckte taumelnd zurück und ließ den Duschvorhang los, als wäre dieser plötzlich in Flammen aufgegangen. Am Waschbecken fand er Halt. Mit einem Griff nach dem Hahn ließ er Wasser ins Becken schießen. Er tauchte sein Gesicht ins kühle Nass und blickte in den von Wasserflecken besprenkelten Spiegel. Vornübergebeugt kämpfte er mit dem Drang, sich augenblicklich zu übergeben. Er versuchte, krampfhaft an etwas anderes zu denken, aber der Anblick dieser toten Frau hatte sich bereits in sein Hirn gebrannt, wie ein Brandeisen in die Haut eines Rindes. Zitternd und mit weichen Knien stand er an die Wand gelehnt. Er traute sich nicht, noch einmal über den Rand der Wanne zu sehen. Doch dann zwang er sich dazu, das Mädchen einen Moment ganz intensiv zu betrachten, um die Wirklichkeit fassen zu können. Ihre Lippen sahen aus, als sei sie zu lange im

Wasser gewesen. Sie trug eine Jeans, ihr Oberkörper war vollkommen nackt. Dunkelgrüne Flecken und Blutergüsse waren deutlich an ihrem Hals zu erkennen, so als sei sie gewürgt worden. Vor Curtis keimte das Bild auf, wie der Schatten seine Hand in Lanas Hals gegraben hatte, um das Laben aus ihr herauszupressen. Er kniff die Augen zusammen und sah wieder das Mädchen an. Ihr Kopf lag fahl im Halbdunkel des Bades. Aschblonde Haarsträhnen hingen ihr strähnig im Gesicht. In ihrem Mundwinkel befand sich getrocknetes Blut. Wie von einer hypnotischen Macht ergriffen streckte Curtis seine Hand aus und berührte ihre Wange. Die Kälte ihrer Haut ließ ihn erschaudern. Sie schien sich auf ihn zu übertragen. Für einen kurzen Moment glaubte er, ihre Todesangst am eigenen Leib spüren zu können. Ein grausig emporwallendes Gefühl inniger Intimität. Sie blickte ihn auf verstörend gedankenverlorene Art an, verängstigt und gebrochen. Nichts von ihren Träumen, Sehnsüchten und Hoffnungen war geblieben. Nur eine leere Hülle an einem unheilvollen Ort. Ihre Seele hatte gegen etwas angekämpft und dann ... verloren. Er kannte diesen Anblick. Ein kleines Stück Wirklichkeit war das Ende eines Lebens. Für einen kurzen Moment schien er Lana in ihrem Gesicht zu erkennen. Dasselbe Haar, dieselben schmalen Lippen. NEIN – S-I-E W-A-R E-S N-I-C-H-T. Sie *konnte* es nicht sein. Oder etwa doch? Nein, Lana lebte. Das fühlte er mit jeder Faser seines Körpers. Jetzt erkannte er die junge Frau. Es war das seit mehreren Wochen vermisste Mädchen. Heute Morgen erst hatte er ihre Eltern im Fernsehen gesehen. Ihre flehenden Worte hallten immer noch in seinen Ohren. Bald würden sie erfahren, dass ihre

Tochter nicht heimkehren würde. Nie wieder. Sein Magen drehte sich um und ihm wurde erneut schlecht. Dann tönten Worte hinter ihm durch die Stille. Doch diesmal waren sie nicht in seinem Kopf, sondern ein zum Leben erwachtes Phantom, geronnen zu einer flüsternden Stimme.

28. Das Instrument der Zerstörung

»Bitte, du musst mir glauben, ich habe das nicht gewollt«, der Mann wies auf das tote Mädchen in der Badewanne. »Es war keine Absicht. *Er* hat das getan, der Schatten in mir. Es war die Stimme, sie hat es mir befohlen.« Curtis war wie erstarrt, zu keiner Regung fähig. Entgeistert blickte er den Mann an, der dort vor ihm im diffusen Halbdunkel des Badezimmers stand. Eine groß gewachsene schlaksige Figur, drahtig und hager. Die Haare hingen lang und faserig in seinem Gesicht. Der Mann schwitzte stark und seine altmodische Brille war so sehr beschlagen, dass Curtis die Augen hinter den Gläsern kaum erkennen konnte. Seine Haut war blass und wirkte fast gelartig, beinahe durchsichtig. Ein Gedanke, der so schlimm war, dass er es sich kaum erlaubte, ihn zu ende zu denken, wallte wie eine Offenbarung auf ihn zu.

Er war es. *Er* war der Mann, – er war der schwarze Schatten.

Der Mann machte einen Schritt auf Curtis zu. Dann einen Zweiten und einen Dritten. Instinktiv wich Curtis zurück, bis er an die kalten Fliesen der Wand stieß und es kein Weiterkommen gab. »Wer sind Sie, was, ... was wollen Sie? Was ... was haben Sie dem Mädchen angetan?«, stammelte er, während sein starrer Blick den Mann fixiert hatte und gleichzeitig aus den Augenwinkeln heraus nach irgendeiner Möglichkeit zur Flucht oder Verteidigung suchte.

»Du musst mir glauben, ich wollte das nicht«, wiederholte der Mann fast verzweifelt. »Mein Name ist Otis Townsend. Ich bin kein Mörder. Vielleicht mein Körper, aber nicht mein Geist, nicht *ich* selber.«

»Was wollen Sie mir damit sagen?«

Der Mann kam näher. Unangenehm nahe. Curtis zitterte und spannte seinen Körper an, bereit einfach mit aller Kraft drauf loszustürmen, in der Hoffnung, den deutlich größeren, aber gebrechlich wirkenden Mann umzurennen.

»Der Schatten - er hat Besitz von mir ergriffen. Er lässt mich Dinge tun, grausame und schlimme Dinge. Ich kann mich nicht dagegen wehren. Ich erlebe sie mit jedem Molekül meines Bewusstseins. Aber ich kann nichts dagegen tun und bin dazu verdammt, mir selber zuzusehen, wie ich all diese fürchterlichen Taten begehe.« Der Mann war jetzt ganz nahe. Curtis fühlte seine dunkle Präsenz, so als ob sie auf ihn einwirken würde. »Was haben Sie diesem Mädchen angetan?«, wiederholte er mit zittriger, aber dennoch wagemutiger Stimme. »Was haben Sie Lana angetan, Sie verdammter Mistkerl.« Mit jedem Wort schien Curtis wütender zu werden. All die schlimmen Bilder der vergangenen Jahre keimten in ihm auf. Der Mann verharrte einen Augenblick. Er schien in sich hineinzuhorchen und in alten Erinnerungen zu kramen. »*Lana?*«, flüsterte er. »Ja, ich kenne diesen Namen. Sie war deine Freundin, hab ich recht?« Curtis Miene verfinsterte sich. Jetzt machte *er* einen Schritt auf den Mann zu. Seine Fäuste ballten sich. Die Haut spannte, weiße Knochen stachen unter ihr hervor. »W-a-s h-a-b-e-n S-i-e i-h-r a-n-g-e-t-a-n?« Jeder Buchstabe war ein Peitschenhieb. Scharf und unnachgiebig. Wenn dies der Kerl war, den sie den Schatten nannten, wovor hatte er dann eigentlich all die Jahre Angst gehabt? Er war ein kränklicher und schwacher, fast ängstlicher Mann. Kein Monster ... nur ein Mann. »Es tut mir so leid.« Townsends Stimme klang gebrochen und ... ehrlich. Er schien tatsächlich tiefe Reue zu empfinden. »Der Schatten hat Besitz von mir ergriffen. Es sind nun schon so viele Jahre seitdem vergangen. Er ist böse und uralt. Ich weiß nicht woher er stammt, aber bestimmt nicht von dieser Welt. Er braucht Seelen, Energien, Essenzen von anderen Lebewesen um überleben zu können. Er nährt sich von ihnen, doch er kann dies nur tun, wenn er durch den Körper eines Menschen handelt. Er selber ist formlos, nur ein schwarzer Schemen, eine dunkle Kraft voll bösartiger Erinnerungen. Er ist das, was er frisst. Eine gepeinigte Seele, die gute und reine Essenzen braucht, um zu erleben, was ihm verwehrt bleibt: Gefühle und Emotionen. Ich bin sein Gefäß, sein Instrument der Ernte und Zerstörung. Er tut den Menschen schlimme Dinge an, um ihre Seelen aus ihren Körpern zu treiben. Er presst all das Leben und all das Gute förmlich aus ihnen heraus. Ich sehe mit meinen eigenen Augen, was er mit meinen Händen tut, doch ich kann nichts dagegen unternehmen. Ich fühle all ihr Leid und all ihren Schmerz, denn meine Seele gehört ihm. Ich habe sie ihm verkauft, um das Richtige zu tun, um einen Menschen zu retten, der mir mehr bedeutet hat, wie jeder andere. Kannst du das verstehen?«

Curtis nickte in sich gekehrt. Wie gebannt hatte er Townsend gelauscht. Jedes einzelne Wort hatte sich in seinen Gehörgang und in seine Seele gebrannt. »Ja, das kann ich verstehen«, antwortete er dann. »Aber warum erzählen Sie mir das alles?«

»Weil ich will, dass du verstehst, dass wir gar nicht so verschieden sind.«

29. Das Öffnen eines Knopfes
1981

Kylie wurde von der Stille geweckt. Eine ungewöhnliche Ruhe lag über dem Wohnwagenpark im Nordosten von Bakersfield. Es war früher Abend und sie hatte sich vor ihrer beginnenden Schicht noch einmal aufs Ohr gelegt. Sonst waren es die Rufe spielender Kinder, das Bellen der Hunde oder die lauten Streitereien der erbosten Nachbarn, die sie aus dem Schlaf schrecken ließen. Doch heute war es anders. Heute lag beinahe gespenstisches Schweigen über der Wohnwagensiedlung. Kylie mühte sich aus ihrem harten Bett am oberen Ende ihres maroden Wohnwagens. Vorsichtig, bemüht keine unnötigen Geräusche zu machen, schlich sie in ihrem Nachthemd zu der kleinen Kajüte ihres Sohnes. »Otis?«, flüsterte sie mit sanfter Stimme. Keine Antwort. Behutsam streichelte sie über seine Stirn. Er gab ein verträumtes Schnauben von sich und wühlte sich noch tiefer in seine flauschige Bettdecke. Otis liebte seine Mutter sehr. Außer Liebe zueinander hatten sie nicht viel im Leben. Kylie küsste ihren siebenjährigen Sohn zärtlich auf die Stirn. Er hatte mal wieder den ganzen Tag draußen verbracht und war schmutzig nach Hause gekommen. Erschöpft von den Strapazen des Tages war er schließlich in sein Bett gekrochen und mit einem Lächeln auf den Lippen eingeschlafen. Kylie konnte ihrem Sohn nicht viel bieten. Sie war dankbar für jeden Moment, den er als glückliches Kind verbringen konnte. »Träum was Schönes, mein Schatz«, hatte sie ihm gesagt und ihm den abgenutzten Teddy in die Arme gedrückt. »Morgen ist auch noch ein Tag. Es wird noch viele Möglichkeiten für dich geben, die Welt zu entdecken.« Er hatte ihre Hand fest gedrückt und war eingeschlafen. Eine Zeit lang hatte sie ihn noch beobachtet. Wie ein Engel hatte er dort gelegen. Eingehüllt in die warme Decke und mit seiner Mama an der Hand, musste er in jenem Moment denken, nichts in der Welt könne ihm etwas anhaben. Kylie war jedoch bewusst, dass das Leben ihrem Sohn nicht viele Chancen erlauben würde. In der kargen Trostlosigkeit eines amerikanischen Wohnwagenparks groß zu werden, war kein guter Start. Für niemanden. Die Welt hier war rau und zermürbend. Der Stempel des *Gescheiterten*, der einem hier verpasst wurde, klebte wie ein lästiger Kaugummi an den Sohlen. Es war wie eine Brandmarkung, die zu einem Dasein am Rande der Gesellschaft verdammte. Kylie streifte sich das Nachthemd über den Kopf. Sie begann zu frieren. Obwohl es Sommer war, kühlte ihr Wohnwagen sehr schnell aus. Um Kosten zu sparen, verzichtete sie auf die kleinen elektrischen Brennöfen, auch wenn es in der Nacht bitterkalt werden konnte. Sie machte sich fertig für ihren Job als Kellnerin, warf einen letzten liebenden Blick auf den schlafenden Otis und trat hinaus aus dem Wohnwagen. Abenddämmerung lag über der maroden Kulisse jener seelenlosen Blechlawine voller Wohnwagen. Das schroffe Bellen eines Hundes war in der Ferne zu hören. Ein bis zum Anschlag aufgedrehter Fernseher dröhnte durch die dünnen Wände eines der anliegenden Wohnwagen. Das Schlagen einer Tür, ein streitendes Paar und das hysterische Schreien eines kleinen Mädchens hallten durch die kühle Abendluft. Wenn die Sonne hinterm Horizont versank, erwachte die Gemeinde der Ausgestoßenen erst richtig zum Leben. Der Beginn der

Nacht war der Weckruf der Verdammten. Die Siedlung befand sich nordöstlich des Round-Mountain-Fields, einem ausgedehnten Öl- und Gasfeld in den Ausläufern der Sierra Nevada. Ein Auto mit ratterndem Motor und quietschendem Keilriemen fuhr vorbei. Der Trailerpark lag wie eine schattige Parallelwelt zu ihren Füßen. Hunderte verlorene Seelen, zusammengepfercht am Rande der Gesellschaft, verschmolzen hier zu einem Konglomerat der Ausgegrenzten. Fast wie ein lebender Organismus, der sich wie ein Krebsgeschwür eingenistet hatte und von einem nie Enden wollenden Strom an menschlicher Nahrung genährt wurde. Kylie setzte sich in ihren kleinen vom Rost angefressenen gelben Chevrolet und startete den Motor. Ruckelnd begann er zu laufen. Nach wenigen Metern über der holprigen Piste begegnete sie Hector Ramiréz, der in der Abenddämmerung gerade dabei war die Felgen seines neu gekauften Vans abzumontieren. Hector stammte aus Kolumbien. Er war vor fünf Jahren mit seiner Familie hierher gekommen um sein Glück in Amerika zu suchen. Kylie wusste nicht, ob er illegal hier war und vielleicht, wie viele der Mexikaner, bei Nacht und Nebel einfach durch einen der Grenzflüsse ins Land gekommen war. Sein schreckhaftes Verhalten, wenn die Cops mal wieder wegen Ruhestörung oder häuslicher Gewalt auftauchten, ließ diese Vermutung zu. Selbst wenn – dachte sie. Was macht das für einen Unterschied? Hector war ein herzensguter Mensch. Seine Frau und seine vier Kinder waren immer nett zu ihr gewesen. Fast alle Menschen hier hatten Dreck am Stecken. Der eine mehr, der andere weniger. Das Leben im Abseits und die tägliche Aussichtslosigkeit machten viele zu Kleinkriminellen. Der Drogendealer, die Prostituierte, der Schwarzmarkthändler für heiße Ware (meistens gestohlenes Autozubehör, manchmal aber auch kleinkalibrige Waffen). Sie alle wollten nur ein kleines Stück vom großen Kuchen abhaben. Hector mit seinem dichten schwarzen Haar und den wenigen grauen Strähnen an den Seiten winkte Kylie freudig zu, als sie an ihm vorbeifuhr. Er war ein fleißiger Mann und arbeitete so hart wie niemand anderes, um seine Familie zu ernähren. Kylie konnte sich noch daran erinnern, wie sich Familie Ramiréz vor fünf Jahren in den Armen gelegen hatte, als sie einen der letzten freien Wohnwagen ergattert hatten. Für einen Menschen aus der Großstadt, oder aus den gepflegten Vororten, wäre diese Unterkunft wahrscheinlich gleichzusetzen gewesen mit einer alten Baracke. Aber für Familie Ramiréz (die damals nur zu viert gewesen war) war es ein Platz an der Sonne. Hector hatte alle seine Ersparnisse zusammengekratzt und den heruntergekommenen Wohnwagen zu einem völlig überteuerten Preis gekauft. Doch ein Traum war in Erfüllung gegangen. Seit einigen Jahren war es so üblich, dass die Neuankömmlinge zum Kauf der altersschwachen mobilen Heime verpflichtet wurden. Die Blechlawine hatte ihre eigenen Gesetzte und wollte ihre Bewohner zum Bleiben verdammen. Niemand sollte der Schlange entkommen. Kylie war eine der Letzten, die zur Miete in der Siedlung lebte. Einen Kaufpreis hätte sie nie und nimmer stemmen können. Sie war im Glauben, dass hierbei ihre Weiblichkeit geholfen hatte. Darren Kausky, der Manager der Anlage, war ein Weiberheld – oder zumindest hielt er sich für einen solchen. In seiner Wahrnehmung war er für das weibliche Geschlecht so anziehend wie Scheiße für Fliegen. In Wahrheit war er einfach nur peinlich und widerlich. Dennoch fielen einige auf seinen Zuhälter-Charme herein. Kausky wirkte wie ein Relikt aus den Siebzigern, als buschiges Brusthaar, Goldkette und bis zum Bauchnabel offene Hemden noch »In« waren. Und genau jenen Magnum-Style zog er ungeniert und gnadenlos in jeder Lebenslage durch. Kylie hatte damals, als sie das Gespräch bezüglich des freien Wohnwagens mit ihm geführt hatte, genau gesehen wie er ihr immer wieder auf die Brüste gestarrt hatte und ihr, als sie vor ihm her gegangen war, am liebsten an den Po gelangt hätte. Mit seinen Augen hatte er sie von oben bis unten ausgezogen und in seiner Fantasie, weiß Gott was, mit ihr angestellt. Während er kurz eine Zigarette rauchen gegangen war, hatte sie widerwillig einen Knopf ihrer Bluse geöffnet und ihm so einen besseren Blick auf ihren Busen verschafft. Es hatte Wirkung gezeigt und seinen Zweck erfüllt. Kylie hatte den Wohnwagen zu einem recht annehmbaren Mietpreis ergattert. Als Kausky ihr neues Zuhause verlassen hatte, hatte sie sich dreckig gefühlt. Aber sie war glücklich gewesen. Ein Schmunzeln war über ihre Lippen gehuscht, als sie realisiert hatte, dass das Öffnen eines Knopfes der Schlüssel zu einem neuen Zuhause gewesen war. Wie einfach konnte die Welt doch manchmal sein.

30. Flucht ohne Wiederkehr

1981

Otis wurde von einem verschämten Kichern geweckt. Er rieb sich verträumt die Müdigkeit aus den Augen. »Mama?«, flüsterte er leise und drückte sich mit den Händen vom Bett hoch und lugte um die Ecke. Da erblickte er seine Mutter, die mit einem fremden Mann in der Küchenzeile stand und sich unterhielt.

»Willst du was trinken?«, fragte Kylie den Besucher. Der fremde Mann trug ein eng anliegendes T-Shirt, darüber ein Kord-Jackett und eine an den Knien zerrissene Jeans. Otis fiel eine Tätowierung ins Auge. Eine zweiköpfige Schlange schlängelte sich am Handgelenk unter dem Saum seiner Jacke hervor.

»Wie lange bleibst du hier in der Gegend?«, fragte Kylie. Sie musste kurz gähnen. »Entschuldige bitte, ich hab die vergangene Nacht nicht viel geschlafen.«

»Kein Problem«, entgegnete der Fremde schelmisch. Otis beobachtete, wie der Mann seine Mutter von oben bis unten musterte. Ihre frisch rasierten Beine, ihre breiten Hüften und ihren Busen, der mit Hilfe des Push-up BHs unter ihrem Trinkgeldtop hervorstach. »Wie wär´s mit einem Glas Rotwein?«, fragte Kylie, während sie aus einem Regal unterhalb der Spüle ein rotes mit Weintrauben bedrucktes Tetra-Pak hervorholte. Der Mann beobachtete sie aus lüsternen Augen. Kylie schüttete einen Schluck des billigen Rotweins in ein Wasserglas und reichte es dem Fremden. Otis fühlte wie sehr der Mann seine Mutter begehrte. Doch nicht auf angenehme Art und Weise. Dem Fremden stand seine triebhafte Gier in die Augen geschrieben. Es schien auch seiner Mutter mittlerweile aufgefallen zu sein, dass es keine gute Idee gewesen war, den Mann mit in ihr Heim zu bringen. Mit besonderer Theatralik gähnte sie erneut. »Wenn ich es mir recht überlege, bin ich eigentlich doch ziemlich müde. Ich würde lieber schlafen gehen. Lass uns den Abend vielleicht ein anderes Mal nachholen.« Sie wollte gewiss, dass es kein anderes Mal gab. Aber sie hoffte darauf, dass er sich vertrösten lassen und sie einfach vergessen würde, sobald er ihren Wohnwagen verlassen hatte. »Dass finde ich aber schade«, sagte der Mann zynisch.

Sie spürte, dass er gemerkt hatte, dass sie ihn loswerden wollte. Gleichzeitig wurde ihr klar, dass er so schnell nicht verschwinden würde. »Hast du nicht auch einen Job, dem du nachgehen musst?«, fragte sie mit unmissverständlichem Missmut darüber, dass er sich offenbar nicht abwimmeln lassen wollte.

»Dass braucht dich nicht zu interessieren«, raunzte er. Jetzt fiel die Maske und sie gebar ein entsetzliches Antlitz. Der Mann war Kausky nicht nur ähnlich, er war noch viel schlimmer. Kylie hatte eine schlafende Bestie geweckt. Sie sah das Zucken in seinen Augenlidern und die fahrigen Bewegungen. Der Fremde bebte vor körperlicher Erregung. Alles was Kylie jetzt noch wollte, war es, diesem beginnenden Alptraum irgendwie zu entkommen. »Bitte geh jetzt!«, sagte sie mit entschiedener Vehemenz. Es war zwecklos. In den Augen des Fremden konnte sie das lüsterne Blitzen erkennen. Je mehr sie sich gegen ihn auflehnte, desto mehr schien es ihn aufzugeilen. »Oh nein, so schnell wirst du mich nicht los«, sagte der Mann hämisch und zog mit einer fließenden Bewegung den Gürtel von seiner Hose. Kylie sah sich panisch um. Sie blickte in das Wohnzimmer und konnte kurz die Augen ihres

Sohnes erkennen, der sich erschrocken wegdrehte und hinter der abgrenzenden Wand versteckte. Otis war wach. Er hatte sie beobachtet und würde alles nun Folgende mitbekommen. Der Kerl wollte Sex mit ihr. Und er würde sich nehmen, was er wollte. Kylie schritt nahe an den Fremden heran. »Ich weiß, was du willst«, flüsterte sie verführerisch in sein Ohr. Sie hatte ihre Strategie verändert und wollte ihn besänftigen. Der Mann würde gleich jetzt und hier mit ihr schlafen wollen, das durfte sie nicht zulassen. Otis sollte nicht mitbekommen wie seine Mutter von solch einem Widerling berührt wurde. Vielleicht konnte sie ihn außerhalb des Wohnwagens abschütteln. Es war zwar späte Nacht, aber in der Siedlung tickten die Uhren anders. Der Kerl würde sich sicher nicht trauen, sie vor Zeugen zu belästigen. »Lass uns irgendwo nach draußen gehen, da sind wir ungestört«, setzte sie ihren Versuch fort. Sie drehte sich um und ging besonders lasziv zur Tür. Sie schloss die Augen und hoffte inständig, er würde ihr folgen. Intensiver Parfumgeruch drang in ihre Nase. Sie schlug die Augen auf. Der Mann war ihr nachgegangen. Gequält lächelte sie ihn an. »Was hast du vor?«, fragte er. In seinen heißeren Worten lag wahnwitzige Lust. Sie stellte sich auf die Zehenspitzen, um ganz nah an sein Ohr heranzukommen. »Mein Sohn schläft da hinten.« Sie wies mit dem Kopf in Richtung Wohnzimmer. »Ich will nicht, dass er etwas mitbekommt.« Sie zwinkerte ihm zu: »Der Spaß bleibt doch der gleiche, ob draußen oder drinnen. Außerdem ist es unter freiem Himmel doch viel spannender. Wir könnten jederzeit erwischt werden. Turnt dich das nicht auch an?« Sie leckte sich verführerisch über die Lippen und kam sich fürchterlich billig vor. Noch viel mehr, als sie das bei Kausky getan hatte. »Meinst du das ernst, Süße?«, fragte der Mann und rieb sich von hinten an ihr. Sie spürte seine Beule in der Hose.

»Natürlich. Ich hatte schon lang keinen Freiluftsex mehr. Es wird mal wieder Zeit.« Kylie war eine schlechte Schauspielerin. Sie hatte noch *nie* Sex unter freiem Himmel gehabt.

Der Mann streifte seine Jacke ab und warf sie achtlos in den Wohnwagen. Dann begann er langsam seine Hose zu öffnen. Kylie hielt ihn zurück: »Was tust du denn da?«, zischte sie und sah kurz hinüber ins Wohnzimmer. Otis war nicht zu sehen. Entweder hatte er sich schlafen gelegt, was sie nicht glaubte, aber hoffte, oder er hatte sich irgendwo versteckt und beobachtete sie. »Ich hatte doch gesagt draußen«, sagte sie zornig. Dann packte der Mann sie fest an den Armen.

»Du tust mir weh!«

Die Augen des Mannes verdrehten sich, sein ganzer Körper erbebte vor Verlangen. »Na schön, du Miststück!« Er baute sich dämonisch grinsend vor ihr auf. Kylie wich zurück, sah zu der rettenden Tür. Sie konnte sie erreichen. Doch dann dachte sie an ihren kleinen Sohn, sie konnte ihn nicht mit dieser Bestie alleine lassen. Der Kerl packte sie mit spitzen Fingern am Oberarm. Sie spürte entsetzliche Angst. Er schleuderte sie mit beiden Händen herum und hämmerte sie mit dem Bauch voran gegen die Arbeitsplatte der Küchenzeile. Sie keuchte auf. Der Aufprall war hart. Das Sperrholz der Einrichtung prallte heftig gegen ihre Magengrube. Der Mann beugte sie nach vorne. Dann fiel seine Hose zu Boden. Kylie wusste, was ihr bevorstand. »Mach deine verdammte Hose auf, du Fotze!«, raunzte er. Jegliche Menschlichkeit war aus seiner Stimme verschwunden. Sie öffnete den Knopf ihrer kurzen Jeans und schon riss er sie rüde herunter. Er lehnte von hinten gegen ihren Rücken, sie spürte sein hartes Geschlechtsteil, das er an ihrem Po rieb. Dann hauchte er ihr von Lust geschwängert ins Ohr: »Wie magst du´s denn gerne? Wie soll ich deine kleine Muschi ficken? Schnell und hart, oder langsam und sanft?« Er lachte perfide auf. »Lass mich raten. Ihr kleinen Whitetrash-Mädchen mögt´s doch alle auf die gleiche Art: Versaut und dreckig!«

»Bitte«, flehte Kylie mit kraftloser Stimme. »Mein Sohn ...« Ihre Bitte erstickte in ihrer Kehle. »Hab doch bitte Erbarmen«, winselte sie.

»Wie erbärmlich du bist. Du widerst mich an, du kleine Hure. Glaubst du dein kleiner Bastard, würde mich interessieren?« Er rümpfte verächtlich die Nase. Dann ließ er seine Boxershorts auf den Boden rutschen und spuckte auf seinen erigierten Penis. »Ich werde dich jetzt ficken. Deine kleine Missgeburt von Sohn kann uns gern dabei zusehen, wenn ich dich zum Orgasmus bumse und du vor Geilheit aufschreist, wenn ich meinen Saft in deine Pussy spritze!« Als er in sie eindrang, zuckte ihr ganzer Körper angespannt zusammen. Sie biss sich auf ihre Lippen und hätte vor Schmerzen aufstöhnen wollen, doch diesen Gefallen wollte sie ihm nicht tun. Wahrscheinlich hätte er geglaubt, sie stöhne vor Lust, doch sie hätte es nur vor Entsetzen und Abscheu getan. Kylie ließ es einfach geschehen. Sie hoffte, es möge bald vorüber sein. Der Mann rammte heftig und unnachgiebig seinen

Schwanz in ihre Vagina. Grunzend und schwer atmend lag er von hinten über ihr. Seine kräftigen Hände bohrten sich in ihre Taille und sein Rumpf stieß immer wieder aggressiv in sie hinein. Mit jedem Stoß zerbrach ein kleines Stück ihrer Seele. Ihr Slip hing zwischen ihren Knien und der einst so angenehme Parfümduft des Mannes war nun von einer beißenden Schweißnote erfüllt. Sein gesamtes Gewicht lastete auf ihrem Körper. Er beugte sich noch weiter nach vorne und hauchte ihr erneut ins Ohr: »Ihr kleinen Miststücke seit doch nur zum Ficken gut. Du bist nicht die erste Schlampe, die ich vögle. Aber bei weitem die Engste.« Kylie blickte in das beschlagene Fenster vor der Spüle. Der Schweiß des Mannes hatte sich auf das Glas gelegt, wie der Dunst des Teufels. Sie begann stumm zu weinen, während er in immer schnelleren und jähzornigeren Stößen in sie hineinstieß. Nach einer gefühlten Ewigkeit riss er sie brutal an den Haaren zu Boden. Er verpasste ihr zwei heftige Tritte in die Seite und sie glaubte, ihr Brustkorb würde zerbersten. Die Tritte pressten ihr die Luft aus der Lunge und sie spuckte Speichel vor sich. Dann drang er erneut brutal in sie ein und sie glaubte, er würde ihre Gebärmutter durchstoßen. Während er zuckend auf ihr lag, klatschten seine Hoden gegen ihre Scheide. Seine Augen waren von Zorn und Wollust gezeichnet. Mittlerweile hatte er ihr Shirt zerrissen und griff an ihre Brüste, als ob er einen Teig kneten würde.

...

Otis hatte sich hinter dem Sofa versteckt und lugte immer wieder hinter der Lehne hervor. Er verstand nicht genau, was dort vor sich ging. Er wusste nur eines: Seiner Mutter wurde entsetzlich weh getan. Er hörte sie weinen und wimmern. Er ertrug es nicht mehr. Er krabbelte auf allen vieren in die hintere Ecke des Wohnwagens. Er suchte Schutz, zog die Beine, so fest er konnte an sich und vergrub seinen Kopf zwischen seinen Knien. Er hielt sich mit aller Gewalt die Ohren zu und begann zu weinen. Er wollte dieser Welt entfliehen. Er wollte aufhören zu existieren. Mit dem Oberkörper schaukelte er wie in Trance vor und zurück, während große Tränen leise über seine Wangen flossen. Dann erblickte er ein aufgeklapptes Oberlicht. Über die Lehne des Sofas kletterte er hinaus und begann zu rennen ...

31. Ursprung

1981

Otis verlor das Gleichgewicht und stürzte hinab. Er fiel und rollte einen Abhang hinunter. Knie, Hände und sein Gesicht schürfte er sich schmerzvoll auf. Kleine Steine und Dreck rieben sich in die offenen Wunden. In einer stinkenden Pfütze blieb er regungslos liegen. Er hatte keine Kraft mehr und wollte einfach dort verharren, bis alles vorüber war. Bis *er* vorüber war. Er wünschte sich, diese Welt niemals betreten zu haben, nie geboren worden zu sein. Niemand sollte ihn je wieder finden. Keinem Menschen wollte er je wieder begegnen. Er wusste nicht, wie lange er dort lag, doch nach einer Weile schlich sich extreme Kälte in seinen Körper und schlimmer noch: in seinen Geist. Es war nicht die Kälte jenes Ortes, es war die Kälte von etwas Anderem. Etwas Unwirklichem. Als Otis aufsah, erkannte er, dass er sich vor einem großen offenen Zugangsrohr zu einem unterirdischen Kanalsystem befand. Er spürte die Anwesenheit eines dunklen Wesens. Es war ein formloser tiefschwarzer Schatten, der sich aus der Schwärze des offenen Kanals löste und sich flimmernd, wie eine Spukgestalt auf ihn zubewegte. Etwas lag tief in ihm verborgen. Etwas das uralt war. Etwas dass seinen Ursprung nicht in dieser Welt hatte und das der menschliche Verstand nicht fassen konnte. Intuitiv wusste Otis, warum der Schatten gekommen war. Doch es war zu schrecklich, um den Gedanken auch nur ansatzweise zulassen zu können. »*Was kann ich für dich tun?*«, sagte eine wispernde Stimme. Sie war allenfalls ein Flüstern, nicht identifizierbar und furchteinflößend. Otis blickte in den Schatten und sah eine Welt voller Zorn und

Verbitterung, wie das Negativ eines Lebens, dunkel, marode und desolat. Eisige Kälte überzog seine Seele mit einem Schauer, der tiefer ging als bloße Furcht. Eine finstere Macht, die so korrumpierend war, dass sie ihn mit Haut und Haaren verschlingen würde. »Hilf bitte meiner Mama«, schluchzte er dann, während schmutziges Abwasser sein Gesicht hinabfloß.

»Ich kann dir diesen Wunsch erfüllen«, flüsterte der Schatten zischend und voll bösartiger Vorfreude, »doch bedenke eines: Wenn ich dir helfe, wirst du diese Welt für immer hinter dir lassen. Ich werde in dir leben und wir werden eins werden. Dein Leben wird meines sein und mein Leben wird deines sein.«

»Das ist mir egal. Bitte mach einfach, dass es aufhört. Mach dass der böse Mann verschwindet und meiner Mama nicht mehr weh tut«, wimmerte Otis aufgelöst.

»So sei es, mein Kind.« Der Schatten fuhr ihm mit seiner dunklen schemenhaften Hand durchs Gesicht. Eine Berührung, unheilvoll und verzehrend. Dann drang er in ihn ein und war verschwunden, so, als hätte Otis die Dunkelheit mit seinem Atem aufgesogen. Jetzt war er ein Anderer. Jetzt war er *etwas* Anderes. Die Dunkelheit übermannte ihn, vereinnahmte ihn, verformte seine psychische Kohärenz und entlud ein neues Dasein in diese Welt. »*Du gehörst jetzt mir*«, hallte die Stimme irgendwo in seinem Kopf. Otis sah auf und erhob sich aus der kalten stinkenden Pfütze. Seine Kleidung war schmutzig und durchnässt. Er war als gebrochenes verängstigtes Kind hergekommen. Niemals mehr würde er so schwach sein. Sein Gesicht hatte sich verändert. Sein Blick war entschlossen und seine Augen waren ... schwarz. Otis verharrte einen

Augenblick. Dann schaute er über seine Schulter in die undurchdringliche muffig riechende Dunkelheit hinter sich. Dies war der Ort, an dem er dem Teufel begegnet war und seine Seele verkauft hatte. *»Und wenn das Licht in ihren Augen stirbt, dann stirbt ihre Seele«*, sagte die Stimme in seinem Kopf. *»Und jetzt kümmern wir uns um deine Mutter.«* Als Otis nach Hause zurückkehrte, lag unheimliche Stille über dem Wohnwagenpark.

32. Die Stimme

Otis Townsends Augen waren schwarze dunkle Löcher in seinem Schädel. Eine Schwärze, in die Curtis schon einmal geblickt hatte. In jener Nacht vor vier Jahren. Eben noch war Townsend ein scheinbar vollkommen verängstigter Mann gewesen, doch nun schien gierige Vorfreude in ihm zu glühen. Er hatte eine grauenvolle Geschichte erzählt. Hatte sich verändert, so als sei er nun jemand Anderes – etwas Anderes. Seine dunklen Augen reflektierten die neongrünen Zahlen einer Digitaluhr mit bösem Funkeln. Er hockte sich hin, sodass seine Hände an den Knien baumelten. Er drehte den Kopf zur Seite und blickte Curtis an, als könne er ihn dadurch fixieren. *Jäger und Beute*, zuckte es durch Curtis´ Gedanken. Townsend war das Monster, das unter dem Bett eines Kindes lauerte und blutdürstend wartete, bis die Mutter das Kind behutsam zugedeckt und in den Schlaf gesungen hatte, um es dann zu verschlingen. Er begutachtete Curtis mit wölfischem Interesse. Seine Empfindung schien sich verändert zu haben. Als würde er plötzlich eine unsichtbare Kraft in Curtis spüren. Er kam ganz nahe und begann wie ein Hund an ihm zu schnüffeln. Er schien kurzzeitig verwirrt zu sein. Schien zu lauschen – nicht irgendjemandem, sondern seiner inneren Stimme. Der Stimme der Dunkelheit. Der Stimme des schwarzen Schattens. Dann sah er verblüfft aus, als hätte ihm die Stimme etwas von großer Bedeutung offenbart. »*Jaaa, ... ich kann sie riechen. Sie ist es. Sie muss es sein. Sie wird mir ihr Licht schenken*«, sagte er zu sich selbst. Seine schwarzen Augen glänzten vor entrückter Erwartung. Die maskenhafte Persiflage eines hämischen Grinsens ließ sein Gesicht in tausend

Teile zerspringen, als ihn eine Wahrnehmung zu erquicken schien. *»Ihr Licht wird mich heilen. Heilen. Heilen. Es ist so hell, und so nah, ich kann es bereits schmecken. Sag mir, wie ist ihr Licht in dich geraten?«*

»Welches Licht? Wovon reden Sie?« Curtis konnte kaum atmen. Angestaute Luft ließ seine Atemwege anschwellen.

»Es ist ein Licht, das ich vor vielen Jahren das letzte Mal gekostet habe. Es ist ihr Licht. Das Licht einer Sternenseele. Und du trägst es in dir«.

...

Curtis rannte durch den Flur seiner eigenen Hölle. »Es scheint so hell in dir«, rief Otis Townsend ihm nach. Curtis riss Gegenstände um, fiel hin, rappelte sich wieder auf und stürmte weiter. Er fühlte Taubheit in sich aufwallen. Er wollte nur entkommen. Der Dunkelheit entkommen.

»Sie ist es. Sie wird mich heilen. Sie wird mein sein.« Townsends Stimme war jetzt so entrückt und wahnsinnig, dass sie kaum noch menschlich erschien. Curtis hatte *ihn* gefunden. Der schwarze Schatten drängte aus seinem dunklen Kerker empor.

33. Sie ist hier

Curtis raste eine einsame Landstraße entlang. Dunkelheit umgab ihn. Dichter Nebel hatte sich tief um die Stämme der Bäume gelegt. Er war allein. Kein anderes Auto weit und breit. Nur er und die Bäume. Das Holz der alten und mächtigen Geschöpfe war mit Moos überwachsen. Ihre Äste und Blätter bildeten ein undurchdringliches Dach. Der alte Pick-up seines Vaters ächzte unter der hohen Geschwindigkeit. Curtis holte das letzte Bisschen aus dem Gefährt heraus. Er wollte einfach nur fort. Er war *ihm* begegnet, dem schwarzen Schatten. Otis Townsend musste es sein. Er war der Mann, der Lana vor vier Jahren in ihrem Zimmer heimgesucht hatte. Er war es, der seither in seinen Gedanken spukte wie ein Phantom der Angst. Und er hatte dieses Mädchen aus den Nachrichten ... umgebracht. Curtis wagte es kaum, den Gedanken zu Ende zu denken. Zum ersten Mal hatte er einen toten Menschen gesehen. Er hatte sie berührt und für einen Augenblick hatte sich die Vergänglichkeit des Lebens auf ihn übertragen. Er hatte geglaubt, alles was diesen Menschen ausgemacht hatte, habe sich für den Bruchteil eines Momentes auf ihn gestülpt und sei dann zu Staub zerfallen. Was hatte dieses Monster Lana angetan? Was hatte Doktor Mathews in seiner Wohnung verloren gehabt? Gab es einen Zusammenhang? Standen er und Townsend etwa in Verbindung zueinander? Hatte Walter Mathews etwa seine eigene Tochter ... Wieder erstickte Curtis einen aufkommenden Gedanken. Er war zu schrecklich, zu unfassbar, als dass er ihm hätte erlauben können zu existieren.

...

Obwohl das Stadtzentrum voll von gastronomischen Anlaufstellen war, befand sich Flennigan´s Bar am Randbezirk. Curtis parkte den alten Pick-up auf dem von Kies belegten Parkplatz vor dem Diner, der direkt am Rand der Straße lag. Alles war ruhig, bis auf den Wind, der durch die Äste einer gewaltigen Eiche rauschte und das beständige Rattern der Klimaanlage, die direkt neben ihm aus der Hauswand ragte. Als Curtis die Bar betrat, empfing ihn eine Wand aus Stimmengewirr. Die warme Luft duftete nach Speck, Eiern, aufgebackenem Brot und ... Zigaretten. Bluesige Countrymusik wummerte aus verstaubten Boxen. Die Wände waren nikotinfleckig und das Licht der matten Lampen war schwach. Der Holzboden war rau und verblasst. Curtis setzte sich mit zittrigen Knien auf einen der wenigen freien Barhocker und blickte sich nervös um. Vor ihm auf dem Tresen stand ein Karton angefüllt mit Touristeninformationen. Auf einem der Flyer stand: »Willkommen im Beaver State«. Ein gezeichneter Biber nagte darunter mit seinen übergroßen Zähnen an einem Baumstamm, hinter ihm sommerliche Idylle. »Hey Curtis«, erklang Ambers Stimme. Curtis sprang von dem Barhocker auf und lief hinter den langgezogenen Tresen. Amber stand mit dem Rücken zu ihm und war damit beschäftigt etwas in das Kassensystem einzutippen. »Amber, ich muss dringend mit dir reden«, sagte er atemlos. »Das muss ich auch«, erwiderte Amber und drehte sich zu ihm um, nachdem sie einen Bong ausgedruckt hatte. »Hör zu«, begannen sie beide synchron. Curtis´ Augen waren ruhelos und er wirkte fahrig und äußerst angespannt, was Amber schnell auffiel. »Es ist etwas passiert«, setzten beide erneut gleichzeitig an. »Ich glaube, du solltest dich hinsetzten«, gewann Amber dann die Oberhand. »Was gibt es denn so Dringendes?«, fragte Curtis ungeduldig. Seine Geschichte war wohl die weitaus Bedeutendere. Was konnte Amber schon so Wichtiges zu erzählen haben?

»Lana ...«

»Was ist mit Lana?«, fragte Curtis.

»Sie ist ... sie ist hier«, sagte Amber dann leise, während sie ganz nah an ihn herangekommen war. »Sie ist hinten im Lager.«

34. Zuhause

Mit jedem zurückgelegten Meter schlug sein Herz höher. Er malte sich aus, wie er Lana gleich in seine Arme schließen würde. Er würde den Duft ihrer Haare riechen, die Berührung ihrer Haut spüren. Er wäre endlich wieder Zuhause.

(»Sie ist es. Sie muss es sein. Sie wird uns ihr Licht schenken.«) Townsends Stimme hallte in seinem Kopf. *Verschwinde, du verdammter Bastard,* versuchte Curtis, ihn gedanklich zu vertreiben, während er durch die Küche lief. Bobby Flannigan stand hinter dem Herd und war beschäftigt. Sein breites Gesicht war von der Hitze der Küche schweißgetränkt. Die Fülle seines Körpers ließ darauf deuten, dass Bobby seine Leidenschaft zum Beruf gemacht hatte. Sein Leibesumfang entsprach in etwa seiner Größe. Als Curtis ihn passierte, winkte Bobby ihm zur Begrüßung mit einer erhobenen Hand zu. Mit der anderen war er damit beschäftigt weiteren Speck zu braten und ging dabei so konzentriert zu werke, als würde er einen chirurgischen Eingriff durchführen. Er blickte kurz auf und offenbarte ein erzwungenes Lächeln, das nicht beständiger war, als eine Skulptur aus Eis in der Sahara. Dann wand er sich wieder seinen kulinarischen Ergüssen zu. An einem langen Brett hinter Bobby hingen Messer, Beile, Siebe und das ein oder andere Ding, das selbst Curtis nicht kannte, obwohl er schon fast zwei Jahre hier arbeitete. Töpfe und Pfannen stapelte sich von der Arbeitsfläche bis fast hinauf zu der von Fettflecken übersäten Decke. Die meisten Geräte in der Küche sahen dermaßen antik aus, dass man befürchten musste, sie würden den Diner in Brand setzen, sobald man sie unter Strom

setzte. Je näher Curtis dem Lagerraum kam, um so mehr fürchtete er sich davor, ihr wiederzubegegnen. Wenn er an Lana dachte, wie sie einst war, dann hatte er die Lana vor Augen, mit der er am Ufer des Sees gesessen und in die Sterne geblickt hatte. Doch welchem Menschen würde er gleich gegenüberstehen? Wenn er ehrlich zu sich war, dann konnte dies nur ein veränderter Mensch sein, nach allem, was sie erlebt haben musste. Und auch wenn er sich nach ihrer Rückkehr sehnte, so fürchtete er sich doch davor, wieder diese Leere in ihren Augen zu sehen. Er strich seine feuchten Hände an seinen Oberschenkeln ab. Der kalte Schweiß drang durch den Stoff seiner Hose und benässte seine Haut. Die Zeit in der Lana verschwunden gewesen war, war ihm so lange vorgekommen, wie ein ganzes Leben. Gleich würde er ihr gegenüberstehen. Er würde ihr in die Augen sehen und sie endlich wieder in seine Arme schließen. Doch was sollte er ihr sagen? Als er den Lagerraum betrat, schlug ihm sein Herz mit einem einzigen heftigen Aufbäumen bis zum Hals. Ein ruckartiges Kribbeln entsprang seiner Magengrube und erfasste seinen ganzen Körper. So, als ob er plötzlich fallen würde. Hohe Metallregale türmten sich zu seiner Linken und Rechten empor. Burger-Patties lagen in rauen Mengen in Plastikbeuteln verpackt neben Fritten in Zehnkilo-Säcken und Holzschachteln voller Tomaten und Gurken. Kupferne Dosen mit rosafarbenen Etiketten auf denen ein grinsender Thunfisch aus dem Wasser sprang, waren kunstvoll zu Türmen gestapelt und ragten neben Töpfen empor, aus denen die borstigen Kurzhaarschnitte von kugelrunden Zwiebeln hervorlugten. Es gab Tüten mit getrockneten Nudeln;

Spaghetti, Makkaroni, Tortellini (die mit extra viel Fleisch), Dosen mit Früchten, zwei Kisten voller Kartoffeln, die darauf warteten geschält zu werden und Curtis dies jedes Mal spüren ließen, wenn er an ihnen vorbei lief. Er wusste nicht wie, aber sie ließen es ihn *spüren*. Und dann gab es da eine Kühltruhe voller Vanilleeis, der Heilige Gral des Diners. Das Eis wurde mit Schlagsahne und Kirschen serviert. Es war das einzige Dessert des Flennigan`s, aber es war es wert seine Großmutter zu verkaufen und seine Tante zu verscharren, oder gleich beides. Doch nach Eis war Curtis gerade gar nicht zumute. Ganz am Ende des Lagers, unter dem kleinen gekippten Oberlicht, saß eine junge Frau auf einem Stapel Kartons. Im aschfahlen Zwielicht saß sie mit dem Rücken zu ihm gekehrt. Sie hatte eine schwarze Kapuze tief in ihr Gesicht gezogen und blickte zu dem kleinen Fenster empor, hinauf zum silbrigen Licht der Sterne.

Es war Lana – ganz sicher. Sie musste es sein.

Die Zeit verging langsamer als sonst, während er sich ihr näherte. Lana zeigte keine Regung, als Curtis an sie herantrat. Langsam und zittrig legte er ihr seine Hand auf die Schulter. Er hatte Angst ihren Namen auszusprechen, befürchtete, sie würde zerbrechen, wie eine Figur aus Glas. »Lana?«, flüsterte er kaum hörbar. Sein Herz schlug so schnell, dass es ihm Angst machte. Sie drehte sich zu ihm um und er blickte in ihre tiefgrünen Augen. Die Welt um ihn herum hörte auf zu existieren. Zunächst glaubte er, Lana sei eine Halluzination, die transparent werden und verschwinden würde. Dieser Gedanke zuckte vor seinem geistigen Auge auf, wie ein greller Blitz in tiefschwarzer Nacht. Er vergrub ihn tief unter einer dicken Schicht, weil er befürchtete, sie könne seine Gedanken lesen, und würde sich dann auflösen, weil sie erkannt hatte, dass sie nicht echt war, nicht echt sein konnte. Sie würde einfach zerplatzen wie eine Seifenblase. So, wie sie es immer getan hatte, in den vergangenen vier Jahren. Lana sah ihn teilnahmslos an, fast so, als würde sie ihn nicht erkennen.

»Du bist es«, murmelte er mit bebenden Lippen und nicht hörbar für sie. Lana lächelte unbestimmt und sah ihn aus trüben Augen an, so als hätte sein Erscheinen keinerlei Belang für sie. »Curtis?« Ihre Stimme klang vertraut. Sein rasendes Herz stolperte so heftig, dass es für einen Augenblick aufhörte zu schlagen. Solange, bis er sich daran erinnerte atmen zu müssen. Sorge und Seelenschmerz begannen von ihm zu weichen. In ihrer Nähe schmolzen sie wie Schokolade in der heißen Sonne. Ohne ein weiteres Wort zu sagen, schloss Lana ihn in ihre Arme. Sie drückte ihn, so fest sie konnte und er hielt sich an ihr fest, so als ob er sie nie wieder loslassen wolle. Er wollte den Moment einfrieren, ihn einmauern mit seiner immerwährenden Umarmung. Endlich war er wieder bei dem einzigen Menschen, der ihm je etwas bedeutet hatte. Es war wie nach Hause zu kommen, nachdem er so lange alleine in einem dunklen Wald umher geirrt war. »Ich wusste, du würdest eines Tages zurückkehren. Ich wusste es all die Zeit«, flüsterte er mit gebrochener Stimme. »Ich hab dich so vermisst«, sagte er, ohne zu wissen, ob wirklich ein Laut seinen Mund verließ. »Ich dich auch«, sagte Lana wehmütig. Für einen Moment hatte er geglaubt, sie sei nicht echt. So oft war sie ihm in seinen Träumen begegnet, so oft war er aufgewacht und hatte die Träume in den ersten

Sekunden des Wachseins für real gehalten, ehe ihn sein Verstand zurück in die kalte Erbarmungslosigkeit der Wirklichkeit gerissen hatte. Mochte es dieses Mal stimmen? Mochte sie dieses Mal kein Trugbild seiner tiefsten Sehnsucht sein? Ihre Hand war fest und warm. So stellte man sich nicht die Hand eines Geistes vor. Sie *musste* es sein. Sie musste *wahr* sein. Tränen der Erleichterung tropften leise von seinen Augenlidern. Er schämte sich nicht. Es war erleichternd zu weinen und löste all die Anspannung, die ihn so verpestet hatte. Während die Tränen seinen Blick verschwimmen ließen, löste sich Lana aus seiner Umarmung und sah ihn mit fast mütterlicher Wärme an, so als wolle sie sagen: *Keine Angst, ich bin jetzt wieder bei dir.* Als sie aufstand, strich sie ihm das Haar aus der Stirn und wischte ihm die Tränen von der Wange. Eine Geste voller Güte. Ein Gefühl machte sich in ihm breit. Ein Gefühl, das er kaum noch zu kennen geglaubt hatte: Trost. Lana fuhr die Konturen seiner Wangenknochen entlang hinunter zum Kinn und lächelte dabei besonnen. Als sei sie ein Spiegelbild seiner selbst, sagte sie mit gebrechlicher Stimme: »Du bist es.« Dann stellte Curtis die Frage, auf die er zu stellen die vergangnen vier Jahre gewartet hatte. »Geht es dir gut?« Sie ergriff seine Hand, drückte sie beruhigend und nickte. Curtis sah sie eindringlich an. »Wo warst du all die Jahre?«, fragte er. »Was ist damals in dieser Nacht geschehen?« Er hatte Angst, sie könne ihm die Schuldgefühle am Gesicht ablesen. Er hatte versucht, sich im Laufe der Zeit eine Verkleidung überzustreifen, der man kein Geheimnis entlocken konnte, doch in ihrer Gegenwart begann diese Scharade zu bröckeln. Lana war seine Bestimmung. Er fühlte sich verantwortlich für ihr Leben. Er hatte sie dort in jener Nacht zurückgelassen. Es war *seine* Schuld, dass ihre Zukunft dort geendet hatte, verschlungen im Rachen des schwarzen Schattens. Doch das wollte er in diesem Augenblick alles hinter sich lassen. »Ich habe so viele Fragen«, sagte er und lächelte ihr unauffällig zu.

»Ich weiß nicht, was ich sagen soll«, entgegnete Lana mit einem verstohlenen Blick.

»Ist schon in Ordnung, das ist wahrscheinlich alles etwas viel auf einmal.« Lana lächelte selbstbeherrscht. Einen Augenblick schien es, als wäre etwas an ihr anders. Etwas so Offenkundiges, dass er es hätte sehen müssen. Aber selbst wenn es so war, – es war ihm egal. Hauptsache, sie war wieder hier. Bei ihm.

»Wo bist du nur gewesen?«, fragte er vorsichtig.

»Ich war bei Vater.«

»Bei deinem Vater?«, fragte er ungläubig. »Bei Doktor Mathews?«

»Ja, immerhin ist er, ... ist er ... mein Vater«, sie sagte es zögerlich, so als kenne sie eine Wahrheit, die sie nur schwerlich zurückhalten konnte.

»Aber, ...« Curtis war perplex, wusste nicht, was er sagen sollte. »Aber Doktor Mathews hat kein Wort gesagt, er hat so getan, als seist du die ganze Zeit verschwunden gewesen. Er hat dich für tot erklärt. Er hat einen verdammten leeren Sarg auf dem Friedhof zu Grabe tragen lassen. Um besser mit allem abschließen zu können, wie er gesagt hat.« Curtis ballte seine Fäuste, unbändige Wut keimte in ihm auf. Wie konnte Doktor Mathews nur? Wie konnte er nur zu so einer Lüge fähig sein? Curtis hatte so sehr gelitten, sich so gewünscht, dass Lana wieder zurückkehren würde.

Und jetzt sollte sie die ganze Zeit über bei ihrem Vater gewesen sein? »Dieser verdammte Mistkerl«, flüsterte er zornig.

»Ich weiß«, stimmte Lana mit enttäuschter Miene und einem langgedehnten Seufzer zu, »er hat viele Fehler begangen, aber er hat es nur gut gemeint.«

»*Gut gemeint*?«, fuhr es entsetzt und ohne jegliches Verständnis aus Curtis heraus. »Wie um alles in der Welt kann man so etwas gut meinen? Du warst die ganze Zeit bei ihm und er hat uns alle glauben lassen, du seist verschwunden und nicht mehr am Leben. Was hat er dir angetan? Was hat er all die Jahre mit dir gemacht? Warum hat er dich versteckt?« In Curtis brandete die tosende Welle eines alles verschlingenden Gedankens empor: Otis Townsend! Walter Mathews war aus seiner Wohnung gekommen. Er hatte Curtis an diesen Ort geführt. An den Ort, an dem er dem Tod begegnet war und seiner Vergangenheit. Das Ganze konnte kein Zufall sein.

»Er ist ein fehlgeleiteter Mensch«, sagte Lana. »Er liebt mich, wenn auch auf seine eigene Weise. Er wollte mich immer nur beschützen und hat nicht gesehen, dass seine Liebe zu einem Gefängnis geworden ist. Er wollte mich zu etwas machen, das ich nicht mehr bin. Er wollte die Zeit anhalten und mich in das Korsett eines Lebens zwängen, das nicht meines ist.« Curtis spürte eine taube Traurigkeit in ihrer Stimme, wie der Schmerz einer alten Wunde. »Hat er gesagt, vor was er dich schützen will?« Sein Zorn verflog ein wenig, eine böse Vorahnung schlich sich in sein Gemüt. War es Townsend, vor dem er sie schützen wollte? Hatte er die ganze Zeit von ihm gewusst? War er deswegen zu dessen Wohnung gefahren? Hatte er ihn vielleicht dort zur Rede gestellt? Wenn es so war, war es ein weiterer Grund die Fassung zu verlieren, denn Doktor Mathews war es gewesen, der Curtis immer davon zu überzeugen versucht hatte, dass der schwarze Schatten nur ein Produkt seiner Fantasie gewesen sei. Doch er war es nicht. Der Schatten lebte in Otis Townsend. Einem Mann, den Mathews kennen musste, das jedenfalls war sicher.

»Vater ...«, erneut zögerte Lana. »... Er hat gesagt, es läge daran, *wer* ich sei, was ich in mir tragen würde. Die Menschen würden es nicht verstehen. Und was die Menschen nicht verstehen würden, würden sie fürchten. Und was sie fürchten, würden sie hassen.« In jenem Moment zog Lana sich die Kapuze aus dem Gesicht und offenbarte ihren kurzgeschorenen Kopf. Sie blickte Curtis aus traurigen Augen an, so als könne er das, was er sah, nur verabscheuen. Doch das Gegenteil war der Fall. Er sah die Zerrissenheit in ihren Augen, sah das Gefühl, sich fremd und verloren zu fühlen. Und er erkannte sich selbst in alledem wieder. Lanas Blick war erschöpft. Während Curtis ihr in die Augen sah, brachte ihn etwas dazu, seinen Blick abzuwenden. Machtlos spürte er, wie ihm schwer ums Herz wurde. Wieder fühlte er sich schuldig. Ihre kurz geschorenen Haare waren weiß und schimmerten silbern im nebulösen Zweilicht des Lagers. »Hat das, wovor die Menschen Angst haben sollen, mit dem zutun, was dort draußen auf der Straße geschehen ist? Mit dem, was du getan hast?«, fragte er dann zögerlich. Lana wirkte selbstbeherrscht. Eine Selbstbeherrschung, die ihr große Anstrengung abverlangte. Noch ehe sie antworten konnte, fiel der

Strom aus. Das Licht erlosch und sämtliche Kühltruhen schalteten sich mit einem sterbenden Ächzen ab. Die beständige Geräuschkulisse von surrenden Aggregaten verstummte mit einem Mal, als habe sie ein Schwamm aufgesogen. Curtis sah sich irritiert um, als könne er die Ursache irgendwo im Lagerraum ausmachen. Er blickte zum Durchgang in die Küche. Es herrschte schauderhafte Stille. Der illusorisch verzerrte Schatten einer Gestalt bog sich um die Ecke und Curtis flüsterte: »*Er* ist hier«.

35. Hit Me Baby One More Time

Amber entspannte sich am Lieferanteneingang, neben dem Diner wo sich meterhoch der Müll türmte und sie fast jede Nacht aufdringliche Waschbären vertreiben musste. Sie steckte sich eine Zigarette an (obwohl sie eigentlich schon vor einem Jahr mit dem Rauchen aufgehört hatte) und zog sanft an dem Glimmstängel. Das Brutzeln der Pfannen, das Brodeln der Töpfe, das Klappern von Geschirr, das Gelächter und Gejohle der Gäste rauschte ihr immer noch in den Ohren, obwohl der Laden längst leer war. Es war die allabendliche Geräuschkulisse des Lebens, die ihr so oft noch im Gehörgang lag, wenn sie ihre Kellnerschürze schon längst wieder abgestreift hatte und zuhause im Bett lag. Das, und der Geruch von gebratenem Speck, der sich einfach nicht aus den Haaren waschen ließ. Sie massierte ihre Füße, während die Kippe in ihrem Mundwinkel hing. Eines Tages würden ihr die Füße noch abfallen. Sie hatte sich schon mehr Blasen in ihrem Leben geholt, als sie zählen konnte. Erschöpft lehnte sie sich an die Wand, blies gedankenverloren den Qualm aus und setzte sich die roten Stoffkopfhörer ihres Walkmans auf die Ohren. Als die ersten Töne von *Hit Me Baby One More Time* ertönten, begannen ihre geschundenen Füße im Takt zu wippen und Amber betrachte ihre blau gefärbten Fingernägel auf möglichen Ausbesserungsbedarf. Der Parkplatz von Flennigan´s Diner war leer gefegt. In der Ferne zeichneten sich in der trüben Dunkelheit die glühenden bullaugigen Scheinwerfer eines Autos ab. Während Ambers verhaltenes Wippen zu Britney Spears Megahit mittlerweile zu einem ausgelassenen Hin und Her tänzeln mutiert war, kamen die Scheinwerfer immer näher. Lautlos rauschten sie heran. Ein schwarzer Mustang bog beharrlich auf den Parkplatz ein. Der Kies knirschte unter den langsam zum Stehen kommenden Reifen. In Ambers Rücken erhob sich eine drahtige dünne Gestalt aus dem Auto. Es war Otis Townsend.

...

»Wir müssen verschwinden«, sagte Curtis aufgeregt zu Lana. »Schnell, wir haben keine Zeit. *Er* ist hier!« Curtis ergriff ihre Hand und begann sie zum Lieferanteneingang zu ziehen.

»Moment«, sagte Lana skeptisch.

»Hm?«

»*Wer* ist hier? Vor wem laufen wir davon? Ich gehe keinen Schritt weiter, ehe du mir nicht sagst, was hier vor sich geht.«

Curtis wusste nicht, was er sagen sollte. Sollte er den schwarzen Schatten beim Namen nennen? Würde er alte Wunden aufreißen? Würde er sie verletzten und ihre Erinnerungen wachrufen, die sie vielleicht tief in sich weggesperrt hatte? Er legte den Finger auf seine Lippen, um ihr zu signalisieren, leise zu sein. Er winkte sie lautlos zu sich herüber und lehnte die hintere Tür so an, dass sie nicht ins Schloss fiel und einen Spalt offen stand.

»Lass uns gehen«, sagte er. »Bitte! Ich werde dir alles später erklären, aber lass uns gehen.« Lana neigte irritiert den Kopf und sah ihn an. Und dann geschah es erneut. Sie begann unscharf zu werden, sich aufzulösen und schließlich ganz zu verschwinden.

»Nein, nein!«, rief Curtis, doch es war zu spät. Wieder hatte sie ihn allein gelassen. Dies war wohl der Preis, den er zahlen musste, für das, was er getan hatte.

36. All die Zeit

Der Diner lag still und stumm in Dunkelheit. Die letzten Gäste hatten sich längst verzogen. Stühle und Hocker waren hochgestellt worden und zeichneten dunkle Schatten in die friedvolle Kulisse. Eine sanfte Glocke erklang, als die Doppeltüren aufschwangen und Townsend das lautlose Lokal betrat. Er trug Jeans und ein dunkles Hemd. Seine Kleidung war verschlissen und er ging barfuß. Ruhelos suchten seine Pupillen die Bar ab. Seine Haare hingen wild und strähnig ins Gesicht. Schweißperlen standen auf seiner blassen Stirn. Er hustete. Es war ein trockenes und gequältes Husten. Townsend ging es schlecht. Unter seinem schwarzen Hemd stachen seine blassen Hände hervor. Die Haut schimmerte bleich und krank. Sein Blick war trüb und getrieben. Gebrechlich machte er ein paar Schritte in die Bar hinein. Dann blieb er abrupt stehen. Er begann zu schnuppern und schien einen betörenden Geruch wahrzunehmen, wie ein Raubtier, das die Witterung eines weitwunden Wilds aufgenommen hatte. Seine erschöpften Augen schienen vor gieriger Vorfreude in Flammen zu stehen, während er einer unsichtbaren Spur folgte und sich an dem Geruch labte. »*Sie ist hier, oh ja, sie ist hier*«, flüsterte er.

Dann tat das Klingeln des Glöckchens erneut kund vom Eintreten einer weiteren Person. »Hey Sie da«, rief Amber, »wir haben geschlossen. Kommen Sie doch einfach morgen wieder.« Townsend reagierte nicht. Er folgte weiter dem Geruch, den er aufgenommen hatte. »*So hell, so rein*«, flüsterte er weggetreten, während er rechts, links und wieder rechts wie ein suchender Jagdhund schnüffelte. Amber warf ihre Schürze und die Zigarettenschachtel achtlos auf die Theke und atmete genervt aus. Sie hielt Townsend für einen betrunkenen Störenfried, der nicht genug bekam. Entschlossen packte sie ihn an der Schulter. »Ich glaube, du gehst jetzt besser«, sagte sie streng und drehte ihn zu sich herum. Sie erschrak, als sie in sein Gesicht blickte. »Oh man, Sie haben ..., genug für heute«, stotterte sie völlig aus dem Konzept gebracht und angewidert. Townsend hatte die Augen geschlossen und schien beinahe in eine Art Trance versunken zu sein. »*Sie ist hier, sie ist hier*«, stammelte er immer wieder, während seine Augenlider unkontrolliert zitterten. »Geht es Ihnen nicht gut?«, fragte Amber erschrocken, »*Wer* ist hier? Wen meinen Sie?«

»*Die Sternenseele*«, sagte Townsend plötzlich und erschreckend klar. Er schlug die Augen auf und sie waren pechschwarz. Dann stürzte er sich auf Amber, wie eine Kobra, die sich ihre Beute schnappte. Er drückte sie rücksichtslos gegen den Tresen. Hocker kippten polternd herunter. Seine Adern traten stark unter seiner schimmernden Haut hervor und die schwarze Flüssigkeit begann in ihnen zu zirkulieren.

...

Die Tür zum Lagerraum öffnete sich wie von Geisterhand. Ein kalter Windstoß fuhr herein, brachte die Tüten in den Regalen zum Rascheln, die Zwiebeln zum Zittern und fegte Curtis durch die Haare. Er hielt den Atem an, mit einem Mal verdunkelte sich alles um ihn herum. Geräuschlos schob sich eine langgliedrige Hand durch den Spalt der Tür. Es war die Hand eines Mannes und dennoch war sie befremdlich, irgendwie ... unmenschlich. Ihre Finger waren langgliedrig und die spitzen langen Nägel waren brüchig, zersplittert und beinahe krallenartig. Curtis fühlte einen eisigen Schauer verzehrenden Entsetzens. Das Bild glich auf erstaunliche und zugleich erschreckende Weise seinem Alptraum, in dem er vor dem schwarzen Schatten geflohen war. In seinem Traum hatte er ihm nicht entkommen können. Er lauerte hinter der Tür und starrte ihn aus seinen gierigen Augen an. Und er kam näher, langsam, aber mit schrecklicher Unaufhaltsamkeit. Sein Schatten breitete sich im schummrigen Licht der Sterne aus, als würde er es verschlingen. Dann trat er ein. Das haarsträubende Abbild eines lebendig gewordenen Alptraums. Seine scharfen Augen registrierten Curtis sofort. Eine gallende Gewissheit stieg in ihm auf und er zeigte mit dem Finger auf ihn. Er begann zu schreien und zu toben. Es war ein tobsüchtiges Gekreische, das aus der Hölle selbst zu stammen schien. Er riss sich mit beiden Händen an den Haaren, als wolle er wie bei einem Exorzismus Qualen aus seinem Körper austreiben. Seine Augen waren weit aufgerissen. Curtis taumelte in die hinterste Ecke des Lagerraumes und war zu keiner Regung mehr fähig. Seine Hände krampften sich zusammen. Er sackte an der Wand zusammen und vergrub seinen Kopf zwischen seinen Knien. Die Stimme des schwarzen Schattens, die wie schrille Schreie in seinen Verstand eindrang, kam nun von überall. Erneut war er dazu verdammt zusehen zu müssen, wie die Dunkelheit über die Welt herfiel. All die Erinnerungen und damit verbundenen Emotionen der grauenhaften Nacht, in der er zum ersten Mal diesem Monster begegnet war, kehrten zurück. »Was willst du von mir?«, schrie er. »Lass mich doch endlich in Ruhe!« Der schwarze Schatten trat einen Schritt auf ihn zu und musterte ihn, wie ein Kind, das zum ersten Mal einen echten Löwen im Gehege eines Zoos sieht. *»Ich will sie. Ich will ihre Seele«*, zischte der Schatten mit schneidender Stimme. Er leckte sich lüstern über seine geröteten Lippen. Schwarzes Blut pulsierte unter der bleichen Haut durch seine geweiteten Adern. *»Ich kann sie riechen«*, flüsterte er entrückt. *»Sie ist ein Teil von dir. Sie lebt in dir. Sie ist so rein und hell. Heller als alles was du dir vorstellen kannst.«* Curtis drückte sich, so dicht er konnte an die kalte Fliesenwand. Der Schatten war ihm nun ganz nah, zitternd vor Schwäche und Verlangen. *»Sie wird mir das Leben schenken, wenn wir uns vereinigen. Es wird ihr gefallen. Wenn ihr Geist und mein Körper miteinander verschmelzen, wird sie auf ewig mein sein.«* Der Schatten öffnete wieder seinen Mund und Curtis wollte sich die Ohren zu halten um seinen Verstand vor diesem zermürbenden Laut zu schützen, doch aus dem Mund kam Lanas Stimme. »Curtis bitte! Beruhige dich doch endlich.« Als sich die Gestalt des schwarzen Schattens in emporstobenden Schleier auflöste, realisierte Curtis, dass er wieder nur in seinem Kopf gewesen war und erwachte aus seiner Angststarre. Lanas Stimme hatte dem Alptraum jeglichen Nährboden entzogen. Doch die Stimme des Schattens blieb, als ein Schwelen, irgendwo in einer dunklen Ecke seines Geistes. Tagträume verschwammen bis zur Unkenntlichkeit mit der Realität. Er wusste nicht mehr was echt und was Fantasie war. Die Bilder in seinem Kopf waren wie Geister im Wind. Manchmal glaubte er, den Verstand zu verlieren, ein anderes Mal war er sich ganz sicher.

»Alles in Ordnung?«, fragte Lana.

»Danke, es geht schon«, entgegnete Curtis, während sie ihm ihre Hand reichte und auf die Beine half. »Ich bin so froh, dass du hier bist«, sagte er und atmete tief durch, während Lana ihn irritiert ansah. »Was ist da gerade passiert? Du bist von hier auf gleich vollkommen ausgerastet und hast mich angeschrien«, sagte Lana. Noch ehe Curtis antworten konnte, ertönte Bobbys raue Männerstimme aus der Küche. »Was war das denn für ein Idiot? Ich lasse nicht zu, dass man so mit einer Lady umgeht. Schon gar nicht in meinem Laden. Alles in Ordnung bei euch?«, sagte er dann und lugte mit seinem wuchtigen Kopf in die Speisekammer herein.

»Ich denke schon«, entgegnete Lana zögerlich. Curtis nickte verhalten, während seine Knie immer noch zitterten.

»Ich musste gerade so einen Idioten rauswerfen«, sagte Bobby erklärend, während er sich den Küchenschweiß aus der Stirn wischte. »Der ist ganz aufdringlich geworden und wollte Amber an die Wäsche gehen. Man, den hättet ihr sehen sollen, der war bestimmt auf Drogen, so wie der ausgesehen hat.«

»Hat er irgendwas gesagt?«, fragte Curtis.

Bobby zuckte mit den Schultern. »Keine Ahnung, er hat irgendetwas gefaselt.«

»Was hat er gesagt?!«, fuhr es lautstark und aufgebracht aus Curtis heraus.

»Beruhig dich Curtis«, entgegnete Bobby erschrocken. »Er hat wirres Zeug gequatscht. Der war voll auf Drogen, oder Schlimmerem, wenn du mich fragst.«

Curtis stürmte auf Bobby zu, packte ihn am Revers und drückte ihn gegen die Wand. »Was hat er gesagt, verdammt?«, seine Stimme zitterte und seine Augen funkelten.

»Sie ist hier. Er hat gesagt, sie sei hier«, sagte Bobby erschrocken und überwältigt von Curtis' Reaktion. Curtis ließ ihn los und ging abwesend hinüber in den Barbereich. Amber saß in einer der Sitznischen, trank einen Schnaps und rauchte eine Zigarette. Curtis setzte sich ihr gegenüber. Während sie die qualmende Kippe in der einen Hand hielt, kaute sie nervös an einem Nagel der anderen Hand. »Tut mir leid«, sagte sie, »aber das Rauchverbot geht mir gerade ziemlich am Arsch vorbei.«

Curtis nickte zustimmend. »Hält sich hier doch sowieso niemand dran. ... Wie hat er ausgesehen?«, fragte er dann ohne weitere Umschweife. Amber schüttelte mit dem Kopf und zog mit zittriger Hand an ihrer Zigarette. »Muss das jetzt sein, Curtis?«

»Ja, verdammt, es muss sein.« Amber zuckte unter seiner Stimme zusammen. Bobby und Lana kamen in den Barraum. »Tut mir leid Amber«, sagte Curtis beschwichtigend und fuhr sich durch die Haare. »Es ist wirklich wichtig, dass du ihn mir genau beschreibst«, führte er mit gemäßigtem Ton fort.

»Er war hager und groß. Zunächst wirkte er krank und gebrechlich. Ich dachte, er sei ziemlich betrunken. Aber als ich ihn dann zum Gehen bewegen wollte, ist er völlig durchgedreht. Er hat mich an den Armen gepackt und mich gegen den Tresen gedrückt.« Curtis merkte, wie schwer es Amber fiel. Aber er bohrte weiter nach. Er musste es einfach wissen. »Was ist dann passiert? Wie sah sein Gesicht aus?« Amber zog an der Zigarette und blies den Qualm mit einem langen Seufzer aus. »Er hat an mir gerochen, ... wie ein

Hund«, sagte sie angewidert. »Und als er dann seine Augen geöffnet hat, da waren sie ...«, sie stoppte.

»Was waren sie?«, fragte Curtis aufdringlich. Amber antwortete nicht. »Was waren sie AMBER?«

»Ich glaube es reicht«, sagte Bobby und legte seine Hand auf Curtis´ Schulter. »Siehst du denn nicht, dass sie Ruhe braucht?«

»Ich wusste es«, sagte Curtis und stand auf. »Ich habe recht gehabt. All die Jahre habe ich recht gehabt. Du hast es auch gesehen, nicht wahr?«, sagte er mit einem Hauch Genugtuung an Amber gerichtet. »Seine Augen waren schwarz, nicht wahr?« Curtis ging zu Lana hinüber, die abseits mit verschränkten Armen die Szenerie beobachtet hatte. Er streckte ihr seine Hand entgegen und sagte: »Lass uns gehen.« Lana schien zu hadern. Er sah den Zweifel in ihren Augen. »Es tut mir leid«, setzte er an. »Es tut mir leid, dass du all das jetzt schon wieder erleben musst. Aber wir müssen hier verschwinden. *Er* ist es. Er war hier. Und er ist hinter uns her. Aber ich werde es nicht zulassen – nicht noch einmal. Das verspreche ich dir. Aber du musst mir vertrauen. Tust du das?« Lana haderte, ehe sie zögerlich nickte und seine Hand ergriff. Während Curtis mit Lana im Schlepptau an Bobby und Amber vorbeischritt, warf er Amber einen strafenden Blick zu, so als wolle er voller Ironie sagen: *Danke für die Hilfe.* Während Bobby sich rührend um seine Angestellte und gute Freundin kümmerte, blickte Amber Curtis verzweifelt an. Curtis sah das Entsetzen in ihren Augen und wusste, dass er ihr unrecht tat, so wie er vielen Menschen auf der Suche nach der Wahrheit unrecht getan hatte, aber er konnte nicht aus seiner Haut. Für ihn zählte nur noch eines: Lana ... und der schwarze Schatten.

37. Gefangen

»Ein schönes Zimmer. Vielen Dank für Ihre Gastfreundschaft«, sagte Lana dankbar und ergeben, während sie sich im Gästezimmer umsah. »Nichts zu danken«, entgegnete Jeremiah Saxton gutherzig. Er mochte ein raubeiniger Kindskopf sein, aber er war der gütigste Mensch, dem Curtis je begegnet war. Als er beobachtete wie Saxton Lana ganz selbstverständlich und fast wie eine verloren geglaubte Tochter bei sich aufnahm, ohne auch nur eine Sekunde gezögert zu haben, da war Curtis stolz, dass Jeremiah Saxton sein Freund war. Saxton breitete Laken und eine Decke auf dem Bett aus und reichte Lana einen Stapel frischer Handtücher. Sie bedankte sich aufrichtig und mit höflicher Zurückhaltung. Als Saxton das Gästezimmer verlassen wollte, legte er Curtis seine Hand väterlich auf die Schulter und sagte: »Sie ist ein gutes Mädchen. Geb ihr die Zeit, die sie braucht.« Curtis nickte verstehend. Dann verschwand Saxton aus dem Zimmer und ließ die beiden allein. Lana saß auf dem Bett und blickte stumm zu Boden. Sie sah verloren aus. Curtis stand wenige Meter von ihr entfernt, doch Welten schienen sie zu trennen. Sollte er sie in den Arm nehmen? Er wusste es nicht. Ihre kühle und distanzierte Art verunsicherte ihn. Schließlich nahm er all seinen Mut zusammen und setzte sich neben sie auf das frisch bezogenen Bett. Lana schaute auf und lächelte ihn verstohlen an. Sein Herz zog sich zusammen. Er sah sie einen abwartenden Moment an. »Ich verspreche dir, wir werden das alles eines Tages hinter uns lassen. Er wird dich nicht bekommen, nicht noch einmal.« Curtis Blick wurde finster, finster und entschlossen. Er würde es dem schwarzen Schatten nicht noch einmal erlauben ihr Leben zu zerstören. Lana fuhr die Muster der Bettdecke mit ihrer Hand entlang, so als ob sie diese Welt nach langer Zeit zum ersten Mal wieder spüren würde. »Ich glaube, er hat mich wirklich geliebt. Auf seine Weise«, sagte sie dann abwesend. Curtis war irritiert. »Wen meinst du?«, fragte er zögerlich.

»Vater. Er hat versucht, mir ein Leben zu geben, ein Leben, das nicht meines war. Bin ich ein schlechter Mensch, weil ich mich nach etwas Anderem sehne?« Sie sah ihn an. Ihr Blick war müde und deprimiert.

»Natürlich nicht«, entgegnete Curtis aufgebracht. »Was hat er dir angetan? Was ist damals vor vier Jahren geschehen?«, fragte er dann gebannt. Lana reagierte nicht, zumindest nicht auf seine Fragen. Sie schien ihn gar nicht gehört zu haben.

»Ich konnte direkt neben ihm sitzen und hatte dennoch das Gefühl, vollkommen allein zu sein«, erzählte sie weiter, während sie vor sich starrte. Curtis befürchtete, dass sie auch jetzt in *seiner* Gegenwart so fühlen würde. »Warum bist du nicht gegangen? Warum hast du keine Hilfe gesucht?«

»Weil ich Zeit brauchte zu begreifen, dass ich eine Gefangene war. Es war wie eine Narbe, die mit jedem vergangene Tag sichtbarer wurde«, sagte sie und Curtis raubte es fast den Atem. »Hat er dich eingesperrt? Draußen in dem Landhaus?« Lana nickte unauffällig. Wut wallte erneut in Curtis auf. Er ballte seine Fäuste und spannte seine Armmuskeln an. »Eingesperrt, vom eigenen Vater«, sagte er resümierend und finster, während er den Kopf schüttelte.

»Er hat mich geliebt, doch seine Liebe war mein Gefängnis. Das habe ich eine lange Zeit nicht begriffen und dann war es zu spät«, sagte Lana leise.
»Warum hat er das getan?«
»Er wollte mich nur beschützen.«
»Und wovor?«, fragte Curtis durch die Trübung einer dunklen Eingebung hindurch. Lana zuckte unbeteiligt mit den Schultern, hob ihren Blick und sah Curtis an. »Er versucht, etwas vor mir zu verbergen, ein Wissen, das so schrecklich ist, dass es mich brechen würde, hat er gesagt.« Lana redete nur mit gedämpfter Stimme, so als befürchte sie von ungewollten Ohren gehört zu werden. »Ich ..., ich bin ...«
»Anders«, führte Curtis fort.
»Ja.«
»Ich habe immer gewusst, dass du etwas Besonderes bist.«
Lana wandt ihren Blick wieder ab. Ihre kurz geschorenen Haare glitzerten weiß im Licht. »Wie ist das passiert?«, fragte Curtis, wies auf die Haare und bereute die Frage zugleich, weil er befürchtete, sie würde sie verletzen.
»Hab sie abgeschnitten«, sagte Lana teilnahmslos.
»Warum?«, fragte Curtis vorsichtig.
»Sie waren ein Zeichen meiner Andersartigkeit.«
Curtis nahm ihre Haare genauer in Augenschein. Sie waren weiß, absolut farblos. »Du siehst genauso schön aus wie früher.« Das Phantom eines Lächelns huschte für den Bruchteil einer Sekunde über ihre Lippen. Er betrachtete Lana und hoffte, dass sie die Kraft finden würde, dem allem zu entkommen. Was hatte sie verbrochen, dass sie solch ein Leid erleben musste? Er würde nicht aufgeben. Es musste einen

Weg geben diesem Alptraum endlich zu entkommen. Er starrte aus dem Fenster. »Es ist meine Schuld – ich habe dich damals zurückgelassen. Ich war feige und selbstsüchtig. Es tut mir so leid, ich werde es nie wieder gut machen können.« Zorn lag in seiner Stimme – Zorn, der ihm selber galt. Schuld war zur Bausubstanz seiner mentalen Architektur geworden.

»Du bist nicht der Täter, du bist genauso Opfer – bitte vergiss dass nie«, sagte Lana. Ein erstes Zeichen, dass sie sich wirklich erinnerte an das, was gewesen war. An alles.

»Wie soll es jetzt weitergehen?«, fragte Curtis dann.

»Ich weiß es nicht – ich weiß nur, dass ich nicht zu Vater zurückkann. Jetzt nicht mehr.«

»Das glaube ich auch. Wir dürfen dich nicht diesem Mistkerl überlassen.« Er hatte Mühe von seiner Wut nicht übermannt zu werden.

»Er liebt mich, das weiß ich, aber seine Liebe tut mir nicht gut. Es liegt etwas Krankes in ihr, kannst du das verstehen?« Curtis nickte zustimmend und sah, wie zerrissen sie war. Sie liebte ihren Vater, aber sie hatte auch große Angst vor ihm. Er kannte dieses Gefühl. Tief in sich liebte auch er seinen Vater, aber der Graben zwischen ihnen war zu groß, als dass er ihn hätte überwinden können. Auch wenn er es gewollt hätte.

»Wir werden nicht zulassen, dass er dich wieder einsperrt. Es wird einen Weg geben.«

»Und welchen?« Ihre Stimme war kraftlos, so als hätte sie die Hoffnung verloren.

»Ich weiß es nicht, aber uns fällt was ein. Ganz bestimmt.«

Lana wollte ihm glauben, aber ihr fehlte die Zuversicht. Seine Worte klangen schön, aber ihre Fantasie reichte nicht aus, *wirklich* zu glauben.

»Wie konnte er dir das nur antun, nach allem, was du erleben musstest?« Curtis biss sich auf die Zunge. Lana sprach die ganze Zeit über ihren Vater, doch die Nacht, in der sie ... verschwunden war, hatte sie mit keinem Wort erwähnt. Die Nacht in der sich der schwarze Schatten über ihr Leben gelegt hatte.

»Er wollte mich vor der Welt da draußen schützen, vor den Menschen. Sie sollten nicht herausfinden,... *was* ich bin. Denn wenn sie es täten, hätten sie Angst vor mir. Und vor wem die Menschen Angst haben, dem tun sie schlimme Dinge an, hat er immer gesagt.«

»Und ... *was* bist du?«, fragte Curtis atemlos.

»Ich weiß es nicht. Aber ich fühle mein Leben lang, dass ich nicht hier her gehöre.« Für einen Moment schwiegen sie, es war ein bedrücktes Schweigen. »Vergangene Nacht«, ergriff Curtis dann das Wort, »draußen auf der alten Holzfällerstraße, das warst du, oder? Du hast mir das Leben gerettet.« Er blickte sie von der Seite an und sah einen Hauch Wehmut in ihren Augen schimmern. Sie nickte verhalten und sah beschämt zu Boden. »Ich weiß nicht, was dort geschehen ist. Es ging alles so verdammt schnell. Ich sah dich dort auf der Straße liegen. Blutend und verletzt. Und als ich deine Hand in meiner hielt, da hab ich mir nichts sehnlicher gewünscht, als dass es dir besser geht. Und dann,...« Ihr Atem stockte, »dann kann ich mir nicht erklären, was geschehen ist.« Curtis nickte und starrte mit weit aufgerissenen Augen vor sich. »Dann war da dieses Licht. Golden und so hell wie tausend Sonnen. Es ist in mich eingedrungen und hat mich mit seiner heilenden Kraft ergriffen. Es hat mich zu neuem Leben erweckt. *DU* hast mich zu neuem Leben erweckt.« Lana sah zu ihm herüber, – sah ihn wirklich an. »Und?«, fragte sie, »hast du etwas gefühlt oder gesehen?« Wie Salven aus einer Maschinenpistole keimten die Bilder vor Curtis' geistigem Auge auf. »Ich kann nicht beschreiben, was ich gesehen habe. Es war, als hätte ich in eine andere Welt geblickt.«

»Hast du auch *sie* gesehen?«, fragte Lana gebannt. Curtis setzte eine fragende Miene auf, wusste aber genau, worauf sie hinaus wollte. »Was meinst du?«, fragte er bemüht ahnungslos. Lana blickte ihn durchdringend an, so als ob sie es ihm allein mit ihren Gedanken offenbaren könne. »Ich weiß nicht, was ich dort gesehen habe«, sagte Curtis. »Ich weiß nur, dass es ein Wunder ist, dass ich jetzt hier sitze. Und ich glaube, dass *du* für dieses Wunder verantwortlich bist. Es war dein Licht, was mich zurück ins Leben geführt hat, hinaus aus der Dunkelheit.«

»Kannst du dich noch an den Tag erinnern, an dem wir an dem kleinen See waren?« Ein elektrisches Zucken fuhr durch seinen ganzen Körper. Natürlich konnte er das! Wie hätte er diesen Tag nur vergessen können? Es war der schönste und zugleich grausamste Tag seines Lebens. »Ja, ich kann mich erinnern«, seine Worte waren kraftvoll und aufgewühlt, als seien sie von großer Bedeutung.

»Ich habe dir doch von den Wesen erzählt, die mir in meinen Träumen erschienen sind.« Curtis nickte abwartend. Er wusste nicht, ob ihm der Rest ihrer Geschichte gefallen würde. »Ich glaube, sie sind mehr als nur eine Illusion. Ich glaube, sie sind ein Teil von mir, ein Stück meiner Vergangenheit«, sagte Lana atemlos.

»Und was *sind* sie?«, fragte Curtis entgeistert.

Abermals wandt Lana ihren Blick ab und zuckte kraftlos mit den Schultern. »Siehst du meine Haare, oder zumindest das, was von ihnen übrig ist?« Curtis nickte abwartend.

»Sie sind schneeweiß, so wie die Haare von *ihnen*. Meine Haare waren schon immer farblos. Vater hat sie seit meiner frühesten Kindheit gefärbt. Damit die Menschen nicht erkennen, dass ich anders bin, hat er immer gesagt.« Sie klang so verletzt, es brach Curtis beinahe das Herz. Er wusste nicht, was er sagen sollte, oder was er glauben sollte. Er wusste ja noch nicht einmal, ob Lana selber die Wahrheit kannte, oder ob sie nur eine neue Version davon erschaffen hatte, um sie besser ertragen zu können. Manchmal lebte man besser mit der Lüge, als an der Wahrheit zu zerbrechen. Er blickte sie nachdenklich an, so als sei sie das zerbrechlichste Geschöpf dieser Welt. »Egal wer oder was du auch bist, ich werde immer an deiner Seite sein«, versicherte er ihr. Ihre Mundwinkel formten den Ansatz eines Lächelns. »Danke.« Ein einzelnes Wort, doch es lag so viel in ihm. Kein Überschwang, nur das Bitten um Zeit. Zeit die sie brauchte, um zu sich selber zu finden. Curtis zögerte einen Moment. Er hatte das Bedürfnis sie in die Arme zu schließen. Doch an ihrer Körperhaltung erkannte er, dass dies im Moment zu viel Nähe für sie gewesen wäre. Nähe zu der sie noch nicht bereit war.

»Ich bin müde«, sagte sie angestrengt.

»Wir werden einen Weg finden, das verspreche ich dir«, sagte Curtis, während er sich erhob. Er war

bemüht seine Stimme so überzeugt und beruhigenden wie möglich erklingen zu lassen, doch auf seinem Gesicht zeichnete sich große Sorge ab. »Falls du etwas brauchst, mein Zimmer ist gleich am Ende des Flures.« Lana nickte und hob ihre Hand zum Abschied.
»Schlaf gut und danke für alles«, sagte sie.

»Du auch und ... träum was Schönes«, entgegnete Curtis und verließ das Zimmer. Er hoffte, ihre Träume würden sie nicht an die dunklen Orte führen, wie ihn die Seinen, doch er hatte starke Zweifel. Die Tür fiel ins Schloss und Lana verschwand aus seinem Blickfeld. Wieder ertappte er sich bei dem Gedanken, sie sei nur eine Illusion.

...

Nachdem die Tür zugefallen war, rollte Lana sich zusammen, zog ihre Beine, so nah es ging an den Körper und verharrte in Embryonalstellung, den Blick zum Fenster hinaus gerichtet, hinauf gen Himmel. Die Bettdecke roch fremd, ganz anders als sie es gewohnt war. Alles war anders in diesem Haus. Sie vermisste ihren Vater. Doch sie konnte nicht mehr zurück, nicht nach allem, was geschehen war. Sie war geflohen, hatte ihn zurückgelassen, hatte die von ihm erschaffene Welt zurückgelassen. Er würde nicht zulassen, dass sie ihn noch einmal verlässt. Womöglich würde sie ihn nie wieder sehen. Sie schluchzte lautlos in ihr Kissen. Doch was spielte das alles noch für eine Rolle? Bald würde sie Zuhause sein. *Wirklich* ZUHAUSE. Dieser Gedanke trug sie über die Schwelle in das Reich des Schlafes.

38. Leidenschaft ist kein guter Ratgeber

Als Curtis in den anheimelnden offenen Wohnraum des Hauses zurückkehrte, saß Jeremiah Saxton in seinem Fernsehsessel und wirkte dort wie ein alter König auf seinem Thron. Die kreisenden Flügel eines Ventilators schwangen rotierend wie eine überdimensionale Krone über ihm. Der Fernseher lief und Saxton stierte auf die flimmernde Mattscheibe. »Ich kann die überheblichen Fressen dieser Politiker nicht mehr sehen. Das Einzige, um das es ihnen geht, ist es ihre Selbstsucht zu befriedigen und das ist wahrscheinlich auch das Ehrlichste, was sie tun«, sagte er, während er sich wild gestikulierend über die Wahlkampfkundgebung eines Volksvertreters aufregte. »Menschen mit flinker Zunge können wahrhaft zerstörerischer sein, als Schwarzenegger auf Anabolika. Ich jedenfalls brauche niemanden, um mir erzählen zu lassen, was ich zutun habe und was nicht«. Saxton schien sich richtig in Rage zu reden, als er Curtis bemerkte und abrupt seinen Monolog beendete. Curtis setzte sich schweigend. Saxton sah die Last, die tonnenschwer an seiner Seele zerrte. Für einen Moment herrschte beklommenes Schweigen. Keiner der beiden wusste so recht, was er hätte sagen sollen. »Ich brauch unbedingt Urlaub«, raunzte Saxton dann übertrieben erschöpft. »Letztes Jahr war wirklich toll.«

»Wo warst du denn?«, fragte Curtis, der aus seinen tiefen trüben Gedanken zurückzukehren schien.

»Am Multnomah Wasserfall. So was Unglaubliches hab ich in meinem ganzen Leben noch nie gesehen. Das Teil ist gigantisch, fast zweihundert Meter hoch. Wenn es einen Gott gibt und er diese Welt geschaffen hat, dann ist dies sein Meisterwerk.« Curtis zuckte ungerührt mit den Schultern. Konnte es einen Gott geben, wenn er zuließ, dass Lana solches Leid geschah?

»Ich glaube, dieses Jahr fahre ich irgendwo ans Meer«, fügte Saxton bemüht leger hinzu. »Ich werde einfach dort sitzen und stundenlang hinaus aufs tiefe blaue Wasser blicken. Werde den Wellen zusehen, wie sie auf den Sand schlagen und in meinen Gedanken in ihrem tosenden Rauschen versinken.« Curtis blickte auf und sah das schelmische Grinsen in Saxtons Gesicht. Der König auf seinem Thron wirkte nun plötzlich wieder wie ein kleiner Junge, der an irgend einen Blödsinn dachte. »Und ich werde dort noch sitzen, wenn die Sonne schön lange hinter dem Horizont versunken ist. Und dann werde ich einen Cocktail nach dem anderen aus einer Kokosnuss schlürfen und mir so richtig die Kante geben.« Er grinste entrückt und träumte von Mädchen in Baströcken, die ihm seine Füße und andere Teile seines Körpers massierten, während er am Strohhalm seiner Kokosnuss schlürfte. Missy betrat mit einem Tablett voller Sandwiches und Getränken den Raum. Curtis begrüßte sie mit einem erzwungenen Lächeln. Während sie das Tablett vor ihm auf den Tisch stellte, wogten ihm ihre üppigen Brüste auf eine Weise entgegen, die selbst einem langjährigen Playboy-Abonnenten die Schamesröte ins Gesicht getrieben hätte. »Na Jungs, ich hoffe, ihr habt Hunger«, sagte sie und präsentierte stolz ihre genussfreudigen Köstlichkeiten. Während Saxtons Augen vor Vorfreude zu schwelen schienen, war Curtis gar nicht zum Essen zu Mute. Seine Gedanken kreisten durch seinen Kopf, wie ein Hund, der seinem eigenen Schwanz hinterherjagte. Lana war zurück und er konnte es immer noch nicht fassen. Doch mit ihr war auch der schwarze Schatten zurückgekehrt. Nicht, dass die Erinnerung an ihn ohnehin sein ganzes Leben während der vergangenen vier Jahre bestimmt hatten. Es waren Alpträume, Visionen der Angst oder schemenhafte Phantombilder gewesen, die ihn in der Vergangenheit verfolgt hatten, doch nun war er ihm *wirklich* begegnet. Einem Mann aus Fleisch und Blut – dem Mann der der Ursprung allen Übels gewesen war und vor vier Jahren in Lanas Bett gekauert und über sie hergefallen war. »Cola, nicht wahr?«, riss ihn Missys Stimme aus seinen Gedanken. Er nickte und sie stellte ihm ein Glas der sprudelnden Zuckerbrause auf einen Untersetzer in Form einer Bigfoot-Tatze. »Bis später Baby«, sagte sie dann an Saxton gerichtet und verließ das Zimmer, nicht ohne ihre weiblichen Reize auch bei ihrem Abgang gekonnt in Szene zu setzen. Saxton sah ihrem wackelndem Hintern schmachtend nach, bis sie vollends verschwunden war. »Was für ein Prachtstück«, murmelte er, während er sich ausmalte, wie er Missy heute Nacht von all dem unnötigen Stoff befreien würde.

»Wir haben noch gar nicht darauf angestoßen, dass dein Mädchen wieder zurück ist. Das müssen wir sofort nachholen«, verkündete Saxton und erhob sein bis zum Rand gefülltes Weinglas, als wolle er einen theatralischen Trinkspruch aufsagen.

»Sie ist nicht mein Mädchen. Sie ist so viel mehr«, flüsterte Curtis, ohne dass es Saxton hören konnte. Trotzdem tat Curtis seinem Freund diesen Gefallen und ihre Gläser rappelten klierend aneinander. Ehe Saxton eine weitere Frage stellen konnte, kam ihm Curtis zuvor. »Wie geht es eigentlich deiner Frau?« Auch wenn sie nicht mehr zusammenlebten und bei weitem kein Paar mehr waren, so waren sie immer noch verheiratet und Curtis glaubte, dass Saxton diesen Umstand auch nie ändern würde.

»Sie ist genauso verloren, wie an jedem anderen Tag auch«, tiefe Verbitterung sprach aus seiner Stimme.

»Das tut mir leid.«

»Ich muss damit leben. Wir alle haben unser Kreuz zu tragen. Das weist du genauso gut, wie ich. Ihr Leben ist nichts weiter mehr, als ein verebbendes Rinnsal vergangener Zeiten. Eine Erinnerung, die mehr und mehr verblasst. Ich habe aufgehört nach dem Frieden in mir zu suchen«, sagte er, vertrieb das Trübsal und griff nach seinem Getränk, »ich habe gelernt ihn in einem guten Glas Wein zu finden«, fügte er hinzu und nahm einen kräftigen Schluck. Trotz aller Zurückweisungen und Verletzungen war seine Frau nie ganz erfolgreich gewesen ihn vollkommen zu vergraulen. Etwas von ihr war geblieben und wenn es nur in seinen Erinnerungen war. Curtis nickte mitleidvoll und verschwieg, dass er eine beunruhigende Begegnung mit Bernarda gehabt hatte. Eine Begegnung in der auch Walter Mathews eine Rolle innegehabt hatte. Mathews hatte Lana die ganze Zeit über vor der Welt versteckt. Doch Curtis glaubte, er habe noch weitaus mehr zu verbergen. Doktor Mathews war es gewesen, der ihn zu der Wohnung von Otis Townsend geführt hatte. Und was er dort gefunden hatte, war ein weiteres Bild gewesen, das er sein Leben lang nicht vergessen würde können. Leblos und misshandelt hatte das vermisste Mädchen wie ein weggeworfenes Stück Müll in der dreckigen Wanne gelegen. Jenes Bild hatte sich wie ein glühendes Brandeisen zischend in die Windungen seines Gehirns gebrannt.

(Das Mädchen! Gottverdammt das Mädchen!)
»Die Cops«, sagte Curtis ernst und mit zielgerichtetem Blick.

»Was? Wo?«, entgegnete Saxton irritiert.

»Nicht hier. Ich muss sie anrufen. Ich muss Sheriff Sanders verständigen. Er muss zu der Wohnung fahren.«

»Welche Wohnung?«, fragte Saxton ahnungslos.

Curtis schwieg. Unter seinem Haaransatz bildeten sich Schweißperlen und seine Hände spielten kopflos mit dem Stoff seiner Hose, während ein Augenlid ruhelos zu zucken begann. »Es war *seine* Wohnung«, sagte er dann mit zerbrechlicher Stimme.

»*Seine* Wohnung«, wiederholte Saxton ausdrucksstark. Es schien ihm bereits zu dämmern, wen Curtis meinte, dennoch fragte er nochmals nach: »Sag schon Curtis, wessen Wohnung meinst du?«

Curtis starrte mit gläsernem Blick vor sich und schien tief in Gedanken versunken. »Er WAR es, ganz sicher«, sagte er dann und blickte Saxton aus schreckgeweiteten Augen an. »Es war der Mann, der in jener Nacht über sie hergefallen ist – es war der schwarze Schatten!«

Saxton starrte Curtis regungslos an, seine Gesichtszüge schienen eingefroren zu sein. Es fühlte sich an wie eine Ewigkeit, ehe er antwortete: »Und, was hast du dort gefunden?«

Ihre Lippen sahen aus, als sei sie zu lange im Wasser gewesen. Sie trug eine Jeans, ihr Oberkörper

war vollkommen nackt. Dunkelgrüne Flecken und Blutergüsse waren deutlich an ihrem Hals zu erkennen, so als sei sie gewürgt worden.
»Was hast du gesehen?«, riss ihn Saxton aus seiner Trance. »Bist du ihm begegnet?« Saxton schien für einen kurzen Moment völlig aus der Rolle zu fallen und regelrecht erzürnt zu sein. Seine Finger bohrten sich kraftvoll in den abgenutzten Stoff seines Lesesessels, so als koste es ihn große Beherrschung nicht die Kontrolle zu verlieren. Als müsse er sein zweites aufstrebendes Ich zähmen. Irgendetwas schien ihn stärker aufzuwühlen, als Curtis es für möglich gehalten hätte.

»Ich habe das Mädchen gefunden. Das Mädchen, das seit einigen Wochen vermisst wird. Sie lag in seiner Badewanne ... tot ... ermordet. Und dann war er plötzlich hinter mir. ER WAR ES. Es war der Mann von damals. Es war ...«

»... der schwarze Schatten«, vollendete Saxton den Satz. »Er hat sie umgebracht, nicht wahr?« Curtis nickte und atmete angestrengt aus. »Ja.« Nach einer kurzen Pause, in der er sich zu sammeln schien, sagte er dann: »Deshalb muss ich die Polizei verständigen.«

»Ja, natürlich«, sagte Saxton und wies Curtis zu seinem alten Wählscheibentelefon, das auf einem runden Stehtischchen stand. Curtis bediente die ratternde Wählscheibe und wartete einen erstickenden Moment ab. Dann meldete sich die behäbige Stimme des Sheriffs. Curtis berichtete von der Wohnung und dem toten Mädchen. Dass er dort unrechtmäßig eingebrochen war, verschwieg er. Sheriff Sanders Stimme klang unbeeindruckt. »Eine Leiche? Sind Sie sich da ganz sicher?«

»Ja, wenn ich es Ihnen doch sage. Es ist das Mädchen, nachdem sie, seit drei Wochen suchen. Ganz sicher.«

»Sind Sie sich da wirklich sicher?«

»So viele Leichen von jungen Frauen wird es hier wohl nicht geben.«

»Also gut, wir werden uns das Mal ansehen. Ich schicke einen Streifenwagen vorbei. Bitte geben Sie mir die Daten, unter denen ich Sie erreichen kann. Sollten Sie recht haben und wir finden tatsächlich das Mädchen, dann müssen sie zu mir auf das Revier kommen und eine offizielle Aussage machen«, sagte Sanders unaufgeregt.

Curtis gab ihm die Kontaktdaten von Jeremiah Saxton und verabschiedete sich. Dann legte er auf. Ein Schweißfilm hatte sich auf dem grünen Gehäuse des Hörers gebildet und zog sich allmählich zurück. Am liebsten hätte er dem Sheriff von Doktor Mathews berichtet, doch er hatte sich nicht getraut, weil er befürchtete, dann würde Lana wieder aus seinem Leben verschwinden. Wenn Walter Mathews etwas mit dem toten Mädchen und Otis Townsend zutun hatte, dann musste es früh genug ans Tageslicht kommen. Das hoffte er zumindest. In den darauffolgenden Minuten erzählte Curtis Jeremiah Saxton von seinen Erlebnissen der vergangenen Stunden. Saxton lauschte ihm gebannt und Curtis konnte nicht umhin eine gewisse Faszination in seinen Augen leuchten zu sehen. Saxton war nahe daran aus der Contenance gebracht zu werden, doch er bewahrte die Beherrschung, als er sah, wie ernst es um Curtis bestellt war.

»Sie war die ganze Zeit über bei ihrem Vater, bei Walter Mathews. Er hat sie versucht dort draußen in seinem abgelegenen Haus vor der Welt zu verstecken. Kannst du dir das vorstellen?«, fragte Curtis aufgewühlt.

»Vielleicht hat er es aus Liebe getan«, entgegnete Saxton. »Menschen tun unfassbare Dinge, wenn sie lieben. Leidenschaft ist kein Ratgeber, der auf Vernunft beruht.« Curtis hätte gerne vehement widersprochen, doch Lana hatte Ähnliches gesagt, weshalb er nicht weiter darauf einging. »Mag sein«, sagte er mit einem Schulterzucken. »Das Schlimmste ist, dass *ich* an allem Schuld bin. Egal was der schwarze Schatten oder Doktor Mathews ihr angetan haben, ich hätte es verhindern können. Glaubst du, Lana kann je wieder ein normales Leben führen, oder wird es immer einen Teil geben, der dortgeblieben ist,... bei ihm?«, fragte Curtis. Saxton war sich nicht sicher, wen er meinte. Ob Walter Mathews oder den schwarzen Schatten. Aber was spielte das schon für eine Rolle? »Ich weiß es nicht«, entgegnete er aufrichtig. »Ich könnte dir sagen, dass alles sicher wieder gut werden wird, aber das Leben haut dir manchmal einen dicken Knüppel zwischen die Beine und lässt dich dann einfach vor Schmerzen gekrümmt in der Gosse liegen.«

Curtis nickte zustimmend. »Kennst du dieses Gefühl, das dir sagt, du tust das absolut Falsche und du tust es trotzdem?«, fragte er dann. »Man kann einfach nicht aus seiner Haut und läuft in seinen Untergang. Nur, dass es in meinem Fall das Leben eines anderen Menschen zerstört hat. Ich bin in jener Nacht geflohen und habe Lana im Stich gelassen. Ich werde es nie wieder gut machen können. Nicht wenn ich zulasse, dass einer von ihnen sie mir wieder wegnimmt. Nicht ihr Vater und nicht der schwarze Schatten.« Saxton blickte ihn besorgt an. Doch zu der Sorge schlich sich auch etwas Anderes. Entschlossene Verbitterung glühte tief in seinen kleinen Augen. »Du warst in seinem Haus, nicht wahr?«, sagte er finster. »Du hast das vermisste Mädchen gefunden und du bist ihm begegnet.« Curtis nickt, während sich die dunkle Atmosphäre um Saxton, zu verdichten schien. »Sag mir, mein Junge; hatte er einen Namen?«

»Er sagte er heiße Townsend, Otis Townsend«, antwortete Curtis. Für einen kurzen Zeitabschnitt schienen sich Saxtons Gedanken zu verflüchtigen und zu einem bedrohlichen Entschluss zu verformen, ehe er wieder das Wort ergriff: »Ich muss dir was sagen, Curtis. Wir haben es mit etwas weitaus Gefährlicherem zutun, als ich es je für möglich gehalten hätte. Ich weiß jetzt, was *er* ist - ich weiß, *was* der schwarze Schatten ist.«

39. Eine Frau namens Ammit

»Er ist ein Seelenfresser.« Curtis blickte Saxton wie vom Donner gerührt an. Alles um ihn herum verschwand in einer grauen Masse und verschleierte sich. »Die Vorstellung von seelenverschlingenden Wesen ist schon uralt«, setzte Saxton ungerührt fort. »Die Totenbücher aus dem alten ägyptischen Reich beschreiben seelenverschlingende Gottheiten. Es waren Mischwesen, die dem Verstorbenen den Weg in die Duat wiesen, das Reich der Toten. Vierzig Götter versammelten sich unter der Führung von Osiris, dem Totengott, und entschieden über die Zukunft im Jenseits. Sie wogen das Herz des Verstorbenen in einer Waagschale und urteilten, ob er ein guter oder schlechter Mensch gewesen war. Ob seine Taten aus dem Gleichgewicht geraten waren oder nicht. In die leere Waagschale neben dem Herzen legten sie eine Feder. Wenn die Feder sich neigte und so ein rechtschaffenes Leben offenbarte, konnte der Mensch an der Seite der Götter Platz nehmen und ins ewige Reich übergehen. Wenn das Herz des Menschen aber schwerer war, als die Feder, wurde er vom Rachen des Seelenfressers verschlungen und seine Seele war auf ewig dazu verdammt in Dunkelheit zu wandern. Ironischerweise war jene Gottheit eine Frau namens Ammit. Verschlingen nicht alle Frauen die Herzen der Männer? Was meinst du, Baby?«, rief Saxton in Richtung der oberen Etage an seine Freundin Missy gerichtet. Eine Antwort blieb jedoch aus. So erheiternd dieser kurze Seitenhieb auch gemeint sein mochte, so sehr war Curtis bis ins Mark erschüttert. Und auch Saxton fand schnell zu seiner Ernsthaftigkeit zurück, als er sah, dass Curtis' Gesichtsfarbe so weiß, wie sonnengebleichte Knochen schimmerte. »Das alles ist unserer Vorstellung von einem Leben in der Hölle im Fall eines voll Sünde gelebten Lebens nicht unähnlich«, führte Saxton weiter aus. »Auch Satan ist letztlich eine Art Seelenfresser. Indianerstämme haben Mythen von astralen Seelenverschlingern und naturbezogene Völker kennen seelenfressende Geister. Furcht sollte die Menschen von je her zu einem gottgefälligen Leben antreiben. Und ein gottgefälliges Leben hieß meistens, ein Leben im Rahmen der Regeln, die andere mächtige Menschen erstellt hatten. Letztendlich ist das auch heute noch so, nur dass die Frucht vor einer Hölle kaum noch Menschen in Angst und Schrecken versetzt und die Mächtigen sich daher andere Mittel und Wege ausdenken müssen, wie sie den Leuten das Fürchten lehren, um sie besser kontrollieren zu können. Dennoch glaube ich, dass die alten Völker auf irgend eine Art und Weise mit übernatürlichen Dingen in Kontakt standen, ob dies nun Götter waren oder nicht. Und ich glaube auch, dass ein Seelenfresser existiert, nur viel unromantischer als die pathetische Vorstellung von Ammit. Der Seelenfresser ist nichts anderes als ein Wesen, das sich von Seelen ernährt.« Saxton mühte sich aus seinem Sessel hoch und schritt gemächlich zu einem der überbordenden Bücherregale hinüber. Er fischte einen dicken Folianten heraus und pustete eine Staubschicht herunter. Er ließ den Wälzer auf den Tisch fallen und schlug ihn mit sichtlich körperlicher Anstrengung auf. Dann fuhr er mit dem Zeigefinger die vergilbten Seiten des Buches entlang und begann den Text zu lesen: »Der Seelenfresser wird vom Chi, der Lebensenergie der Menschen, angezogen, wie Fliegen von einem verwesenden Kadaver. Er ernährt sich von der unsichtbaren Kraft, die wir Seele nennen. Er aalt sich in unseren Gedanken, Träumen und Erlebnissen.« Saxton stoppte, blickte auf, nahm seine Lesebrille ab und legte sie beiseite. Er sah Curtis an, als könne er in seinen Geist eindringen. »Manche glauben, er würde nur von unseren Ängsten leben, doch dem ist nicht so. Er nimmt alles. Das was uns als Menschen ausmacht, ist das, was ihn am Leben hält.« Curtis war in finstere Erinnerungen versunken. Saxtons Worte hatten verzehrende Bilder heraufbeschworen.

Er öffnete seinen Mund und es sah fast so aus, als ob er seinen Unterkiefer wie eine Schlange ausrenken würde, um sein tiefschwarzes Maul zu offenbaren. Dann geschah etwas Unfassbares, denn auch unter Lanas Haut regte sich etwas. Strahlend helle Linien liefen in gezackten Bahnen ihr Gesicht empor, so als ob flüssiges Gold in ihren Venen zirkulieren würde. Der Mann begann zu röcheln und zu keuchen. Sein Mund stand offen. Speichel tropfte von seinen geröteten Lippen, die in der Dunkelheit glänzten. Es schien, als wolle er etwas in sich aufsaugen, etwas das Lana gehörte.

»Jaaa, ... ich kann sie riechen. Sie ist es. Sie muss es sein. Sie wird uns ihr Licht schenken«, schwelte die Stimme Townsends in seinen Ohren. »Glaubst du, dass es stimmt?«, fragte Curtis mit beinahe klangloser Stimme. »Glaubst du dass es wirklich so etwas, wie eine Seele gibt? Und glaubst du, er nimmt sie uns?« Saxton schnaufte angestrengt und lehnte sich in seinen Sessel zurück. Die Rotorenblätter des Ventilators schwangen leise und beharrlich. »Ich glaube, es gibt eine unsichtbare Macht, die allem und jedem innewohnt. Sie ist mit unseren Molekülen eng verwoben.

Das Eine kann nicht ohne das Andere. Yin und Yang. Diese Energie fließt durch uns, wie unser Blut. Und so wie wir ohne Blut unfähig sind zu leben, so sind wir nicht im Stande, ohne diese Energie zu existieren. Sie ist Leidenschaft, die Fähigkeit das Leben und diese Welt zu fühlen. Es ist das zweite Gesicht, das unsichtbare Sein, das allem innewohnt. Das Fließen dieser Energie reinigt unseren Geist und repariert unseren Körper. Wenn es nicht mehr da ist, sind wir nicht mehr, als eine leere Hülle.«

»Glaubst du, er hat ...« Curtis wagte es nicht diesen Satz, diesen Gedanken, zu vollenden.

Licht begann in ihren Adern zu pulsieren und aus ihr herauszubrechen, wie ein eruptierender Vulkan. Der gebrechliche Körper des schwarzen Schattens begann zu zittern, während er das Licht in sich aufsog und es wie ein heller Strom durch seine schwarzen Adern schoss. »So rein, so voller Kraft, so voller Träume. ... Ich musste es tun. ... Sie hat mich dazu gezwungen. Es ist die Stimme. Es ist der Schatten. Er will es so.«

»Ja, ich glaube, der Seelenfressers hat Lanas Seele gestohlen«, sagte Saxton mit sinisterer Stimme.

»Aber ich habe etwas gesehen, tief in ihr verborgen«, flüsterte Curtis mit geneigtem Kopf und ungerührtem Blick. »Sie hat mich gerettet. Sie hat mir einen Teil von sich gegeben um mich zu heilen. Ich habe es genau gespürt, – eine Essenz, die tausend mal heller war, als die Sonne. Es kann nicht sein, dass da nichts mehr in ihr ist. Ist es denn keine Energie, keine Seele, wenn sie mir damit das Leben retten kann?«

»Ich weiß nicht, was da draußen geschehen ist, oder was du gesehen hast, mein Junge«, sagte Saxton unruhig, »aber ich glaube Lana ist in großer Gefahr. Der schwarze Schatten, oder der Seelenfresser, wie auch immer er genannt wird, ist hinter ihr her und er will sein Werk vollenden.«

Curtis erschauderte. »Was soll ich jetzt tun?«, sagte er dann mit einem Hauch von Verzweiflung. »Was soll ich Lana sagen? Ich weiß nicht einmal, ob sie sich überhaupt an jene Nacht erinnert, in der wir ihm das erste Mal begegnet sind. In der sie verschwand.«

»Selbst wenn, wäre das so schlecht?«, fragte Saxton eindringlich. »Sie hat womöglich die Bilder jener Nacht in dem tiefsten Teil ihrer Erinnerungen eingemauert. Wenn sie an diesen Punkt ihres Lebens zurückkehrt, ist es möglich, dass der Damm bricht und all die Schrecken sich wie ein Schwall tobenden Wassers in ihr ausbreiten.«

»Ja. Wenn sie sich an diese Nacht erinnert, wird alles zurückkehren«, sagte Curtis, so als habe er eine zerstörerische Wahrheit erkannt. »All die Furcht und das Entsetzten. Und auch ihr Zorn auf mich. Ihr Zorn darauf, dass ich sie im Stich gelassen habe. Sie wird mir niemals verzeihen können, und ich kann es auch nicht.« Ausweglosigkeit lag in jedem seiner Worte. Er fuhr sich mit den Händen durch die Haare und lief nervös auf und ab. »Vielleicht kann sie dir nur dann verzeihen, wenn auch du dir verzeihst. Du fühlst dich schuldig, aber Schuld hilft dir nicht. Du musst jetzt stark sein. Für sie, und für dich.«

»Und was, wenn ich es nicht kann, – wenn ich wieder versage?«, sagte Curtis, während er vor einem der Fenster verharrte und in die dunkle Nacht hinaussah. Er hörte, wie Saxton sich aus seinem Sessel herauslöste und sah in den Spiegelungen des

Glases, wie er ganz nah an ihn herankam. Als Saxton ihm die Hand auf die Schulter legte, drehte Curtis sich zu ihm herum. Die Furchen in Saxtons Gesicht wirkten plötzlich noch tiefer und prägnanter. Curtis wusste nicht, ob dies dem weit vorangeschrittenen Tag geschuldet oder ob Saxton unlängst zu dem Schluss gekommen war, dass diese Geschichte kein gutes Ende nehmen würde. Für niemanden von ihnen.

40. Es wird alles gut werden

Curtis lag im Bett und fand keinen Schlaf. Schleppende Gedanken trieben ihn umher und trotz all der Erschöpfung wollten sich seine müden Augen nicht schließen lassen. Bilder liefen mit kaum zu ertragender Klarheit vor seinem inneren Auge ab. Er hatte Lana wiedergefunden und fand dennoch keinen Frieden. Hatte dieser Alptraum denn nie ein Ende? Sollte Saxton recht haben? War der schwarze Schatten ein Seelenfresser?

(»*So rein, so voller Kraft, so voller Träume. ... Ich musste es tun. ... Sie hat mich dazu gezwungen. Es ist die Stimme. Es ist der Schatten. Er will es so.*«)

Hatte er auch Lanas Seele verschlungen? Curtis lief ein kalter Schauer den Rücken hinab. Warum hatte Doktor Mathews seine eigene Tochter für tot erklären lassen und sie vier Jahre lang versteckt? Und was zur Hölle hatte er mit Otis Townsend zu schaffen, dem Mann, den Curtis für den Ursprung allen Übels hielt.

Er war der Schatten, – *er* war der Seelenfresser.

Gedämpfte Stimmen drangen durch die Wände. Curtis lauschte und hörte, wie Saxton zu Missy sagte: »Wenn es stimmt, dann haben wir ihn endlich gefunden. Jetzt kann endlich gesühnt werden, was so lange nach Wiedergutmachung gefleht hat.«

»Aber was ändert das?«, fragte Missy flehentlich.

»Soll sie denn einfach so weiterleben?«, herrschte sie Saxton unwirsch an. »Sag mir, wie kann ein Mensch ohne Seele leben?«

»Ich weiß es nicht«, entgegnete Missy rücksichtsvoll, »ich weiß nur, dass ich immer für dich da sein werde.«

Curtis wunderte sich. Hatte Lanas Schicksal Saxton so sehr mitgenommen? Vielleicht lag es daran, dass dies nicht Saxtons erste Begegnung mit dem schwarzen Schatten war. Er hatte nicht oft darüber gesprochen, aber Curtis wusste, dass die Begegnung mit der Frau, die damals ihre Geschichte in seiner mittlerweile abgesetzten TV-Show erzählt hatte, ihn sehr mitgenommen hatte. Curtis hatte ihn einst gefragt, ob er der Frau danach noch einmal begegnet sei und ob er wisse, was aus ihr geworden sei, doch Saxton hatte dies immer verneint und schroff, geradezu abweisend auf seine Fragen reagiert. Curtis glaubte, das Zusammentreffen mit der Frau sei selbst für einen rauen Hund wie Saxton so verstörend gewesen, dass etwas von jener Geschichte in ihm zurückgeblieben sei. Curtis mühte sich hoch. Saxtons und Missys Stimmen waren abgeklungen. Nun stand er stumm in dem Gästezimmer und lauschte der Stille. Sie machte die Anspannung, die sich in ihm aufgebaut hatte, nur noch schlimmer. Es war die Ruhe vor dem Sturm. Er ging hinaus. Lanas Zimmer lag schräg gegenüber. Die Tür stand einen Spalt offen. Bläuliches Licht drang auf den Flur. Vorsichtig, bemüht keine Geräusche zu machen, lugte er hinein. Der Fernseher lief, war aber stumm gestellt. Er sah zu Lana hinüber, die fest eingeschlafen war. Sie atmete leise, aber ihre Augenlider zuckten unruhig. Sie musste träumen. Träumen von dem Unheil, das sie verfolgte. Von dem Bösen, das ihnen beiden begegnet war, auf unterschiedliche Weise. Nun führte das Leben die losen Enden ihrer Geschichten zusammen, wenn auch auf unheilvollem Wege. Doch war es Schicksal oder Bestimmung? Konnten sie beide dem Unaufhaltsamen trotzen? Curtis vermochte es nicht zu sagen. Er schritt auf Sanftpfoten an Lana heran und zog die herabgerutschte Bettdecke über sie hinweg. Ihre Brust senkte sich kaum wahrnehmbar auf und nieder. Curtis war einerseits froh, dass sie Schlaf gefunden hatte, doch war er wirklich erholsam? Was brachte Schlaf, wenn man in ihm immer wieder die Hölle erlebte? Die quälenden Träume, die die Dämonen der Vergangenheit heraufbeschworen, ließen die Nacht zu einer Welt werden, in der Vorboten eine unheilschwangere Zukunft zeichneten. Mit einem langen rasselnden Seufzer der Hoffnungslosigkeit blickte er hinüber zu Lana. *Er wird dich nicht kriegen, nicht noch einmal*, dachte er kampfeslustig. Auf einmal glaubte Curtis, zwischen den Wänden das lustvolle Stöhnen Townsends zu vernehmen. War es der Wind, der ihm eine Posse spielte? War es sein Verstand, der sich gegen ihn wandt oder war es ein Omen des Wahnsinns? Lana war mittlerweile erwacht und saß aufrecht. Ihre Augenlider hingen schwer hinab. Nichts ließ auf ihre nachtumwitterten Gedanken schließen. Im TV lief eine Sendung über die Geschichte der Stadt. »Willst du Summersprings irgendwann mal verlassen«, fragte sie unbeteiligt.

»Das haben mich schon oft Leute gefragt. Eigentlich nicht. Ich sehne mich nicht nach etwas anderem oder dem großen Abenteuer. Ich will mich da draußen nicht beweisen. Mir reicht es, wenn meine eigene Welt nicht Nacht für Nacht aus den Fugen gerät«, antwortete Curtis. »Die Welt da draußen ist so groß, für einen kleinen Mann wie mich. Ich fühle mich so oft allein und verloren, an Orten, die ich mein Leben lang kenne. Wie soll es dann erst sein, wenn alles neu und fremd für mich ist?« Lana nickte, so als ob sie jedes seiner Worte nachempfinden könne. »Ein neues Heim, neue Gerüche, neue Menschen ... das lässt die Mauern in dir einstürzen und die schützenden Ranken deiner geistigen Zuflucht verwelken«, sagte sie mitfühlend.

»Ja, es lässt dich den Kampf gegen dich selber verlieren.« Langes nachdenkliches Schweigen erfüllte das Gästezimmer. »Manchmal scheint ein einziger Moment voller Harmonie weiter weg als die Sterne«, sagte Lana dann und ergriff seine Hand. Er blickte sie an. Ein zaghaftes Lächeln huschte über ihre Lippen. Er strich mit dem Daumen über ihre Hand, die seine sanft umklammert hielt. So wie damals, als sie am Ufer des Sees gesessen und in die Sterne geblickt hatten. Hätten sie doch die Zeit zurückdrehen und einfach davon laufen können. Ihr Kopf sank gegen seinen Hals und ihre kurzen Haare kitzelten seine Haut. Sanft und behutsam legte er seinen Arm um ihre Schultern. So hätten sie für alle Zeiten verharren können. Lana nach all der Ungewissheit und Sorge wieder in den Armen halten zu können, war tröstlicher als jedes Wort. Zeit bedeutete nichts in ihrer Gegenwart.

»Ich verstehe nicht, warum das alles passieren musste«, sagte sie dann plötzlich.

»Was genau meinst du?«, fragte Curtis mit stockender Stimme.

»Warum ich? Warum ausgerechnet ich? Warum mussten all diese Dinge mir passieren? Habe ich es denn nicht verdient, ein normales Leben zu führen?« Sie neigte spröde den Kopf. Ihr Ton hatte sich verändert. Sie schien nachdenklich, in bohrende Gedanken versunken, so als sei ihr Körper hier, aber nichts weiter, als eine schlechte Blaupause des Menschen, den er einst kannte.

»Warum hat er mich gewählt?« Curtis versagte der Atem. Sie konnte nur *ihn* meinen. Er wollte ihr beistehen, doch er wusste nicht wie. Er hätte ihr gern den Schmerz genommen, doch er glaubte, keines seiner Worte sei dazu im Stande. »Du musst nicht darüber reden, wenn du nicht willst«, sagte er, bemüht so verständnisvoll und nachsichtig wie möglich zu klingen. Lana schloss die Augen, um sich besser erinnern zu können. »Als er in jener Nacht zu mir kam, habe ich ihn förmlich gespürt – seine kalte verschlingende Präsenz. Er war einfach dort, kam aus der Dunkelheit und fiel über mich her.« Curtis hing an ihren Lippen, jedes ihrer Worte traf ihn bis ins Mark und ließ die Erinnerungen wie eine dunkle Flutwelle über ihm zusammenbrechen.

»Ich war wie gelähmt, als ich in seine schwarzen toten Augen blickte«, führte sie mit bebender Stimme fort. »Ich wollte davonlaufen, doch ich konnte nicht. Es gab kein Entkommen. Und dann, als er ...«, sie stoppte. Curtis fühlte, wie sie am ganzen Leib zitterte. Er drückte ihre Hand, so fest er konnte, doch so sehr er sich bemühte ihr beizustehen, so sehr fühlte er, dass sie alleine war. »Als er in mich eindrang, da kam die Dunkelheit über mich. Er war die Dunkelheit selber. Er hat einen Teil von mir gestohlen und ihn verschlungen.« Bilder keimten vor Curtis innerem Auge auf:

Er öffnete seinen Mund, so als wolle er Lana verschlingen. Seine Adern traten hervor. Schwarzbraunes Blut schoss pulsierend durch sie hindurch. Er packte sie am Hals, presste sich an sie und beugte sich zu ihr hinab. Unter Lanas Haut begannen ihre Adern zu leuchten, so als ob flüssiges Gold in ihnen fließen würde. Er begann zu röcheln und zu keuchen und breitete seinen offenen Mund wollüstig über ihren Lippen aus, so als ob er etwas in sich aufnehmen wolle. Gleißendes Licht, so hell wie ein Blick in die Sonne, brach aus Lanas Mund heraus und er sog es begierig in sich auf.

»Er hat mir etwas genommen. Es ist zerbrochen und es wird nie wieder heilen«, sagte Lana. »Ich konnte es nicht wahrhaben. In den Momenten des Grauens glaubst du, es geschieht jemand anderem. Du leugnest die Wahrheit, doch irgendwann holt sie dich ein.« Sie schauderte und öffnete ruckartig ihre Augen. Perlenartiger Schweiß benetzte ihre Stirn.

»Es tut mir so leid. Ich hätte das alles verhindern können, wenn ich nicht so verdammt feige gewesen wäre«, sagte Curtis. Lana legte ihren Zeigefinger auf seine Lippen. »Pscht. Du weißt, dass das nicht stimmt. Du warst auch nur ein Kind. Genau wie ich. Wir haben uns diesen Alptraum nicht ausgesucht. Er hat *uns* gewählt. Du fühlst dich schuldig. Bitte hör auf damit. Ich könnte es nicht ertragen, wenn auch du daran zerbrichst. Du hast meinen Schmerz aufgesaugt, damit ich überleben kann. Im Versuch, alles wieder gut zu machen, ist meine Hölle zu deiner geworden.« Curtis wandt seinen Blick von ihr ab. Sie hatte recht, mit allem, was sie sagte. »Seid du fort warst, hat sich das Leben so wertlos angefühlt«, sagte er dann. »Glaubst du, wir können das alles irgendwann hinter uns lassen?« Lana streichelte ihm über die Wange und drehte sein Gesicht zu sich herum, so dass sie ihn direkt anblicken konnte. In ihren Augen hatte sich etwas verändert, so als ob sie all die Schrecken der Vergangenheit leugnen würde, wenn auch nur für einen Augenblick. »Es gibt einen Weg«, sagte sie dann voller Zuversicht, die nicht gespielt, sondern echt war. »Es wird alles gut werden, schon bald«, flüsterte sie und schmiegte sich eng an ihn. In allem was sie tat und in allem, was sie sagte, schwebte dieser undefinierbare Hauch aus Freudlosigkeit und schlummernder Sehnsucht. Wie eine paradoxe Mischung aus Schauspiel und wahren Emotionen, die nicht zusammenpassen wollten, wie zwei unterschiedliche Skizzen, die man übereinanderlegte. In manchen Momenten ängstigte ihn diese Andersartigkeit. Doch dann war er einfach nur froh, dass sie wieder in sein Leben zurückgekehrt war - dass sie bei ihm war. Dieses Gefühl, an ihrer Seite zu sein, war so viel stärker, als jeder Zweifel. Mit diesem Gedanken wog er sich in den Schlaf. Regen und Wind waren zu einem behaglichen Hintergrundgeräusch verebbt, als er endlich Ruhe fand.

41. Eine zerstörerische Wahrheit

Das Schlagen einer Uhr weckte Curtis aus seinem Schlaf. Gedämpft hallende Töne jener Standuhr aus dem Wohnzimmer, die dort dem Wandel der Zeit getrotzt hatte. Er glitt aus dem Bett, ging leise ans Fenster und schaute auf die schlafende Stadt. In der Spiegelung des Fensters sah er sein vom Schlaf aufgedunsenes Gesicht, die Augen geschwollen und schwer. Schon lange nicht mehr hatte er so tief und gut geschlafen. Er blickte auf die verlassenen Gehsteige, die friedlich im Licht der Laternen vor ihm lagen. Lanas Warme zu fühlen, war wie eine emotionale Chemotherapie gewesen, die seinen Schmerz mit einer Feuerwalze aus Napalm verbrannt hatte. Doch jene Reinigung war nur von kurzer Dauer. Sobald er die Wärme ihrer Haut nicht mehr spürte und das Glück des Momentes verflogen war, kehrte die Heimtücke der Schuld zurück. Als er sich zurück auf die Kante des Bettes setzte, fühlte er die warmen Laken, doch das Bett war leer. Lana war verschwunden. Augenblicklich schäumte jener Gedanke wieder auf, sie sei nur eine Utopie gewesen und er habe das alles nur fantasiert. Sein Herz stolperte und schien zu stoppen. Ihn durchfuhr ein Schrecken, der seinen gesamten Körper erfasste. Er sprang auf, stürmte hinaus und als er um die Ecke des Flures trat, da stand sie unten im Foyer an der Haustür. Sie trug Schuhe und Jacke, so als wolle sie ... gehen. »Lana?«, sagte Curtis voller Zweifel, während er barfuß die weichen Stufen der Treppe hinunterlief. »Was tust du da?« Lana drehte sich um und lächelte, als sie ihn sah, doch in diesem Lächeln lag auch etwas, dass ihm Angst machte, denn es fühlte sich an wie ein Abschied. Ein Abschied für immer. »Was hast du vor?«, fragte Curtis voller Misstrauen. »Es tut mir leid«, sagte sie mit schuldbewusster Stimme. »Ich muss gehen.« Tiefe Falten gruben sich in Curtis' Stirn. Falten voller Zweifel und Unverständnis. »Aber wo willst du denn hin? Es ist mitten in der Nacht. Willst du etwa zu deinem Vater zurück? Nach allem was er dir angetan hat?« Lana schüttelte stumm den Kopf. »Nein«, sagte sie dann, »das hat nichts mit ihm zutun.«

»Womit denn dann? Wo willst du hin, verdammt?«, fuhr es voller Machtlosigkeit aus ihm heraus. Lana zuckte zusammen. Er war laut geworden und es tat ihm augenblicklich leid, denn er sah, wie sehr er sie erschrocken hatte. Es musste sie an etwas erinnert haben und in dieser Erinnerung lag nichts Gutes. Er schritt zaudernd an sie heran und packte sie sanft an ihren Schultern. »Du brauchst ein Zuhause, Menschen die dich wirklich lieben, dann wird alles wieder gut werden«, sagte er, so zuversichtlich, wie es ihm möglich war. Lana antwortete mit einem ausweichenden Schulterzucken. »Du verstehst es nicht«, sagte sie dann. »Und du kannst es auch gar nicht verstehen. Nichts wird wieder gut werden. Nie mehr. Nicht ... hier.« Lanas Augen blickten forschend in seine und er schaffte es nicht, ihrem Blick standzuhalten. In den Spiegelungen ihrer Pupillen sah er ihr Flehen, das seine Schuld wiedererweckte; ein Fluch der wie ein drohendes Damoklesschwert über ihm baumelte. »Dann sag es mir bitte. Vielleicht kann ich es dann verstehen.«

»Es gibt viele Dinge, die du nicht über mich weißt«, begann Lana, »aber ich möchte nicht dass du ...«, sie

brach den Satz ab. Curtis gab ihr Zeit sich zu sammeln.
»Ich will nicht, dass du glaubst, ich sei verrückt.«

»In der Regel glauben die Menschen das von mir«, warf er selbstironisch ein. Wenigstens hatte er sie damit kurz zum Grinsen gebracht, doch ihr Lächeln war trostlos und währte nur einen Wimpernschlag. »Du musst nicht darüber reden. Gib dir Zeit, dann können deine Wunden heilen.« Er nahm ihre Hand und strich ihr sanft über die Haut. So wie sie es getan hatte. Damals, am Ufer des Sees. »Du bist die Einzige, die die Wahrheit kennt. Erzähle sie, wann immer du bereit dazu bist.«

»Manchmal schmerzt die Wahrheit. Manchmal glaubt man lieber die Lüge, als dass man der Wahrheit ins Gesicht sieht«, sagte sie und löste sich von seiner Hand. Ein Schluchzen kam über ihre Lippen. Es war das unglücklichste Geräusch der Welt und es tat eigenartig weh. »Ich gehöre nicht mehr hier her. Ich habe Angst davor, mich einfach aufzulösen wie eine Nebelwand am Morgen«, sagte sie dann. »Ich fürchte mich, ein Irrtum zu sein, eine Unregelmäßigkeit des Kosmos, die fälschlicherweise auf diese Welt geraten ist.« Jedes ihrer Worte war wie ein Fausthieb in sein Herz. Er fühlte sich für all ihr Leid verantwortlich. Und auch wenn Townsend ihre Seele gestohlen hatte, so hatte *er* sie dort in seinen Klauen zurückgelassen. Selbstsüchtig und feige. Plötzlich lehnte sich Lana vor und sah Curtis an, – sah ihn wirklich an. »Weißt du, bevor Vater mich für diese lange Zeit draußen im Haus versteckt hat, ist etwas geschehen.« Curtis hielt den Atem an. Lana schluckte zäh gewordenen Speichel hinunter und schien sich einen Moment sammeln zu müssen, ehe sie weitererzählte. »Als der ... Mann zu mir kam und mich ... ein Stück von mir gestohlen hat, da dachte ich, ich würde in einem endlosen Strudel aus Dunkelheit untergehen. In jenem Moment habe ich mir gewünscht, diese Welt nie betreten zu haben. Ich wollte all ihren Schrecken und all ihrer Boshaftigkeit entfliehen. Und so stellte ich mir vor, wie mein Geist meinen Körper verlassen würde. Er sollte emporsteigen zu den Sternen und diesem Leben entfliehen.« Während der letzten Worte war ihre Stimme immer leiser geworden und am Ende hatte sie nur noch gewispert. »Dann habe ich zu Gott gebetet. Doch Gott hat nicht geantwortet.« Aus ihrer Stimme sprach Traurigkeit und das Glimmen tiefer Enttäuschung. Ihre Augen waren unglücklich und trüb, entmutigt und starr. »Gott blieb stumm und ist nicht gekommen. Aber *sie – sie* sind es«, sagte sie dann und neben all der Verzweiflung schien sich nun Hoffnung breit zu machen.

»Wen meinst du mit *sie?*«, fragte Curtis im Versuch seine Ahnung zu leugnen.

»In deinem Herzen weißt du das bereits.« Sie legte ihre Hand behutsam auf seine Brust. »Du hast sie gesehen, hast sie gefühlt, nicht wahr? Sie sind dir in jener Nacht draußen auf der alten Holzfällerstraße begegnet. Sie haben dir dein Leben geschenkt, so wie sie mich vor der Dunkelheit gerettet haben.« Curtis kniff die Augen skeptisch zusammen und warf seine Stirn erneut kraus. »Aber *was* sind sie? Woher kommen sie?« Er wusste nicht, ob sie Antworten auf all jene Fragen hatte, oder ob sie ihm nur sagen würde, was er hören wollte, aber es machte sich die leise Befürchtung in ihm breit, dass es für all das ohnehin keine Worte gab.

»Ich weiß nicht, was, oder wer sie sind. Aber ich glaube, nein, ich fühle, dass sie kamen, um mich zu retten«, führte sie fort. »Sie waren da für mich, in jenem Moment, der finsterer war als die Dunkelheit. Sie kamen aus dem Licht und schenkten mir Hoffnung. Ihre Gedanken verbanden sich mit meinen. Ein zündendes Geflecht aus Blitzen und tobenden Funken schenkte mir neue Kraft. Sie schlossen ihre Sinne und ihre Existenz zusammen und begingen eine Metamorphose, um mich mit an einen Ort zu nehmen, der mit nichts auf dieser Welt zu vergleichen ist.«

»Wie ... wie war es dort?«, fragte Curtis mit maskenhaften Augen und bangen Knien. »Da war dieses durchdringende Gefühl von ... Licht. Doch es war wie kein Licht im physikalischen Sinne. Es war das Leben selber – ihr Leben. Ihre Kraft und all ihre Weisheit durchströmten mich. Es gab keine Sprache, in der sie zu mir sprachen. Keine Geräusche und keine Gerüche. Es war wie eine wahrgewordene Illusion, geboren aus meinem dunkelsten Alptraum. Geschaffen als Ort einer Zuflucht, in dem meine Seele wiedergeboren wurde, geformt aus den Überresten eines vergangenen Lebens. Und da habe ich gewusst, dass ich zu ihnen gehöre.«

Curtis erinnerte sich: *Sein Bewusstsein verschmolz mit der Essenz jener Kreaturen und sein geistiges Ich bildete einen Nexus mit ihren Erinnerungen. Er berührte eine uralte Macht, als er begriff dass er mit etwas unsagbar Fremden und Unmenschlichem in Kontakt stand. Er wurde eins mit ihnen und sie drangen tief in seine Seele ein. Es war erhebend, majestätisch, furchteinflößend und unerklärlich. Uraltes Licht, das den Ursprung der Zeit zu beherbergen schien, erfüllte ihn mit neuem Leben. Es war ein Moment der Vollkommenheit. Die Last der Schmerzen ließ allmählich ab von ihm ab. Gebrochene Rippen fügten sich wieder zusammen, Organe heilten und Blut schien zurück in seinen Körper zu fließen.*

So vieles von dem, was sie sagte, kam ihm bekannt vor. Er hatte sie auch gesehen, die Wesen. Doch er hatte sie für einen fiebrigen Traum gehalten. Für das Trugbild eines Sterbenden, der im Angesicht des Todes fantasiert hatte. Doch was sie auch waren, sie hatten ihn gerettet – geheilt durch Lanas Hand. Auf irgend eine Weise hatten die Wesen durch sie zu ihm gesprochen.

»Sie gaben mir Hoffnung«, sagte Lana, »Hoffnung in einem Moment, in dem es keine Hoffnung geben sollte. Sie sind Wesen, verborgen in den Sternen.«

»Ich verstehe nicht, was das alles zu bedeuten hat«, sagte Curtis, »das ist zu viel für mich.«

»Nur weil wir es nicht verstehen können, heißt es nicht, dass es nicht geschehen ist«, entgegnete Lana. Nun ergriff *sie* seine Hände und zog ihn zu sich heran. »Es ist wahr. Ich habe sie gesehen und du auch«, sagte sie. »Sie haben meine Seele wiederhergerichtet und deine gebrochenen Knochen geheilt. Das weißt du, auch wenn du es nicht akzeptieren willst.« Dann schmiegte sie sich ganz eng an ihn und flüsterte ihm etwas ins Ohr: »Sie rufen nach mir. Sie kommen mich zu holen. Sie holen mich zu sich und bringen mich heim.« Curtis löste sich ruckartig von ihren Händen. »Aber dein Zuhause ist hier, ... bei mir«, sagte er verzweifelt.

»Nicht mehr«, entgegnete Lana leise. Curtis packte sie erneut an den Schultern, doch diesmal fest und kräftig. Er begann sie zu rütteln und zu schütteln. »Was sagst du denn da?«, brach es aus ihm heraus. »Warum willst du mich wieder verlassen? Warum tust du mir das an«, ihm kamen beinahe die Tränen. Tränen aus Wut und bitterer Ohnmacht. »Dein Zuhause ist hier, in Summersprings! Bei mir.« Lana schubste ihn weg und ein Funkeln trat ihn ihre Augen, das ihn erschreckte. »Das war vielleicht mal mein Zuhause, aber es fühlt sich nicht mehr so an. Ich weiß nicht mehr, wo ich hingehöre, weiß nicht mehr wo mein Platz in dieser Welt ist.« Curtis sah sie entgeistert an. »Bitte Lana, wir werden einen Weg finden, das hast du selber gesagt.«

»Ja, das habe ich«, entgegnete sie. Ihre Wut über sein rüdes Verhalten schien langsam verraucht zu sein. »Und ich habe es auch so gemeint. Doch mein Weg ist nicht dein Weg. Wo ich hingehe, kannst du mir nicht folgen. Du wirst deinen eigenen Weg finden müssen. Doch du musst ihn ohne mich gehen.« Curtis konnte und wollte nicht wahrhaben, was sie dort zu ihm sagte. »Ich glaube, dass du Zeit brauchst dich in dieser Welt wieder zurechtzufinden; in diesem Leben.«

»Dieses Leben wird nie wieder meines werden. Nicht, nachdem ich an jenem Ort war, den *sie* mir gezeigt haben. Ich bin anders von dort zurückgekommen. Ich weiß nicht was ich bin und warum. Ich bin eine Suchende, doch ich habe erkannt, dass es hier nichts mehr gibt, was ich finden könnte. Ich habe geglaubt, mich an das, was war, an mein altes Leben, erinnern zu müssen. Es fühlen zu müssen – aber es ist fort. Und so sehr ich mich auch anstrenge, es kehrt nicht wieder zurück. *Ich* kehre nicht wieder zurück. Es ist, als sei ein Teil von mir dort bei ihnen geblieben und als sei nur mein Körper wieder zurückgekehrt. Meine Erinnerungen fühlen sich fremd an. So, als würde ich einen Doppelgänger beobachten, der all diese Dinge getan und erlebt hat. Als sei dies mein Zweites Ich, bekannt und doch so fremd.« Sie empfand eine Sehnsucht nach etwas, das entfernter war, als Curtis´ Verstand fassen konnte. »Verstehst du jetzt, warum ich nicht hierbleiben kann? *Sie* haben meine Seele mit neuem Licht erfüllt, nachdem dort nichts mehr war, außer Dunkelheit. Nachdem dieser Mann, dieses Monster mich ... über mich hergefallen ist, hätte ich voller Zorn, Kummer und Schmerz sein müssen, doch am Ende fühlte ich einfach ... nichts.« Curtis erinnerte sich daran, wie ihre leeren Augen durch ihn hindurchgestarrt hatten, so als sei sie lebendig begraben gewesen. Zu einem Leben ohne Gefühl verdammt, gefangen in sich selber. »Ich war innerlich tot. Er hat mir meine Seele entrissen, doch dann kamen sie und erfüllten mich mit neuem Leben und schenkten mir etwas, das ich für immer verloren geglaubt hatte. Neues Leben war in mir erwacht, doch ich wusste nicht, was ich damit anfangen sollte, ausgesetzt in einer Welt, die nicht mehr meine war«, sagte Lana versonnen und leise, sah ihn aber nicht an. Dann trat sie ganz nah an ihn heran und umarmte ihn. Er spürte ihre Wärme, ihren Atem und dann küsste sie ihn. Vor seinem Inneren wuchsen die Bilder empor, als sie ihn das erste Mal in jener Nacht geküsst hatte. Auch damals war es ein Abschied gewesen und auch jetzt fühlte es sich so an. »Ich kann dich hören, ich kann dich sehen und wenn ich dich küsse, kann ich dich sogar schmecken, aber ich fühle dich nicht. Nicht mehr«, sagte Lana und löste sich von ihm. »Ich kann

hier nicht mehr glücklich werden. Dieses Leben ist mir fremd, ich bin mir fremd ...«
»Und auch ich bin dir fremd«, vervollständigte Curtis den Satz und Lana nickte. Er sah Verwirrung, Trauer, aber vor allem Heimweh tief in ihren leuchtenden Augen miteinander ringen. Er war sich nicht sicher, was davon stärker war. »Je mehr wir versuchen, jemand anderes zu sein, desto mehr offenbaren wir unseren wahren Kern«, sagte er dann gedankenverloren und fast ein wenig zynisch. »Bitte verspotte mich nicht, du weißt nicht, wie es ist, ich zu sein«, sagte sie verletzt.
»Oh doch«, entgegnete Curtis aufgebracht. »Tu nicht so, als sei ich nur ein Nebendarsteller in dieser Geschichte!« Wütend erhob er seinen Zeigefinger und richtete ihn auf sie. »Ich habe gesehen, was in jener Nacht geschehen ist. Ich habe dem Bösen genauso ins Auge geblickt wie du. Und es verfolgt mich bis heute. Egal ob in der Nacht, oder am Tag. Es ist allgegenwärtig. Und weißt du warum?« Seine Stimme wurde mit jedem Wort lauter und jähzorniger. Und Lana zuckte mit jedem Laut zusammen und ging mit jedem Ton ein weiteres Stück zurück, bis sie an die Wand stieß. »Weil ich dir mein ganzes verdammtes Leben geopfert habe«, raunzte Curtis sie an, während er den Zeigefinger streng und drohend in ihre Richtung hielt. »Du weißt nicht, welchen Alptraum ich auf der Suche nach dir durchgemacht habe, also tu nicht so, als wüsste ich von nichts!«, seine Worte waren kalt, wütend und so vollkommen verbittert. Alles wonach er sich gesehnt hatte, war es, sie wiederzufinden und nun, als er endlich am Ziel schien, machte sie sich wieder aus dem Staub, wie Sand, der zwischen seinen Fingern hindurch rann. Erschöpft stand er neben ihr,

stützte sich mit einem Arm an der Wand ab und hatte seinen Kopf gesenkt. »Ich kann dich nicht gehen lassen, nicht noch einmal«, sagte er keuchend. Lana standen dicke Tränen in den Augen, doch sie rannen nicht herab und ließen ihre Welt verschwimmen. »Bitte«, flehte sie, »bitte tu mir das nicht an.« Er sah auf und blickte sie aus verständnislosen und verunsicherten Augen an. Seine Haare hingen wirr in der Stirn. Dann schlug er wütend zu. Seine Faust prallte wenige Zentimeter neben ihr gegen die Wand. Bilder wackelten und Staub rieselte hinab. Eine Träne löste sich aus Lanas Augen und sie bebte am ganzen Körper. »Du bist genau wie mein Vater«, sagte sie dann. Curtis war schockiert, doch mehr über ihre Reaktion, als über seine Tat. Er kannte sich selber nicht mehr. »Es, ... es tut mir leid«, stammelte er. »Ich ... ich will nicht so sein wie dein Vater. Lana, ich könnte dir nie etwas antun. Ich, ... ich liebe dich doch.«

»Das hat mein Vater auch immer gesagt. Doch auch er kannte die Bedeutung nicht. Es waren nur leere Worte. Was Liebe ist, müssen wir fühlen. Und ich habe es gefühlt, aber nicht hier, nicht bei dir und nicht bei Vater. Nicht in diesem Leben. *Sie* gaben mir Liebe. Was ich für diese Welt, die sie mir gezeigt haben, empfinde, kann ich dir aus demselben Grund nicht sagen, aus dem es nicht möglich ist Liebe zu beschreiben. Es gibt keine Worte und keine Bilder für dieses Gefühl, was mich an jenem Ort durchströmte. Bei ihnen.« Lana nötigte sich zu einem wenig überzeugenden Lächeln, und entfernte sich langsam Richtung Ausgang. »Es tut mir so leid.«

»Bitte bleib«, flehte Curtis, »ich brauche dich doch.«

»Du hast mich nie gebraucht. Du wirst jemanden finden, der dich genauso braucht, wie du ihn. Aber ich kann das nicht sein. Jetzt nicht mehr.« »Wie kannst du sagen, dass ich dich nie gebraucht habe, wenn du alles bist, was mir je wichtig war?« Er war voller Zerstreutheit und die Bedeutung ihrer Worte waren für sein Verständnis so fern, wie die Sterne von denen sie sprach. »Es war dir nur wichtig, deine Schuldgefühle zu tilgen. Doch du trägst keine Schuld. Und damit endet unsere Geschichte.« Curtis sah sie aus tränengefüllten schreckgeweiteten Augen an. Mittlerweile waren Missy und Saxton erwacht und standen oberhalb der Treppe im ersten Stockwerk. Missy hatte sich ihren Morgenmantel übergeworfen, während Saxton nur Shorts und ein weißes Unterhemd trug. »Was ist hier los?«, wollte er verwundert und schlaftrunken wissen.

»Lana will gehen, sie will uns verlassen«, sagte Curtis mürrisch.

»Aber warum denn? Und wo willst du mitten in der Nacht hin«, sagte Saxton, während er die Treppe hinunter geeilt kam.

»Sie kommen mich zu holen. Sie haben zu mir gesprochen. Heute Nacht, durch den Fernseher haben sie mir eine Botschaft geschickt. Ich kann nicht länger warten, sonst gehen sie ohne mich«, sagte sie und drehte den Knauf der Haustür. Curtis schüttelte verständnislos den Kopf und lachte sarkastisch und hilflos. »Sie hat den Verstand verloren«, sagte er und erntete einen strafenden Blick von Missy, die mit ihrem wehenden seidenen Morgenmantel zu ihnen stieß. Doch schlimmer noch als Missys Blick, war der Ausdruck in Lanas Augen. Es war dieser Moment, der ihm sagte, dass er den Kampf verloren hatte. Ein zu schwacher Teil seines Verstandes erkannte, dass er Lana nicht aufhalten konnte, aber er konnte es nicht akzeptieren.

»Bist du sicher, was du tust, mein Kind?«, fragte Saxton Lana. Sie nickte stumm und sah ihn aus bedauernswerten Augen an. »Ich muss dorthin. Es zieht mich an, wie ein unsichtbarer Magnet. Ich kann es nicht in Worte fassen, es ist mehr ein Gefühl als ein Gedanke. Sie haben durch den Fernseher zu mir gesprochen, haben es mir gezeigt. Bitte lassen Sie mich gehen. Ich muss zum See. Ich muss wissen, ob es wirklich stimmt.« Saxton nickte verstehend und verharrte einen Moment. In seinem Kopf schien sich ein Gedanke zu formen. Eine dunkle Idee, die seine Gesichtszüge versteinern ließen. Dann schien er jene Idee zu unterdrücken und eine Maske aufzusetzen, die Lana väterlich ansah. »Auf diesem schmalen Grat kann dir niemand folgen. Pass gut auf dich auf, mein Kind. Meine Tür wird dir immer offen stehen«, sagte er mit tiefer und bedeutungsschwangerer Stimme.

»Dann geh doch«, rief Curtis erbost durch die offen stehende Tür an Saxton vorbei. »Du hattest recht, ich hab dich nie gebraucht und ich werde dich irgendwann vergessen. Ich hoffe sie kommen und holen dich, denn du bist es nicht wert, dass ich mein Leben an dich verschwende!« Er sah wie sehr er Lana verletzte und wie weh er ihr tat, doch ihre Worte hatten ihn so tief getroffen, dass er nun wie ein verletzter Hund um sich biss. »Curtis!«, herrschte ihn Missy an und versuchte ihn zur Ruhe zu bringen. »Er meint das nicht so«, sagte Saxton zu Lana, doch ihm war nicht klar, ob seine Worte zu ihr durchgedrungen waren, als sie in der Dunkelheit verschwand.

...

Als Saxton die Tür hinter sich schloss, wanderte Curtis wie ein nervöser Tiger auf und ab. »Es darf nicht wahr sein, es darf einfach nicht wahr sein«, murmelte er vor sich hin. Saxton warf Missy einen vielsagenden Blick zu und packte Curtis dann an der Schulter um ihn aus seinem trance-ähnlichen Zustand zu holen. »Junge«, sagte er und wiederholte sich mehrmals, ehe Curtis endlich reagierte. »Junge, was hat das alles zu bedeuten?«

»Das hast du doch gesehen, sie ist gegangen, um von Wesen aus den Sternen geholt zu werden«, er machte eine abfällige Gestik. »Sie muss verrückt geworden sein, nach allem, was sie erlebt hat. Sie ist so komisch, als ob sie diese Welt nicht mehr richtig wahrnehmen würde. Als ob sie auf einer anderen Wellenfrequenz leben würde.«

»Vielleicht hast du damit gar nicht so unrecht«, sagte Saxton in einen Gedanken versunken.

»Was meinst du?«

»Traumatische Erlebnisse verzerren unsere Sicht auf die Welt und verschmelzen sie zu einem unwirklichen und doch so reellen Abbild unserer Seele. Mein Großvater sagte einmal zu mir, eine verletzte Seele lebe nach dem Muster ihrer eigenen Gezeiten.«

»Glaubst du, sie hat sich das alles nur ausgedacht?«, fragte Curtis verunsichert, während er sich erschöpft auf die Treppenstufen setzte.

»Nicht unbedingt.«

»Sie glaubt, diese Sternenwesen hätten ihre Seele repariert, aber *er* hat sie ihr doch genommen. Townsend hat ihre Seele gefressen, das hast du selber gesagt.«

»Mmmh«, sinnierte Saxton. »Das stimmt, aber vielleicht gibt es zwei Wahrheiten. Bekanntlich gibt es ja auch immer zwei Seiten einer Münze. Und außerdem hast du selber gesagt, dass du etwas in Lana gesehen hast, als sie dich draußen auf der alten Holzfällerstraße gerettet hat. Das kannst du nicht leugnen, nur weil dich ihr Verhalten jetzt vielleicht gekränkt hat.«

»Glaubst du wirklich, das alles könnte wahr sein?«, fragte Curtis inständig.

»Du glaubst doch auch, dass es einen Seelenfresser gibt. Warum sollte also immer nur das Böse existieren? Warum kann es nicht auch etwas geben, das unsere Seelen rettet, wenn es etwas gibt, das sie zerstört?«

Einen verdrängenden Moment lang schien Curtis in düsteren Bildern unterzugehen, ehe er antwortete: »Ich weiß nicht, was ich noch glauben soll und was nicht. Ich weiß aber, dass ich sie erneut habe gehen lassen.« Saxton ging zur Garderobe neben der Haustür und griff sich seinen Regenmantel. »Mach dir keine Sorgen mein Junge, ich gehe sie suchen. Sie kann noch nicht weit sein.«

»Nein, ich muss das tun. Ich habe schon genug Schuld auf mich geladen,« sagte Curtis und wollte hinausstürmen, doch Saxton packte ihn harsch am Arm und hielt ihn zurück. »Rede keinen Unsinn«, entgegnete er streng, während er in seine grünen Gummistiefel stieg, »ich kenne diese Wälder wie meine Westentasche. Außerdem ist es stockfinster und da draußen braut sich wieder was zusammen.« Irgendwo im Haus klingelte schrill ein Telefon. Saxton umarmte Curtis, wie ein Vater der seinen Sohn an sich drückte, kurz bevor dieser in die ungewissen Schrecken eines Krieges hinauszog um für eine weitere sinnlose Sache zu kämpfen. Eine Umarmung, die beiden fremd war. »Curtis?«, rief Missy aus einem hinteren Teil des Hauses. »Jetzt nicht, Baby«, antworte Saxton für ihn. »Ich verspreche dir, ich bring sie heim«, sagte er dann. »Sei nachsichtig mit ihr. Sie hat schlimme Dinge erlebt und sucht Zuflucht in etwas, das ihr Hoffnung gibt – etwas, das größer ist, als ihre Dunkelheit.« Curtis war um Zuversicht bemüht, doch er glaubte, jene Zuflucht sei genauso zerstörerisch wie die Wahrheit. »Ich kenne diese Wälder, ich werde sie finden«, versuchte Saxton, ihn zu ermutigen. »So, wie ich damals auch meine Frau gefunden habe«, fügte er an.

»Du hast selber gesagt, es sei dir heute lieber, du hättest es nie getan«, sagte Curtis gedankenverloren. Saxton antwortete nicht darauf. Er gab Curtis zum Abschied eine spielerische Ohrfeige. »Pass auf dich auf, mein Junge. Deine Seele bietet schöpferische Kraft. Lass sie nicht von deinen Ängsten verdunkeln.« Kurz bevor Saxton aus dem Haus verschwunden war, stellte Curtis ihm eine letzte Frage: »Hat sie dir gesagt, wohin sie will? Zu welchem Ort die Wesen kommen werden, um sie zu holen?«

Saxton haderte einen Moment. »Nein«, sagte er dann.

42. Das Zeremonienzimmer

»*Sie haben keine Leiche gefunden, Sheriff Sanders hat es mir eben mitgeteilt. Du sollst doch bitte Stellung zu der Behauptung nehmen, du hättest das vermisste Mädchen tot gefunden.*« Jene Worte hallten seit Minuten immer und immer wieder in seinem Kopf. Hinter Saxtons Haus breitete sich ein Garten mit Rasen und Bäumen aus. Eine meterhohe Hecke schützte das Grundstück vor allzuneugiereigen Blicken. Curtis verließ den Garten und verharrte. Er warf einen letzten Blick über die Schulter. Missy stand am Fenster und sah ihm mit besorgter Miene nach. Sie hatte ihm die Nachricht vom Sheriff überbracht und versucht ihn von seinem Vorhaben abzubringen, doch Curtis war entschlossener denn je, Antworten zu finden. Antworten, die er glaubte, bei Walter Mathews erlangen zu können. Antworten, die er zur Not mit Gewalt erzwingen wollte. Doktor Mathews hatte Lana vier Jahre draußen in seinem Anwesen versteckt. Er musste einen Grund dafür gehabt haben. Und dann gab es da noch jene unheilvolle Verbindung zu Otis Townsend. Er hatte beobachtet, wie Walter Mathews aus Townsends Wohnung gekommen war. Dort wo er dem toten Mädchen begegnet war. Jenes Mädchen, dessen toter misshandelter Körper nun verschwunden war. Townsend musste sie umgebracht und entsorgt haben, wie einen Sack voller Müll. Curtis fühlte wieder jene Kälte und sah ihren starren entrückten Blick. Dann stieg er in den Wagen und startete den Motor.

Das prähistorische Anwesen der Mathews´ lag außerhalb vom Stadtkern am Rande des Waldes. Das Gebäude stammte noch aus Gründerzeiten. Es hatte eine symmetrische Fassade, etliche Doppelfenster mit rot gestrichenen Fensterläden, eine getäfelte Tür mit kunstvoll verziertem Rahmen und einem elliptischen Oberlicht darüber. Das rotbraune Gebäude entsprach der Formensprache der römischgriechischen Architektur. Die Sehnsucht der Gründerväter lag darin verborgen. Sie hatten das Bild ihrer neuen Welt nach dem Ideal jener antiken Republiken gestalten wollen. Ein Relikt alter Träumereien. Curtis sprang über die Mauer auf das Grundstück und schlich über den säuberlich getrimmten Rasen. Die Bäume sahen aus, als trügen sie lange Federboas, die sich hypnotisch im Wind hin und her schmiegten. Der Regen hatte ihnen dichte Zotteln aus Moos wachsen lassen, die ihr erdiges Grün nie verloren - selbst im Winter nicht. Das Anwesen der Mathews´ umgab eine geheimnisvolle Aura. Von drinnen war kein Laut zu hören. Das Gebäude wirkte leblos und still. Curtis wusste, dass Geheimnisse aus gutem Grund gehütet und nicht leichtfertig offenbart wurden. Er musste einen Weg hinein finden. Er schritt gebannt die Auffahrt hinauf, bemüht immer im Schatten der Bäume zu bleiben. Ein Schwarm Krähen barst plötzlich aus dem Wipfel eines Baumes empor und verteilte sich wild schimpfend mit energischen Flügelschlägen in alle Himmelsrichtungen. Curtis zuckte zusammen und sah den Krähen erschrocken nach, wie sie in der Dunkelheit verschwanden. Er näherte sich der schattigen Veranda, an deren Säulen Reben empor schlängelten. Über ihm lag ein Summen, wie von Stromleitungen an stillen Tagen. Er lief in gebeugter Haltung seitwärts am Haus entlang zur Rückseite, duckte sich an der Tür vorbei und spähte durch ein Fenster ins Innere. Im schwachen Licht einer entfernten Straßenlaterne sah er, dass es ein einfaches Flügelfenster mit nur einem Riegel war. Das Zimmer dahinter wirkte verlassen. Er suchte sich einen Stein und schlug damit die Scheibe ein, ständig darauf gefasst, das plötzliche Kläffen eines tobenden Wachhundes oder die schrille losjaulende Sirene einer Alarmanlage zu hören. Doch nichts geschah. Er langte durch die scharfkantigen herausstechenden Scherben, entriegelte das Fenster und schob es auf. Dann kletterte er hinein und drückte sich flach gegen die Wand. Schemenhaft erkannte er die Umrisse mehrerer Schränke und Regale, deren Bretter sich unter der schweren Last dicker Bücher bogen. Ansonsten war das Zimmer weitestgehend leer. Sein Verstand sagte ihm, dass sich niemand im Haus befand, sonst hätte denjenigen der Lärm seines recht stümperhaften Einbruchs schon längst aufgeschreckt, aber die Angst, plötzlich Doktor Mathews zu begegnen, war allgegenwärtig. Langsam bewegte er sich durchs Zimmer und fand die Tür. Sie war unverschlossen und führte hinaus auf einen Flur. Seine Augen hatten sich inzwischen an die Dunkelheit gewöhnt und er spähte hinaus auf den breiten Flur, der in Ruhe vor ihm lag. Er begann das Haus zu durchsuchen und befürchtete bei jedem Schritt entdeckt zu werden. Das Innere des Hauses dominierten harte Kanten, blanke Oberflächen ohne die Ränder von heißen Kaffeetassen und dunkle matte Farben. Es war steril und leblos, wie eine zu ordentliche und unglaubwürdige Kulisse. So wie Saxton ständig Alkohol in sich hineinschüttete, musste Walter Mathews wahrscheinlich ständig aufräumen um die Leere in sich zu füllen. In diesem Haus gab es keine Unordnung. Es gab keinen Schmutz. Es gab kein in der Spüle gestapeltes Geschirr. Es gab keine

Spuren. Doktor Mathews war nur Schauspieler. Schauspieler seines eigenen Lebens. Curtis durchsuchte das Haus gründlich. Mit jedem Blick erfuhr er mehr über Walter Mathews. Er mochte Baseball, klassische Musik, Literatur, Motorräder und zwanzig Jahre alten Whiskey. In seinem Arbeitszimmer fand er die Kopie eines Kaufvertrags, der sich scheinbar auf das Haus bezog. Walter Mathews wusste, was er getan hatte, wusste, wessen er sich schuldig gemacht hatte. Nun wollte er abhauen, untertauchen und sich der Schuld entziehen, wie ein räudiger Hund. Doch Curtis war nicht besser gewesen als er. Auch er war damals geflohen. Auch er hatte sich schuldig gemacht. Auch er war für Lana verantwortlich. Es musste enden. Lana musste endlich das Leben zurückbekommen, was sie verdient hatte. Curtis hoffte, Saxton würde sie finden. Doch bei allen Zweifeln, die er hatte, war da auch dieser Gedanke, der ihm sagte, dass Lana vielleicht recht hatte. Dass die Wesen kommen würden, sie zu holen. Ob Fiebertraum, oder Wahnvorstellung; er hatte etwas gesehen, als er dort auf der Straße im Sterben gelegen hatte. Vielleicht hatte er einfach glauben wollen. Als er in ein Seitenzimmer trat, war es, als würde er die Zeremonienkapelle einer Sekte betreten. Vor ihm porträtierten die dunklen Umrisse eines Kreuzes ein unheildrohendes Omen ins diffuse Zwielicht. Curtis war sich bewusst, dass dieser Raum einst so etwas wie Hoffnung hatte spenden sollen, doch ihm lief ein kalter Schauer über den Rücken. Vor dem Kreuz war eine Gebetsbank angebracht und daneben stand eine bronzene Schale gefüllt mit Wasser auf einem Sockel. Wahrscheinlich hatte Doktor Mathews sich einst seine Hände darin rein waschen wollen. Doch das wahrhaft beunruhigende an diesem Raum, waren die Wände. Sie waren über und über tapeziert mit Fotos. Und sie alle zeigten nur ein einziges Motiv: Walter Mathews verstorbene Frau. Er musste besessen von ihr gewesen sein. Und so schrecklich und gnadenlos ihr Tod auch gewesen sein mochte, so sehr hatte er Walter Mathews in den Wahnsinn getrieben. Einen Wahnsinn, den er anschließend an Lana ausgelassen hatte. Curtis ertrug die bedrückend beklemmende Stimmung jenes Ortes nicht länger. Als er gerade gehen wollte, bemerkte er, dass sich etwas in seinem Augenwinkel regte. An dem einst leeren Kreuz hing plötzlich die bronzene Jesusfigur aus der Kirche und starrte ihn aus dunklen Augen an. Curtis erstarrte zu einer Salzsäule. *Du bist nicht echt*, flüsterten seine Gedanken. Doch Jesus hatte bereits begonnen, seine Hände von den Nägeln loszureißen und mit vor schwarzem Blut schäumendem Mund von dem Kreuz herabzusteigen. Die Stacheln seiner Dornenkrone stachen in seine silbrige Haut und auch dort sickerte schwarzbraunes Blut aus seinem Körper. »Du bist nicht echt!« Diesmal rief Curtis es lauthals heraus und schwankte angsttrunken aus der kleinen Kapelle. Mit bebender Brust und zitternden Knien lehnte er sich an eine Wand und als er einen erneuten Blick wagte und um die Ecke lugte, lag das schwarze Kreuz stumm und verlassen in der furchtumwitternden Luft. Jesus war verschwunden. Curtis setzte seinen Weg durch das Haus der Mathews´ fort und machte einen weiteren auffälligen Fund, als er ein verborgenes Zimmer unter der Treppe registrierte. Auf einem großen Schreibtisch standen zwei eingeschaltete Computerbildschirme, die schaurig in der Dunkelheit leuchteten. Er blickte auf Standbilder in Schwarzweiß und erstarrte vor Schreck. Es war Lana, die er dort sah. Curtis griff nach der Maus und startete die Aufnahme einer Überwachungskamera.

43. Bilder von Licht

»Wie oft bist du da draußen gewesen?«, fragte Walter und zeigte wütend zum Fenster hinaus. Seine Augen funkelten erbost in der Düsternis.

»Warum tust du mir das an, Vater?«, sagte Lana eingeschüchtert.

»Du weißt doch, was ich dir über die Welt da draußen erzählt habe. Sie ist gefährlich und kein Ort für jemanden wie dich.« In den Worten *wie dich* lag all das, unter dem Lana so sehr litt. War sie ein Mensch zweiter Klasse, nur weil sie anders war? »Zweimal, ich habe das Haus nur zweimal verlassen.« Dass sie Curtis dort draußen beobachtet hatte, verschwieg sie ihm.

»Sag mir die Wahrheit, Lana.«

»Es stimmt. Bitte, glaub mir doch.« Ihre Stimme bebte.

»Was hab ich dir über das Lügen gesagt, junge Dame? Lüg mich niemals an, sonst muss ich Dinge tun, die ich bereuen werde.« In seiner Stimme lag so viel Wut, aber auch Angst. Lana wusste nicht, welches dieser Gefühle stärker war, als das andere. Es machte ihren Vater verdrossen, dass sie das Haus verlassen hatte, aber es machte ihn genauso hilflos.

»Versteh doch, ich tue dies nicht um dich zu verletzen. Ich tue es, um dich zu schützen«, sagte er und kniete sich zu ihr herunter, um ihr auf gleicher Höhe in die Augen sehen zu können. »Bist du irgendwem begegnet? Hast du mit irgendwem gesprochen?«

»Ich hab nichts Böses getan. Warum bist du nur so gemein zu mir?«, dicke Tränen standen in ihren Augen.

»Sag die Wahrheit - Lana«, drohte Walter. »Hat dich jemand gesehen? Hast du mit jemandem gesprochen?« Er ging einfach über ihre Vorwürfe hinweg. »Sag schon, verdammt«, seine Stimme zischte wütend und er schlug eine Stehlampe von einem kleinen Beistelltisch, die krachend zu Boden ging. Das Zersplittern der Lampe hallte wie eine Druckwelle der Angst durch Lanas Körper. Warnend richtete Walter seinen Finger auf sie.

Was ist nur aus ihm geworden? ... Was ist nur aus mir geworden? ... Warum tut er mir das an, wenn er doch sagt, dass ich das Wichtigste in seinem Leben bin? – ging es Lana durch den Kopf.

»Du hast dich in die Stadt geschlichen. Du hast Curtis Logan beobachtet, nicht wahr?« Er hatte seine Stimme wieder gesenkt, doch jetzt lag etwas viel Schlimmeres in ihr. Kälte.

Lana war wie erstarrt. »Woher?...«, stammelte sie mit zitternder Stimme. Vielleicht hatte er mitbekommen, dass sie das Haus verlassen hatte? Vielleicht hatte sie die Tür nicht verschlossen oder Fußspuren hinterlassen, aber wie konnte er von Curtis wissen? »Du kannst mich nicht für dumm verkaufen, auch wenn du das vielleicht glaubst«, sagte Walter.

»Ich will dich nicht für dumm verkaufen. Warum sagst du so gemeine Sachen?« Überraschung wich Enttäuschung. Mehr und mehr glaubte sie, ihren Vater gar nicht zu kennen.

»Ich will dir etwas zeigen«, sagte Walter und winkte sie hinter sich her. Sie folgte ihm in das kleine Zimmer, das sich unterhalb der Treppe befand. Es war der einzige Raum im Haus, den sie niemals betreten durfte.

»Es gibt zwei einfach Regeln in diesem Haus«, hatte ihr Walter einst gesagt. »Erstens: Du darfst das Haus nie ohne meine Begleitung verlassen. Zweitens: Du darfst nie das Zimmer unter der Treppe betreten. Das ist mein persönlicher Bereich. Ich will nicht, dass jemand anderes darin herumschnüffelt. Auch du nicht.«
Lana betrat das Zimmer zum ersten Mal. Sie war erstaunt, denn sie hatte es sich viel kleiner vorgestellt. Die Wände waren komplett mit Regalen vollgestellt in denen Aktenordner und hunderte Bücher lagern mussten. Vor den Regalen stand ein herkömmlicher Schreibtisch auf dem zwei Computer-Bildschirme montiert waren. Doch das eigentlich Erschreckende war, was diese Bildschirme zeigten. Es waren die Wiesen und Bäume zu sehen, die Lana schon ihr ganzes Leben kannte. Die Bäume, denen sie im Herbst zugesehen hatte, wie sich ihre Blätter bunt gefärbt hatten und wie sich im Winter puderweißer Schnee auf der Wiese gesammelt und die Welt in ein Kleid der Unschuld gehüllt hatte. Sie hatte gesehen, wie der Regen aus immergrauen Wolken gefallen war und die Landschaft mit einem nassen Netz aus funkelnden Perlen überzogen hatte. Weiter, wie dort bis zum Horizont, hatte sie schon lange nicht mehr blicken können. Sie hatte sich daran erinnert, wie die Welt dort hinter den sanft geschwungenen Hügeln ausgesehen hatte. Hatte nachts geträumt, wie sie im Sternenlicht durch die Natur streifte und den Geheimnissen ihrer Schönheit auf die Spur ging. Es war ein Traum geblieben. Jetzt sah sie diese Welt vor sich auf den Bildschirmen, jeglicher Farbe beraubt. Sie blickte auf die flackernden Schwarzweißbilder und es fiel ihr wie Schuppen von den Augen. Ihr Vater hatte am und im

Haus Überwachungskameras angebracht. Er kontrollierte und überwachte sie. Er wollte sie nicht gehen lassen. Niemals. Lana hatte in Filmen gesehen, wie Menschen andere Menschen überwachten, manipulierten und als ihr Eigentum betrachteten. Sie hatte es nicht für möglich gehalten, dass es so etwas Schreckliches in so einer schöner Welt geben konnte. Geschweige denn hatte sie zu glauben vermocht, dass ihr Vater ihr so etwas antun konnte. Der Mensch, der sie großgezogen hatte und von dem sie glaubte, dass er sie liebte. War diese Liebe echt? Hatte sie jemals wirklich existiert? Oder war sie nur ein Wunschtraum, weil sie glaubten, sich lieben zu müssen? Weil es eben so war, zwischen Vater und Tochter. Doch so vieles in dieser Welt konnte und durfte scheinbar nicht sein. Und es gab diese Dinge trotzdem. Sie geschahen jeden Tag, zu jeder Stunde und zu jeder Minute. Sie existierten in allem und in jedem. »Du hast mich also all die Jahre überwacht?«, fuhr es entsetzt aus ihr heraus.

»Ich hab nicht *dich* überwacht. Ich habe die *Welt* überwacht.« Lana war schockiert. Ihr Vater schien den Verstand verloren zu haben, er glaubte wirklich, was er da sagte. »Ich habe immer alles nur für dich getan. Ich will dich beschützen, warum verstehst du das nicht? Ich hab dich nur um zwei Dinge gebeten. *Nur zwei einfache Dinge.*«, wiederholte Walter leise aber vehement. »Nicht einmal an diese zwei Dinge konntest du dich halten. Du bist schuld, wenn alles kaputt geht. Wenn unser Leben zerbricht. Sie werden kommen, um dich zu holen, wenn sie wissen, wer du bist, *was* du bist.« Er blickte auf sie hinab und seine Augen hatten wieder dieses unheimliche Funkeln.

»Warum lässt du mich nicht wieder ein normales Leben leben? Warum darf ich nicht wieder sein, wie die anderen?«

»Weil du es nicht bist! Das haben wir doch schon tausend Mal besprochen«, knurrte Walter, während er entnervt stöhnte. »Du kannst nicht dort draußen leben, als sei nichts geschehen. Nicht mehr.« Er warf seine Stirn angestrengt in Falten, als müsse er ihr etwas erklären, was sie einfach nicht verstand, oder nicht verstehen wollte. »Die Menschen dürfen nie erfahren, wer du wirklich bist. Sie würden dich mir wegnehmen und dir böse Dinge antun, nur um zu erfahren, was sich dort hinter deiner Stirn und tief in deiner Seele verbirgt«, er tippte ihr sanft auf den Bauch, doch Lana entzog sich ihm.

»Was? Was bin ich denn? Sag es mir doch endlich«, flehte sie ihn an.

Walter lächelte einfach nur. »Du bist *meine* Tochter. Und ich liebe dich.«

»Wenn du mich liebst, warum lässt du mich dann nicht gehen?«

»Ich will nicht, dass dir irgendjemand weh tut. Nie wieder.«

»DU tust mir weh! DU sperrst mich ein. Ich will nicht mehr so leben, kannst du das denn nicht verstehen?«

»Doch das kann ich, aber du hast gesehen, was geschieht, wenn du alleine und ohne Schutz in dieser Welt bist.«

»Hab ich das?«, entgegnete Lana provokativ.

»Muss ich dich wirklich daran erinnern, was in jener Nacht geschehen ist? Was *ER* dir angetan hat?« Walter wusste wie sehr es Lana verletzte, daran erinnert zu werden, aber er tat es trotzdem. Er tat es, um ihr zu zeigen, wie verloren sie ohne ihn war. Er tat es, um sie zurück in seine Arme zu treiben.

»Nein, du musst mich nicht daran erinnern«, flüsterte Lana, während die Bilder zurückkehrten: *Sie hörte sein Flüstern in der Dunkelheit. Entsetzen kroch in jede ihrer Poren. Sie sah seine Augen lüstern Funkeln und fühlte, wie Angst sie ergriff, sie lähmte und erstarren ließ. Sie spürte die Gewalt und seine Bösartigkeit. Wie er nach ihr griff, sie auf das Bett schleuderte und schließlich über sie herfiel. Dann hatte der Schatten sie verschlungen.*

»Du bist nicht bereit. Du bist nicht geschaffen für diese Welt«, sagte Walter. »Du bist nicht wie die anderen. Das musst du aber auch gar nicht sein«. Er fuhr mit seiner Hand durch ihre langen schneeweißen Haare und ließ sie zwischen seinen Fingern hindurchgleiten. »Du bist etwas Besonderes. Einzigartig und wunderschön.« Er strich ihr durchs Gesicht und lächelte sie an. In dem Lächeln lag väterlicher Stolz und etwas anderes. Etwas Unheilvolles.

»Ich will nichts Besonderes sein, wenn ich dafür etwas sein muss, das ich niemals sein kann. Ich kann nicht atmen. Ich bin kein kleines Kind mehr, du kannst mich hier nicht für immer wegsperren, verdammt!«, schrie sie ihn lauthals an.

»Hüte deine Zunge.« Walter strafte sie mit einem erbosten Blick.

»Ich hab es satt, von dir beschützt zu werden, von dir bevormundet zu werden.«

»Du undankbares Gör! Ich hab dir mein ganzes Leben geopfert«, brachte Walter ihr aufgebracht entgegen. »Ich hab es nicht verdient, so von dir behandelt zu werden.«

»Genau wie ich es nicht verdient habe, wie eine Gefangene behandelt zu werden. Soll ich dir was verraten, DAD? Ich hasse dieses Leben. Ich hasse es hier in diesem verdammten Haus und ich hasse es bei dir«, ihre Stimme schwoll mit jedem Wort an. »Und«, sie zögerte einen Moment und schien zu hadern, doch ihre Wut übermannte sie. »Ich hasse dich.« Sie rannte ins Bad und riss eine Schublade auf. Utensilien flogen heraus, während sie stürmisch darin herumkramte. Sie griff eine Schere und setzte sie an ihren Haaren an. »Das tust du nicht«, hörte sie die erboste Stimme ihres Vaters. Sie sah ihn im Spiegel hinter sich stehen. Dann drückte sie die Schere zusammen und schnitt. Sie schnitt und schnitt und schnitt. Sie wollte alles hinter sich lassen. Ihren Vater, die Erinnerungen, den Schmerz, die Sehnsucht. Alles, was sie zu diesem Leben verdammt hatte. Walter packte sie von hinten und drehte sie zu sich herum. Er riss ihr die Schere aus der Hand und schleuderte sie in die Ecke des Bades. Dann geschah alles blitzschnell. Er holte aus und schlug zu. Die Außenseite seiner Hand traf Lana an der Wange. Der Stoß war so kräftig, dass sie herumgeschleudert wurde und mit dem Kopf gegen das Waschbecken schlug. Sie schmeckte Eisen. Ihre Lippe war aufgeplatzt. Blut trat aus einer Platzwunde an ihrer Stirn und rann ihr Gesicht hinab. Sie zitterte und kauerte an die Wand gedrückt auf dem Boden. Walter sah sie erstarrt an.

Stille. Entsetzen. Traurigkeit.

Als Lana wieder aufschaute, sah sie nicht mehr ihren Vater, sondern nur noch einen Menschen. Einen fremden besitzergreifenden Menschen, dessen einstige Liebe zu einer Krankheit geworden war. Früher war sie seine Tochter gewesen. Heute war sie nur noch seine Gefangene. Sie sah ihn mit funkelnden Augen an, die bemüht waren, nicht vor ihm zurückzuschrecken, doch ihre Hände zitterten, die sie unter ihre Beine geklemmt hatte und vor seinen Blicken verbergen wollte. Die Verachtung in ihren Augen musste überzeugender gewesen sein, als es jedwede Worte vermocht hätten, denn Walter schien zu bereuen, dass er sie geschlagen hatte. Er brachte keinen Ton heraus und als er sie berühren wollte, wich sie ihm aus und stürmte in ihr Zimmer hinunter in den Keller, wo sie sich verbarrikadierte. Sie verkroch sich in die hinterste Ecke, zog ihre Beine an sich heran und verharrte in der Dunkelheit. Dumpf hörte sie ihren Vater an die Tür klopfen. »Lana, ... ich ... es tut mir leid. Ich hab das nicht gewollt.« Lana begann leise zu weinen. »Ich hab nichts Böses getan«, flüsterte sie schluchzend. »Ich mache nie wieder irgendetwas, wenn ich so weiter leben muss.« Sie griff sich das Päckchen Schlaftabletten, das sie Walter geklaut hatte, um ihren Alpträumen zu entfliehen, und riss es zitternd auf. Sie wog eine Hand voll Pillen und stopfte sie schließlich in ihren Mund. Gerade als sie die Tabletten hinunterspülen wollte, sprang ihr Fernseher wie von Geisterhand geführt an und ergoss sein helles Licht in den Kellerraum. Lana starrte in die tanzenden Quader des Störbildes. Dann sprachen *sie* zu ihr. Die Wesen aus den Sternen. Und plötzlich kehrten die Erinnerungen zurück. Bilder von Licht fluteten ihren Geist. Dann wurde alles so klar. *Sie* waren es gewesen, die Lana einst vor der Dunkelheit gerettet hatten. *Sie* waren es gewesen, die ihre Seele vor dem Ertrinken bewahrt hatten. Und *sie* waren es, die nun nach ihr riefen. »Kommt ihr, mich zu holen?«, fragte sie gebannt. Sie verstand nicht, was sie zu ihr sagten, aber sie wusste, dass sie nicht alleine war. Jetzt nicht mehr.

44. Seilbahn zu den Sternen

»Es ist die Grausamkeit jener Tat, die sie für immer gefangen halten wird. Dieses Entsetzen hat etwas in ihr zerbrochen. Ein namenloses Grauen, das unvorstellbar und unvereinbar mit ihrem kindlichen Glauben an die Existenz von Menschlichkeit ist.« Curtis drehte sich erschrocken um und sah Doktor Mathews im Halbdunkel hinter sich stehen. Sein Blick war fahrig. Er trug einen beigen Mantel, dessen linke Jackentasche ausgebeult war und etwas tiefer hing, so als ob etwas Schweres darin liegen würde. Eine Waffe?

»Was haben Sie ihr angetan?«, schmetterte Curtis ihm aufgebracht entgegen.

»Ich? Ich habe ihr gar nichts angetan.« Doktor Mathews ging hinüber zu einem kleinen Beistelltisch, auf dem eine Flasche Whiskey stand und schüttete sich ein Glas ein. »Wenn unsere Seele von Angst und Entsetzen übermannt wird, dann zerspringt unsere innere Schutzbarriere wie ein bruchiger Damm.« Er drehte sich herum und nahm einen Schluck. »Verzeihung, möchtest du auch einen?«, er wies auf die Flasche. Curtis schüttelte den Kopf. Seine Stirn war in Falten gelegt. Der Blick grimmig und verwirrt. »Stress flutet unsere Arterien wie flüssige Lava aus einem eruptierenden Vulkan«, führte der Doktor fort, »unser Verstand drückt den Notknopf, um nicht unter der Last dieser Eindrücke zu zerbrechen. Angst kann die Strukturen unseres Gehirns nachhaltig verändern, genau wie Alkohol, der langsam und schleichend die Neuronenverbindungen eines Trinkers verändert. Cortisol schädigt den Hippocampus, der im Gehirn unsere Erinnerungen steuert und speichert.«

»Was ist damals geschehen? Warum haben Sie Lana hier eingesperrt und vor der Welt versteckt? Sie ist Ihre Tochter, verdammt!« Curtis zitterte vor Aufregung.

Walter Mathews machte ein schuldunbewusstes Gesicht und sah Curtis mit sichtlicher Kraftanstrengung direkt in die Augen. »Ich musste sie stabilisieren. Und das tat ich, indem ich ihr ein Leben schenkte, indem ich ihr ein Zuhause und Liebe gab. Macht mich das zu einem schlechten Vater, weil ich sie vor den Gefahren dieser dunklen Welt beschützen will? - Nein, es macht mich menschlich.« Curtis konnte es nicht fassen. Dieser Mann glaubte tatsächlich, was er da sagte. »Sie haben ihr kein Leben geschenkt, Sie haben ihre Vergangenheit und ihre Zukunft genommen. Ihre Freunde, ihre Freiheit. Sie haben es ihr einfach verwehrt.« Curtis ballte seine Fäuste. Er war nahe daran die Fassung zu verlieren. Walter Mathews hingegen blieb ganz ruhig. Er nahm einen weiteren Schluck von seinem Whiskey und stellte das Glas anschließend auf den Beistelltisch.

»Versteh doch, ich tat dies alles nur um meine Tochter zu beschützen. Als ich sie fand, war sie gebrochen. Als Reaktion auf ein unerträgliches Erlebnis hat ihre Psyche einen imaginären roten Knopf gedrückt, um sich vor einer Selbstzerstörung zu bewahren. Hätte sie es nicht getan, hätte es zur Auslöschung ihrer gesamten Persönlichkeit führen können. Wie eine Grundreinigung, die einfach alles aus dem Körper spült, bevor er daran kaputt geht.«

»Was soll das heißen? Hätte sich ihr Verstand etwa selber vernichtet?«, fragte Curtis irritiert.

»Nicht der Verstand«, antwortete Doktor Mathews. »Deine Fähigkeit zu Denken bleibt in Takt, aber es zerbricht etwas in dir. Verbindungen werden voneinander getrennt. Psychisch intakte Menschen empfinden ihre Persönlichkeit als ein Gefüge von Gedanken, Handlungen und Gefühlen. In Lanas Fall ist dieses Konstrukt durcheinandergeraten. Ihre Vorstellung von Ihrer Identität, von den Dingen, wie sie sie wahrnimmt, wurde voneinander abgekapselt. Es ist zerbrochen. Die Enden ihrer Seele haben sich verloren und tappen in Dunkelheit. Durch das was sie erlebte, wurde sie zu dem Wesen einer anderen Existenz. Sie hat sich in etwas gerettet, was die Beschaffenheiten dieser Welt unbedeutend macht, die Guten, wie die Schlechten. Sie hat eine größere Wirklichkeit geschaffen, um ihren Schmerz darin begraben zu können.«

»Was für eine Wirklichkeit?«, fragte Curtis angespannt.

»Denk doch mal scharf nach«, sagte Walter Mathews und streckte seinen Finger, wie einst E.T. gen Himmel. »All das, was hier unten geschieht, ist von ganz weit oben völlig trivial. Weder unser Hass oder unsere Liebe, noch unser Leben oder unser Tod sind in kosmischer Betrachtungsweise von Bedeutung. Dem Universum ist es egal, ob es uns gibt, oder nicht.«

»Haben Sie ihr das alles eingeredet? Die Geschichte von den Sternenwesen, die kommen werden sie zu holen?«

»Wie könnte ich? So etwas würde ich nie tun«, Walter Mathews hob beschwichtigend die Hände, so als wolle er sich ergeben. »Sie nutzt diese Geschichte, um etwas zu haben, mit dem sich ihre seelische Düsternis überbrücken lässt. Sie baut eine Brücke über ihre innere Dunkelheit hinweg – eine Seilbahn zu den

Sternen. Aber es ist nichts weiter als eine individuelle psychische Desorganisation. Eine Hyperarousal ...«

»Hören Sie auf mit dem Psycho-Gequatsche«, fiel ihm Curtis rüde ins Wort. »Ich verstehe kein Wort, wenn sie mit Ihrem dämlichen Fachchinesisch um sich werfen.«

»Okay, Okay«, erneut hob Mathews entschärfend die Arme. »Eine Hyperarousal ist eine vegetative Überreizung, die von einer psychischen Extrembelastung verursacht wird. Lanas Glaube an jene Sternenwesen ist die Folge des furchtbaren sexuellen Gewaltverbrechens, das an ihr begangen wurde. Es ist ihre Flucht in eine falsche Erinnerung, die sie aber als solche nicht mehr erkennt. Sie erinnert sich zwar an jedes noch so grausame Detail ihrer Vergewaltigung, doch um es ertragen zu können, hat sie einfach einen Filter darüber gelegt und Bilder hinzuprojiziert. Sie ist subjektiv von dieser Realität; einer Rettung durch höhere Wesen, überzeugt. Wenn wir ihr diesen Glauben jetzt nehmen, stürzt sie wieder in die Dunkelheit. Dann hat sie nichts mehr. Sag mir also, was schlimmer ist: Eine real-empfundene Lüge zu leben oder in Angst die Wahrheit ertragen zu müssen?«

»Ich weiß nicht, was ich noch glauben kann, oder glauben soll«, gestand Curtis. Seine Augen waren bekümmert. Er wirkte mitgenommen und erschöpft. »Sie klang so überzeugt, von dem was sie gesehen hat. Wenn sie von den Sternenwesen spricht, dann leuchten ihre Augen und sie wirkt wieder so voller Leben.« Mathews sah ihn an und für einen Augenblick schien sich Mitleid in seinen Gesichtszügen abzuzeichnen. Er kam herüber und es wirkte fast so, als wolle er Curtis beistehen. »Was Lana glaubt, gesehen zu haben, ist eine optische Täuschung, auf der Grundlage ihrer Sehnsüchte und Wünsche, ein psychischer Wunschtraum, den sie nutzt, um weiterleben zu können. Aber es sind nur fehlinterpretierte kognitive Prozesse. Eine Fata Morgana ihrer missbrauchten Seele.«

»Ohne diese Geschichte, ohne diesen Traum von einem anderen – einem besseren Leben, irgendwo in den Sternen, wirkt sie nur noch wie eine leere Hülle«, sagte Curtis, während er starr vor sich blickte, so als würde er mit sich selber reden und Doktor Mathews gar nicht mehr wahrnehmen.

»Um sich zu schützen, blockt sie jegliche Gefühle ab«, erklärte Doktor Mathews während er sich eine Zigarette ansteckte und neben Curtis an die Wand lehnte. Gedankenverloren legte er seinen Kopf in den Nacken, zog an der Kippe und blies den blauen Dunst in die Luft. »Ihr Unterbewusstsein mauert sich ein. Sie empfindet nur noch Gleichgültigkeit der Welt gegenüber. Sie hat das Gefühl den Menschen und dem Leben fremd zu sein. Deshalb sehnt sie sich nach etwas Anderem. Lana hatte schon immer eine große Leidenschaft, die sie zu einer wirklichen Überzeugung entwickelt hat. Sie muss glauben, um der Lüge folgen zu können. Diese Lüge ist, wie eine schützende Blase in der sie lebt. Ihre zerstörerische Erfahrung hat sie diese Blase errichten lassen um sich tief in ihr zu verkriechen.«

»Aber warum die Sterne?«, fragte Curtis.

»Unter dem Blickwinkel von Lichtjahren entfernt wirkt all unser Tun und Handeln trivial. Unsere Welt ist durch die kosmische Brille gesehen nur ein winziges Sandkorn, ein unbedeutendes Glimmen in einem winzigen Teil, einer kleinen Milchstraße. Wenn man jene Tatsache erkennt, lässt sich auch die Bosheit der Menschen besser ertragen, weil es sie dann so marginal erscheinen lässt«, sagte Mathews während er an seiner Zigarette sog und ein gehässiges Grinsen eröffnete. »Und da sie schon immer eine gewisse Affinität zu den Sternen hatte, glaubt sie, dort ihr Heil zu finden. Es ist nichts anderes als der Wunsch nach Erlösung.« Er ging hinüber zu dem Beistelltisch, drückte die Zigarette in einem Aschenbecher aus und kippte den Rest des Whiskeys in einem einzigen gierigen Zug hinunter. »Da ihre seelische Welt zerbrochen ist und sie sich dank dir nun an die Scherben erinnert und sieht, dass ihr Leben in Trümmern liegt, scheint nun alles feindselig, unberechenbar und konfus. Die Überzeugung, dass diese Welt je wieder eine geborgene Heimat für sie sein kann, ist nun verloren. DU hast sie meiner schützenden Welt beraubt. DU hast sie damals im Stich gelassen und nun führst du sie in diese Hölle zurück. Ein weiteres Mal. Es ist deine Schuld.« Curtis Blick erhob sich, finster und fassungslos. Doktor Mathews hatte seinen wundesten Punkt getroffen und er hatte es mit Absicht getan. Er wusste, dass Curtis sich seit jener Nacht schuldig fühlte und streute nun Salz in die Wunde. »Sie verdammter Dreckskerl! SIE haben Lana hier die ganze Zeit über eingesperrt und mich im Glauben gelassen ER habe sie verschleppt und getötet. Sie wussten, wie sehr ich gelitten habe, und haben die ganze Zeit zugesehen.« Mathews Blick hatte sich verändert. »Ich habe versucht, ihr die Erinnerungen an jene verstörende Nacht zu nehmen, habe versucht, ihr ein Zuhause zu schaffen in der sie weiterleben kann, doch weil sie sich an dich erinnert hat, hat es all die

Verletzungen und all ihre Wahnvorstellungen von den Wesen wieder herausbrechen lassen. Nur ich kann ihr Erlösung geben. DU weißt nicht, wie es ist einen Menschen zu verlieren. Ich habe meine Frau an den Krebs verloren und ich werde nicht zusehen, wie mir Lana genommen wird. Von niemandem!« Er griff in die tiefer hängende Manteltasche und zog eine Pistole hervor. Curtis reagierte, ohne zu wissen, was er tat. Er hechtete auf Walter Mathews zu und stieß ihn gegen den Beistelltisch. Die Whiskyflasche ging zu Boden und das Glas zersprang. Curtis griff sich den schweren Aschenbecher und schlug zu. Sein Zorn fühlte sich gut an. Wut brach sich endlich Bahn und sein Hass fand ein Ziel. Doktor Mathews zog seinen Kopf ruckartig zur Seite und entkam dem wuchtigen Aschenbecher nur knapp. Er warf Curtis von sich herunter und fingerte nach seiner Pistole. Curtis erkannte die drohende Gefahr und torkelte aus dem Raum hinaus in den offenen Teil des Hauses. Er stolperte gegen eine Wand, drehte sich um und sah Mathews auf sich zustürmen. Zum Ausweichen war es bereits zu spät. Walter Mathews rammte ihn mit der Schulter voran in die Magengrube. Ohnmacht wallte auf. Dann stürzte er.

45. Ein formloses Antlitz

Eine schmale Holztreppe führte steil in die Tiefe. In die Dunkelheit. Curtis stürzte die Treppe hinab und schlug mit dem Kopf auf den hölzernen Stufen auf. Er landete auf dem harten Boden und blieb regungslos liegen. Die Düsternis hatte ihn verschlungen. Für einen Moment lag er einfach nur da, ehe er sich hoch mühte, und versuchte Orientierung zu erlangen. In größer werdenden Radien tastete er sich voran. Seine Finger bewegten sich wie ein Krebs im Dünensand. Dann sprang plötzlich der Fernseher an und riss ihn aus der erstickenden Umklammerung der Dunkelheit. Licht entsprang der verstaubten Mattscheibe und strömte in den Kellerraum. Im flackernden Schimmer des Monitors war sein Gesicht farblos, wie das eines lebenden Toten. Curtis blickte erschrocken empor. Er erkannte, dass er sich in einem großen fensterlosen Zimmer befand. Dies musste Lanas Zimmer - Lanas Gefängnis gewesen sein. Wut stieg in ihm auf. Doch je intensiver er sich umsah, desto mehr erkannte er, dass das Zimmer liebevoll und fürsorglich eingerichtet war. Die Decke war dunkelblau gestrichen und bestückt mit einer Lichterkette voller winziger Glühbirnen. Ein Meer voller Sterne begann über ihm zu leuchten und offenbarte einen magischen Blick auf ein wundervolles Firmament. Es waren die Sterne, nach denen sich Lana so sehnte. Um ein Haar wären Curtis Tränen in die Augen geschossen. Es waren Tränen der Wut und Fassungslosigkeit, zu was Menschen alles im Stande waren. Menschen, die schienbar liebten, taten unaussprechliche Dinge. Dr. Mathews, ihr Vater, hatte sie im Keller wie eine Gefangene vier Jahre lange eingesperrt. Curtis fühlte sich elend. Sie musste durch die Hölle gegangen sein. Eine Hölle, die er ihr ersparen hätte können, wenn er nicht so unendlich feige gewesen wäre. Gebrechlich, an der Wand halt suchend, mühte er sich hoch. Er stand direkt neben dem Fernsehgerät. Das helle Licht des Störbildes blendete seine Augen. Er kniff sie zusammen und blickte direkt in den Bildschirm. Winzige schwarze und weiße Punkte tanzten auf und nieder. Alle Kanäle schienen synchron zu einem Bild zu verschmelzen. Als er wie versteinert in den Röhrenbildschirm starrte, schien sich dort ein verzerrtes, kaum erkennbares Gesicht zu bilden. Ein formloses Antlitz ohne ausgeprägte Gesichtszüge. Irgendwo dort, zwischen all den wuselnden kleinen Quadraten, manifestierte es sich und erwiderte seinen Blick, so als ob es tief in ihn hinein blicken und seine Ängste förmlich lesen könne. Als er in jene dunklen Augenhöhlen starrte, glaubte Curtis, dieses Gesicht schon einmal gesehen zu haben. Auf der alten Holzfällerstraße, ... als er im Sterben gelegen hatte. Plötzlich durchbrach ein schriller ohrenbetäubender Pfeifton die zermürbende Stille. Merkwürdig deformiertes Wispern, in dessen Tiefe weit entfernte Stimmen zu sprechen schienen, drang durch die Boxen des Fernsehers. Curtis schrie auf und hielt sich krampfhaft die Ohren zu, doch es nützte nichts. Er wand sich vor Schmerzen. »Aufhören, bitte aufhören!«, schrie er. Die Wände begannen zu zittern und zu beben. Jegliches Gefühl schien sich zu intensivieren und er glaubte in einem Strudel aus Emotionen zu ersticken. Er taumelte wie ein Betrunkener zur Treppe, die er hinuntergestürzt war und blickte schmerzverzerrt hinauf. Die Tür öffnete sich. Grelles, schneeweißes Licht brandete herein und blende ihn so sehr, dass es weh tat. Er krümmte sich und verzog das Gesicht, während er schrie und sich beide Hände auf die Ohren presste. Dann fühlte er einen Stich in seinem Nacken. Doktor Mathews packte ihn von hinten und setzte ihm eine Spritze in den Hals.

»Ganz ruhig«, sagte er, während Curtis an ihn gelehnt zusammensackte. »Gleich ist es vorbei.«

46. Weil sie zu mir gehört

Rotes Licht wallte wie der Horizont einer sterbenden Welt über ihn hinweg. Schwere Stoffschnallen schnürten sich in Arme und Beine. Er konnte sich kaum regen. Sein Kopf war fixiert. Er fühlte sich kraftlos, immer wieder fielen ihm seine müden Augen zu. »Pssssst«, machte Doktor Mathews und strich ihm mit einem Tuch den Schweiß von der Stirn. »Du bist jetzt in guten Händen Curtis. Ich werde alles dafür tun, dass es dir bald wieder besser geht. Aber dafür musst du eine Weile bei uns bleiben. Du musst akzeptieren, dass dies alles nicht geschehen ist, dass du Lana nie begegnet bist. Sie wird verschwinden, bis sie nur noch ein Rückstand in deinen Träumen ist.« Curtis sah Doktor Mathews aus den Augenwinkeln und begann ruckartig zu zucken und wollte sich von den Fesseln losreißen, doch es war zwecklos. »Keine Angst, ganz ruhig. Dir wird nichts passieren. Du bist hier bei uns im Sanatorium. Hier wird dir nichts Böses widerfahren«, sagte Doktor Mathews sanft und dennoch lag etwas Bedrohliches in seiner Stimme. »Du hattest einen schweren psychischen Zusammenbruch. Durch deine andauernden lügnerischen Schilderungen der Vergangenheit wurden deine Erinnerungen daran verzerrt. Sie sind nichts weiter als ein Hirngespinst. Wer zu lange in die Sonne starrt, wird geblendet. Das musst du lernen zu akzeptieren.«

»Sie verdammter Mistkerl«, flüsterte Curtis, noch halb benommen. »Was haben Sie mit mir gemacht?«, keuchte er kraftlos, »was haben Sie vor?«

»Nichts. Ich will nur, dass es dir besser geht. Doch der erste Schritt zur Heilung ist es, die Wahrheit zu akzeptieren. Du kannst deine Vergangenheit nicht umschreiben, du musst lernen ihr ins Gesicht zu sehen und wenn das Gesicht auch noch so furchterregend ist.« Curtis schnaufte und stammelte. Worte kamen über seine Lippen, doch sie stürzten sogleich in den Abgrund. Mathews befeuchtete den Lappen und strich ihm erneut durchs Gesicht. »Pscht«, machte er wie ein sorgender Vater. »Du darfst dich nicht anstrengen. Wunden brauchen Zeit, um zu heilen. Und erst recht die Wunden deiner Seele. Es gibt Wahrheiten, die man hasst und Lügen, die man liebt. Im Wunsch übersieht deine Seele die Wirklichkeit, das weiß ich nur allzugut.« Curtis schaffte es kaum, einen klaren Gedanken zu fassen. Mathews zurrte die Gurtschnallen an seinen Fußgelenken noch etwas fester. »Du hast jetzt genug Zeit, über alles nachzudenken und du wirst feststellen, dass es einzig und alleine deine Schuld ist. Hör auf dich zu wehren. Hör auf zu kämpfen und gönn dir doch endlich Ruhe. Sonst kannst du dieses Spiel nie gewinnen.« Curtis ballte die Fäuste, presste die Fingernägel in seine Handballen. Wut stieg machtvoll in ihm auf. »Ist das etwa alles nur ein Spiel für Sie? Ist Lana nur ein Spiel für Sie?«, fragte er und spürte, dass die Wut ihm neues Leben einhauchte. Seine Sprache wurde stärker, sein Wille mächtiger. »Lana lebt. Und Sie wissen, dass ich es weiß. Sie werden sie nicht bekommen. Lana wird ein Leben haben, ... ohne SIE. Sie braucht keinen Vater, der sie einsperrt und misshandelt. Sie hat etwas gefunden, dass *Sie* nie verstehen werden und dass Sie nie fühlen werden.« Walter Mathews schnellte hervor und griff sich Curtis' Kehle. »Nichts verstehst du ... gar NICHTS!«, brüllte er ihn erzürnt an. »Ich habe meine Tochter nicht misshandelt, alles was ich wollte, war es, ihr den Schmerz zu nehmen. Ich habe meine Frau an die Dunkelheit verloren, doch das werde ich nicht noch einmal zulassen.«

»Wenn Sie Ihre Tochter einsperren, wird Ihre Frau auch nicht wieder lebendig«, sagte Curtis keuchend, nachdem der Doktor von ihm abgelassen hatte. »Warum lassen Sie Lana nicht einfach in Frieden?« Mathews Lippen verzogen sich zu einem seltsamen Lächeln. »Weil sie zu mir gehört.« Wieder musste Curtis gegen die Wut ankämpfen. Wut darüber, dass er ihm Lana wegnehmen wollte. Doktor Mathews kam ganz nahe und begann ihm etwas ins Ohr zu flüstern. Curtis konnte seinen feuchten Atem spüren. »Soll ich dir ein Geheimnis verraten? *Sie* ist es. Die Seele meiner Frau lebt in Lana weiter, wiedergeboren aus den Sternen.« Curtis entwich jegliche Gesichtsfarbe. In seiner Lunge war nicht genug Luft, um zu atmen. Er hatte es gewusst und er hatte sich nicht getäuscht. Walter Mathews hatte den Verstand verloren. Er war besessen vom Tod seiner Frau. »Weißt du, jetzt wo du hier vor mir liegst, kann ich dir wohl die Wahrheit erzählen«, begann der Doktor offenherzig. Seine Maske fiel und er zeigte sein wahres, – sein wahnsinniges Angesicht.

47. Niemand

1992

Dunkelheit bäumte sich am Horizont auf, als Walter Mathews durch eine sumpfige Landschaft streifte. Schwülwarme Luft hatte sich über den feuchten Landstrich gelegt. Ein Schwarm tanzender Mücken verschleierte ihm die Sicht. Er bekam langsam Schwielen an den Händen, von der schweren Last, die er mit sich herumschleppte. Zwei gefüllte Kanister voller Benzin schnitten schmerzhaft in seine Haut. Er würde sie brauchen, bei dem, was er vorhatte. Dieses Ding musste brennen und es durfte nichts übrig bleiben. Seit mehr als zwölf Jahren lag es nun verborgen da draußen in den Sümpfen. Es war ein gutes Versteck gewesen, bis zu dem Moment, an dem die Deppen von der städtischen Bauverwaltung auf die glorreiche Idee gekommen waren, die Feuchtgebiete trocken zu legen um so neues Bauland zu erschließen. *Verdammte geldgierige Bande,* dachte Walter erzürnt und ließ seinen entschlossenen Blick durch die Weite schweifen. Es war nicht mehr weit. Nach weiteren zehn Minuten, die er sich durch diese modrige Einöde geschleppt hatte, erreichte er sein Ziel. Spaten und Schaufeln lagen neben mehreren Haufen von lehmiger Erde. Walter stellte die roten Benzinkanister neben einem drei Meter breiten und zwei Meter tiefen Krater ab. Er blickte hinab und verharrte einen Augenblick. Dort unten lag etwas, das einem silber-grauen Metallsarg ähnelte. Walter wusste nicht, um was für ein Material es sich handelte, er wusste nur, dass es nicht von dieser Erde stammte. Er musste es auch gar nicht wissen, er hoffte nur, dass es brennen würde. Es war zu gefährlich geworden. Bald würde es hier von Bauarbeitern wimmeln und wenn sie es finden würden, würde dies eine Kettenreaktion auslösen. Eine Kette, deren letztes Glied Lana war. Dieses Ding war die einzige Verbindung zu ihrer wahren Herkunft. Dort in diesem glänzenden spiegelglatten Etwas hatte er sie vor zwölf Jahren gefunden. Nackt, allein und hilflos – ein kleiner Engel. *Sein* kleiner Engel. Er begann das Ding in hypnotischer Abwesenheit mit Benzin zu übergießen. Sein Blick verriet geballte Entschlossenheit. Nachdem er auch den letzten Tropfen aus den Kanistern geschüttelt hatte, warf er sie in einer schwungvoll fließenden Bewegung hinter sich. Aus seiner Hosentasche fischte er ein Feuerzeug, das er mit entsagtem Blick entzündete. Dann ließ er es über dem Abgrund los und es kam ihm vor, als würde es in Zeitlupe hinabfallen. Als sich Flamme und Benzin in ewiger Zuneigung vereinten gebar ihre Liebe eine Feuerhölle, die in einer alles verschlingenden Flammensäule entfesselt emporstob. Walter machte zwei Schritte zurück, um der überwältigenden Hitze zu entkommen. Befriedigung machte sich wohltuend in ihm breit. Dieses Ding mochte aus einem entfernten Teil der Galaxie stammen, doch in diesem Abschnitt des Universums hatte es der reinigenden Macht des Feuers nichts entgegenzusetzen. Während es langsam wie erhitzter Käse zu schmelzen begann, spiegelten sich die verschlingenden Flammen in Walters Augen. Es sah aus, als würden seine Pupillen ebenfalls in Flammen stehen.

 Niemand durfte je erfahren, wer Lana wirklich war. Niemand würde sie ihm je wegnehmen. Niemand.

48. Offenbarungen

»Jetzt weißt du, warum ich Lana nicht gehen lassen kann«, sagte Doktor Mathews. »Als ich sie dort draußen in den Sümpfen fand, wusste ich, dass sie etwas ganz Besonderes ist. Ich wusste, dass meine Frau sie mir geschickt hat, damit ich nicht so alleine durch dieses Leben gehen muss. Alles war in Ordnung, bis ich vor vier Jahren von einer Tagung nach Hause zurückkehrte und Lana in ihrem Zimmer fand. Sie hatte den Tag mit dir verbracht, doch sie war nicht mehr dieselbe. Sie war verängstigt, einsam und gebrochen, so als habe ihr jemand ein Stück ihrer Seele entrissen. Ich habe immer befürchtet, dass Lanas Herkunft ihr zum Verhängnis werden könne. Die Erkenntnis über ihre Existenz würde einen Paradigmen-Wechsel bedeuten. Es würde das Bild über unser eigenes Dasein in Frage stellen. Es würde offenbaren, dass das menschliche Leben nicht im Mittelpunkt des Seins steht. Und das würde den Menschen Angst machen. Und was den Menschen Angst macht, das wollen sie vernichten. Was die Menschen nicht verstehen, wollen sie nicht akzeptieren. All das hatte ich bis zu jenem Tag immer verdrängt. Und als Lana mir dann von diesem Mann, ... diesem Monster erzählte, das in jener Nacht über sie hergefallen war, da hatte ich gewusst, dass es dort draußen andere wie sie gibt. Mächte, die wir nicht verstehen. Mächte, die wissen, *was* Lana ist und sie deshalb jagen werden. Nur um das zu bekommen, was sie zu etwas Besonderem macht. In jener Nacht wurde mir klar, dass nur ich sie vor der Welt da draußen beschützen kann. Nur bei mir wird sie Frieden finden. Alle anderen werden das wollen, was in ihr steckt; egal ob Mensch oder Monster.«

»Und warum treffen Sie sich dann mit dem Monster, das ihr all das angetan hat?«, sagte Curtis provokant.

»Was redest du da?«, fragte Mathews konsterniert. »Townsend. Otis Townsend. Ich habe beobachtet, wie Sie aus seiner Wohnung gekommen sind«, offenbarte Curtis, nicht ohne Genugtuung zu verspüren. »Und als ich mich hineingeschlichen habe, da habe ich das verschwundene Mädchen tot in seiner Badewanne gefunden. Townsend hat sie umgebracht, wahrscheinlich nachdem er sie vergewaltigt und ihre Seele gestohlen hat. Genauso, wie er Lanas Seele verschlungen hat. Er ist ein Seelenfresser. Er ist der schwarze Schatten.« Walter Mathews taumelte zurück. Er konnte es nicht fassen. Eine Erkenntnis schien machtvoll in ihm aufzusteigen und seinen Verstand zu umhüllen. »Aber das kann doch nicht sein«, begann er mehr mit sich selber zu reden, als mit Curtis. »Otis Townsend hat ärztlichen Rat bei mir gesucht. Er wollte, dass ich ihm helfe, dass ich ihm Medikamente gebe, die seinen Drang unterdrücken, – die ihn irgendwie kalt stellen sollten.« Mathews wirkte abwesend, und begann einen Monolog zu halten, so als wolle er sich vor einer unsichtbaren Instanz rechtfertigen. »Er hat gesagt, er höre eine Stimme, die ihn zu Dingen treibe, die er nicht tun wolle. Dinge, die so schrecklich seien, dass er nicht darüber sprechen könne. Als Kind musste er mit ansehen, wie seine Mutter vergewaltigt wurde. Seine Persönlichkeit muss sich aufgrund dieser verstörenden und prägenden Erlebnisse gespalten und eine starke Schizophrenie entwickelt haben. Ich gab ihm Antidepressiva und Psychopharmaka, die seine Gefühle lahmlegen und ihn emotional taub werden lassen sollten. Er kam wieder und sagte, es würde nicht funktionieren, es wirke nicht bei ihm. Ich hab ihm gesagt, ich könne ihm nicht mehr helfen und ihn abgewiesen. Er ist wütend geworden und hat mich bedroht. Er hat sich einfach nicht abwimmeln lassen. Er muss mich beobachtet und gesehen haben, dass ich Lana bei mir verstecke. Er hat recherchiert und erfahren, dass Lana für tot gehalten wird und dann hat er mich damit erpresst. Ich habe ihn weiterhin ohne Bezahlung im Geheimen behandelt und ihm sogar diese Wohnung draußen im Sozialviertel beschafft. Er hat immer mehr und immer stärkere Medikamente verlangt und gesagt die Stimme würde wiederkehren und wenn sie erneut die Macht über ihn erlangen würde, dann nähme es kein gutes Ende. Als ich dann von ... von dem toten Mädchen erfahren habe, da wusste ich nicht, wie es weitergehen sollte. Ich hatte Sorge, ich würde ins Fadenkreuz der Ermittlungen geraten. Wie hätte ich denn wissen sollen, dass er es ist, dass *er* dieses Monster ist, das meiner Lana all das angetan hat?«

»Jetzt wissen Sie vielleicht, wie es ist, sich schuldig zu fühlen«, sagte Curtis voller Gram und Spott. »Machen Sie mich los, es ist noch nicht zu spät. Sie können Ihre Fehler wieder gut machen.« »Das werde ich«, sagte der Doktor gedankenverloren und mit dem Rücken zu Curtis gewandt. Als er sich umdrehte, hatte er eine Spritze in der Hand. Er steckte die Nadel in eine Ampulle und zog die Spritze auf. Im rötlich gelben Schimmer der grellen Lampe sah Curtis, wie er einen Spritzer Flüssigkeit in die Luft schoss. »Sag mir, wo sie ist«, sagte Doktor Mathews drohend und setzte die Nadel an seine Vene am Hals an. »Ich weiß es nicht«, entgegnete Curtis, während er mit einer Mischung aus

Panik und Wut versuchte, die Schnallen an seinen Handgelenken zu lösen. Vergebens. »Gut. Es spielt ohnehin keine Rolle, ich werde sie so oder so finden«, sagte Mathews und stach die Nadel in seinen Hals. Curtis kämpfte mit Machtlosigkeit gegen die Ohnmacht an, doch mit jedem Schlag seines Herzens verschwamm die Welt ein kleines Stückchen mehr.

49. Die Dunkelheit erwacht

Curtis` Augenlider öffneten sich langsam und behäbig. Rotes grelles Licht schmerzte ihn. Eine verschwommene Figur stand direkt neben dem Bett und schien mit ihm zu reden, er verstand nur die Worte nicht. Langsam nahm die Welt wieder Kontur an. Linien, Kanten und Muster wurden schärfer und klarer. »Curtis? Curtis?«, wiederholte eine brummende Männerstimme, während eine kräftige Hand immer wieder seine Wange tätschelte. Fast ein bisschen zu kräftig. Die Hand gehörte zu einer muskulösen Statur. Einer Statur mit schwarzer Hautfarbe. Jetzt erkannte Curtis, wer dort neben ihm stand. Er blickte in das besorgte Gesicht von Tyrone Jackson, dem Hausmeister des Sanatoriums. Curtis mühte sich mit einem gequälten Stöhnen hoch, während Tyrone ihm half. »Vorsichtig, ganz langsam. Du bist noch etwas schwach auf der Brust. Doktor Mathews hat dir ein starkes Narkotikum gespritzt, das hätte auch einen Elefanten umhauen können.«

»Woher ... woher weißt du das?«, murmelte Curtis, so als sei er betrunken.

»Ich habe es beobachtet und ich habe dir etwas gegeben, dass die Wirkung neutralisiert.« Curtis hielt sich den Kopf und sah Jackson aus fragenden Augen an. »Ich dachte, Sie seien hier nur der Hausmeister?«

»Das bin ich auch, aber dass heißt ja nicht, das man sich nicht für Dinge ... nun, sagen wir, ... interessieren kann.« Tyrone grinste spitzbübisch und offenbarte seine perlweißen Zähne, während er die eng gezogenen Sicherheitsschnallen von Curtis´ Fußgelenken entfernte.

»Danke, ich bin Ihnen was schuldig«, sagte Curtis, als er sich aufsetzte und versuchte wieder an Balance zu gewinnen. »Doktor Mathews hat Dreck am Stecken. Ich habe es die ganze Zeit gewusst. Er hat seine Tochter all die Jahre gefangen gehalten und will nun mit ihr untertauchen. Ich muss das verhindern«, sagte er dann. Tyrone schwieg und nickte mit ernster Miene.

»Meine Schwester sagt immer: Wenn wir die Furcht an unsere Hand nehmen, dann kann sie uns nicht mehr ängstigen.«

»Arbeitet ihre Schwester zufällig im städtischen Krankenhaus?«, fragte Curtis erstaunt.

»Ja genau. Kennst du sie?« Curtis grinste gequält.

»Hab sie neulich mal getroffen. Ehrlich gesagt, ich habe verdammte Angst«, entgegnete er dann, erschrocken über seinen Freimut.

»Angst kennt keine rationalen Gründe. Sie ist da, wenn du sie am wenigsten vermutest. Egal was du auch tust, du darfst dich nicht von ihr beherrschen lassen. Wenn du Furcht in dir trägst, dann erlebst du auch Dinge, die dich fürchten. Innere Dunkelheit schafft äußere Finsternis.« Wiedereinmal war Curtis erstaunt über diesen Tyrone Jackson. Er war nicht nur Hobby-Neurologe, Menschenkenner, Bruder jener Krankenschwester, die ihn erst vor kurzem versorgt hatte, sondern auch Hausmeister mit philosophischer Ader. Curtis rutschte von der Liege herunter, auf der ihn Doktor Mathews hatte festhalten wollen und sagte: »Können Sie mir noch einen Gefallen tun, Tyrone?«

»Natürlich, wahrscheinlich werde ich meinen Job als Hausmeister jetzt eh los sein«, sagte Tyrone und zwinkerte ihm zu. Curtis wusste nicht, ob er es lustig oder traurig finden sollte, aber was für eine Rolle spielte das jetzt noch? »Ich muss eine offene Angelegenheit zu Ende bringen, auf meine Art«, sagte er kampfeslustig. Tyrone zeigte seine weißen Zähne und lächelte. Das Lächeln war merkwürdig verheißungsvoll. So, als ob er genau wisse, welche Schrecken Curtis erwarten würden, aber dennoch sicher war, dass er ihnen trotzen konnte. Als sie das Sanatorium unbemerkt durch den Hintereingang verließen, fragte Curtis seinen neugewonnen Freund: »Warum glauben Sie, tun Menschen so etwas?« Nahezu beiläufig erwiderte Tyrone: »Die menschlichste Eigenschaft ist es, unmenschliche Dinge zu tun.«

...

Tyrone setzte Curtis bei Jeremiah Saxton ab und wünschte ihm alles Gute. Curtis sagte, sie würden sich wiedersehen, doch sicher war er sich dessen nicht. Die Tür zu Saxtons Haus war unverschlossen, was Curtis verwunderte. Als er eintrat, lag das Haus in dunklen Schatten. »Jeremiah? Missy?«, rief er, doch niemand antwortete. Am Ende seiner Suche gelangte er in die offene Küche und fand Missy an die Kochinsel gelehnt auf dem Boden sitzen. Curtis stürmte zu ihr und kniete sich nieder. »Missy?«, fragte er verunsichert, »was ist denn passiert?« Sie blickte ihn aus verweinten Augen an. Ihre Wimperntusche war verlaufen und sie umarmte ihn wortlos mit einer Zigarette in der Hand. »Jeremiah ist nicht heimgekehrt.«

»Was?«, fuhr es bestürzt aus Curtis heraus. »Er wollte doch nach Lana suchen. Sie kann nicht viel Vorsprung gehabt haben und das ist jetzt Stunden her«, sagte er, während er mit aufgerissenen Augen auf die Uhr sah. Missy sog mit zittriger Hand an ihrer

Kippe. »Ja, es tut mir so leid, aber ich glaube, ich weiß, was er getan hat.«

»Missy? Hast du mir irgendetwas zu sagen?«

»Jeremiah will Rache. Er will Otis Townsend. Er will den schwarzen Schatten.«

»Rache? Wofür? Für Lana?«, fragte Curtis zögerlich.

Missy schüttelte den Kopf, während sie erneut an ihrer Zigarette zog. »Nein, Rache für seine Frau. Rache für Bernarda. Er glaubt, sie ist vor zwanzig Jahren dem schwarzen Schatten zum Opfer gefallen. Er glaubt, er habe auch *ihre* Seele gestohlen. Er ist besessen von ihm. Im Versuch, das Leiden seiner Frau zu tilgen, ist ihr Alptraum zu seinem geworden.« Ein Satz, der Curtis erschreckend vertraut vorkam. Missy zog ein Blatt Papier unter ihren Schenkeln hervor und reichte es Curtis. Das Papier zeigte eine Zeichnung, die er schon einmal gesehen hatte. Es war der dunkle Flur. Bernardas Zimmer im Sanatorium war voll davon gewesen. »Das ist das alte leer stehende Hotel, draußen in den westlichen Wäldern«, sagte Missy und tippte gegen das Stück Papier. »Das Hotel, wo Jerry und Bernarda vor vielen Jahrzehnten ihren Urlaub verbracht haben. Dort wo er ihr den Antrag gemacht hat. Ich glaube Jerry ist auf dem Weg dahin. Er will es ... beenden. Ich ... ich befürchte, er will Lana als Köder benutzen. Er hat heimlich ein Telefonat geführt. Als er aus dem Haus gegangen war, um nach ihr zu suchen, da habe ich die Wiederwahltaste gedrückt und ...«, sie schluchzte vor Schuldgefühlen. »Da ist *er* ans Telefon gegangen. Er hat sich nicht mit Namen gemeldet, aber ich bin mir sicher, es war Townsend. Als Lana dann ohnehin in den Wald gegangen ist, weil sie zum See wollte, da hat er die Gelegenheit ergriffen. Er will Lana nicht schaden, aber er ist von seinem Drang nach Rache geblendet.« Ein Asteroid schlug in Curtis' Kopf ein und setzte einen Kometenschwanz von Eingebungen frei. Mit dumpfer dämmernder Bestürzung wurde ihm klar, wer die Frau gewesen war, die er damals im *Silent Observer*, jener abgesetzten TV-Show, gesehen hatte. Es war Bernarda Saxton gewesen. Jeremiah hatte seine eigene Frau interviewt, damals als sie noch gesprochen hatte. Die Aufzeichnung musste gemacht worden sein, kurz nachdem er sie gefunden hatte. Alles ergab sich jetzt wie von selbst – wie die fehlenden Teile, die sich mit spielerischer Leichtigkeit in ein großes Puzzle einfügten.

»*Wenn es stimmt, dann haben wir ihn endlich gefunden. Jetzt kann endlich gesühnt werden, was so lange nach Wiedergutmachung gefleht hat.*«

»Aber was ändert das?«, fragte Missy flehentlich.

»Soll sie denn einfach so weiterleben?«, herrschte sie Saxton unwirsch an. »*Sag mir, wie kann ein Mensch ohne Seele leben?*« Curtis hörte jene Worte klar und deutlich in seinem Kopf verhallen. Er hatte geglaubt, Saxton hätte Lana gemeint, doch es hatte seiner Frau gegolten.

»*Eugene, Eugene, Eugene, Eugene*« Curtis fielen Bernardas panische Laute ein, als er ihr im Sanatorium nahe gekommen war. »Sagt dir der Name Eugene etwas?«, fragte er Missy. Missy nickte und wischte sich die Wimperntusche aus dem Gesicht. »Von dem Moment an, als du herausgefunden hast, dass dieser Townsend der schwarze Schatten ist, hat Jeremiah Rachepläne geschmiedet.« Sie kramte einen Gegenstand hervor und drückte ihn Curtis in die Hand.

Es war ein Namensschild. Otis Eugene Townsend war darin eingraviert. »Townsend war Page in dem heute leer stehenden Hotel. In einer gewittrigen Nacht, als Bernarda das Zimmer verlassen hat, um Eiswürfel zu holen, muss er über sie hergefallen sein und sie in einem abgelegenen Flur vergewaltigt haben. Jener Teil des Hotels war wegen Renovierungsarbeiten gesperrt. Niemand hat ihr Schreien gehört.« Curtis blickte auf die Zeichnung von Bernarda. Ein langer dunkler Flur. »Er hat auch ihre Seele gestohlen, und nachdem Jerry sie damals im Wald gefunden hatte, war sie nie wieder ...« »Dieselbe«, führte Curtis zu Ende. Ein lähmendes Entsetzen kroch langsam aber verschlingend durch seine Adern und ließ ihn bei vollem Bewusstsein erstarren.

Missy fischte sich eine weitere Zigarette aus der Schachtel hervor und zündete sie an. »Was willst du jetzt tun?«, fragte sie, doch in seinen Augen hatte sie erkannt, dass er längst eine Entscheidung getroffen hatte. »Ich muss sie zurückholen, irgendwie«, sagte Curtis und öffnete die Tür.

»Das hat Jerry auch gesagt, von ihr, – von seiner Frau. Er glaubt, ihre Seele sei noch irgendwo in dem schwarzen Schatten und er könne sie zurückbringen«, flüsterte Missy, während sie Doktor Schiwago streichelte. Der Hund hatte sich zu ihr gesellt und seinen Kopf auf ihren Schoss gelegt, so als ob er sie trösten wolle. Seine Augenlider hingen schwer hinab und hin und wieder brachte er ein zaghaftes Jaulen hervor, so als wüsste er genau, dass diese Nacht nichts Gutes bereit hielt. Für niemanden. Curtis drehte den Knauf und öffnete die Tür. »Curtis?«, hielt Missy ihn zurück. Er hielt inne und schloss die Augen, um sich für den aufkommenden Sturm zu wappnen.

»Wenn die Seele stirbt, erwacht die Dunkelheit«, sagte Missy und streichelte den Hund. Curtis öffnete die Augen und verließ das Haus. Wortlos. Missy blieb allein zurück. Im diffusen Zwielicht des drohenden Sturms hallte Donnergrollen durch die Nacht. »Die Dunkelheit erwacht in uns allen«, sagte Missy, lehnte sich an die kalte Küchenzeile und schoss die Augen.

50. Ouvertüre des Bösen

In der Ferne grollte Donner. Im Gestrüpp und im dichten Unterholz surrten Stechmücken. Zweige knackten. Nadelscharfer Wind fegte ihm unnachgiebig entgegen. Ein blauer Lichtblitz zuckte in grimmigen Zacken durch die Nacht. Sein Blick fiel auf das Dach des Hotels. Die Schindeln waren zum Teil von Moos bewachsen und bröckelten hier und da auseinander. Das ehemalige Hotel verrottete. Es wirkte wie ein seelenloses Wrack, einst voller Leben und jetzt nur noch die Ruine einer vergangenen Zeit. Ein verzehrendes Unheil hatte sich über das Gebäude gelegt und es eingehüllt. Der schwarze Schatten schien tief in seinen Brettern und Gemäuern zu atmen; ein lebender Alptraum, der das alte Gemäuer heimgesucht hatte. Die Holzdielen, die Steine und das zerborstene Glas der Fenster, das alles rief Curtis entgegen, diesen Ort zu verlassen. Doch er blieb. Er nahm sich eines der Kanthölzer, die zum Stabilisieren der brüchigen Außenwände verwendet worden waren. Er versuchte, alle Gedanken zu verbannen, die ihn warnen wollten. Das grelle Kreischen eines Raben ließ ihn zusammenzucken. Der aufgeschreckte Vogel stieß krächzend erboste Rufe aus. Er sah ihn mit seinen bernsteingelben Augen an, während er beständig kleine Käfer aus einer zugewachsenen Regenrinne zutage förderte. Während er sein Federkleid schüttelte und ihn argwöhnisch beäugte, klapperte er mit dem Schnabel, als wolle er seinen Mitternachtssnack schimpfend verteidigen. Curtis warf einen letzten Blick auf die Fassade des Hotels. Tosender Wind peitschte gnadenlos Regen an die mürben Wände. In der Entfernung war ein schauerliches Donnergrollen zu hören, als ob die Götter sich knurrend kampfbereit machen würden. Angst spielte die Klaviatur seiner Furcht in Perfektion. Doch er hatte keine Wahl, sonst würde er die Fesseln der Vergangenheit niemals hinter sich lassen können. Als er das Gebäude betrat, empfing ihn ein Strudel aus Stille, der ihm auf die Ohren drückte, als würde er sich tief unter der Erde befinden. Die Stille war so machtvoll, dass sie körperlich von ihm Besitz zu ergreifen schien. Eine verschlingende Ouvertüre des Bösen. Es gab Dinge in diesem Haus, die waren grausam, gefährlich, vielleicht sogar abscheulich, aber was immer hier drinnen sein mochte, Lana war es auch. Er kniff die Augen zusammen um besser erkennen zu können, was dort vor ihm lag. Einst hatte es hier von Menschen gewimmelt, doch diese Zeit war nur noch ein verblasster Schatten an den Wänden. Stühle mit hohen von rotem Samt bezogenen Lehnen standen übereinandergestapelt unter riesige Planen gehüllt. Am Empfangstresen befand sich noch die alte bronzene Registrierkasse, die von Rost angefressen war und matt in der Dunkelheit schimmerte. Die alten Dielen dehnten sich ächzend und vor Qualen stöhnend unter seinen angespannten Schritten und es knirschte kratzig. Als er hinabsah, erblickte er ein feines Netzwerk aus geborstenem Glas. Das Pfeifen des Windes heulte durch die Ritzen des Gemäuers. Seine Lippen zitterten und sein Herz klopfte in seiner Brust. Für einen Augenblick glaubte er, die flüsternde Stimme von Otis Townsend ganz deutlich zu hören. *»So rein, so voller Kraft, so voller Träume. ... Ich musste es tun. ... Sie hat mich dazu gezwungen. Es ist die Stimme. Es ist der Schatten. Er will es so«.* Doch da war nichts, nur Grabesstille. Jener reale Ort kam ihm unwirklicher vor, als jeder Traum. Das Ambiente seiner Vergangenheit stach zwischen den abbruchreifen Wänden des verfallenen Hotels hindurch. Grünspan hatte sich am modrig riechenden Holz gebildet und Wasser tropfte von den morschen Querbalken. Curtis umklammerte seinen improvisierten Schläger und spähte vor sich. Dann glaubte er, etwas zu sehen. Die Silhouette eines Menschen lag leblos am Fuß einer Treppe.

51. Ein Tag am Meer

Curtis packte den leblosen Körper und wuchtete ihn zu sich herum. Jeremiah Saxton gab ein gequältes Stöhnen von sich. »Oh mein Gott, Jerry!«, rief Curtis und versuchte ihn ins Bewusstsein zurückzurufen.

»Mein Junge«, hauchte Saxton, als er seine müden Augen einen Spalt öffnete. Curtis sah, dass es seinen Freund übel erwischt hatte. Sein Gesicht war geschwollen und sein Hemd war blutverschmiert, er konnte jedoch keine offensichtliche Wunde erkennen. »Was hast du nur getan, Jerry?«, sagte Curtis. Saxton hustete und seine Pupillen rollten in den Hinterkopf. »Jerry? Jerry? Bleib bei mir«, rief Curtis hektisch und tätschelte ihm die Wange. Saxton rang mit der Ohnmacht, ehe er plötzlich seinen Arm griff und fest zupackte. »Ich habe ihn gesehen. Der schwarze Schatten, – er ist hier«, sagte er.

»Wo ist Lana?«, fragte Curtis, bemüht seinen Zorn, darüber zu verbergen, dass Saxton sie in diese Situation gebracht hatte.

»Ich habe ihm in die Augen gesehen und habe den Tod darin erkannt. Uralte und finstere Mächte wohnen ihm inne«, sagte Saxton, ehe erneut seine Lider zufielen. Wieder versuchte Curtis, seinen Freund mit aller Macht vor der Ohnmacht zu bewahren. Für Saxton, aber auch für sich selber. Er rüttelte und schüttelte ihn und wollte es einfach nicht erlauben, dass er das Bewusstsein verlor. Seine Miene wirkte trotzig und verbittert, als Saxton zurückkehrte. »Curtis?«, flüsterte Saxton mit brüchiger Stimme. Seine Augen starrten in die Luft und er streckte seinen Arm nach ihm aus. Curtis griff zu und drückte seine Hand, so fest er konnte. »Ich bin hier, mein Freund.«

»Ich habe Lana nicht in Gefahr bringen wollen.« Curtis zögerte einen Moment, ehe er sagte: »Ich weiß, wir alle tun, was wir müssen, um unsere Alpträume zu überleben.«

»Lana war auf dem Weg zum See. Du weißt doch, ... der See.« Er musste husten und würgen. »Ja, ich weiß«, sagte Curtis.

»Sie wollte dorthin zurück«, führte Saxton fort, »weil sie glaubt, dort würden die Wesen sie holen und nach Hause bringen.« Wieder keuchte er gequält. »Es tut mir so leid. Ich musste es tun. Townsend hat das Leben meiner Frau zerstört. Sie war so voller Träume und Ziele und er hat ihr das alles weggenommen. Einfach so. Ich wollte ihr altes Leben zurückholen, - für sie. Aber ich habe versagt. All mein Mut war nicht genug. Es tut mir leid.« Wieder sackte er weg und seine Pupillen rollten in den Hinterkopf. Curtis umklammerte seine Hand, so als wolle er das Leben festhalten, da öffnete Saxton wieder die Augen. »Ich war noch nie am Meer«, sagte er dann entrückt. »Ich habe mir immer vorgestellt, wie schön es am Wasser sein muss. An einem einsamen Strand. Den Blick auf das tiefe blaue Meer gerichtet, dessen Geheimnisse, fast so fern sind, wie die der Sterne«, murmelte er, ehe er hinabglitt in die Bewusstlosigkeit. »Ich sehe es vor mir«, sagte Curtis, »sonnige Strände, Palmen und türkis-blaues Wasser. Ich verspreche dir; wir werden ihn erleben, diesen Tag am Meer.«

52. Sonnenfinsternis

Für den Bruchteil einer Sekunde versuchte Lanas Verstand, ein surreales Flüstern zu lokalisieren. Sie kannte diese Stimme, konnte sie jedoch nicht zuordnen. Langsam öffnete sie die Augen. Ihr Körper war schwer, ihre Glieder fühlten sich taub an, als sei sie gelähmt. Ihre Sinne gaben nur verschwommene Wahrnehmungen wieder. Alles drehte sich und sie hatte Probleme ihre Sicht zu schärfen. Sie roch vermodertes Holz und schalen Zigarettenqualm. Sie versuchte, um Hilfe zu rufen, doch ihre Zunge fühlte sich taub an. Laute verließen ihren Mund, doch sie waren nichts weiter als undeutlicher Buchstabenbrei. Panik durchfuhr ihren Körper, als sie realisierte, dass sie an Händen und Füßen gefesselt war. Raue Schnüre schnitten kräftig in ihre nackte Haut. Der trübe Schleier vor ihren Augen wich allmählich und die Umgebung nahm Konturen an. Das flackernde Licht einer Öllampe erfüllte den Raum mit diffuser Helligkeit. Sie blickte sich um und sah einen Mann in der Ecke des Raumes stehen. Es war Otis Townsend. Er stand dort mit dem Gesicht zur Wand und murmelte tonlos vor sich hin. »*Sie* ist es. *Sie* ist der Engel. *Sie* ist hier. Wir müssen *sie* uns nur nehmen«, sagte er abwesend, als sei er einem religiösen Mantra verfallen. Seine Stimme pochte wie ein Presslufthammer in Lanas Ohren. Grell und zischend fegten seine Worte durch ihren Kopf. *Du mieses Arschloch,* dachte sie, doch als sie es ihm entgegenschreien wollte, plätscherte nur ein unverständliches Lallen aus ihrem Mund. Townsend drehte sich um und sein Blick erfasste sie. Hart, abwesend, entsetzt und zugleich freudig wie ein kleiner Junge am Weihnachtsabend. »Jetzt verstehst du es endlich, oder?«, sagte er, »du bist meine Letzte. Du bist meine Letzte und dann bin ich frei. Sie haben dich zu ihm zurückgesandt, als Wiedergutmachung für das, was sie ihm angetan haben. Dein Licht ist heller als jemals zuvor. Es wird mich befreien von der verschlingenden Dunkelheit des Schattens.« Lanas Gesicht verzerrte sich zu einer angsterfüllten Maske. »Nicht doch, du brauchst dich nicht zu fürchten«, sagte er und beobachtete mit Sorge wie die Pflanze des Entsetzens ihren Horizont verdunkelte. Eine Pflanze, deren Saat er in ihr gesät hatte. Er setzte sich zu ihr auf die Bettkante und strich ihr seufzend über den Kopf. Lana starrte mit offenen Augen an die Decke. Geschah derselbe Alptraum ein zweites Mal? Musste sie dieselben Schrecken auf ein Neues durchleben? Tränen liefen über ihr Gesicht und versickerten in ihren Ohren. »Bitte weine nicht«, sagte er, »für mich ist das genauso schlimm, wie für dich. Ich habe das alles nie gewollt. Ich habe niemandem weh tun wollen. Aber ich musste es doch tun. Sein Verlangen nach Seelen ist zu mächtig. Es ist wie der Durst eines Vampirs nach frischem Blut. Es ist eine Notwendigkeit seines Lebens.« Sie spürte Townsends kühle schwitzige Fingerspitzen an ihrem Hals. Er glitt mit der Hand über ihr Kinn, fuhr mit dem nach salzigem Schweiß schmeckendem Daumen über ihre Lippen. Dann stoppte er abrupt und seufzte. »Der Schatten will deine Seele. Er braucht sie, um nicht zu sterben. Er lechzt nach der Essenz der Sterne, etwas das er schon so lange nicht mehr gekostet hat. Sie könnte mich befreien, deine Sternenseele.« Er hielt inne. »Aber was wenn nicht?«, murmelte er dann. Townsend kam ganz nahe, sodass sich ihre Gesichter beinahe berührten.

»Verstehst du? Der Schatten sagt mir, du seist unser letztes Opfer. Er verspricht mir, danach würde alles enden und ich könnte Frieden finden. Aber er ist ein Lügner. Er wird dir deine Seele durch meine Hände entreißen und dann«, er blickte entrückt ins Leere, »dann wenn ich glaube, dass es endlich Still ist, dann wird er zurückkommen und weitermachen.« Townsend stand auf und wanderte nervös auf und ab. Er packte sich immer wieder an den Kopf, zitterte und zog an seinen Haaren. Lana sah förmlich, wie ein zerstörerischer Kampf in ihm wütete, und ihn zu verzehren schien. Er stammelte wirres Zeug, das sie nicht verstand. Sinnlose Laute. »Nein, nein, nein, nein!«, mit jedem Wort wurde seine Stimme lauter. Lana zerrte an den Fesseln, doch dadurch schnürten sich die kratzigen Kordeln nur noch tiefer in ihre Haut. Hilflos und aus angstgezeichneten Augen musste sie mitansehen, welch bizarres Spiel Townsend dort vor ihr darbot. »Du wirst ihr das nicht noch einmal antun. Du hast genug Leben zerstört. Ich werde das nicht länger zulassen.« Townsend befand sich im Zwiegespräch mit einem inneren Dämon. Eine gebieterische und wütende Stimme, die ihn gefangen hielt und quälte. Er schrie und drohte seinen inneren Kampf zu verlieren. »ICH HASSE DICH, ICH HASSE DICH, ICH HASSE DICH!«, brüllte er, während er sich mit beiden Händen gegen die Wand stützte. Und mit jedem Wort, das über seine Lippen geschleudert wurde, schlug er den Kopf gegen die Wand. Lana glaubte, das alte Hotel würde erbeben. Townsend ließ seinen Kopf immer wieder gegen die Wand prallen. Staub rieselte herab und seine Stirn platzte auf. Trotzdem machte er weiter. Ein Sprühregen aus Blut benetzte die umliegende Wand und schließlich, nach einem letzten bebenden Aufeinandertreffen von Wand und Schädel, sackte er zusammen und verschwand aus Lanas Blickfeld. Sie starrte auf einen dunkelroten Fleck an der spröden Tapete und harrte der Stille. Sie zerrte, zog und rüttelte an ihren Fesseln, doch die Schnüre blieben erbarmungslos und bewegten sich keinen Millimeter. Als sie vor Erschöpfung und Schmerzen ihren Fluchtversuch unterbrach, erlosch plötzlich das Licht der Öllampe. Stille umgab sie erdrückend. Dann bemerkte sie am Fußende des Bettes eine Bewegung. *Etwas* begann emporzusteigen. Langsam, behäbig, aber unaufhaltsam. In Kauerstellung und auf allen vieren wie eine Spinne, kroch Townsend auf das Bett. Seine strähnigen Haare hingen ihm hektisch ins Gesicht und in seinem Blick war nichts Menschliches mehr. Die dunkle Verderbnis begann pulsierend seine Adern emporzukriechen und in seinen vor Verlangen glühenden Augen zu versickern. Der schwarze Schatten verdunkelte abermals ihre Welt, wie eine aufziehende Sonnenfinsternis.

53. Aufstieg in die Hölle

Langsamen Schrittes stieg Curtis die Stufen hinauf. Mit jedem Fuß, den er voran setzte, lauschte er gebannt in die Dunkelheit. Nichts außer das Rauschen des Windes und der prasselnde Regen. Mehrmals blickte er über seine Schulter, um sich zu vergewissern, dass das Unheil nicht unlängst hinter ihm stand. Er umklammerte mit schweißnasser Hand das Kantholz, als wolle er sich daran festhalten. Ein Flur lag dunkel und voller Schatten vor ihm. Hier gab es viele Möglichkeiten sich zu verstecken und aus dem Hinterhalt anzugreifen. Er versuchte, die Schwärze des Korridors mit seinen Augen zu durchdringen. Jeder Schritt auf dem borstigen Teppich wurde zu einer Zerreißprobe für seine angespannten Nerven. Jedes noch so kleine Geräusch ließ seine Sinne Alarm schlagen. Hinter jeder Tür; in jeder Ecke, konnte sein schlimmster Alptraum lauern. Scherben knirschten erneut unter seinen Füßen. Eine Maus huschte aus der Wand und überquerte in Windeseile den Korridor vor ihm, ehe sie auf der anderen Seite in den Schatten verschwand. Erinnerungen kehrten zurück. Erinnerungen an einen Traum.

Das Eichhörnchen. Der schwarze Schatten. Eine kalte Hand, die nach ihm greift und ihn hinab in die Dunkelheit zieht. Verloren. Endgültig. Für immer.

Von irgendwo her schien Licht gedämpft auf den Flur. Curtis hielt die Luft an. Sein Herz pochte in seinem Gehörgang, sein Atem war flach und seine Lippen zitterten unkontrolliert. Bilder keimten vor seinem inneren Auge auf.

Eine Treppe, Geräusche, eine offene Zimmertür, Licht dringt hinaus auf den Flur. Und dann. Angst, Entsetzen Demütigung, Scham, ... Schuld.

Curtis zwinkerte, um die Bilder zu verdrängen. Doch als er die Augen wieder öffnete, da kam *er* auf ihn zu. Aus den Schatten schälte sich die Silhouette von Otis Townsend. In seinen Augen schimmerte ein teuflisches Glühen und sein Mund war zu einem diabolischen Grinsen geformt. Mit behänder Schnelligkeit bewegte er sich auf ihn zu und Curtis war starr vor Angst.

Der Seelenfresser hatte ihn entdeckt. Es gab kein Entrinnen.

Kein Entrinnen. Kein Entrinnen. Kein Entrinnen. Hallte es in seinem Kopf. Dunkelheit. Undurchdringlich. Kein Ausweg. Kein Entkommen.

»Du kannst mir nicht entkommen. Ich bin in dir und du bist in mir«, sagte Townsend, während er unaufhaltsam näher kam. Der Klang seiner Stimme ließ Curtis zusammenzucken. Tödliche Absicht, die in ihr lag, ließ ihn erschaudern. Er ließ das Kantholz fallen und machte kehrt. Obwohl er sich die letzten vier Jahre danach verzehrt hatte einen Moment zu bekommen, indem er seine Schuld tilgen und alles wieder gut machen konnte, tat er es wieder – er rannte davon.

54. Salz der Angst

Er drückte ihr die Hand auf den Mund. Sie spürte die Wärme seiner Haut und den salzigen Geschmack von Schweiß auf ihren Lippen. Sie wollte schreien, doch ihre Laute erstickten in seinen Händen. Townsend lag auf ihr und presste mit aller Macht gegen ihren Unterleib. Je mehr sie dagegen ankämpfte, umso härter packte er zu. Seine Finger stanzten sich schmerzhaft in ihre Haut. Sie blickte in seine knöchige Grimasse. Seine langen schwarzen Haare hingen ihm strähnig ins Gesicht. Lana wand sich panisch hin und her, wie ein zappelnder Fisch am Strand. *»Pscht«*, machte Townsend. In seiner heißeren Stimme schwang lüsterne Erregung. *»Du hast doch sicher nichts gegen ein bisschen Gesellschaft, oder?«*, fragte er mit zynischer Jovialität.

Seine Blicke wanderten ihren Körper hinab. Er durchdrang den Stoff ihrer Kleidung mit seinen kalten starren Augen. Sie spürte seine Lust, sein Verlangen und seinen Zorn. Sie hörte seinen Atem, roch seinen Schweiß und sah uralten Wahnsinn in seinen schwarzen Augen. Seine Hand schwebte wenige Millimeter über ihr und zeichnete die Konturen ihres Körpers langsam nach, beinahe zitternd vor Lust. *»Du wirst mir gehören. Wir werden für immer zusammen sein.«* Ganz langsam ließ er seinen Finger ihre Wade hinauf zu ihrem Knie gleiten. *»Du wirst mir neues Leben schenken.«* Lana zitterte wie Espenlaub, starr vor Angst. Sie fühlte ihr Herz wild gegen den Brustkorb hämmern. Draußen trommelte der Regen gegen die maroden Wände des alten Hotels. Ein Blitz durchfuhr die Nacht, begleitet von mächtigem Donnergrollen, das fast einer Explosion glich. Lana fuhr zusammen. Das

Licht des Blitzes ließ Townsends Konturen für einen Moment vor ihr aufflackern. Wie ein Mahnmal des Bösen, umgeben von ewiger Finsternis. Erneut war sie dem schwarzen Schatten wehrlos ausgeliefert. Ein Alptraum wiederholte sich. *Ihr* Alptraum wiederholte sich. Er zerriss energisch ihre Hose und ließ nur Fetzen von dem Stoff zurück. *»Bald – bald schenkst du mir neues Leben. So rein, so hell.«* Er atmete tief durch seine Nase ein, so als ob er ihre Seele bereits riechen würde. Röchelnd vor Verlangen fuhr er mit seinen kalten Fingern ihre Haut entlang. Von den Zehen angefangen, über den Knöchel hinweg, die Wade hinauf bis zu der Innenseite ihres Schenkels. Mit seinen langen brüchigen Fingernägeln schnitt er ihr in die Haut. Lana zuckte und verzog das Gesicht vor Angst. Warmes Blut trat aus der kleinen Schnittwunde. *»Oh – Verzeihung«*, hauchte er. Der Schatten konnte es kaum abwarten sie mit Haut und Haaren zu verschlingen. *»Hab ich dir weh getan? Das wollte ich nicht«*, sagte er, während er lächelte. Er neigte seinen Kopf und leckte das Blut lustvoll mit der Zunge von der Innenseite ihres Oberschenkels. Dabei hinterließ er eine warme Speichelspur auf ihrer Haut. *»Köstlich«*, sagte er vor Erregung bebend. *»Die Kraft deiner Seele ist so betörend. Deine Angst zu schmecken ist das Salz meines Lebens.«* Er sah einen Widerschein angewiderten Abscheus in ihren Augen leuchten. *»Versteh doch. Es ist unsere Bestimmung, dass ich deine Seele in mir aufnehme. Dein Volk hat dich mir geschickt, als Wiedergutmachung. Für all das, was sie mir angetan haben. Sie haben mich missbraucht und misshandelt, eingesperrt in einen dunklen Kerker für Jahrtausende. Ich war ihr Sklave und musste all die* *verdammten und verderbten Seelen verschlingen, deren sie überdrüssig waren. Um zu überleben, fraß ich den faulen und gebrechlichen Abschaum. Doch du,...«* Er starrte sie gedankenverloren an, fast so, als würde er durch sie hindurch sehen. *»Du bist rein. Deine Seele strahlt wie Millionen Sterne. Selbst die, die mich für Jahrtausende gefangen hielten, waren niemals so rein wie du. Du musst etwas ganz Besonderes sein, selbst im Kreis ihrer elitären Spezies. Sie müssen ein wirklich schlechtes Gewissen haben.«* Sein Blick viel gebannt in ihren Intimbereich. Langsam, aber entschlossen streifte er ihren Slip herunter. Seine Lippen bebten vor Geilheit, als seine Augen ihre Scheide einfingen. Dann packte er entrückt zu. Sie wollte ihre Beine verschränken, doch er drückte sie mit einer kräftigen Bewegung auseinander, so kräftig das es ihr weh tat. Er ging mit seinem Gesicht tief zwischen ihre Schenkel und roch gebieterisch an ihrer Vagina. *»Ich kann sie schon riechen. Er strömt aus dir heraus, der Duft deiner Sternenseele«*, flüsterte er, während er mit seiner Zunge die Konturen ihrer Schamlippen entlang glitt, so als ob er ein Gemälde zeichnen würde. Lana wollte schreien, doch das Entsetzen verschluckte ihre Stimme. Sie begann leise zu weinen. Tränen der Hoffnungslosigkeit rannen über ihr Gesicht. Ihr Herz schlug so kräftig, dass sie befürchtete, es würde jeden Augenblick detonieren. Townsend bäumte sich vor ihr auf und blickte ihr tief in die Augen. Er sah ihren Schmerz, er sah ihre Angst und er saugte beides in sich auf. Sie war ihm schutzlos ausgeliefert und es erregte ihn sichtlich. Es war eine Erektion auf geistiger Ebene, mehr als auf körperlicher. *»Deine Seele gehört mir. Sie hat es immer getan. Leider wurden wir vor vier*

Jahren unterbrochen. Doch nun werde ich mein Werk vollenden. Wenn ich dich verschlungen habe, wird dein Leben auf immer in meiner Dunkelheit zirkulieren.« Lanas leises Weinen verwandelte sich in ein stummes Schreien der Agonie. Sie krümmte sich, erschütterte Tränen schossen aus ihren Augen und ihr Mund war schreckgeweitet. Eine Maske blanker Angst hatte sich über ihr Gesicht gelegt. Dies war die Hölle und er war der Teufel, dessen war sie sich in jenem Moment sicher. »*Ich werde dich jetzt kosten*«, hauchte Townsend. »*Erst ein klein wenig und dann immer mehr. So lange, bis ich all deine Lebenskraft in mir aufgenommen habe.*«

55. Flehen um Erlösung

Curtis rannte vor der Wahrheit davon. Er rannte vor sich selber davon. Doch als er innehielt, sich umdrehte und niemand zu sehen war, da begriff er, dass der schwarze Schatten bereits ein Teil von ihm war. Er würde ihn nur besiegen können, wenn er akzeptierte, dass er ein ureigener Aspekt seiner tiefsten Furcht geworden war. Ihm in die Augen zu sehen, bedeutete sich selbst in die Seele zu blicken. Er kehrte zurück, legte seine Hand um den kalten Türknauf, schloss für eine Sekunde die Augen und atmete tief ein. Ein finales Sammeln, bevor er eine Welt betrat, aus der es womöglich keine Wiederkehr gab.

...

Otis Townsend kauerte über Lana und flüsterte ihr etwas ins Ohr. Er war gebannt von dem, was tief in ihr verborgen schien. Etwas, das ihn in einen ekstatischen Rausch versetzte. Einen Rausch, der ihn zu betören schien, wie eine Überdosis einen Heroin-Junkie. Seine Haut war bleich und aus seinem Kopf stachen Büscheln drahtigen schwarzen Haares. Tiefe Dunkelheit kam aus ihm selbst. Ein uralter Schatten hatte sich in ihm niedergelassen, ihn vereinnahmt und mit schwärzestem Hass erfüllt. Curtis sah, wie er Lana Stück für Stück vereinnahmte. Die Bilder der Vergangenheit waren wieder zum Greifen nah. Vor seinem geistigen Auge befand er sich wieder an jenem Ort, der einst Lanas Zuhause gewesen war. Der Schmerz, die Übelkeit und die gnadenlose Ohnmacht kehrten zurück und nahmen erneut Besitz von ihm. Er hatte machtlos mit ansehen müssen, wie er sie vergewaltigt und ihre Seele gebrochen hatte. Der Schatten hatte ihm den wichtigsten Menschen auf der

Welt genommen. Und jetzt geschah es erneut. Lana lag einfach nur da und hatte die Augen geschlossen, während Tränen ihr Gesicht hinunter rannen. »*Du bist ein Engel von den Sternen*«, flüsterte Townsend. »*Ich werde gleich einen Engel ficken und seine Seele verschlingen.*« Curtis rang seine Furcht nieder und sein klarer Blick, der den Nebel der Angst gelichtet hatte, offenbarte, was der Seelenfresser, was der schwarze Schatten wirklich war: ein Mensch. Ein Mensch aus Fleisch und Blut. Und was aus Fleisch und Blut war, konnte sterben. Wie eine schleichende Katze pirschte Curtis sich an ihn heran. Er würde zuschlagen, ehe er auch nur etwas wahrgenommen hatte. Ein kantiges Stück Holz sauste durch die Luft und traf Otis Townsend hart an der Schläfe. Curtis hatte den Knüppel mit solcher Wucht geschwungen, dass er beinahe sein Gleichgewicht verloren hätte. Er stöhnte, während Townsend einfach tonlos von Lana hinuntergewirbelt wurde und auf dem Boden landete. Regungslos und mit dem Gesicht nach unten blieb er liegen. »Lana? Alles in Ordnung?«, rief Curtis, ließ das Kantholz fallen und kniete sich neben das Bett, indem sie gefesselt lag. Ihre Beine waren gespreizt, sie zitterte am ganzen Leib und starrte aus tränengefüllten Augen an die Decke. Sie sagte kein Wort. Curtis löste die Fessel von ihrem rechten Handgelenk. Ein angestrengtes Ächzen durchfuhr die Stille und Curtis sah mit verschlingendem Entsetzen, dass Otis Townsend sich erhob. Curtis hob das Kantholz auf, ging um das Bett herum und hielt es schlagbereit in die Luft. Townsend drehte sich um. Er hatte eine klaffende Platzwunde an der Stirn und sah schwach und verloren aus. Die Schwärze aus seinen Augen war verschwunden. Er atmete schwer und als er Curtis sah, sackte er kraftlos auf seine Knie. Er breitete seine Arme aus, als wolle er Erlösung empfangen, und sagte: »TU ES! Beende es. Ich habe keine Kraft mehr.« Curtis war irritiert. Verwunderung zog ihm den Boden unter den Füßen weg. Er war bereit gewesen zu kämpfen, doch was sollte er nun tun? Er konnte doch keinen Menschen einfach so töten. Dies wäre kein Kampf mehr gewesen, sondern eine Hinrichtung. »Warum?«, fragte er mit bebender Stimme, das Stück Holz fest umklammert, so wie einst Joseph Manning im alles entscheidenden Finale. »Ich hätte es schon längst selber getan«, sagte Townsend mit brüchiger Stimme. »Doch ER lässt mich nicht. Er nagt an mir und flüstert mir ständig Dinge zu. Er lässt mich nicht in Ruhe. Ich kann nicht vor ihm davonlaufen, er ist immer da. Wenn ich aufwache, wenn ich einschlafe und selbst wenn ich träume. Es ist der schwarze Schatten. Er tötet mich innerlich und verdammt mich doch dazu, mit seinen Taten weiterzuleben – bitte nimm ihn, nimm ihn weg. Ich renne und er folgt mir, ich spreche und er nimmt mir die Stimme. Ich bin dort, wo er mich hinnimmt. Ich lebe, doch ich bin nur sein Sklave. Seine Worte sind immer da. Sie graben sich in meinen Verstand und rauben meine Seele. Es tut so weh, dass ich kaum noch Kraft habe.« Townsend sah zu Lana hinüber, die ihre Blöße mit einer alten Decke bedeckt hatte und sich die Tränen aus dem Gesicht wischte. »Ich habe in ihre Seele geblickt und das Licht gesehen. Dort wo sie die Essenz der Sterne durchströmt ist bei mir nur die Asche ausgebrannter Leben – die verrottenden Überreste hunderter Seelen, die brennend durch meine Venen fließen und mich mit jedem Atemzug verzehren.

Ihre Gedanken, ihre Angst, ihre Wut, ihre Trauer, und schlimmer noch; ihre unerfüllte Hoffnung, das alles stürzt mit jedem Herzschlag über mir zusammen, wie eine zusammenbrechende Flutwelle.«

»Was ist er? Was ist der Schatten?«, fragte Curtis aufgebracht.

»Ich weiß es nicht. Vielleicht ist er der Teufel, oder das Böse, vielleicht ist er etwas, das seinen Ursprung in einer Zeit hat, in der diese Welt erst noch geboren werden sollte. Vielleicht ist er auch nur ein Abbild unseres tiefsten Hasses. Er begegnete mir in meiner dunkelsten Stunde und ich gewährte ihm Einlass, im Glauben meine Mutter zu retten, doch ich ahnte nicht, dass ich ihm damit meine Seele verkaufen würde. Als er in mich eindrang und meinen Geist verschlang, habe ich gespürt, wie ich untergehe, es wurde so kalt und dunkel, dass ich glaubte, so müsse das Nichts aussehen, in das wir alle gehen, doch dann erkannte ich, dass ich in *ihn* geblickt hatte. Er war nun ein Teil von mir geworden. Ich konnte nicht mehr existieren, ohne zu einem Ungeheuer zu werden; ich habe ein Stück der Dunkelheit mit in diese Welt gebracht. Beende es! Ich streife durch dieses Leben – getrieben von einem Durst nach Seelen und zerfressen von dem Hass auf das, was ich geworden bin.«

Curtis senkte das Kantholz. »Ich kann das nicht tun.«

Townsend sprang auf und griff ihn am Revers seines Hemdes. »Du musst!«, brüllte er ihn an. »Er lässt mich nicht sterben. Ich habe so oft versucht, mir selber das Leben zu nehmen, aber er LÄSST mich einfach nicht gehen. Willst du, dass ich ihr wieder weh tue?«, er zeigte zu Lana hinüber. Curtis stieß ihn von sich weg.

»Bitte!«, flehte Townsend. »Ich hab das alles nicht gewollt. Ich wünschte, ich wäre nie geboren worden. Ich habe die Dunkelheit nicht gesucht, sie hat mich gefunden.« Er sackte zusammen und ließ seinen Kopf hängen, während er undefinierbare Geräusche machte, die sich anhörten wie eine Mischung aus Weinen und Stöhnen. Curtis sah ihn entsetzt an. Townsend war ein gebrochener Mann. Er litt Qualen. Und so sehr er das Monster in ihm verabscheute, den Menschen konnte Curtis nicht töten. Dann geschah etwas mit Townsend. Zunächst veränderte sich nur sein Schatten, schien sich zu erheben und sein bösartiges Eigenleben zu entfesseln. Er formte jene Vision uralten Hasses, die Curtis vor vier Jahren in der unheilvollen Nacht gesehen und nie wieder vergessen hatte. Townsend hob seinen Kopf und stand auf. Nicht mehr verletzlich und gebrochen, sondern selbstsicher und mit mörderischer Absicht. Sein Grinsen wurde halbmondförmig, wie das Grinsen eines irren Clowns. Curtis schien zu Eis erstarrt und sah ihn aus ungläubigen Augen an. Townsend packte ihn und zog ihn zu sich heran. Dann flüsterte er: »Lass mich dir eine Geschichte erzählen.«

56. Ein Akt menschlicher Grausamkeit
1981

Kylie atmete schwer und stöhnte vor Schmerzen. Der erschlaffte leblose Körper ihres Peinigers lag drückend wie ein nasser Sack auf ihr. Blut trat aus dem offen stehenden Mund des Mannes aus und tropfte auf ihr zur Seite geneigtes Gesicht hinunter. Ein blutiges Rinnsal floss hinab und berührte ihre Lippen. Der Geschmack von rostigem Eisen steig ihr in die Nase. Übelkeit ergriff sie und sie hätte sich beinahe übergeben müssen. Ihr ganzer Körper war wie gelahmt, ihre Scheide brannte und an den Stellen, wo sie seine Tritte hart getroffen hatten, wallte allmählich heftiger Schmerz empor. Sie wagte es nicht, sich auch nur einen Zentimeter zu bewegen. Der Kopf des Mannes hing über ihre linke Schulter, seine Haare klebten auf ihrer verschwitzten nackten Haut. Kylie unternahm einen vorsichtigen Versuch, sich von der Last dieses Schänders zu befreien. Mit geballten Fäusten drückte sie gegen seinen Brustkorb. Nichts geschah. Sein Penis hing schlaff vor ihrer Vulva. Er war auf gewaltsame Weise in sie eingedrungen und hatte sie geschändet. Doch viel schlimmer als die körperlichen Wunden, waren die tiefen Risse, die dieser Akt menschlicher Grausamkeit auf ihrer Seele hinterlassen hatte. Körperliche Verletzungen konnten heilen, doch dunkle Flecken auf der Seele blieben ein Leben lang. Unter der schwere des toten Körpers fühlte sie sich lebendig begraben. Mit letzter Willenskraft stemmte sie seinen Oberkörper nach oben und drehte sich mit einem lauten Keuchen unter ihm weg. Sein schlaffer Kopf baumelte haltlos über ihr. Seine starren toten Augen waren immer noch von Gier erfüllt, als weiteres Blut aus seinem halb offen stehenden Mund quoll und auf sie hinab prasselte. Sie musste atmen und verschluckte einiges von dem roten Lebenssaft. Magensäure stieg ihre Kehle empor und sie hätte sich abermals beinahe übergeben. Sie schluckte den beißend brennenden Geschmack des Erbrochenen wieder hinunter. Mit größter Mühe stemmte sie das Gewicht des toten Mannes von sich. Dann kippte der schlaffe Körper zur Seite. Mit einem dumpfen Schlag, so als ob ein rohes Stück Fleisch zu Boden fallen würde, knallte er gegen die Küchenzeile. Kylie atmete hektisch ein und aus. Ihre hechelnden Lungen flehten nach Sauerstoff. Beinahe hätte sie vor Anstrengung das Bewusstsein verloren. Aber sie war frei. *Was ist mit Otis?*, schoss es ihr durch den Kopf. Sie sah sich um. Er stand direkt zu ihren Füßen und starrte sie mit leidvollen Kinderaugen an. Seine Seele war gebrochen. »Mein Schatz«, sagte sie mit dünner ergriffener Stimme. Otis haderte. Kylie breitete ihre Arme aus. Er fiel in sie hinein und wollte sie nie wieder loslassen. Sie drückte ihn, so fest sie konnte an sich. Als sie an ihm hinunter sah, erkannte sie, dass er mit zittriger Hand eine Schere fest umklammert hielt. Die Schere war voller Blut. Sie hatten einen Alptraum hinter sich gelassen, doch der schwarze Schatten dieser Hölle würde sie für immer verfolgen.

57. Du hättest mich töten sollen

Otis Townsend kniete vor Curtis und hatte seine Arme ausgebreitet, wie Jesus am Kreuz. Er starrte ihn aus leuchtenden Augen an. In seinem Blick lag die beängstigende Arroganz des Wissens, dass er ihm überlegen war. Seine Stimme hatte sich verändert. Sie war nicht mehr verzweifelt und flehend, sondern überheblich, zynisch und boshaft. Es war der schwarze Schatten, der nun aus ihm sprach. *»Du kennst diesen kleinen Jungen aus jener Geschichte, nicht wahr? Ich, oder sollte ich lieber sagen, er, hat dir schon einmal davon erzählt. Erinnerst du dich? Townsend war ein kleiner schwacher Junge. Doch er hat diesen Mistkerl abgestochen und er hat es genossen. Mit jedem Mal, wo sich die Schere in das Fleisch dieses Mannes bohrte und Blut in Fontänen aus ihm heraus schoss, hat sich seine Wut entfaltet und ihn zu jemand Anderem gemacht. ICH habe ihm dieses Privileg verschafft, ohne mich hätte er es nie getan. Dank mir hat er seine Mutter und damit auch sich selber gerettet. Lass mich dir nun dasselbe Geschenk machen.«* Sein Grinsen wurde breit und diabolisch und seine Augen strahlten wie zwei heimtückische Atommeiler.

»Du hast ihn nicht gerettet, du hast ein Monster aus ihm gemacht«, sagte Curtis und hob das Kantholz zornig.

»Ja! Komm schon, TU ES!«, brüllte der schwarze Schatten in freudiger Erwartung. *»Tu es nicht für diesen jämmerlichen Schwächling Otis, er hat den Tod nicht verdient, tu es für dich. Eine Seele zu nehmen, wird dich befreien.«* Der undurchsichtige schwarzbraune Schleim, begann in seinen Adern zu pulsieren. Townsend war nichts weiter, als das Gefäß des

schwarzen Schattens. Er lachte, während ihm seine Haare blutverschmiert ins Gesicht hingen. Die seltsame Parodie eines menschlichen Gesichtes schimmerte unter jener monströsen Fratze. »*Schlag ihm den Schädel ein*«, forderte Townsend unnachgiebig. Obwohl er von sich selber sprach, so war es, als rede er von einer anderen Person. »*Befreie ihn, – befreie dich!*«

»Du bist ja verrückt«, sagte Curtis, »ich töte niemanden, auch nicht dich, nur weil du es willst.« Er ließ das Kantholz fallen und wandte sich von ihm ab. Er ging zu Lana hinüber und wollte ihr helfen die verbliebenen Schnüre zu entfernen. Plötzlich schrie Lana auf. Curtis drehte sich erschrocken um und sah Townsend auf sich zustürmen. Der Holzknüppel pfiff bedrohlich durch die Luft. Höllische Schmerzen explodierten in seinem Brustkorb. Er keuchte und spuckte, als er gegen die Wand geschleudert wurde. Putz und Staub rieselten herab. Das Glas eines Bildes zersplitterte und Scherben fielen klierend zu Boden. Für zwei oder drei Sekunden hatte er das Bewusstsein verloren. Als er wieder zu sich kam, sah er verschwommen, wie das Stück Holz bereit zum nächsten Schlag hochfuhr und schmerzvoll auf ihn herab sauste. Gerade als Townsend sich ein weiteres Mal aufbäumte und positionierte, als ob er auf einem Golfplatz stehen würde, machte Curtis eine Art Alligatorenrolle und entging dem Kantholz im letzten Moment. Der Schläger zischte nieder und sprang Townsend aus der Hand, als er den Boden traf. Er musste sich bücken, um ihn wieder aufzuheben. Diesen Moment nutzte Curtis und humpelte hinüber zur Tür des Zimmers. Sein einziger Gedanke galt der

Flucht. Wiedereinmal. Doch dann brandeten vier Buchstaben in seinem Kopf auf. LANA. Er konnte sie ihm nicht erneut überlassen. Als er sich umdrehte, sah er das braune Holz bereits auf sich zu schnellen. Unsagbare Schmerzen zuckten durch seine Stirn. Curtis glaubte, Townsend habe ihm soeben den halben Schädel von den Schultern gerissen. Er taumelte nach hinten und fiel hinaus in den dunkeln Flur. Als er sich an die Stirn fasste, spürte er warme Feuchtigkeit. Dieser Bastard hatte ihm mit der scharfen Kante des Schlägers einen großen Fetzen Haut herausgerissen. Blut floss wie aus einer sprudelnden Quelle und brannte in seinen Augen. *»Du hättest mich töten sollen«*, raunzte Townsend, als er auf den Flur trat. *»Diese Chance gebe ich dir nicht noch einmal.«* Er bäumte sich vor ihm auf, wie ein Henker der auf das Schafott trat. Ein Blitz durchzuckte die Nacht und erhellte den Flur für eine Sekunde. Im Licht, das durch die Fenster am Ende des Korridors schien, brandete die teuflische Gestalt des Seelenfressers auf und grinste Curtis aus seinen diabolischen Augen an. Sein Schatten an den Wänden schien sich aufzubäumen und wie eine verzehrende Flutwelle über ihn herzufallen. *»Du bist nicht wie sie. Du bist nicht wie Lana, deine Seele ist schwach und gebrochen. Doch ich werde sie trotzdem nehmen, so wie ich sie alle genommen habe«*, sagte er tief atmend. Er holte aus und schlug zu. Dumpf ging das Holz im borstigen Teppich nieder. Wieder hatte er sein Ziel verfehlt. Wieder hatte Curtis sich zur Seite gerollt. Mit letzter Kraft robbte er tiefer in die Eingeweide des alten Hotels. Townsend grunzte wütend und warf den Schlagknüppel zur Seite. Verärgert stapfte er hinter

Curtis her. Sengender Schmerz fuhr ihm durch sein linkes Bein, als Townsend ihm genau in die Kniekehle trat. Curtis schrie auf und wimmerte vor Schmerzen. Dann durchfuhr ihn weitere Qual, als er ihm mit voller Wucht in die Seite trat. Curtis hustete und wollte vor Entsetzen schreien, doch diesmal ebbte jeglicher Laut in seiner Kehle ab. Townsend hatte ihm alle Luft aus den Lungen gepresst. Dann packte er ihn sich, wuchtete ihn hoch und lehnte ihn gegen ein Geländer. Curtis war noch halb benommen von dem letzten Hieb. Er taumelte wie ein Betrunkener hin und her. Als er hinter sich blickte, sah er hinab in das Foyer. Unten stapelten sich die alten Möbelstücke unter den weißen Planen. Dort im diffusen Licht sahen sie aus wie Gespenster. Dann detonierte ein weiterer Schlag wie eine zündende Granate an seinem Brustkorb. Die Wucht des Aufschlags schleuderte ihn nach hinten. Holz splitterte mit einem trockenen Krachen, als er durch das morsche Geländer brach. Er fiel hinab. Erst kam es ihm wie eine Ewigkeit vor, doch dann ging alles ganz schnell und er schlug auf einem der gelagerten Tische auf. Seine Rippen knackten abscheulich, als sie brachen. Sein Hinterkopf prallte mit einer derartigen Wucht auf, dass seine Sinne schwanden und er augenblicklich das Bewusstsein verlor. Als er die Augen wieder öffnete, beugte sich Townsend über ihn. Er sah in seine von einem verzerrten Grinsen gezeichnete Grimasse und erkannte, dass es kein Monster wie den schwarzen Schatten brauchte, um die Natur des Menschen zu etwas unvorstellbar Bösem zu vergiften.

58. In dieser Welt

Curtis hustete und spuckte Blut, das über sein Kinn hinab floss. Er war schwer verletzt und es war ihm kaum noch Kraft geblieben. Townsend ging ihm mit seinem Zeigefinger über das Kinn, wie eine Mutter, die ihrem Baby Brei aus dem Gesicht entfernte. Anschließend betrachtete er seine blutverschmierte Hand. Sein Blick war entrückt und freudig, als er sich abwesend durchs Gesicht fuhr und den roten Lebenssaft auf seiner Haut verschmierte. Wie ein blutbesudeltes Phantom der Angst sagte er: *»Du kannst mich nicht besiegen. Du hast versagt, als ich dir die Chance dazu gegeben habe. Jetzt stirbst du. Doch ich werde an dich denken, wenn ich deinen kleinen Sternenengel ficke und ihr mit jedem Stoß ein kleines Stückchen ihrer Seele entreiße.«*

Curtis wurde schlecht. Jedes dieser Worte war wie ein Stich in sein Herz. Sein Gesicht war aschfahl und emotionslos. Er starrte einfach an die Decke und hoffte, Townsend würde es schnell zu Ende bringen. Dann hallte ein hoher wütender Schrei durch die Schatten des Hotels und eine spitze Glasscherbe platzte unterhalb Townsends rechten Schulterblatts durch seinen Körper. Lana hatte zugestochen und so fest zugestoßen, dass sie ihn komplett durchbohrt hatte. Mit einem entsetzlichen Schrei aus Wut und Schmerzen bäumte Townsend sich auf. Lana wich erschrocken zurück und starrte ihn gebannt an. Schwarzbraunes Blut spritzte ihm wie schaumig tosende Gischt aus dem Mund, während er sagte: *»Du kleine Schlampe.«* Lanas Hände bebten vor Anspannung und in ihren Augen lag die Hoffnung, dass sie den schwarzen Schatten endlich zum Schweigen gebracht hatte. Townsend sah sie fassungslos an, so als sei er enttäuscht von ihr und habe so einen Akt der Gewalt nie erwartet. »*Wie kannst du nur?*«, murmelte er, während schwarzes Blut aus seinem Mund quoll und auf seine Brust herabtropfte. »*Wir sind doch füreinander geboren. Du bist nur auf dieser Welt, damit ich dich verschlingen kann.*« Lana ging rückwärts, ehe sie gegen die zugefallne Eingangstür des Hotels stieß. Townsend folgte ihr in langsam schlurfenden Schritten, wie ein lebender Toter. Kurz bevor er sie erreicht hatte, blieb er stehen und starrte sie aus kalten leeren Augen an. Ein nicht enden wollender Moment entstand, ehe er schließlich langsam nach vorne wegkippte und regungslos mit dem Gesicht voran auf dem Boden liegen blieb. Unter seinem leblosen Körper breitete sich gluckernd eine dunkle Lache aus. Lana blickte eine Zeit lang auf ihn herab und wartete. Er blieb stumm und regungslos. Endlich war seine schneidende Stimme verebbt und Ruhe kehrte ein. Nur das Raschen des Windes und das Prasseln der Regentropfen hallten durch das dunkle Foyer. Lana stürmte zu Curtis herüber und nahm ihn in den Arm. Er stöhnte vor Schmerzen. »Es tut mir so leid«, sagte sie entschuldigend. »Bist du verletzt?« Curtis schüttelte den Kopf und richtete sich unter ihrer Hilfe mit schmerzverzerrtem Blick auf. »Es geht mir gut.«

»Das ist die größte Lüge, die ich je gehört habe«, sagte sie.

»Wirklich, mir geht´s gut«, versicherte er und verzog das Gesicht, als ihn ein stechender Schmerz durchfuhr.

»Warum bist du mir nur gefolgt?«, fragte Lana.

»Ich konnte dich nicht gehen lassen.« Ein kurzer Moment entstand und sie sahen sich in der diffusen

Dunkelheit des Hotels tief in die Augen. Draußen tobte der Sturm. »Nicht, ohne dir noch etwas zu sagen.« Er haderte, blickte kurz zu Boden, sammelte sich und sah sie dann wieder an, so wie er sie damals angesehen hatte, am Ufer des Sees. »Als du verschwunden warst, gab es so viele Momente, in denen ich glaubte, ich hätte dich nur erfunden.« Er nahm ihre Hände. »Ich musste dich wenigstens noch einmal berühren, um zu wissen, dass du auch wirklich existiert hast. Ich weiß, dass ich dich nicht aufhalten kann, ich weiß, dass du gehen wirst, weil es dort draußen etwas Anderes für dich gibt.«

»Du hast sie gesehen, nicht wahr? Sie haben zu dir gesprochen«, unterbrach ihn Lana und in ihren Augen spiegelte sich ein Funkeln.

»Jetzt weiß ich, dass es dich gab, dass du wirklich in meiner, in dieser Welt warst und dass du immer ein Teil von mir sein wirst, egal wohin uns dieses Leben auch führt,« sagte Curtis. »Dir ist so viel Böses widerfahren. Der Schatten, dein Vater, sie alle wollten ein Stück von dir, aus unterschiedlichsten Gründen. Ich will nicht ein weiterer Mensch sein, der dich beansprucht, nur um meinetwillen. Ich wünsche mir, dass du findest, wonach du suchst, auch wenn ich kein Teil davon sein kann.«

»Curtis ...«, sagte Lana, ohne wirklich zu wissen, was sie erwidern sollte. Plötzlich hörten sie hinter sich ein gurgelndes Stöhnen. Lana blickte über ihre Schulter und sah mit unsagbarem Entsetzten, dass Otis Townsend sich erhob, langsam wie ein Bild, das sich aus dem Schwarz eines Polaroidfilms löste. Die Zeit um sie herum schien still zu stehen und für einen kurzen Augenblick glaubte sie, der Boden würde sich unter ihren Füßen auftun. Townsend stand, seine Schultern wurden straff und als er sich umdrehte, verriet sein Blick mörderische Entschlossenheit. Mit kleinen schwarzbraunen Klumpen durchsetzte Spritzer verklebten seine strähnig hinabhängenden Haare.

»Schnell – lauf!«, rief Lana und versuchte, Curtis mit sich zu ziehen. »Was?«, fragte er erschrocken und stolperte. Lana zerrte an ihm und versuchte ihm auf die Beine zu helfen. »Schnell – er kommt. Er lebt, verdammte Scheiße – er lebt!« Curtis blickte hinter sich und sah wie Townsend die Scherbe griff, die aus seinem Körper herausstach. Langsam begann er sie herauszuziehen. Sie war zackig wie das Messer eines Urzeitmenschen und stammte von dem zersplitterten Bild, gegen das Townsend Curtis geschleudert hatte. Lana hatte sie mit einem Stück Stoff ihrer zerfetzten Hose umwickelt und das hintere Ende so als Griff verwendet. Townsends Gesicht war zu einer befremdlichen Fratze verkommen, während er die Scherbe aus sich herauszog. Sein Kinn und der gesamte untere Kiefer waren in sein schwarzes Blut getaucht. Er stöhnte und ächzte. Dann hielt er die Scherbe in Händen und starrte sie entgeistert an. Lana hakte ihre Hände unter die Achseln von Curtis und schleifte ihn vorwärts die Treppe hinauf. »Schnell«, schrie sie und zog an Curtis, während dieser wie eingefroren dabei zusah, dass Townsend immer näher kam. Curtis´ linkes Bein war von dem Sturz unnatürlich verdreht. Sie humpelten gemeinsam zur Treppe. Er klammerte sich mit peinvollem Gesicht an den Geländerpfosten und hielt den Kopf gesenkt. Lana blickte ihn an. »Nur noch ein kleines Stückchen, bitte, du musst es schaffen. Für mich.« Sie legte seinen Arm um ihre Schultern und packte ihn von hinten um den Rumpf, um ihm Halt zu geben. Curtis musste das Treppengeländer zur Hilfe nehmen, eine Stufe nach der anderen stolperte er hinauf. Er konnte nur unter Schmerzen atmen. Bei jedem Luftzug raubten ihm seine gebrochenen Rippen beinahe die Sinne. Jede Stufe war eine Qual. Doch was noch viel schlimmer war als die Schmerzen, war die Erkenntnis, dass sie es nicht rechtzeitig schaffen würden. Dass Townsend sie einholen und ihn töten würde. Doch erschreckender als sein Tod, war das, was er anschließend mit Lana machen würde. Curtis blickte immer wieder hinter sich. Er sah Townsend; sah den schwarzen Schatten zerstörerisch in ihm wirken; sah, wie pure Mordlust in seinen Augen funkelte. Sein gequältes und hasserfülltes Keuchen lag ihnen im Nacken und kam unaufhaltsam nahe. Der Teufel stieg empor aus der Hölle.

59. Ein Irrgarten voller Verzweiflung

Curtis´ Gewicht wurde schwer auf Lanas Schultern. Sie warf einen Blick hinter sich und sah, wie Townsend sich krampfhaft am Geländer festklammerte. Er sah gebrechlich aus, aber sein Gesicht vermittelte entfesselten Wahnsinn. Stärker noch als seine Pein, war sein Verlangen nach ihrer Seele. Er musste husten und würgte schwarzes Blut hervor, dass er auf die Treppe neben sich spuckte. Dann trat wieder dieses entrückte Grinsen in sein Gesicht. Er wischte sich das dunkle Blut vom Kinn und zog sich weiter am Geländer empor. Curtis sackte zusammen und wurde schwer wie ein Leichensack auf Lanas Schultern. Es war Angst, die ungeahnte Kräfte in ihr freisetzte. Sie stützte Curtis und ignorierte die scheinbar ausweglose Situation. »Mach schon Curtis«, flehte sie gleichzeitig wütend und verzweifelt darüber, dass er kaum bei Bewusstsein war. Als sie den oberen Korridor erreichten, hörte sie ein dumpfes Poltern hinter sich. Townsend war gestürzt und lag mit dem Gesicht voran auf den Stufen. Weiteres schwarzes Blut floss aus seinem offenen Mund und ein kehliges Gurgeln entsprang seinem Rachen.

Erleichterung. Vielleicht hatten sie doch noch eine Chance ihm zu entkommen. Jene Erleichterung wurde jedoch jäh zerstört, als sie sah, wie Townsend seine Hand ausstreckte, so als ob er sie packen könne und seinen Kopf in gespenstischer Zeitlupe erhob. Halb ging, halb taumelte Lana mit Curtis in die obere Etage. Ein langer Flur mit vielen Abzweigungen breitete sich vor ihnen aus. Ein Irrgarten voller Verzweiflung und hinter ihnen lauerte der seelenverschlingende Tod. Curtis stürzte auf den borstigen Teppich. In seinem

Körper brannte wallender Schmerz. Er kämpfte mit aller verbliebener Macht gegen die drohende Bewusstlosigkeit. Unter seinen gespreizten Fingern begann sich das verblasste Muster des Teppichs zu biegen und seine Farben und Formen verschwammen zu einem wüsten Brei. Lana zerrte an seinem Arm und versuchte ihm verzweifelt auf die Beine zu helfen. »Bitte, Curtis! Wir müssen weiter.« Curtis ächzte vor Schmerzen und versuchte gegen die Ohnmacht anzukämpfen, aber er fühlte, dass es ein aussichtsloser Kampf war. Die gebrochenen Rippen stachen ihm ins Fleisch und er stöhnte vor Schmerzen. *Er* hätte *ihr* helfen müssen doch nun war sie es, die um *sein* Leben kämpfte. Hinter ihnen in der Dunkelheit erhob sich die Silhouette Townsends, ein zerstörerisches Abbild des Seelenfressers. Büschelweise riss er sich Haare aus dem Kopf, während er wutgeifernd seine Zähne fletschte und das schwarze Blut zwischen ihnen hindurch spritzte. Uralter Hass schien seine Seele zu verzehren und ihn zu quälen, so wie er seine Opfer quälte. Jegliche Menschlichkeit war gewichen und der schwarze Schatten hatte nun endgültig die Oberhand gewonnen. Lana blickte sich verzweifelt um und entdeckte eine Luke an der Decke. Eine Klappe führte hinauf zu einem Speicher. Sie lehnte Curtis gegen die Wand und tätschelte seine Wange. »Bleib bitte bei mir, ja?« Dann stieß sie mit aller Kraft die Luke auf und Gegengewichte klapperten polternd herunter. Eine Trittleiter fuhr heraus und offenbarte den Weg hinauf auf den Dachboden. Lana erklomm die Stufen mit schwitzigen Händen und gelangte in ein düsteres Labyrinth voller übereinandergestapelter Kisten. Auf dem Dachboden lag der modrige Gruftgeruch von langsam verfaulendem Holz. »Curtis! Curtis!«, rief Lana hektisch und winkte ihn zu sich. Sie zog an ihm und versuchte ihn auf den Dachboden zu hieven, doch in seinem Blick lag nackte Erkenntnis, dass es zu spät war. Townsend hatte ihn erwischt. Er hatte sein Bein gepackt und umklammerte es mit seinen Fingern. Seine spitzen Nägel bohrten sich schmerzhaft wie tausend Nadeln durch den Stoff seiner Hose. Lana realisierte, was Curtis weit aufgerissene Augen zu bedeuten hatten. Die Wucht der Erkenntnis war so überwältigend, dass sie nur ein Wimmern hervorbrachte. Hilflos packte sie Curtis´ Hand und zog an ihr. »NEIN, NEIN«, brüllte sie, doch er sank immer tiefer. Unten war ächzendes Stöhnen zu vernehmen. Townsend atmete schwer und machte tierische Laute, während er an den Beinen seiner Beute zog, wie ein Bär, der das erlegte Wild in seine Höhle schleifte. Als Curtis hinab rutschte und aus ihrem Blickfeld verschwand, schwand auch Lanas Bewusstsein. Sie nahm die Welt nur noch durch einen schleierverhangen Vorhang wahr und drohte von einem Gefühl der Leere verschlungen zu werden. Curtis plumpste hinab auf den Korridor, vor ihm keimten die Bilder aus seinem Traum auf, wie Schüsse aus einem Maschinengewehr. Jener Traum, in dem der schwarze Schatten ihn in der Hütte im Wald gefunden und im letzten Moment doch noch hinab in die verschlingende Dunkelheit gezerrt hatte. Nun war der Traum zur Realität geworden und er war der schonungslosen Gewalt des Seelenfressers ausgeliefert.

60. LANA

»*Die Dunkelheit kann man nicht besiegen*«, flüsterte Townsend. Curtis lag auf dem Gesicht. Er schmeckte den pelzig-borstigen Teppich. Als er sich unter angestrengtem Stöhnen auf den Rücken drehte, bäumte sich über ihm die schattige Silhouette Townsends auf. »*Mach dir doch nichts vor. Du hast gewusst, dass ihr mir nicht entkommen könnt, von dem Moment, als du gesehen hast, wie ich über sie hergefallen bin. Du hast vielleicht geglaubt, dass du ihre Seele retten kannst, doch du hast etwas anderes gefühlt.*« Rau und unerbittlich drang der Seelenfresser in seinen Verstand. Curtis fühlte, wie klirrende Kälte in diese Welt sickerte und wie sie Besitz von ihm nahm. »*Weißt du, wenn ich in ihre Körper eindringe, dann ist es, als offenbarten sie mir ihre Seelen. Ich kann sie schmecken, riechen und fühlen und dann, wenn das Licht in ihren Augen erlischt, dann stirbt ihre Seele. Ich konnte mein Werk damals nicht vollenden, weil du mich gestört hast, aber ich werde mir das holen, was mir zusteht, wenn ich mit dir fertig bin*«, flüsterte er heißer in sein Ohr. Dann packte er ihn, wuchtete ihn hoch und schleuderte ihn donnernd gegen die Wand. Curtis sackte leblos zusammen und rutschte hinab. Sein Herz jagte das Blut mit der geballten Kraft eines entfesselten Stroms durch seine geweiteten Adern. »Nicht dieses Mal«, stammelte er gebrochen und hob seine Faust. »Hörst du – du Teufel, dieses Mal werde ich dich nicht davonkommen lassen.«

»*Du kleines Stück Scheiße*«, fauchte ihm Townsend entgegen und spuckte ihm kleine Tropfen Speichel und die schwarze Flüssigkeit ins Gesicht. »*Du weißt einfach nicht, wann du am Boden bleiben solltest.*«

Dann schlug er ihm mit der Faust ins Gesicht und brach ihm die Nase. Blut spritzte heraus. Townsend verfiel in eine Raserei, mit blindem Groll schlug er auf den wehrlosen Curtis ein. Immer und immer wieder. Mit der Gleichmäßigkeit einer Maschine donnerte er Fausthieb um Fausthieb auf ihn hinab. Wäre seine Wut die eines gewöhnlichen Menschen gewesen, dann hätte Curtis ihm vielleicht etwas entgegenzusetzen gehabt. Aber in der Tiefe dieses Mannes loderte das uralte Böse des schwarzen Schattens.

Währenddessen krabbelte Lana rücklings auf allen vieren tiefer in die Dunkelheit des Dachbodens. Sie weinte und schluchzte, während sie versuchte, ihren Verstand zu kontrollieren. Mit jedem dumpfen Schlag den Townsend auf Curtis niederprasseln ließ, erbebte ihr Inneres. Sie fühlte jeden der Schläge wie eine Erschütterung ihres eigenen Leibs. Sie schrie lautlos auf, während ihr heiße Tränen übers Gesicht rannen und vergrub ihren Kopf zwischen den Knien ihrer Beine, die sie nah an sich herangezogen hatte, als sie hörte, wie Townsend seine Faust ein letztes Mal mit stumpfer Gewalt auf Curtis niederschlug und dabei einen animalischen Schrei ausstieß. Dann war es still. Curtis wurde das letzte Geräusch aus den Ohren gesogen und er wurde taub, selbst dem Hämmern seines eigenen Herzens gegenüber. LANA war sein letzter Gedanke.

61. Der schwarze Schatten

Lana irrte fast blind durch das Labyrinth übereinandergestapelter Kisten. Jedes Mal wenn sie gegen einen der Kartons stieß, zuckte sie erschrocken zusammen. Ächzende Scharniere hallten durch die Dunkelheit. Mit einem kräftigen Rumpeln schloss sich die Zugangsluke. Townsend hatte die Falltür von innen geschlossen und ihr den Fluchtweg abgeschnitten. Er war gekommen sie zu holen. »*Wo bist du, mein Engel?*«, zischte seine wispernde Stimme. Erschöpfung und zugleich heißere Erregung lag in ihr verborgen. Es dürstete ihn nach ihrer Seele. Er würde sie verschlingen und all ihre Träume und Hoffnungen für immer mit seinem tiefen schwarzen Hass verzehren. »*Wir gehören doch zusammen. Komm zu mir.*«

»Einen Scheiß werde ich«, flüsterte Lana leise. Sie bebte innerlich und äußerlich. Ihr ganzer Körper zitterte und sie war kaum ihm Stande ihre Finger zu kontrollieren, während sie in fliegender Hast Kisten aufriss, und hoffte, etwas zu finden, was ihr weiterhalf. Sie wusste nicht, was sie sich erhoffte. Irgendetwas. Am liebsten eine Axt oder eine Pistole. Aber das war unwahrscheinlich. Als sie einen Karton öffnete, stoben ihr gespenstische Staubwolken entgegen. Sie wollte es mit aller Macht unterdrücken, doch ein kräftiges explosionsartiges Niesen stieß mit der Wucht eines Vulkans aus ihr heraus.

...

Als Curtis die Augen aufschlug, war es vollkommen dunkel um ihn herum. *War dies der Tod?* Es gab nicht den kleinsten Lichtschimmer. Nicht die Spur eines Glimmens. Er schmeckte den kupferartigen

Geschmack von Blut und fühlte, wie ihm etwas Warmes aus den Ohren lief. Sein Kiefer schmerzte von einem Ohr zum anderen, sein zerschmettertes Nasenbein pochte pulsierend und die aufgeplatzte Haut auf seiner Stirn war stark angeschwollen. Wieder hüllte ihn Nebel ein und er glitt zurück ins Reich der Ohnmacht. Doch da war etwas, was ihn am Leben hielt, etwas, dass so mächtig war, dass es ihm nicht gestattete zu sterben. Ein einziger übermächtiger Gedanke, der sein Bewusstsein beherrschte. LANA. Ein Schreien, zaghaft, aber dennoch voller Panik wallte durch die Stille. Er versuchte, seine Gliedmaßen zu bewegen, sie waren schwer und kraftlos. *Ich ... Ich ... Ich darf sie nicht im Stich lassen ...*, flüsterten seine Gedanken. Er spürte, wie mit nachlassendem Schmerz sein Bewusstsein entglitt, und hatte Angst, wieder hinab zu sinken und Lana in der Dunkelheit zu verlieren. Er erinnerte sich an Joseph Manning, wie dieser allen Prognosen und allen Widerständen zum Trotz das Feld betreten und das Spiel seines Lebens gemacht hatte. Nie würde er diesen Moment vergessen. Stöhnend, die Zähne gegen den Schmerz zusammengebissen, raffte er sich mit letzter Kraft auf. Townsend hatte in einem Punkt recht gehabt. Die Dunkelheit war auch in Curtis. Sie hatte ihn zu dem geformt, der er heute war. Der schwarze Schatten war auch ein Teil von ihm, solange er ihn fürchtete. Er wollte nicht mehr, dass diese Furcht sein Leben beherrschte. Er musste sie als einen Teil von sich akzeptieren. Curtis erhob sich haltsuchend an der Wand. Die alte Raufasertapete schnitt ihm in die Handflächen. Er wollte kein zweites Mal dafür verantwortlich sein, dass Lanas Leben zerbrach. Nur wenn er sich der Angst stellte, konnte er seine Schuld tilgen. Er unternahm einen letzten Versuch, Lana zu retten, denn nur dann konnte er auch sich selbst retten. »Du wirst nicht gewinnen – nicht dieses Mal«, flüsterte er ins Nichts.

...

»*Ich will nur deine Seele. So köstlich, so rein, so voller Licht*«, stöhnte Townsend, während er sich seinen Weg zwischen den Kisten hindurch bahnte und vor Verlangen zitterte. »*Lana – Lana – Lana*«, rief er ihren Namen. Erst leise und dann immer lauter, bis er ihn wütend schmetterte. In seinem Gesicht lag dieses irre starre Lächeln. Bei jedem Laut zuckte Lana erschrocken zusammen. Sie kniete sich hin und kniff die Augen zu. *Mach, das es endlich vorbei ist*, betete sie inständig zu irgendwem oder irgendetwas, das sie erhören mochte. Doch da kam nichts. »*Komm endlich raus du kleine Schlampe*«, keuchte Townsend wütend. Langsam verlor er die Geduld. »*Du kannst nicht weglaufen. Wir sind füreinander bestimmt. Ich bin dein Schicksal und du bist meins, - geboren um mir zu gehören.*« Lana hielt die Luft an und zog sich zwischen die Kisten zurück. Je näher er ihr kam, desto mehr schien Townsend den Verstand zu verlieren. Er faselte unverständliche Sätze. Manchmal verformte sich seine Stimme zu winselnden Lauten, dann stieß er wieder irrsinnige Töne aus. Plötzlich griff seine Hand zwischen den Kisten hindurch und tastete in der Dunkelheit nach ihr. Lana blickte empor. Sie atmete keuchend und ihre Glieder schlotterten, so wie sie es noch nie getan hatten. Ein Blitz zuckte durch die Nacht und ließ Townsends Gesicht über ihr aufleuchten. Die Adern an seinem Hals traten hervor. Sie formten sich zu dicken

Kabeln. Die seltsame schwarze Flüssigkeit zirkulierte verschwommen unter der Oberfläche seiner durchsichtigen Haut. Seine Augen blickten sie mordlüstern aus einem von Wahnsinn geprägtem Gesicht an. Eine warme Pfütze breitete sich unter Lana aus. Es roch nach Urin. Auf dem Höhepunkt des Grauens versagten ihre Körperfunktionen und sie erleichterte sich auf dem dunklen Dachboden. Er griff mit seinen langgliedrigen Fingern nach ihr und lachte sie irrsinnig an. Lana schrie und fuchtelte mit ihren Händen im Nichts, in der Hoffnung einen Gegenstand fassen zubekommen. Ihre Hände griffen den gebogenen Henkel einer Petroleumlampe. Genauso eine, die sie in dem Zimmer gesehen hatte, dort wo sie ans Bett gefesselt gewesen war. Mit aller Kraft zog sie Townsend die Öllampe über den Schädel. Sie explodierte in einem tosenden Durcheinander aus vielen kleinen Glasscherben, die sich zum Teil scharfkantig in seine Haut bohrten. Öl durchtränkte seine Haare und seine Kleidung und rann sein erschrockenes Gesicht hinunter, während er zurücktaumelte. Für einen kurzen Moment herrschte Stille, die Lana als eine halbe Ewigkeit empfand. Als Townsend sich wieder gesammelt hatte und gerade auf sie zustürmen wollte, sagte eine Stimme: »Lass sie in Ruhe, du kannst sie nicht bekommen! Es ist dir nicht gestattet. Du hast selber gesagt, dass ihre Seele rein ist. Doch du bekommst nur die Verdorbenen und Missratenen. Du bist der Seelenfresser und das, was rein ist, ist nicht für dich bestimmt. Nimm mich!« Curtis hatte sich auf den Dachboden gekämpft und stand dort in der Dunkelheit. Townsend drehte sich schlagartig um. Seine Augen funkelten bedrohlich. *»Du weißt nicht, was du da redest«*, fauchte er wütend.

»Oh doch«, entgegnete Curtis. »Das sind die Regeln und du musst dich daran halten. Nur wenn ihr Herz schwerer ist als die Feder, kannst du sie bekommen, sonst musst du sie ziehen lassen.« Curtis wusste nicht, ob sein Plan aufging, aber es war der Versuch eines Verzweifelten.

»*Es sind nicht meine Regeln, es sind IHRE Regeln*«, schrie Townsend, während er sich fahrig durch die Haare ging. »*Sie haben mich benutzt, Jahrtausende lang. Ich war ihr Sklave und musste all diese verdorbenen Seelen verschlingen. Sieh mich an!*«, brüllte er und streckte ihm seine Unterarme entgegen. Die schwarze Substanz strömte durch seine Venen. »*All diese Seelen, all ihre Ängste, all ihre Wut und all ihre kranken Gedanken verrotten auf ewig in mir. Sie alle wollen ein Stück von mir und doch kann ich nicht ohne sie sein. Ich brauche ihre Lebenskraft um existieren zu können. Ohne ihre Essenz und sei sie auch noch so verdorben, kann ich nicht fortbestehen. Die Sternenfahrer haben mir ihre reinste Seele geschickt, um für Ihre Schandtaten zu bezahlen, sie wollen ihre Hände reinwaschen und mir das geben, was sie mir Jahrtausende verwehrten; eine von ihnen; eine Sternenseele.*« Townsend kam näher. Curtis hörte seinen schlurfenden Gang. Es roch durchdringend nach Petroleum. »Curtis«, rief Lana irgendwo aus dem Dachboden heraus, »lass ihn brennen!« Curtis erinnerte sich an das Feuerzeug, aus der überteuerten Joseph Manning-Kollektion, das ihm seine Mutter zu Weihnachten geschenkt hatte. Seit er denken konnte, war er Fan von Manning gewesen. Jetzt würde diese Treue ihm vielleicht etwas zurückgeben. Mit zittriger Hand fingerte er das Feuerzeug aus seiner

Hosentasche. Er klappte es auf und fuhr mit seinem Daumen über das Reibrad. Funken sprangen empor, doch es entzündete sich nicht. Wieder nicht. Dieses verdammte Scheißding! Hatte es überhaupt jemals funktioniert? Jeder Cent von den 250 Dollar war rausgeschmissen gewesen.

»*DU hättest es sein können*«, fauchte Townsends Stimme, »*DU hättest meinem nutzlosen Körper den Schädel einschlagen und dem Allen ein Ende bereiten sollen. DU hättest den Schatten von den Ketten meiner Existenz befreien sollen, dann hätte er dein Leben verändern können.*«

»Das hat er bereits getan«, flüsterte Curtis, während sein Finger immer und immer wieder über das Reibrad schrammte. Jedes Mal, wenn eine Flamme für einen kurzen Moment aufflackerte, sah er in ihrem Widerschein Townsend ein kleines Stück näher kommen. Vorfreude stieg dem Seelenfresser ins Gesicht. Dann zischte es, Qualm zog sich kräuselnd empor und das Feuerzeug gebar eine Flamme. Curtis´ Gesichtszüge wurden hart vor Entschlossenheit. Er war bereit es zu Ende zu bringen. »Ich hab keine Angst vor dir. Jetzt nicht mehr«, rief er ihm entgegen. Townsend schien erst zu realisieren, was geschah, als Curtis ihm das brennende Feuerzeug entgegenschleuderte. Sein überhebliches Grinsen wandelte sich schlagartig in ein entsetztes Staunen. Erkenntnis huschte über sein Gesicht, als das kleine Ding auf ihn zuflog und einen bedrohlichen Feuerschweif hinter sich herzog. Dann traf es ihn und die Flamme zerschellte auf seinem petroleumdurchdrungenen Brustkorb. Er sah hinab und wieder auf. Nichts geschah. Für den Bruchteil einer Sekunde trat wieder dieses verhöhnende und bösartige

Lächeln in sein Gesicht. Dann stoben Funken auf und das Petroleum entzündete sich. Schlagartig überzog eine einzige große Flamme seine Brust. Ein Heer aus zügelnden Flammen wallte wie ein fließender Strom seinen Körper hinab, als ob sie einen Willen besitzen und auf ein Ziel zurasen würden. Das Feuer fraß seine Haut, hinterließ nässendes rotes Fleisch, nur um es sogleich zu verkohlen und zu verkrusteten schwarzen Klumpen werden zu lassen. Curtis konnte sehen, wie die Flammen Townsend Stück für Stück vereinnahmten. Schnell wie Licht schossen sie seinen Hals empor und setzten seine borstigen Haare in Brand. Das alles hatte kaum länger als einen Wimpernschlag gebraucht. Seine Haut bildete Blasen, schälte sich und platze auf, während seine schwarzen Augen die Farbe verloren, so als ob sie ein milchig grauer Schleier überziehen würde. Es roch nach verbrennendem Fleisch und sein Gesicht verlief, wie flüssige Schokolade an einem heißen Sommertag. Brüllend vor Schmerz und Wut taumelte Townsend über den Dachboden. Eine lebende Feuersäule. Todesqualen hallten durch die Dunkelheit. Er rannte, stieß durch eine brüchige Tür hinaus auf einen Lastenbalkon und stürzte über das Geländer hinab in die Tiefe. Tanzende Funken stoben in den nachtschwarzen Himmel empor und wurden von dem tobenden Sturm auseinandergetrieben. Mit einem fleischigen Platschen landete Townsend auf dem Boden. Ein regloser Körper, auf dem die restlichen Flammen züngelten, ehe sie der fallende Regen verschlang. Townsends Gesicht war verkohlt und blauer Rauch quoll aus seinen Ohren und Augen. Der dunkle cremige Schleim quoll aus seinem offen stehenden Mund. Als er dort lag, sah Curtis keinen Hass mehr und auch der Wahnsinn war gewichen. Nur Bedauern über ein weggeworfenes Leben lag in den Resten seines Gesichts. Von dem Seelenfresser war nichts weiter geblieben, als ein dampfender Haufen leblosen Fleisches. Der Schrecken war vorüber. Der Alptraum war zu Ende. Er wusste nicht, ob es eine Sinnestäuschung oder Einbildung war, aber Curtis glaubte für den Bruchteil eines Herzschlages zu sehen, wie sich etwas Körperloses - ein schwarzer Schatten, erhob, von dem verbrannten Fleisch löste und in der Dunkelheit der Wälder verschwand. Das Böse hatte sich von ihm gespalten. Wahn, Hass und Angst hatten sich materialisiert und der Tod hatte sie hinausgetrieben in die Wirklichkeit. Curtis zitterte am ganzen Leib. Die Anspannung ließ noch lange nicht ab von ihm, auch wenn Townsend tot war. Er wand sich zur Seite und beugte sich nach vorne. Dann musste er sich übergeben. Ein Schwall beißendes Erbrochenes prasselte auf den Dachboden. Er würgte und atmete schwer. Der Geruch von verbranntem Fleisch und menschlichen Haaren lag noch in der Luft. Ein letztes Mal blickte er hinab. Townsends tote Augen starrten ihn an. Sie waren leer. Nichts war in ihnen geblieben. Doch seine Stimme hallte immer noch in Curtis´ Ohren.

(*»Und wenn das Licht in ihren Augen erlischt, dann stirbt ihre Seele.«*)

62. Ein kostbarer Augenblick

Ruckartig schreckte er aus dem Schlaf hervor. Für einen Moment war er ganz verwirrt und wusste nicht, wo er sich befand. Zunächst nur Bruchstücke, formten sich seine Gedanken zu einem verstörenden Gebilde. Er war am Leben. Sie hatten den Alptraum überstanden. Curtis befand sich in einem der alten Hotelzimmer und lag in einem modrig riechenden Bett. LANA!, schoss es abermals durch seine Gedanken. Er blickte sich um, doch sie war fort. Als er sich hoch mühte, wallte ein einziger übermächtiger Schmerz durch seinen Körper. Er verzog das Gesicht und hielt sich den Kopf, als er einen Zettel neben sich entdeckte. Kraftlos nahm er ihn in die Finger und begann zu lesen:
*Ich möchte dir für alles danken, was du für mich getan hast. Worte können nicht beschreiben, welche Opfer du gebracht hast. Ich weiß, dass du es nicht verstehen kannst, aber ich musste gehen. Ich muss wissen, ob es sie wirklich gibt. Ich muss wissen, ob sie kommen werden, mich zu holen. Bitte hasse mich nicht dafür.
LANA*
   P.S. Dein Freund Jeremiah Saxton ist am Leben. Er hat mir geholfen, dich in dieses Zimmer zu tragen und ist auf dem Weg Hilfe zu holen.

   Curtis legte den Zettel beiseite und starrte ins Leere. Er begriff, dass Lana nie wieder glücklich werden würde und dass er sie nie trösten würde können. Er würde ihr niemals genügen. Dieses Leben würde ihr niemals genügen. Humpelnd verließ er das verfallene Hotel. Regenfrische Luft hatte sich über die Wälder gelegt.

   ...

Eine seltsame Ruhe breitete sich am Horizont aus, als er das Seeufer erreichte. Der Sturm war vorüber und die Sterne schauten durch die sich teilenden Wolken. Ein verheißungsvolles Meer leuchtender Hoffnung. Lana saß genau an jener Stelle, wo sie vor vier Jahren gemeinsam gesessen hatten. Als er sich angestrengt zu ihr setzte, gelang es ihr, ein zittriges Lächeln zustande zu bringen. Tränen glänzten in ihrem Gesicht. Waren es Tränen der Erleichterung? Sie war still und nachdenklich. Curtis berührte sie zaghaft am Oberarm. Ihre Haut war kalt. »Es ist vorbei«, sagte er mit schwacher Stimme. Ihre Augen blickten in eine unbestimmbare Ferne. »Ist es das wirklich?«, sagte sie, ohne ihn anzusehen. »Townsend ist vielleicht tot, aber verschwinden deshalb auch die Bilder - die Erinnerungen?« Ihre Stimme wurde leiser. Curtis starrte in die Baumwipfel, deren Umrisse nur schwarze Zacken und Kanten vor dem sternenübersäten Himmel waren. »Ich weiß es nicht.«

»Ich habe dir erzählt, ich würde dieses Leben nicht mehr fühlen, erinnerst du dich?«, fragte Lana gedankenverloren. Curtis nickte stumm. »Ich glaube, *sie* haben dies getan. Sie haben mir die Gefühle genommen, weil sie zu schrecklich gewesen wären, als dass ich mit ihnen weiterleben hätte können. Sie haben mir eine neue Seele geschenkt, nachdem der schwarze Schatten sie mir geraubt hatte. Aber sie haben mich auch mit etwas Anderem zurückgelassen. Einer Sehnsucht nach einem neuen Leben. Ich jage das Unmögliche. Etwas, das ich nie erreichen kann«, sagte sie voller Wehmut. »Ich fühle mich wie ein Fremdkörper in dieser Welt. So als sei ich von meiner wahren Heimat abgespalten. Ich irre durch dieses

Leben, ohne irgendwo hinzugehören, ohne etwas zu bewirken und ohne je Frieden zu finden. ...« Sie stoppte einen endlosen Moment lang. »*Sie* werden nicht kommen, oder?«, sagte sie dann und ihre Stimme zerbrach in tausend Teile. Curtis fühlte, wie sehr sie sich danach gesehnt hatte. Er legte seinen Arm über ihre Schultern, wie eine Vogelmutter ihren Flügel über ihr Junges und sie verharrten in stummer Andacht. Als er sie ansah, schien ihre bleiche Haut im Sternenlicht zu funkeln. Es verlieh ihr den mythischen Glanz eines Wesens voller Anmut. In ihren Augen lagen die Geheimnisse einer fernen fremden Welt. Zu schön um wahr zu sein und zu vergänglich, um für immer da zu sein. Hätte er doch all den Schmerz von ihr nehmen können. Er hätte sein Letztes gegeben.

»Wenn ich auf den See hinausblicke und sich das Licht der Sterne darin spiegelt, dann sieht es genauso aus, wie früher«, sagte sie. »Doch gleichzeitig sehe ich eine Welt, die ich nicht mehr verstehe, oder vielleicht niemals verstanden habe. Glaubst du, ich kann mich je wieder in diesem Leben zurechtfinden, nach allem, was geschehen ist?«, fragte sie ihn, während sich tiefe Falten voller Zweifel in ihre Stirn gruben.

»Du warst schon immer anders, besonders, wärst du es nicht, dann wärst du nicht mehr du selbst. Ich glaube, es gibt da draußen Hoffnung für uns. Wir werden diese Schrecken wahrscheinlich nie ganz hinter uns lassen können, aber wir können ihnen gemeinsam begegnen. Was auch kommen mag, wir werden es zusammen bestehen, so, wie wir diesen Alptraum überlebt haben.« Curtis´ Ton war zuversichtlich, eine zaghafte Pflanze, die vielleicht ihre innere Leere mit Vertrauen füllen konnte.

»Ich wünsche mir so sehr, dass du recht hast«, murmelte sie. »Vielleicht lohnt es sich, zu hoffen, wenn man weiß, dass es einen Menschen gibt, der dasselbe tut. ... Es tut mir so leid, dass ich dich verlassen wollte, aber ich musste wissen, ob sie kommen werden«, sagte sie und ihre zarten Hände umschlossen die Seinen. Sie schenkte ihm ein erschöpftes, aber dennoch auf seltsame Weise tröstliches Lächeln. »Glaubst du mir? Glaubst du mir, dass es die Sternenwesen wirklich gibt?«, fragte sie dann und richtete ihren Blick gen Nachthimmel. Curtis haderte einen Moment. »Ja, ich glaube dir. Und ich glaube auch, dass ihre Kraft mich am Leben erhalten hat, – draußen auf der alten Holzfällerstraße. Sie haben deine zerbrochene Seele geheilt, als der Schatten sie dir nehmen wollte und sie haben meine gebrochenen Knochen wieder zusammengefügt, als ich der Dunkelheit ins Auge geblickt habe. Ich weiß nicht, was, oder wer sie sind, geschweige denn, warum sie hier waren. Aber was spielt das schon für eine Rolle?«

Lana sah ihn an und drückte seine Hand fest und würdevoll. In jener Geste, in jenem Blick lag so viel mehr, als Worte je sagen konnten. Dankbarkeit und der unumstößliche Glaube daran, einer gleichgesinnten Seele im Moment größter Dunkelheit begegnet zu sein. Jener Gedanke versilberte die Traurigkeit, die nie so ganz gehen würde. Curtis schmiegte sich an sie und legte seinen Kopf auf ihre Brust, um dem Schlagen ihres Herzens zu lauschen. »Wir sind jetzt und hier zusammen. Und wir sind am Leben, dank ihnen. Es ist egal, was all die Anderen glauben, solange wir die Wahrheit kennen.« Er blickte sie an, so als wolle er ihr sagen, dass alles gut werde. »Versprichst du mir, dass du immer da sein wirst«, sagte Lana in das Schweigen hinein. »Ohne dich werde ich es nie schaffen. Vielleicht kannst du mir den Weg zurück in dieses Leben zeigen.« Curtis erhob sich wieder. Er sah ihr tief in die Augen und strich ihr behutsam über den Handrücken. Dann küsste er sie. Ihre Lippen berührten sich innig und das Herz jenes kostbaren Augenblicks schlug in immerwährender Verbundenheit. Ein Moment stiller Hoffnung. »Ich verspreche es«, sagte Curtis und ließ seine Blicke über die seichten Wellen des Gewässers schweifen, während er sie im Arm hielt. Sie waren wie stützende Pfeiler, die nicht sein konnten ohne den anderen. Dann durchbrach das Surren eines Motors die nächtliche Stille. Sie drehten ihre Köpfe um und starrten erschrocken in das blendende Licht zweier Scheinwerfer. »Saxton?«, fragte Curtis verunsichert in die Dunkelheit hinein. Sie hörten das kräftige Schlagen einer Autotür und beobachteten, wie ein schwarzer Schatten in die Lichtkegel trat.

63. Ich kann dich nicht gehen lassen

Lana und Curtis hatten ihre Hände erhoben, um ihre Augen vor dem grellen Licht des Autos zu schützen. Eine Silhouette trat aus den blendenden Scheinwerfern. Füße bewegten sich auf sie zu.»Es ist Vater«, flüsterte Lana angespannt und gleichzeitig erschöpft. Sie hatte keine Kraft mehr für einen weiteren Kampf.»Keine Angst«, sagte Curtis und erhob sich langsam, »mit dem werden wir auch noch fertig.« Walter Mathews hatte die Hemdsärmel hochgekrempelt, Schweißringe zeichneten sich unter seinen Achseln ab. Sein Blick war getrieben.»Gott sei Dank, Lana!«, rief er und ging mit offenen Armen auf sie zu. Lana schaute ihn irritiert an und machte instinktiv ein paar Schritte zurück. Walter sah ihre abwehrende Haltung und hielt inne.»Lana, ich hab dich überall gesucht«, er streckte seine Hand aus, »komm nach Hause, da wo du hingehörst.«

Lana schüttelte den Kopf.»Nein«, sagte sie schwach und dennoch entschieden.

»Aber ... nur ich weiß, wie du wirklich bist, was du wirklich brauchst.«

»Du glaubst nur, zu wissen, wie ich wirklich bin. Lass mich gehen, bei dir ist kein Platz mehr für mich – ich kann dort nicht mehr existieren«, sagte sie streng aber auch versöhnlich. Walters Blick neigte sich und ein Schimmer von Reue und großem Bedauern trat in sein Gesicht.»Ich habe mir einst geschworen, dich niemals alleine zulassen. Ich wollte doch nur alles Böse von dir fernhalten. Ich glaubte, wenn nur genug Zeit verstreichen würde, dann würdest du die Welt da draußen mit all ihren Schrecken irgendwann vergessen. Ich wollte der einzige Mensch in deinem

Leben sein, deine Brandung, deine Zuflucht. Doch ich habe mich getäuscht. Denn ich war es, der DICH gebraucht hat ... und ich brauche dich immer noch.« Seine Stimme war immer leiser geworden und sein Blick hatte sich gen Boden geneigt, so als habe ihn große Bestürzung übermannt. Lana machte ein paar Schritte auf ihn zu. Sie kam ihm ganz nahe und strich ihm nachsichtig durchs Gesicht. »Du hast die Leere in mir mit einem Sinn erfüllt«, flüsterte Walter gebrochen. »Du hast mich vergessen lassen, dass der Krebs mir meine Frau genommen hat. Es tut mir so leid. Ich brauche dich. Ich liebe dich so unendlich.«

»Du hast mich vielleicht einst geliebt«, sagte Lana, »aber du hast nicht gemerkt, wie deine Liebe zu einem Wahn geworden ist. Manchmal zerstört Liebe mehr, als dass sie heilt.« Walter löste sich von ihr. Seine getriebenen Augen wurden starrsinnig, seine Pupillen begannen zu zucken und in seinem Gesicht stieg unverhohlene Verbitterung auf. »Du hast mich doch zu solchen Maßnahmen getrieben.« Seine Stimme wurde zornig. »Es musste sein, ich musste dich einsperren, als ich begriffen habe, dass es da draußen immer Dinge geben wird, die dich besitzen wollen. Du hast gesehen, was geschieht, wenn ich dich nicht beschütze. Wenn die Welt erfährt, was du bist, dann werden sie dir weh tun. Nur ich kann dich davor bewahren.« Seine Augen leuchteten, als ob sie in Flammen stehen würden. »Dann sag es mir doch endlich, was bin ich?«, rief Lana ihm wütend entgegen. Walter fuhr sich durch die Haare. Es schien ihn große Kraft zu kosten, nicht die Beherrschung zu verlieren. Er schloss die Augen und atmete tief ein. Als er seine Lider wieder öffnete, sagte er: »Du bist ein Engel. Du bist *mein* Engel – der Himmel hat dich mir geschickt. Die Seele meiner Frau lebt in dir weiter, damit ich nicht so alleine bin. Weißt du, sie hat mir einst versprochen, dass sie mich nie alleine lassen wird. Als ich dich dann draußen in den Sümpfen fand, da wusste ich, dass ihre Seele zu mir zurückgekehrt ist.« Lana starrte ihn konsterniert an. Dicke Tränen standen in ihren Augen, rannen aber nicht hinab. Sie zitterte und glaubte, der Boden würde sich unter ihren Füßen auftun. Curtis hatte alles aus sicherer Entfernung beobachtet. Jetzt kam er mit energischen Schritten näher. »Hören Sie auf, verdammt!«, brüllte er, »Sie sehen doch, wie Sie ihr wehtun.« Plötzlich zog Walter seine Pistole hinter dem Rücken hervor und richtete sie auf Curtis. »Verschwinde! Du mischst dich nicht noch einmal in unser Leben ein. Das geht nur mich und meine Tochter etwas an.« Curtis stoppte abrupt und starrte in die Mündung der Pistole, mit der Mathews ihn schon einmal bedroht hatte. Walter befand sich in einem Geisteszustand, indem ihm alles zuzutrauen war. Er legte einen Arm um Lana, während er die Waffe weiterhin auf Curtis richtete. »Wir gehören doch zusammen«, sagte er und Lana glaubte, Otis Townsend in ihrem Vater zu erkennen. »In dir steckt nichts mehr, außer Dunkelheit – genau wie in ihm«, sagte sie dann und ihre Stimme versagte.

»Ich kann dich nicht gehen lassen«, flüsterte Walter mit sanfter und gleichzeitig verstörender Stimme.

Curtis sah, wie Walter Mathews seinen Arm mit der Waffe senkte. Als er abdrückte, donnerte das Echo durch die Nacht und jagte eine Schwarm Vögel in den sternengefluteten Himmel. Der markdurchdringende

Widerhall der Waffe verhallte über den bewaldeten Ufern des Sees.

64. Sie kommen

»Was haben Sie getan?«, brüllte Curtis entsetzt und stieß Walter Mathews beiseite. Lana sackte zusammen und fiel in seine Arme. Doktor Mathews starrte aus entgeisterten Augen vor sich. Er hielt die Waffe in der Hand. Qualm rauchte aus der Mündung und eine bronzene Patronenhülse schimmerte unheilvoll im grünen Gras. »Ich ... ich ... wollte das nicht«, stammelte er vor sich hin und ließ die Pistole fallen. »Das ... das ist alles deine Schuld. Ohne dich wäre das alles nie passiert«, sagte er zu Curtis und stieg mit entsagtem Blick in seinen offen stehenden Wagen. Curtis zog sein T-Shirt aus, wickelte es zusammen und drückte es auf Lana. Walter hatte ihr in den Bauch geschossen, unmittelbar unterhalb ihres Brustkorbs sickerte Blut aus einer Eintrittswunde. Curtis versuchte, die Blutung mit aller Macht zu stoppen. Doch sie ertranken in einem roten Meer. Er fragte sich, wie viel Blut ein Mensch im Stande war zu verlieren. Bald würde Lana nicht mehr viel geblieben sein. Bald würde die Quelle versiegen. Lana drohte ihm zu entgleiten. Wieder. Mit beängstigender Geschwindigkeit breitete sich das Blut aus und vereinnahmte ihre Kleidung. Es saugte sich in den Stoff und brannte sich in Curtis´ Bewusstsein. »Lana!«, schrie er, »du musst durchhalten, hörst du?« Hilflosigkeit und Verzweiflung ließen seine Stimme zittern.

»Curtis?«, sagte Lana angestrengt, ihre Stimme war schwach.

»Ich bin hier. Ich bin bei dir.«

»Es tut mir so leid«, sie wurde immer wieder von röchelnden Atemzügen unterbrochen, »es tut mir so leid, dass ich nicht die sein konnte, die du verdient hättest.«

»Du bist das Beste, was mir je begegnet ist«, sagte Curtis und lächelte, doch es war nichts weiter als der klägliche Versuch eines Lächelns, denn er sah nur noch Blut. Überall Blut. »Ich ... ich wollte dir noch sagen«, ihre Stimme verebbte in einem rasselnden Atmenzug. »Pscht«, machte Curtis. »Du darfst nicht reden. Es wird alles gut werden.« Er hielt ihre Hand und drückte gleichzeitig, so fest er konnte auf die Schusswunde. Sie fuhr ihm durchs Gesicht, als wolle sie ihn ein letztes Mal berühren. Er schloss die Augen für einen kurzen Moment, so als könne er das grausame Bild seiner blutenden Freundin verschwinden lassen. Er konnte es nicht ertragen, wenn ihr Herz aufhören würde zu schlagen. Wenn sie ihn verlassen würde. Ein weiteres Mal. Das erste Leben ohne sie hatte sich schon wie eine Ewigkeit angefühlt. »Lana, wir kriegen dich wieder hin. Hörst du mich? Du darfst nicht sterben – nicht für mich.«

»Nicht sterben«, flüsterte sie, nahezu weggetreten und kaum noch hörbar. »Leben ... du wirst für mich leben. Du wirst mich finden. Auf der anderen Seite, - in deinen Träumen.« Ihr Blick fiel zu den Sternen empor. Zu Tausenden funkelten kleine Diamanten auf sie hinab und sie alle schienen nach ihr zu rufen. »Wenn du wieder gesund bist, fahren wir nach Kalifornien. Dort sollen die Sterne noch hundertmal kräftiger sein, als bei uns. Kannst du dir das vorstellen?« Curtis bemühte sich, Mut und Zuversicht aufzubringen, doch seine Stimme versagte.

»Sie kommen«, sagte Lana dann und sah glasig in den Himmel. »Kannst du sie sehen? Sie ... sie kommen mich zu holen.« Sie streckte ihre Hand aus, so als wolle sie auf etwas zeigen. Sie strich ihm durchs Gesicht. Ihre Augen fielen zu und ihre Muskeln erschlafften. Die Hand rutschte hinab und hinterließ eine blutige Spur auf seiner Wange. »Sie sind da«, ein Lächeln voller Glück huschte über ihre Lippen. »Siehst du sie?«, fragte sie mit letzter Kraft. Curtis blickte empor, doch da war nichts außer den Sternen. Aber was seine Augen nicht sahen, das vermochte sein Herz. »Ja, ich sehe sie«, sagte er und begann zu weinen, während sie in seinen Armen starb. »Lana?, Lana?« Mit jedem Mal als er ihren Namen aussprach, wurde seine Stimme lauter. Er rüttelte an ihr und tätschelte ihre Wange, doch Lana zeigte keine Reaktion mehr. »Atme Lana – gottverdammt, ATME!« Das letzte Wort hatte er geschrien, doch Lana antwortete nicht. Selbst das kehlige Röcheln war nun verstummt. Ihre Augen starrten in den Himmel und ihre Haut war überall von Blut befleckt. Curtis hielt seine Hände wenige Millimeter über ihrem Gesicht, so als wolle er sie für immer konservieren. »Lass mich nicht allein – nicht noch einmal.« Stille. Nur leere Augen, die ihn anstarrten, so, wie sie es schon einmal getan hatten, in jener Nacht. Nichts war geblieben. Nur noch Fleisch und Blut. Blut. Blut. Überall Blut. »Lana«, flehte er. »*Bitte!* Ich kann dich nicht gehen lassen - ich kann es einfach nicht.« Er stand auf und blickte auf seine Handflächen, die voller Blut waren. Es war noch warm. Vor wenigen Sekunden hatte es noch in ihren Adern geflossen. Vor wenigen Momenten war sie noch ein lebendes Wesen gewesen. Mit Träumen, Ängsten und Sehnsüchten. Jetzt war sie nichts mehr. Ausgelöscht. Curtis watete in den See hinein. Sein Kopf war leer, seine Seele gebrochen. Er steckte die Hände in das Wasser und beobachtete wie sich das Blut von seiner Haut löste und in wellenartigem Einklang mit dem See verschmolz, den sie so geliebt hatte. Dann brach ein Schrei, wie eine Urgewalt durch die Stille. »ES IST DEINE SCHULD!«, brüllte Walter Mathews. Curtis drehte sich um, die blendenden Lichtkegel eines heranrasenden Autos erfassten ihn. Das Auto stieß ins Wasser und erwischte ihn mit voller Wucht.

Ein schmerzhaftes surreales Geräusch hallte durch die Nacht und wurde schnell abscheulich laut. Es zerbarst ihm fast das Trommelfell. Dumpfes Poltern. Zersplitterndes Glas. Schrilles Kreischen.

Er wurde geschossartig über Walters Auto katapultiert und in den See geschleudert. Wasser spritzte, schäumte und prasselte nieder. Es war Curtis egal. Alles war ihm egal, als er in das Wasser eintauchte. Er würde nie wieder ihre Stimme hören, nie wieder ihre Hand halten und sich nie wieder in ihren grünen Augen verlieren können, die so tief waren wie der Ozean. Ihr Gesicht war das, was er sehen wollte, bevor er hinabglitt. Er sah sie lächelnd sitzen, dort am Ufer. Jenes Gefühl, dass sie einst geteilt hatten, stieg wie eine scharlachrote Sonne in ihm auf.

65. Eine unzerstörbare Skulptur

Er war erfüllt von einem Eindruck inneren Friedens. Stille umgab ihn von allen Seiten. Er würde Lana wiedersehen. Bald, wenn er den Tod begrüßt hatte. Doch als er hinabsank, sah er etwas. Zunächst war es nur ein schwaches Licht, das formlos auf dem Grund des Sees schimmerte. Doch mit jedem Herzschlag, der verging, wurde es stärker. So lange, bis es zu einem grellen pulsierenden Licht geworden war, mächtiger als ein Blick in die Sonne. Je näher Curtis dem Licht kam, desto weniger wusste er, wo es sich befand. Die Finsternis war mit einem Mal so erhebend. Er glaubte nicht, dass *er* es war, der dem Licht entgegen glitt, sondern dass es auf *ihn* zu schwebte. Je näher es kam, desto deutlicher wurde es. Es war ein rundes Objekt, eingehüllt in einen Nimbus aus weißem Licht. Grelle aufflackernde Helligkeit durchbrach den Nachthimmel, als es durch die Wasseroberfläche stach und Curtis zurückließ. Er glaubte, das Objekt, das er nun für ein Raumschiff hielt, würde für einen Moment genau über der Stelle verharren, an der Lana im Gras des Ufers gelegen hatte. Dann stieß es mit sphärischer Anmut empor und verharrte über den Kronen der Bäume. Äste brachen und Stämme schwankten unter seiner übermächtigen Kraft, ehe es lautlos rotierend hinauf flog und blitzartig in der ergreifenden Mystik der Sterne verschwand. Sie hatten es getan. *Sie* waren gekommen um sie zu holen. Dessen war er sich nun gewiss. Es war genauso, wie Lana es gesagt hatte. Sie hatten dort auf dem Grund des Sees verharrt und sie heimgeholt. An jenen tröstlichen Gedanken klammerte er sich, während er dem Grund des Sees entgegen sank. Für einen kurzen Augenblick glaubte er, Lanas

Gesicht durch die verzerrende Wirkung der Wasseroberfläche hindurch dort oben zwischen leuchtenden Himmelskörpern zu erkennen. Er streckte seine Hand aus, wollte ihr Gesicht berühren, wollte sie ein letztes Mal spüren, ihr Andenken einrahmen, damit sie ewig in ihm weiterlebe.

Geh nicht ... Lana

Alles Vergangene, alles Leid, aber auch alles Gute stieg empor und wich von ihm. Dass was gewesen war, war nun nicht mehr von Bedeutung. Er ließ seine Seele entweichen und verging im Glanz der Sterne, - dort wo er Lana wiederbegegnen würde. Jener Traum formte eine unzerstörbare Skulptur in seinem Geist.

66. Ein unnachgiebiges Etwas

Durch das dunkle endlose Wasser hörte er eine Stimme seinen Namen rufen: »Mister Logan? Es wird alles gut werden, wir sind jetzt bei Ihnen.« Diese Worte erinnerten ihn auf erschreckende und zugleich tröstliche Weise an den Moment, als er schon einmal mit dem Tode gerungen hatte, draußen auf der alten Holzfällerstraße. Irgendwo im Hintergrund, irgendwo in der Dunkelheit herrschte ungeordneter Tumult. Hektische Stimmen redeten wild durcheinander und warfen sich Anweisungen zu. Dann wurden die Laute schwächer, genau wie die Schmerzen und er begann wieder hinabzusinken. Er fühlte sich gut dabei. Denn wenn er sank, dann konnte er loslassen. Und dann fragte er sich, ob die Stimmen in der Dunkelheit überhaupt jemals existiert hatten. Er fragte sich, ob *er* überhaupt jemals existiert hatte. Und ob das Leben überhaupt jemals existiert hatte. Er kannte die Antworten auf all diese Fragen nicht. Am Ende war es egal, denn da wo er hinging, brauchte er sie auch nicht zu kennen. Kurz bevor ihn die Finsternis in Gänze verschluckte, glomm ein undefinierbarer Gedanke auf und holte ihn wieder zurück. Immer und immer wieder. Dieses Etwas umkreiste ihn wie ein unnachgiebiger Delphin und stupste ihn immer wieder an, wenn er drohte endgültig hinab zu driften und hinüber zutreten auf die Seite, von der es keine Wiederkehr gab. Dann hörte er eine Stimme schreien: »Adrenalin. Weg von dem Patienten, ich werde ihn jetzt schocken!« Ein Stromschlag durchfuhr seinen Körper. Piep-Piep-Piep. »Wir haben Puls. Wir haben ihn wieder.« Dies waren alles nur Worte – Worte, mit denen er hier unten auf dem Grund des dunklen Sees nichts anzufangen wusste. Aber dieser Gedanke, – dieses Etwas, dieser unnachgiebige Delphin war immer noch da, bei ihm. Er wusste nicht warum, aber er glaubte, dieses Etwas an seiner Seite zu wissen, war das einzig Wichtige. Immer wieder trieb ihn der Gedanke an und drückte ihn nach oben, hinaus aus der umklammernden Kälte der Dunkelheit. Das Etwas war streng und unnachgiebig. Während es ihn der Wasseroberfläche entgegen drückte, bemerkte er, dass dort verzerrte Gestalten schimmerten. Sie waren eingehüllt in gleißendes Licht und wurden immer klarer, je näher er ihnen kam. Und dann sah er *sie*; die Sternenwesen. Sie standen dort hinter der Wasseroberfläche. Ihre bizarren Gesichter blickten auf ihn hinab und schienen auf ihn zu zeigen. Stroboskopartiges Licht blendete ihn in aufflackernden Intervallen. Als Curtis ihnen das erste Mal begegnet war, waren ihm ihre Körper noch verborgen geblieben. Jetzt erkannte er, dass sie in blaue und weiße Gewänder gehüllt waren. Er sah Münder, die sich bewegten, doch er verstand nicht, was sie zu ihm sagten. Und so unterschiedlich sie auch waren, sie alle verband das Gleiche: Sie waren in Sorge um ihn vereint. Doch er konnte ihre Fürsorge nicht nachvollziehen und so begann er wieder zu versinken. Aber dieses Etwas ließ einfach nicht locker. Es hinderte ihn daran, zu sterben, und drückte ihn wieder der Wasseroberfläche und den Gesichtern entgegen. Dann, und so gewaltig wie ein eruptierender Vulkan, wusste er, was dieser Gedanke war: Lana! Er stieß durch die Wasseroberfläche und sog gierig Luft in sich auf. Hektisch schnappte er nach Sauerstoff, und seine brennenden Lungen füllten sich mit dem unsichtbaren Lebenselixier. In seiner Nase steckten die Enden eines

Beatmungsgerätes. An seinem linken Oberarm pumpte ein Blutdruckmessgerät. Seine Brust war verkabelt. Die Schnüre führten zu einem Monitor, in dem die telemetrischen Daten seiner Vitalfunktionen flimmerten. »Lana«, keuchte er. »Was ist mit Lana?« Seine Stimme war dünn und brüchig. Es war der Gedanke an Lana gewesen, der ihn zurück ins Leben geholt hatte. Doch so sehr dieser Gedanke ihn mit Kraft und purem Überlebenswillen erfüllt hatte, so sehr ängstigte er ihn nun. »Wo ist sie?«, fragte er, so als ob nichts anders auf der Welt von Bedeutung sei.

»Ganz langsam mein Junge«, sagte sein Vater. *Mein Junge?* So hatte ihn immer nur Jeremiah Saxton genannt. Aber das hatte alles keinen Belang, solange er nicht wusste, was mit Lana geschehen war. Eine hübsche Schwester kam herein, strich behutsam und gekonnt seine Bettdecke glatt und lächelte ihm zu. Sein Vater stand neben ihr. »Er ist ein Kämpfer«, sagte er stolz, »er wird schnell wieder gesund werden, oder?«

»Ganz bestimmt«, versicherte die Schwester, überprüfte einen Schlauch, der in einem Infusionsbeutel mündete und sagte zu Curtis: »Wäre doch gelacht, wenn wir Sie nicht wieder hinkriegen.« Curtis beobachtete aus seinen erschöpften Augen, wie die Schwester sich noch kurz mit seinem Vater unterhielt. »Das war ein schwerer Unfall. Geben Sie Ihrem Sohn Zeit, dann wird er sich erholen«, hörte er sie sagen. Was redet die denn da? Was für ein Unfall? Das war ein mutwilliger Mordanschlag! Walter Mathews hatte ihn kaltblütig angefahren. Er war ein geisteskranker Mann und hatte auf seine Tochter geschossen, weil er sie nicht für sich haben konnte.

Und dann hatte er ihn überrollt, weil er ihm alle Schuld daran gegeben hatte. Mit rauem heißerem Flüstern sagte Curtis erneut: »Lana?« Er hatte Angst davor ihren Namen auszusprechen. Angst vor einer schrecklichen Wahrheit, die er nicht wagte, in Betracht zu ziehen. Sein Vater war sofort an seiner Seite. »Ist schon gut, Curtis«, sagte er mit zuversichtlichem Ton, »das wird schon wieder.« Curtis reagierte nicht auf den Zuspruch seines Vaters. »Lana, was ist mir ihr? Sie wurde angeschossen, haben die Ärzte ihr helfen können? Ich will zu ihr«, flüsterte er schwach und dennoch fordernd. Sein Herz pochte in seiner Brust. Er fühlte, wie es gegen seine Rippen schlug. Sein Vater blickte beunruhigt auf den Herzmonitor, der ein immer schneller werdendes Piep-Piep-Piep-Piep von sich gab. »Curtis, du musst dich beruhigen.«

»Lana, was ist mit ihr?!« Curtis sah, wie sein Vater innerlich mit sich am Ringen war. »Was meinst du, Curtis? Lana ist seit über vier Jahren verschwunden. Wir alle glauben, dass sie nicht mehr am Leben ist. Doktor Mathews hat sie sogar für tot erklären lassen. Du warst selber auf der Trauerfeier. Weißt du das denn nicht mehr?«

Curtis´ Welt zersprang in Millionen winzige Einzelteile. »Was redest du denn da?«, fuhr er seinen Vater in harschem Ton an. »Sie ist zurückgekehrt. Sie war wieder hier. Sie wurde angeschossen, von ihrem eigenen Vater, nachdem wir den schwarzen Schatten endlich besiegen konnten.« Ein Husten unterbrach ihn, während Fassungslosigkeit seinen Horizont verdunkelte. »Ihr eigener Vater hat verdammt nochmal auf sie geschossen!« Richard Logan schüttelte den Kopf. »Curtis, du bist angefahren worden, draußen auf der alten Holzfällerstraße. Du warst in einem heftigen Gewitter mit deinem Fahrrad unterwegs. Sie haben hier im Krankenhaus um den Leben gekämpft, eine ganze Woche lang hast du im Koma gelegen. Niemand wusste, ob du jemals wieder aufwachen wirst. Aber irgendetwas muss dich zurück ins Leben geholt haben. Was immer es war, ich bin dankbar dafür, denn die Ärzte hatten schon die Hoffnung aufgegeben. Du brauchst Ruhe, du bringst da einiges durcheinander.«

Ich bringe nichts durcheinander. Ich weiß doch, was ich gesehen habe, was ich erlebt habe, wollte Curtis sagen, doch seine Kräfte verließen ihn. »Frag Jeremiah Saxton«, flüsterte er, während er langsam in den Schlaf abdriftete, »er war dabei. Und jetzt,... jetzt bring mich zu Lana.« Er fühlte sich ausgebrannt und erschöpft, aber er wollte nicht einschlafen, ehe er *sie* nicht gesehen hatte und sich sicher sein konnte, dass nicht alles nur ein Traum gewesen war. Er weigerte sich, die Gewissheit zuzulassen, dass sie nun fort war, für immer und ewig. Dass sie nie zurückgekehrt und dass sie nur ein Trugbild seiner Sehnsüchte gewesen war. Egal wie schrecklich der Traum war, die Realität war viel schlimmer.

67. Das Flüstern der Sterne

Zwei Wochen später

Dort zwischen all den Menschen sah er sie plötzlich sitzen. Doch als er ihr näher kam, war sie verschwunden. Wie konnte sie in manchen Momenten so real sein, wenn sie doch nicht existierte? Wie konnte sie tot sein, wenn sie in seinen Gedanken weiterlebte? Curtis´ Blicke suchten Flannigan´s Diner ab, doch sie war nirgends mehr zu sehen. Er stürmte hinaus und rief ihren Namen, doch die Nacht lag still und stumm vor ihm. War sie wieder nur eine Fantasie gewesen? So wie alles, was in den letzten Tagen geschehen war? Hatte er wirklich alles nur geträumt? Der Unfall draußen auf der Holzfällerstraße, er hatte auf erschreckende Weise dem Moment geähnelt, als ihn Walter Mathews am Ufer des Sees überrollt hatte. Konnte es sein? Konnte Lana nur eine Vision seines Todeskampfes gewesen sein? Konnten die Sternenwesen nur die trüben trügerischen Abbilder der Ärzte gewesen sein, die um sein Leben gekämpft hatten? Es war möglich, doch solange auch nur ein Funken Hoffnung bestand, dass das, was er gesehen und erlebt hatte, keine pure Illusion gewesen war, solange hatte er einen Grund zu Glauben. Er kehrte heim und als er die Tür seines Zimmers verschloss, ließ er auch diese Welt hinter sich. Er legte sich in sein Bett und schloss die Augen. Sein Kater Jinx hatte sich bereits in den Laken breitgemacht, schaute müde auf und kuschelte sich an ihn. Und so wartete Curtis darauf, dass er einschlafen und seine Träume ihm eine andere Wirklichkeit offenbaren würden. Denn wenn er schlief, dann war *sie* echt, dann war Lana wieder am Leben und wenn es nur in seinen Träumen war. Doch dann kannte er den Unterschied ohnehin nicht. Er wartete darauf, dass sie ihm ein Zeichen geben würde. Und dann hatte er einen grenzenlos tröstenden Gedanken: *Ich werde sie finden, ich werde sie wiedersehen, und wenn ich bis ans Ende der Galaxie reisen muss.* Als er eingeschlafen war, klingelte unten, im Flur des Hauses das Telefon. Sein Vater saß vor dem Fernseher im Wohnzimmer, aß eines seiner legendären Brathähnchen und hörte es nicht klingeln. Der Anrufbeantworter sprang an und Doktor Mathews sagte: »Mister Logan, ich wollte Ihnen nur noch einmal sagen,...« Er zögerte kurz, »es war die richtige Entscheidung. Es macht alles leichter, für uns alle, aber vor allem für Ihren Sohn.« Dann legte er auf. Curtis hatte nichts mitbekommen und schlief. Plötzlich sprang sein Fernseher an und die staubige Mattscheibe flutete helles Licht in das dunkle Zimmer. Curtis lag mit dem Rücken zu dem Fernsehgerät und schlief weiter. Jinx jedoch sah erschrocken auf und miaute ärgerlich über die abrupte Ruhestörung. Er stieg über sein Herrchen hinweg und sprang vom Bett hinunter um sich mit fragendem Blick vor dem Fernseher zu platzieren. Statisches Rauschen knirschte und knatterte aus dem Gerät, begleitet von unheimlichem Zischen und wispernden Lauten. Eine geisterhafte Erscheinung schien sich inmitten des flackernden Störbildes zu manifestieren. Jinx miaute und hob eine Pfote, mit der er über den Bildschirm fuhr, so als könne er etwas oder jemanden berühren. Irgendwo zwischen dem Rauschen hallte eine menschliche Stimme, entfernt aber unverkennbar. »Curtis?«, flüsterte sie. »Bist du da?« Es war Lanas Stimme.

Die Personen und die Handlung dieses Romans sind frei erfunden. Etwaige Ähnlichkeiten mit tatsächlichen Begebenheiten oder lebenden oder verstorbenen Personen wären rein zufällig.

Adam Westwood ist der Letzte seiner Art. Gejagt und geächtet lebt er ein Leben im Untergrund. Während er seine Tage in einem heruntergekommenen Apartment fristet, versucht er in alkoholgetränkten Nächten, seine Vergangenheit zu vergessen. Als er sich mehr und mehr selbst zerstört, begegnet er eines Nachts der geheimnisvollen Violett. Einer Frau, die sich ebenfalls auf der Flucht vor ihrem alten Leben befindet. Als er sie vor zwielichtigen Verfolgern bewahrt, muss er feststellen, dass ihre Leben enger miteinader verwoben sind, als es ihm lieb ist, denn Violett war ein Teil jener Organisation, die Westwood zu einem aussätzigen Leben verdammte; zu einem Leben als der letzte Vampir.

Verdammnis der Vampire – Das Wolfsherz.
Herbst 2018

Mehr Informationen zu allen Romanen und Projekten von C.S. Mahn finden Sie auf:
   www.fachwerkmedia.de

Danke, dass Sie sich für diesen Roman entschieden haben!

Printed in Germany
by Amazon Distribution
GmbH, Leipzig